本书为教育部人文社会科学重点研究基地
首都师范大学中国诗歌研究中心科研成果

陈光 著

元至明初
江右诗学思想的

流变

社会科学文献出版社
SOCIAL SCIENCES ACADEMIC PRESS (CHINA)

文学思想史跨代研究的价值与意义

——陈光《元至明初江右诗学思想的流变》序

　　近十年来，我一直在从事易代之际文学思想课题的研究，自 2014 年我承担的"易代之际文学思想研究"国家社会科学基金重大招标课题立项以后，就与学界 10 余位年轻学者一起商讨与交流该如何从事此一领域的研究，同时自己也承担了"元明易代之际文学思想研究"的子课题。其间除了花费大量时间搜集、阅读相关研究文献与诗文作品外，更重要的还是提炼概括学术观点，寻觅解决问题的路径，以及安排章节的分布与文稿的撰写。当然，在研究过程中也会对易代之际文学思想研究方法的优长与局限进行反思。易代之际文学思想研究论题的提出，其初衷在于弥补以前学界研究文学史、批评史与理论史以朝代划分研究格局所留下的隔断历史连续性的缺陷，将易代之际的历史时段视为一个整体，既保证研究对象的完整性，又可以把学术目光聚焦于此一历史巨变的关键时刻，深入系统地探讨其文学思想的断裂、延续、转折、交融等复杂内涵，从而将原来被人为割裂的文学思想发展线索重新联结起来。目前该项目的研究已经基本结束，其中就包括对该选题研究价值与意义的总结。

　　就在此刻，门生陈光发来其《元至明初江右诗学思想的流变》书稿，希望我为其作一序文。陈光随我读书多年，对他的学术选题应该说并不生疏，而且他的治学领域与研究方式显然也深受我的影响，所以初步印象他一直在做易代之际文学思想的研究。但当我认真看过他的书稿设计与内容后，发现他实际上做的是跨代地域文学思想研究。尽管跨代研究与易代之际文学思想研究的内容与方法有诸多重叠之处，但严格说来依然存在明显的差异。从时间长度看，跨代研究所涉时段更长，而且不同的选题所包含的时段长短也颇不一致,而易代之际则主要集中于两个朝代的交替时段,大致有比较明确的界限。比如元明之际便是以元顺帝至正八年至明建文五年这50余年作为研究的范围,尽管文史学界在各自界定时会略有差异,但总体看出入不大。陈光的此一选题在时间上则包括了有元一代和明代洪武至永乐年间的一百余年左右的时间。从关注学术问题的重心看,易代之际重视的是两个朝代更替之际文学思想断裂性的转型特征,而跨代研究则留心于两个朝代之间文学观念延续性的关联特征。当然这些不是截然对立的,易代之际的断裂性中也会包含延续性,跨代之间的延续性中也会包括变异性元素。由于这些差异的存在,跨代研究与易代之际文学思想研究就各有其研究的长处与不同的研究目的,从而成为两个不同的研究领域与研究方式。

就我本人的元明之际文学思想研究来说,主要论题是对台阁与山林两大文学思潮的转换与演变的描述。故而研究的起点必须从元末的王朝解体、战乱频仍与社会动荡入手,以台阁文人的解体流散与山林文人的政治选择为基本依托,以文人的旁观者心态与择主心态为窗口,借以观照此时的文坛状况,并提炼出元末悲愤沉郁的变风变雅文学观念与明初高昂盛大的鸣盛文学观念。元末的此种文坛局面与文人心态不仅决定了其有别于宋末与明末的创作状况与审美倾向,同时也导致了易代之后迥异的思想潮流,即元初与清初是遗民文人文学观念占据主导地位的时代,怀念故国与反思历史成为当时文学思想的主要内涵,而明初则是一个颂美鸣盛为主导思想的时代,许多文人对于战乱的结束而天下重归太平充满喜悦之情,尤其是为汉唐再造的礼乐复兴而欢欣鼓舞,并为此挥笔写下大量情感充沛、格调高昂的鸣盛诗文。关于鸣盛的文学观念,既是明初所特有的,又是充满争议的。就其当时人的看法,所谓鸣盛,刘基称之为"理明而气昌"①,张孟谦称之为"气昌而腴"②,亦即情感雅正、气势充沛、体貌盛大与气象雄浑之意。后人对鸣盛观念的误解,首先在于将鸣盛与颂圣相混淆,以为

---

① 刘基:《苏平仲文集序》,刘基著,林家骊点校《刘基集》卷二,浙江古籍出版社,1999,第88页。

② 张孟谦:《雅颂正音后序》,见刘仔肩《雅颂正音》卷末,《中华再造善本》据明洪武三年王举直刻本影印,国家图书馆出版社,2010。

有阿谀奉承帝王之嫌。鸣盛自然包括颂圣却又不限于颂圣，就明初文坛看，鸣盛包括了颂扬天下太平、礼乐复兴、文明再造、国家兴盛、仁道施行等内涵，同时也包括文人自我功名愿望的实现与帝王创业的成功两个方面。以诗学的标准衡量，在于这些内容的书写是真实情感的体现还是违心虚假的阿谀，就当时总体情形看，显然属于前者，故而鸣盛不应成为负面的文学观念。其次是鸣盛与应制的相混。鸣盛之作自然包括应制诗文，但不等于应制之作。鸣盛还包括送行、唱和、咏物、写景及言志等诸多种类。应制诗文显然杂有比例较大的虚假违心的溢美胰颂之作，但又并非全为应付场面的虚以逶迤，当应制诗作中融合了个体的成功与朝廷的清明时，显然也体现了作者真实的情感表达。其三是政治情感与诗歌审美的关系问题。自现代学术体系建立以来，对于文学审美的理解常常侧重于个体审美情感与批判性情感表达，而对伦理教化与政治实用的强调则被视为审美的弱化。其实又不尽然，当涉及杜甫等优秀诗人时又将其忧国忧民与忠君爱国视为可贵的品格。其实中国古代的诗文很少不牵涉政治教化，关键是看其是否发自真心，倘若情感真挚而抒写自然，依然可以像王祎那样写出优秀的政治抒情诗歌。而且倘若作者的政治理想远大与道德品格高尚，甚至可以对自然山水的描写与个人情感的抒发具有明显的提升作用。稍后的方孝孺（1357—1402）对此有集中的表述，他认为诗人如果有"三穷"便写不出好诗："心不通道德之要，谓之心穷；身不循礼义之涂，谓之身穷；口不道圣贤法度之言，谓之口穷。"① 无此"三穷"便可"心无愧而身无忧"："当其志得气满，发而为言语文章。上之宣伦理政教之原，次之述风俗江山之美，下之探草木虫鱼之情性，状妇人稚子之歌谣，以豁其胸中之所蕴，沛然而江河流，烂然而日星著，怨思喜乐，好恶慕叹无不毕见。"② 方孝孺作为一位明初的浙东后学，其所言容或有夸大之处，但其本人的确是优秀的政治抒情诗人。他非但在理论上继承了明初"理明而气昌"的诗学观念，在创作上也写出了气势盛大而格调爽朗的大量诗歌作

---

① 方孝孺：《题黄东谷诗后》，方孝孺著，徐光大校点《逊志斋集》卷十八，宁波出版社，1996，第 610~611 页。

② 方孝孺：《题黄东谷诗后》，方孝孺著，徐光大校点《逊志斋集》卷十八，第 611 页。

品。后人在文学史与文学批评史叙述中，往往忽视明初这一段充满理想成分的诗学观念与诗学创作，时常从明初的情感书写一下子便转入"三杨"台阁体的论述，显然是对鸣盛观念的误解与忽视。对明初文学观念独特性的聚焦论述是易代之际关注的核心问题之一。

由元末变风变雅的感伤沉郁到明初颂美鸣盛之间的诗学观念转变，体现了易代之际文学思想演变的断裂性特性，与此时隐逸超然的闲适诗学观念构成了文坛的两条基本线索。然而如果细加追究，这两条线索又并非截然对立。闲适的观念乃延续中有变化，而从感伤到鸣盛的断裂中又隐含着连续性的线索。这种延续性主要由三个层面所构成。第一个层面是元末的翰林学士及其他旧朝官员入仕朱明新朝者，如危素、张以宁、宋讷、黄肃、孟昉、刘三吾、陶安、朱右、林弼等，均系由元入明的重要台阁文人，是明初鸣盛观念的主要体现者，乃是宋濂所谓"楚生材而晋实用之"[①]的典型。比如陶安在元末中过乡试，尽管只担任过山长之类的低级官职，但因从学于名儒李习，故而学术纯正，学问渊博。他在至正十五年（1355）即投入朱元璋幕府，成为其重要谋士。四库馆臣评曰："安以儒臣司著作，于郊社宗庙典礼，皆有奏议。若明初分祭南北郊，及四代各一庙之制，皆定于安。"[②] 可以说在洪武初宋濂暂时归乡时，此类朝廷大著作多出陶安之手。又论其诗文曰："安声价亚于宋濂，然学术深醇，其词皆平正典实，有先正遗风，一代开国之初，应运而生者，其气象固终不侔也。"[③] 此处的评述多有不准确之处。首先是陶安的声价当时丝毫不亚于宋濂，否则也不会被朱元璋称为"翰苑文章第一家"[④]，只不过陶安病逝于洪武元年（1368），此后名声地位才逐渐被宋濂超越。其次是言其"词皆平正典实"亦不准确，以此论陶安之文大致不差，但陶安的诗词则以盛大高昂之体貌为主要特征，是鸣盛观念的典型代表。其三是言其"有先正遗风"颇为恰切，但说他"应运而生"便有些玄乎不着边际。但无论如何，

---

① 宋濂：《郭考功文集序》，宋濂著，罗月霞主编《宋濂全集》第2册，浙江古籍出版社，1999，第1181页。
② 永瑢等：《陶学士集提要》，《四库全书总目》卷一百六十九，中华书局，1983，第1465页。
③ 永瑢等：《陶学士集提要》，《四库全书总目》卷一百六十九，第1465页。
④ 《明史》卷一百三十六，中华书局，1974，第3926页。

此处关注到了陶安所体现的易代之际文学思想的跨代延续性，依然不失为真知灼见。第二个层面是学派思想传统的代际承传，在元明之际最具代表性的乃是浙东学派。明人胡应麟说："大概婺诸君子沿袭胜国二三遗老后，故体裁纯正，词气充硕，与小家尖巧全别。惟其意不欲以诗人自命，以故丰神意态，小减当行，而吴中独善。今海内第知其文矣。"[1] 胡应麟将明初婺中文人"体裁纯正，词气充硕"之雅正盛大体貌归之于"沿袭胜国二三遗老"，自然是毋庸置疑的历史事实。宋濂本人就曾说：

> 斯文，天地之元气。得其正者，其文醇；得其偏者，其文驳。世之治也，正文行乎上，则治道修而政教行；世之乱也，正文郁乎下，则学术显而经义章。斯文之正，非谓其富丽也，非谓其奇诡也，非谓其简涩涣漫也。本乎道，辅乎伦理；据乎事，有益于治。推之于千载之上而参之于四海之外而准，传之乎百世之下而无弊。若是者，其惟文之正乎！文苟得其正，则穷泰何足以累之？[2]

宋濂此处的论述核心在于坚持文之"正"而"醇"的立场，其目的指向则是无论"世之治"还是"世之乱"，都不应违背此一原则，差别仅在于"治道修而政教行"与"学术显而经义章"之不同而已。既然如此，无论是元末战乱中的隐居著述，还是明初新朝中的制礼作乐，都应一以贯之地坚守文之"正"而"醇"。此处所言深袅先生即吴莱（1297—1340），元末隐居著述，宋濂曾师从其学诗。吴莱为文讲求明道致用，为诗雄浑奇特。吴莱与宋濂的诗文观均系浙东派思想传统的体现。由此可知，自宋至明初，浙东学术与诗文观绵延不绝，成为跨代传播的典范。第三个层面是隐性的跨代延续性。从表面上看，元末是大都台阁作家群解体而失去文坛掌控的局面，代之而起的是各地域诗坛的崛起与繁荣。但实际上许多台阁文人因战乱而弥散于全国各地，或因外出执行公务而滞留地方，或因群雄

---

[1] 胡应麟：《诗薮·续编》卷一，见周维德主编《全明诗话》第3册，齐鲁书社，2005，第2732页。

[2] 宋濂：《深袅先生吴公私谥贞文议》，宋濂著，罗月霞主编《宋濂全集》第3册，第1509页。

割据而被强留任职，或因辞归隐居而活跃于地方文坛，诸如李祁、柯九思、张翥、贡师泰、余阙、周伯琦、苏天爵、饶介、刘仁本等等。这些台阁文坛人因广泛参与地方文坛活动而对其施加种种影响。这些影响在某些人身上有迹可循，比如余阙曾为戴良题写"天机流动"匾额，戴良亦承认曾从其学诗。但多数则属于辗转交叉影响，因文坛人际关系复杂之故隐而不彰。探讨元明交替之际文学思想尤其是台阁文学之间的断裂性、延续性等复杂内涵，是研究该时期诗文观念所聚焦的另一问题。

从以上所述中不难发现，元明易代之际的文学思想自有其独特内涵，它由元末自适闲逸与悲愤沉郁的两极形态到明初高昂盛大的鸣盛格调，构成一种断裂中兼具延续性的时代特征。从台阁文学思想的角度看，其主要以宋濂、刘基、方孝孺等浙东作家群主体为代表，其思想观念的内涵以明道致用的文章观与鸣盛宏大的诗学观所构成。以前研究明前期的台阁体，一般都会追踪到刘崧、陈谟、梁兰与杨士奇的传承关系，其实假如对比一下元代台阁体和谐温婉与明代台阁体工稳和谐之间相似的体貌体征，并仔细梳理它们之间的历史关联，或许会发现更为复杂的跨代延续渠道。陈光的《元至明初江右诗学思想的流变》一书，正是采取了与易代之际文学思想研究所不同的跨代研究路径，它不仅将明代三杨的台阁体追溯至元末明初，更远溯至元代中前期的江右地区。它不仅关注地域文学的特征，还与主流文坛的台阁体进行关联性考察。

跨代研究当然与易代之际的研究具有重叠之处，所以该书也用了相当大的篇幅系统讨论元明易代对江右地区诗学思想的影响与形塑。作者认为由于元末的江右地区处于各方割据政权争夺的要冲，深受战乱的蹂躏，文人们不仅出仕无望，多数人还遭受生存的危机与饥馑的折磨，因而其一向所秉持的以诗鸣盛的雅正诗学观念被暂时遮蔽，怀道而隐的山林意趣得以彰显，其诗学思想也呈现出多元倾向，其中既有对性情之正的坚守，也有对宗唐得古的强调，更有变风变雅的战乱书写与现实讽喻。该书的此种结论，应该是符合易代之际的历史事实的，在倡导变风变雅的诗学观念上，江右文人与浙东的刘基等作家显然代表了那一时代的诗学主导倾向。元末江西文人叶颙（生卒年不详）《古乐府十四首序》，将此一看法表述得更为显豁而全面：

古骚人韵士身处乱离，未尝不寓情于篇翰，以发其悲惋愁郁之气，情激于中，不能自已，殆犹霜钟候管，时至而声气自相鸣应者也。余尝读屈原《九歌·怀沙》、阮籍《咏怀》诸诗及杜少陵、李太白《秋风》《出塞》《远别离》等作，千古令人堕泪，信乎声诗之好，其感于人心之深者如此。余生逢兵革，今渐老矣，适丁其时，顾思前贤，经心阅目，若合一契，因取古题，作乐府诗一十四章，歌之以寄其意。或取其义于彼而发兴于此，或感古以嗟今，或咏歌其事，而慷慨忧伤，有不能自已者。虽词意工拙不敢以拟古人，而悲惋愁郁之气，则不以今昔之殊而有异也。①

叶懋在此并未提及汉儒诗序，而是直接与屈原、阮籍、杜甫、李白这些经历战乱而写出感伤诗篇的诗人相对接。然后论述"余生逢兵革"的经历与乐府诗歌创作的关系，最终推出其"悲惋愁郁之气，则不以今昔之殊而有异"的结论。刘崧亦曾对此反复强调，其《刘以震诗序》曰："其崎岖兵戎，沦浮下邑，悼时运而幽怨之感生，慨事会而悲愤之气作。"② 其《跋颜中行避地稿》曰："其转徙奔窜之状，哀痛残酷之情，暌离悲慨之感，无不委曲备至。"③ 元末悲伤慷慨的诗学观念产生的原因自然在于战乱频仍、民不聊生的现实，但往往又与诗人对朝廷官府的黑暗混乱之斥责紧密相连，所谓"风俗已坏，人心已偷，辇毂之下，奸民公于攘劫而不忌，官府恬于豢养而不闻，上下蒙讳，以阿顺相倾引，欲天下不乱，得乎"。④ 叶懋与刘崧的这些变风变雅观念显然是元末的社会现实所孕育的时代感受，是易代之际所激荡出的思想涟漪，但他们未能在整体上改变江右地域雅正平和的整体特色，即使刘崧本人的诗歌创作，虽以写实求真著称，其情感的力度显然难以比肩刘基沉郁顿挫的激越诗风，最终依然归于从容平实的体貌。该书还探讨了江右文人入明初期"鸣盛"与"抒怀"两种不同诗学观

---

① 叶懋：《古乐府十四首序》，见李修生主编《全元文》第 58 册，凤凰出版社，2004，第705 页。

② 刘崧：《刘以震诗序》，见李修生主编《全元文》第 57 册，第 477 页。

③ 刘崧：《跋颜中行避地稿》，见李修生主编《全元文》第 57 册，第 538 页。

④ 刘崧：《杨君公平墓铭》，见李修生主编《全元文》第 57 册，第 619 页。

念的内涵与写作状况。尤其是作者除重点论述学界所普遍关注的刘崧等重要江右作家外，还具体探讨了王沂、刘永之、周震霆、郭钰等易代之际江右文人的诗学思想。从此一角度说，陈光本书的研究可以视为是对易代之际文学思想研究的扩展与细化，因而可以纳入易代之际的研究框架中。

相对其易代之际江右诗学观念的研究，该书有关元延祐至明永乐年间江右雅正诗学观念流变过程的关联性研究显然更具有学术创获与贡献力。其中集中笔墨论述的是，元中期江右文人之所以侧重于正统诗学观念，因其可以入职朝廷并践行儒家仁义之道。因此，延祐复科是推动江右雅正诗学观形成的重要事件。在此之前，庐陵文人刘辰翁引领江右文苑，主张抒情尽性的诗学理念，诗风因此奇崛险涩。随着程钜夫、虞集、揭傒斯等江右文人进入朝廷，即开始尝试改变此种地域性诗歌书写的体貌。在文随世运理论基础上，以理学为内核的尚雅正、鸣盛世的主张成为江右馆阁文臣新的诗学倾向，并逐渐融汇成江右文人的主要诗学思想内涵。元季遭逢乱世，文人遂失去入仕途径，盛世也为乱世所取代，雅正观念由此分化为朝廷典雅与文人风雅两个理论侧面。前者强调诗文的古雅庄重，后者侧重于儒者的生命力与价值坚守，凸显待时求用的儒者本色，诗文因此哀而不怨，颇具风雅之趣。其间也有部分文人曾一度突破温柔和平的雅正原则而倡导变风变雅的格调，此为又一次诗学观念的转折。入明以后，江右诗学思想又有新变。洪武、建文朝的江右文人汲取元代馆阁前辈以诗鸣盛的理念，以雅正之音鸣新朝之盛。只是在洪武初期，宋濂、刘基、王祎等浙东文人的雄迈壮大声音成为文坛的主导，江右文人的平和雅正一时尚难以领袖诗坛。永乐后随着台阁文学的日渐显耀，江右文人汲取本地学术思想与诗文观念，将江右诗学思想融入台阁诗学的建构之中，并形成一种辞气安闲、注重教化的诗学观念与创作形态。该书即以元延祐至明永乐年间江右雅正诗学观念的形成及流变作为主线展开论述，凸显此一地域诗学思想的主线：形成于元代台阁文学而又延续至明代台阁文学的跨代历史关联。二者之同质性在于，雅正观念所根植的政治性与正统性在百余年间始终如一。其异质性在于，在元代台阁文学中，雅正观念侧重于典雅与复古，而在明代台阁文学中，雅正观念强调辞气安闲与平正工稳。二者对雅正观念不同理论侧面的强调与推阐，既体现出江右诗学思想具备元明两代的诗学品格，更彰显出两代台阁文学的共性与差异的复杂关联。

陈光本书的跨代地域诗学思想研究显示了两个方面的长处：一是其研究对象尽管属于地域文学范畴，作者却始终与主流文学思潮紧密结合起来，抓住台阁诗学思想的形成过程与阶段性内涵，从而写出主流文坛与地域文学之间的关联与互动，我以为这是地域文学研究避免碎片化、边缘化的主要手段。二是对跨代文学思想研究的路径与方法进行了有效的探索。以前学界也曾有人对不同时代的文学观念、文学现象及创作手法进行过比较，但大多数人仅停留于内涵、特征的平行比较，难以抓住深层的内在联系。陈光则不同，他以江右地区为依托，抓住其共同的诗学传统，紧扣文人之间的代际传承，结合时代环境的变迁，详细梳理出诗学思想的流变过程。既凸显其不同时代诗学观念的同质性关联，又不忽视因环境变化所导致的异质性差别。这样的跨代研究显然已不再局限于易代之际文学思想研究的范围，从而具有自己独特的价值，在一定程度具有方法论实验的意义。

此种跨代研究既然是学术的实验性探索，也就无可回避地存在一些有待提高的地方。首先是对某些历史现象的认知依然有待深化。比如，同样是台阁体作家，在跨代文学思想的历史演进中却扮演过不同的角色，浙东派在元明易代之际主导了当时的文坛，而江右文人群体却在承平时期扮演了更为重要的角色。学界一般的看法是浙东文人具有强烈的事功倾向，因而较早进入了朱明政权并掌控了文坛的权力。其实，如果详细了解当时文坛实情，江右文人并非难以跻身文坛主流，洪武三年（1370）江右文人刘仔肩编选《雅颂正音》，共选当时诗人 61 人，选诗 328 首。其中江右便有曾鲁、吴志淳、危素、程国儒、涂颖、刘丞直、熊鼎、吴彤、黄肃、刘崧、吴伯宗、周子谅、僧似杞、僧来复、僧廷俊、僧怀渭、李克正、吕复、萧执、刘仔肩等 20 人，入选诗作 108 首。① 无论作家还是作品，江右文人都占据三分之一左右。这其中原因自然有作为编选者的江右人刘仔肩的地域情结的因素，但同时也说明当时作为"雅颂正音"的代表作家，江右文人并非少数，而且像曾鲁、危素、刘崧、吴伯宗等，都是当时文坛有

① 参见《中华再造善本》影印洪武三年王举直刻本《雅颂正音》，国家图书馆出版社，2010。

分量的作家。因此，要想弄清洪武初年江右文人何以不能占据文坛诗学思想的主导地位，就需要与其同时的浙东、闽中及岭南其他地域的作家群体进行详细对比与深入研究。由于本书地域诗学思想研究的性质，未能进入此种比较研究的视野，自然也难以对此做出有效的阐述。其次是在代际传承的梳理上有待进一步细化。比如关于"鸣盛"的观念，既有"鸣盛""颂美""应制""抒情"之间横向的复杂内涵，也有元末与洪武初、中、后期的纵向阶段性差异，目前统归于"洪武、建文朝"这样一个时段显然是过于粗疏了。这些都有待于作者以后再做进一步的深入研究。

　　陈光跟随我进行中国文学思想的研究已有 10 余年。2013 年至 2016 年，他随我攻读硕士学位，论文选题为《曾棨台阁文学研究》；2017 年至 2021 年，随我攻读博士学位，论文选题为《元至明初江右文学思想的流变》。后来又进入北京语言大学与李瑞卿教授合作进行博士后的研究工作，其内容依然为元明台阁文学思想的研究。对他这 10 余年的学习与研究经历，我认为有两点认识可以提出来作为经验予以介绍：一是要坚持不懈地盯在一个研究领域进行长期的思考探索，熟悉文献，阅读文本，研究问题，不断提升自己的认识，最终才能获得一些有价值的成果。他的研究过程是先从个案研究入手，逐步扩展到线与面的领域而从事综合性的论题，这符合中国古代文学的学术研究程序，自然也合乎中国文学思想史的学术研究程序。二是他对中国文学思想史研究方法持续不断的思考与探索。自我的导师罗宗强教授开创中国文学思想史研究学科以来，已经形成了一套基本的学术理念与研究方法。如果后学试图进入此一研究领域，自然应该熟练掌握这些理论方法。但这些理论方法并不能作为固定套路一成不变，而是在面对每一个新的研究对象时都要重新思考其切入角度与论述路径，然后才可能有新的突破，获得新的结论。陈光在跟随我学习的过程中，没有囿于我目前易代之际文学思想的研究范式，而是重新设计了跨代文学思想研究的选题，并进行了有效的实验性研究，取得了新的业绩，推进了中国文学思想史的研究。对此，我感到十分欣慰，所以谈了上述一些阅读其文稿的感想。是为序。

左东岭

2024 年 12 月 31 日岁末于北京居所

目 录

引　言

对于熟知元明之际地域诗坛格局的研究者而言，江右诗派或者说江右诗学并非新鲜话题，以之为研究对象并谈出新意也殊非易事。就其特征与性质而言，江右文人没有吴中文人诗酒自适的洒落风流，也没有浙东文人淹贯经史的赅博厚重。尤其在思想活跃、诗学观念与创作形态多元的元明鼎革之际，江右文人道王政、颂盛世的诗学倾向与典雅庄重、和平淡雅的审美旨趣甚至稍显单调。然而，此际江右诗学思想依然具有重要价值与研究空间。为何研究江右诗学思想，为何研究元至明初此一历史阶段的江右诗学思想，是本书在展开论述前必须回答的重要问题。

一　研究对象与价值

作为一种地域性文学现象，江西诗学最具文学史价值与影响力的当数两宋时期的江西诗派。实际上，元明两代的江西诗文亦不容忽视。就元代而言，江西诗已经具备地域性特质，例如吴澄云："近年有中州诗，有浙间诗，有湖湘诗，而江西独专一派。"① 在元初，刘辰翁、刘将孙、赵文以及刘诜等庐陵文人引领江右诗坛。其后又有虞集、揭傒斯、范梈等江右馆阁文臣鸣唱京师，标宗雅正，并逐渐将雅正诗文观确立为江右诗学思想的主要内涵，在南北文坛产生重要影响。"元诗四大家"中有三人籍出江西，尤其是虞集主柄文坛以后，诗称虞、揭乃文坛公论，均

---

① 吴澄：《鳌溪群贤诗选序》，《吴文正集》卷十六，《景印文渊阁四库全书》第 1197 册，台湾商务印书馆，1986，第 178 页。

体现出江右诗学在当时的影响力。如陈旅称："天历以来，海内之所宗者，唯雍虞公伯生、豫章揭公曼硕二公而已。"① 欧阳玄亦称："京师近年诗体一变而趋古，奎章虞先生实为诸贤倡。"② 入明以后，由于馆阁、翰院文人多出自江西，因此江右诗学成为台阁诗学思想的重要组成部分。对此，清人钱谦益予以总结，称："国初诗派，西江则刘泰和，闽中则张古田。……江西之派，中降而归东里，步趋台阁，其流也卑冗而不振。"③ 正点出江西诗学由洪武、建文朝到永乐后逐渐显赫并融入台阁文学主流思潮的历史过程。

由于江西诗学在元明两代均具有重要影响，现有研究多以断代史的视野予以考察，并取得丰富成果。然而，江西诗学还具有另一点重要价值，即它是元明诗学关联研究的重要线索。对于元明诗学之关系，清人顾嗣立在评价元诗时称："上接唐宋之渊源，而后启有明之文物。"④ 此论虽为泛泛而谈，但指出明代诗学承元余绪。具体而言，可拈出两条线索予以讨论，作为明线的浙东诗学和作为暗线的江右诗学。前者"通经致用"的观念乃元末明初文坛主流，经黄溍、柳贯、宋濂、苏伯衡等人承续，至永乐初及于式微。随着解缙、杨士奇、胡广等江右文人入职馆阁，江右诗学日渐显耀。之所以称之为暗线，其原因有二。首先是江右诗学在元明之际并非文坛主流，尤其在明洪武朝，宋濂、刘基为文坛领袖，江右文人的仕宦履历与文坛地位很难与之相提并论。其次是江右诗学始终未曾中断，经刘崧、危素、朱善、吴伯宗等仕明文人而延续至明初，并在永乐后成为台阁诗学思想的重要理论来源。因此，欲探讨元明诗学的隐性关系，江右诗学思想在元明之际的承续与新变是绕不开的话题。

江右诗学思想作为彰显元明诗学之关系的潜流与暗线，仅以断代史的视野对其予以研究显然是不够的，而还原其地域性诗学品格的形成过程及

---

① 陈旅：《宋景濂文集序》，《安雅堂集》卷五，《景印文渊阁四库全书》第 1213 册，台湾商务印书馆，1986，第 57 页。
② 欧阳玄：《梅南诗序》，欧阳玄著，魏崇武、刘建立点校《欧阳玄集》，吉林文史出版社，2009，第 81 页。
③ 钱谦益撰集，许逸民、林淑敏点校《列朝诗集》第 3 册，中华书局，2007，第 1540 页。
④ 顾嗣立：《元诗选凡例》，《元诗选》初集卷首，中华书局，1987，第 5 页。

由元入明的变与不变，是本书将"元至明初"这一历史阶段作为考察视野的主要原因。因此，本书的研究对象为元延祐至明永乐百余年间江右诗学思想的演变过程。具体而言，考察重点涵盖两个方面。

首先是钩沉元延祐至明永乐年间江右雅正诗学观念的形成及流变过程。就其性质而言，雅正诗学观远承儒家正统诗学观念，侧重于典雅中正、有补于世。既然强调用世，那么显然与文人是否可以入仕行道密切相关。因此，延祐复科是雅正诗学观形成的重要原因。当程钜夫、虞集、揭傒斯等江右文人进入朝廷后，主张以雅正之音鸣盛世之气，一改此前江右诗学的奇崛险涩之风。元末，江右地区深陷战乱，文人或走出本地，或避乱山林，诗鸣盛世的地域诗学主张显然失去了现实土壤。因此，雅正观念由强调典雅之气变易为凸显风雅之旨，体现的是季世文人保身全生、待时求用的处世策略与群体心态，并因此形成哀而不怨的乱世雅音。明初，积极仕明的江右文人面对天下太平、仁道重施的现实，重拾元代江右馆阁前辈的雅正观念，以典雅宏大之音鸣开国之盛。永乐后，随着大量江西士子进入馆阁、翰院，江右理学与诗学作为一种地域传统，被用以建构符合此时现实需求的台阁文学。此为元延祐到明永乐年间江右雅正诗学观念的形成及流变的简要概括。此一地域诗学思想始于元代台阁文学，又延续至明代台阁文学。钩沉其流变过程，不仅有助于还原雅正观念由元入明的变与不变，更有助于揭示元明两代台阁文学的共性与差异。

其次是辨析元明鼎革对江右诗学思想的影响。元至正后，世运倾颓，文人出仕维艰，江右雅正诗学观以诗鸣盛的理论侧面被遮蔽，怀道而隐的山林意趣得以彰显。例如与刘崧交好的泰和文人王沂，称："余悼吾庐陵大雅之音不作，余私倡也。"① 王沂虽身处乱世，却不废诗书，并有昌明江西诗学的意识。刘崧曾作诗曰："当时作者杨与虞，倡和往往谐笙竽。……独怜生晚堕荒僻，每诵制作增涟洏。"② 由于季世战乱频仍，刘崧、王沂等江右文人无法效仿虞、揭诸人出仕行道，只好转向诗文以效其志。但问题

---

① 乌斯道：《王征士诗序》，见王沂《王征士诗》卷首，《明别集丛刊》第一辑第11册，黄山书社2013年，第59页。

② 刘崧：《读范太史诗赋长歌一首以识感慕之私》，《槎翁诗集》卷三，《景印文渊阁四库全书》第1227册，台湾商务印书馆，1986，第297页。

是，延祐以来的江右诗学，在于以典雅之辞鸣盛世之气，但此一观念与元季哀世存在龃龉，解决此一矛盾的过程，正体现江右诗学的继承与新变。入明以后，尤其是洪武年间，江右诗学思想呈现日渐窄化的趋势。原因概有两点。其一是诸多文人未仕新朝，其诗文观念与创作履践在以往研究中易被忽视。例如解缙曾称："江右则刘崧擅场，彭镛、刘永之相望并称作者。"① 刘崧积极仕明，故文学史研究对其多有重视。但对刘永之与彭镛的研究则稍显不足。这固然因为史料的缺失，更由于他们元明之际的仕隐选择，即，当文坛话语权由地方转移至京师后，坚守山林的布衣文人更易于被历史尘烟所遮蔽。其二是入明以后文人生存模式与创作模式的转换。元季乱世，江右文坛可谓生机勃勃，既有守道修文、扬榷风雅的"江西十才子"，也有周霆震、郭钰以诗纪事的变风变雅之作。诗文观念亦各具姿态，风雅诗学、性情诗论与宗唐复古多流并进。入明以后，尤其是永乐时期，随着文治理念的日渐成熟，江右文人的馆阁身份与公共性写作成为主流，以至众口一词，谈诗之用必曰鸣盛，言诗之法必曰涵养，论诗之气则云安闲，诗文创作亦因此呈现为平正工稳的套路化与官僚化的特征。总而言之，融入台阁文学的过程实际上意味着江右诗学思想的嬗变。

二　研究现状与评价

元至明初江右诗学思想的流变这一研究对象，主要涉及元代、明初与元明之际三个历史阶段。因此，对研究现状的整理与回顾据此展开，主要体现为以下五个方面。一是元明两代江右诗学思想的地域品格及形成过程；二是元中期江右诗学的台阁化转向；三是元明易代与江右诗学思想的流变；四是断代史视野下的江西诗学研究；五是明初江右诗派及其与台阁体之关系。

第一，元明两代江右诗学的地域品格及形成过程。张寅彭《略论明清乡邦诗学中的"泛江西诗派观"》② 一文梳理了明清时期以乡邦意识为基

① 解缙：《说诗三则》，《文毅集》卷十五，《景印文渊阁四库全书》第 1236 册，台湾商务印书馆，1986，第 820 页。

② 张寅彭：《略论明清乡邦诗学中的"泛江西诗派观"》，《文学遗产》1996 年第 4 期。

础的"泛江西诗派"。作者认为，由宋元至明清，"江西诗派"最大的特点是由文学流派原理立论的概念，转变为以乡邦地域意识为基础的"泛江西诗派"，其转变的关键点为明人郭子章《豫章诗话》的成书。实际上，"泛江西诗派观"在明初已初现端倪，解缙在梳理江右诗学统绪时称："宋盛时，彭应求称南国诗人江西诗派，葛敏修擅其雄，诸体备矣。"① 解缙论及宋之江西诗派并未提及黄庭坚，而仅举彭应求和葛敏修，其用意不得而知，但依然可看出，解缙视宋之江西诗派为泛江西诗派的组成部分。此一观点已具备明显的地域诗学意识。查洪德《理学背景下的元代文论与诗文》② 一书，在断代史视野下，对元代理学与文学进行关联性研究。其中，"元代区域学术精神与诗文风貌"一章，梳理江西学术的内涵、特征及受其影响的江西诗文观念。作者认为，元中期的文学中心在江西，江西的学术与诗文中心在抚州，抚州代表性文人为吴澄与虞集。当时流行的盛世文风，是立足于江西理学精神，反映理学家人生追求的文学观念。黎清《宋代江西文学家族研究》③ 对宋代江西文学家族的分布及特点考察入微。本书主要考察元至明初江右诗学思想的流变，但仍然将该书展示于此，主要是因为作者"家族文学"的研究视角。江右地域多故家旧族，本书亦应关注家族学术与文学的基本状况。余来明《地方性诗学建构与明代诗学叙述的多重面相——以江西诗学为考察对象》④ 一文，梳理明人建构的江西地方性诗学图谱与景观，亦对本书多有助益。

第二，元中期江右诗学思想的台阁化转向。刘明今、杜鹃《刘辰翁父子与宋元之际江西诗坛》⑤ 一文指出，大德、延祐年间，元朝臻于大盛，延祐开科进一步缓解了士人的对立情绪，正统派的文学观念在江西地区渐居上风。元中期台阁体的重要作家如范梈、揭傒斯、欧阳玄等人均出自江西。在他们的影响下，早期奇崛恣肆的地域诗风渐渐发生变化。李舜臣、

---

① 解缙：《西游集后序》，《文毅集》卷七，《景印文渊阁四库全书》第 1236 册，第 681 页。
② 查洪德：《理学背景下的元代文论与诗文》，中华书局，2005。
③ 黎清：《宋代江西文学家族研究》，中山大学出版社，2013。
④ 余来明：《地方性诗学建构与明代诗学叙述的多重面相——以江西诗学为考察对象》，《文学遗产》2024 年第 4 期。
⑤ 刘明今、杜鹃：《刘辰翁父子与宋元之际江西诗坛》，《文学遗产》2005 年第 4 期。

敖思芬《虞集与元中后期江右诗文风气的变迁》①一文，指出虞集引领江右诗风之变。作者认为，大德、延祐之际，虞集力接"庆历、乾、淳"余绪，标举"崇唐得古"，论诗以雅正为旨归，使江右诗风为之一变，并进一步影响明代的"江右派"乃至台阁文学。具体而言，虞集对江右诗风的改变主要体现在文学本原、文学宗源和诗文风尚等方面。李超《元廷政治与江西士风和文风》②一文，着眼于元中期文化制度与用人制度，认为朝廷一系列政治举措使士风大振，并进一步影响诗风与文风。该文着眼于制度与文学的关系，对本书具有启发意义。作者的另一篇文章，《江西籍文臣与元代盛世文风的推阐——兼谈对江西文风的改造》③亦对元中期江右诗学思想的转型做出考察。作者认为，以虞集为代表的馆阁文臣，反对奇崛峭立的庐陵文风，并通过培养欧阳玄、傅若金等江右后学，使江西文风趋于典雅。邱江宁《奎章阁文人群体与元代中期文学研究》④一书，关注奎章阁文人的诗文创作与观念。作者在"奎章阁文人群体的南北多族特征与元代文坛的南北融合"一章中指出，不同地域与不同民族的文人共同促成奎章阁文人的台阁文学主张。该书亦指出江右文人程钜夫、虞集在文学的南北融合过程中起到的积极作用。以上两点对本书研究元延祐以来江右雅正诗学观念的形成多有助益。刘嘉伟《元大都多族士人圈的互动与元代清和诗风》⑤一文，考察清和诗风的来源问题。作者认为，清和诗风的形成与元大都多民族、多地域文人的文化互动密不可分，异质文化的交融促成元代诗风的新变。吴志坚《元代科举与士人文风研究》⑥一文，探讨科举与诗文风尚转变之关系。作者认为，一方面，诗文成为文人仕进的工具，因而文风逐渐向平和雅正转变；另一方面，文人亦借诗文以自处，故

---

① 李舜臣、敖思芬：《虞集与元中后期江右诗文风气的变迁》，《江西师范大学学报》（哲学社会科学版）2011 年第 4 期。

② 李超：《元廷政治与江西士风和文风》，《河南科技大学学报》（社会科学版）2013 年第 3 期。

③ 李超：《江西籍文臣与元代盛世文风的推阐——兼谈对江西文风的改造》，《文艺评论》2014 年第 2 期。

④ 邱江宁：《奎章阁文人群体与元代中期文学研究》，人民出版社，2013。

⑤ 刘嘉伟：《元大都多族士人圈的互动与元代清和诗风》，《文学评论》2011 年第 4 期。

⑥ 吴志坚：《元代科举与士人文风研究》，南京大学博士学位论文，2010。

"文道合一"的观点逐渐占据主流。

第三，对元明之际江右诗学的专题性研究。廖可斌在《地域文人集团的兴替与元末明初文学思潮的变迁》① 一文中指出，江西理学与文学传统是构成明初台阁文学的重要来源。魏崇新《明代江西文学的演进》② 一文认为，元末明初江西文人的文学主张具有多样性，载道文学与言情文学并存。其中，载道文学是主基调，言理重道、歌功颂德，强调文学的理念化与政教功能，倡导风雅之旨。危素、陈谟、梁寅、刘仔肩、吴伯宗、周是修等人均持此论。走出江西地区，参与江浙文学创作的江西文人饶介、张羽、刘彦昺，持论侧重于尊性情与重个性。永乐后，江右文人主导文坛，其诗文观念相对统一，主要是歌功颂德、有利政教。另外，该文对周是修、梁寅等文人个案的研究亦具启发性。饶龙隼《元末明初大转变时期东南文坛格局及文学走向研究》③ 对元末明初江西文学的走向做出考察。以"雅正"为核心，勾连元明之际的江右诗学与明初台阁文学，为该书的最大特点与优点。作者认为，故家旧族的文化基质与清江儒学的学术裔脉是江右诗文"雅正"特质的两大来源，雅正特质定型于赵藩主政江西时期，随着明初刘崧、胡广、金幼孜、解缙等人入仕明廷，再到以杨士奇为代表的明代江西馆阁文臣，"雅正"特质逐渐蔓延并蔚为大观。总体来说，该书对元明之际故家旧族学术特征的考察、对雅正观念的历时性梳理，以及对清江学脉学术谱系的清理与考辨，对本书均具启发意义。

第四，断代史视野下的江西文学研究。李超《元代江西文人群体研究》④ 以元代江西文人群体为考察对象，完整且具体地再现元代江西文学的历史样貌。作者将元代江西文学分为元前期、中期与后期，文学中心分别是庐陵、抚州与京师。作者认为，聚集京师的虞集、揭傒斯、欧阳玄等江西籍文人，以及他们秉持的"盛世之音"的文学旨趣，体现出元后期江

---

① 廖可斌：《地域文人集团的兴替与元末明初文学思潮的变迁》，《社会科学战线》1993 年第 4 期。
② 魏崇新：《明代江西文学的演进》，复旦大学博士学位论文，1997。
③ 饶龙隼：《元末明初大转变时期东南文坛格局及文学走向研究》，国家图书馆出版社，2017。
④ 李超：《元代江西文人群体研究》，中国社会科学出版社，2015。

西文学的主要特征。另外，该书对危素、傅若金等文人个案的考察，对
"盛世文学"观念的流转，以及元末江右文人对庐陵文学观念的调节与修
正等诸问题的考辨，对本书均具启发性。李精耕《明代江西作家研究》①
对明代江西籍作家做出细致爬梳。作者将江西诗文在明代的发展分为五个
阶段，并据此展开讨论。洪武至建文朝，以刘崧为代表的江右诗派，标举
温雅醇正的诗歌主张；永乐至成化时期则重点考察以杨士奇为代表的台阁
文学；弘治至正德朝，江西文学具有衰落的趋势；嘉靖至泰昌朝，天启、
崇祯至明清之际的江西文人，作者亦考索精细。作者将明初江西文人分为
元末遗老与明初诸家两个群体，并选择部分文人个案予以研究，挖掘出元
末江西诗文观念的整体性与丰富性。李圣华《初明诗歌研究》② 主要关注
明初各地域性诗歌流派。作者超越前人以"雅正"概括江右诗派及诗派主
将刘崧诗风的观点，认为清丽婉转是其诗风的另一侧面，这有助于还原明
初江右诗派的主要诗风特征。

第五，立足明代台阁文学，兼论明初江右诗派的研究亦值得关注。饶
龙隼《刘崧与西江派》③ 一文，主要考察刘崧的诗文观念与创作，并以之
为例勾勒元末江右文人与明代台阁文学之关系。作者认为，以刘崧为代表
的江右诗派，对雅正诗风的追求在入明后发生转变，为其植入雍容平和的
审美旨趣。郑礼炬《明初翰林院江西籍作者传承研究》④ 主要以明初江西
籍作家陈谟、刘崧、解缙、胡广、金幼孜、杨士奇等人为考察样本，分析
江右诗学观念的传续。作者认为，此种传承关系以杨士奇为核心，到陈
循、叶盛，形成一条清晰的传承脉络。魏崇新《明代江西文人与台阁文
学》⑤ 从地域文学的角度考察江西文人与台阁文学的关系。作者认为，科
举繁盛、江西籍翰林文臣众多，是江西文人成为台阁文学中坚的主要原
因。值得注意的是，作者以《皇明江西诗选》为考察对象，认为江西诗是
台阁诗的样本，其歌颂盛世、弘扬教化、雍容和平的特点已然成为地域文

---

① 李精耕：《明代江西作家研究》，上海大学博士学位论文，2008。
② 李圣华：《初明诗歌研究》，中华书局，2012。
③ 饶龙隼：《刘崧与西江派》，《西南师范大学学报》（社会科学版）1997 年第 4 期。
④ 郑礼炬：《明初翰林院江西籍作家传承研究》，《泉州师范学院学报》2008 年第 3 期。
⑤ 魏崇新：《明代江西文人与台阁文学》，《中国典籍与文化》2004 年第 1 期。

学特色。汤志波《明永乐至成化间台阁诗学思想研究》①，冯小禄《论台阁作家宋文观和宋诗观的错位》②，饶龙隼《明初诗文的走向》③、《明初台阁体的生成与泛衍》④ 等专著与论文，对明代江西籍台阁作家多有关注。例如，汤志波考察明初江西籍台阁作家对宋代江西诗派的接受状况，冯小禄指出明初台阁作家宋文观与宋诗观的错位现象，饶龙隼在对明初诗文格局的宏观考察中兼及论述江右文人的诗文特征。这些学术成果对研究元明之际江右文人与明代台阁文学之关系均具启发意义。

以上所列五个方面的研究成果，均对本书具有重要助益。总体而言，在这些研究基础之上，元至明初江右诗学思想依然有两个方面可继续探讨。其一是考察明初，尤其是洪武、建文朝江右文人的诗学旨趣与创作履践。由于此时江右文人的政治地位并不显赫，加之传统观点认为台阁体主要盛行于永乐至成化年间，故而对洪、建两朝的江右文人关注不足。且不论对龚敩、朱善等重要文人缺乏必要考察，即使是关注度较高的刘崧，依然有诸多问题可以继续辨析。例如他的诗学主张与创作实践之间的矛盾，以及元末与明初创作模式的转换等问题。总而言之，讨论江右诗学思想在元明之际的承变，洪、建两朝是绕不开的历史阶段。其二是应在元明易代的视野下考察江右诗学思想的流变性。例如元明两代江右文人均推重欧阳修文章，但出发点略有不同。元中期的刘诜评欧文曰："不知韩、欧有长江大河之壮，而观者特见其安流；有高山乔岳之重，而观者不觉其耸拔。"⑤ 强调的是欧、韩文章的壮丽之美。虞集则认为欧文是盛世之文的代表，称："昔者庐陵欧阳公秉粹美之质，生熙洽之朝，涵淳茹和，作为文章，上接孟、韩，发挥一代之盛。"⑥ 杨士奇对欧文的肯定，既着眼于盛世

---

① 汤志波：《明永乐至成化间台阁诗学思想研究》，上海古籍出版社，2016。

② 冯小禄：《论台阁作家宋文观和宋诗观的错位》，《中南大学学报》（社会科学版）2005年第6期。

③ 饶龙隼：《明初诗文的走向》，《江西师范大学学报》（哲学社会科学版）2001年第2期。

④ 饶龙隼：《明初台阁体的生成与泛衍》，《苏州大学学报》（哲学社会科学版）2012第1期。

⑤ 刘诜：《与揭曼硕学士》，《桂隐文集》卷三，《景印文渊阁四库全书》第1195册，台湾商务印书馆，1986，第177页。

⑥ 虞集：《庐陵刘桂隐存稿序》，虞集著，王颋点校《虞集全集》上册，天津古籍出版社，2007，第499页。

之文的楷模，又来源于忠臣贤相的身份。可见，同样是对欧文经典化的诠释，却无不隐含诠释者的立场。对此，陈书录认为："他们误解、曲解了其所师法的对象——盛唐之音与欧阳修之文，在崇唐宗欧中出现了严重的偏向。……将豪迈雄健与和婉曲折并举的欧阳修之文淡化为'雍容醇厚'的气象。"① 从刘诜到虞集再到杨士奇，江右文人对欧文诠释立场的差异，仅为江右诗学思想在元至明初流变性的一个侧面，但亦足以说明江右诗学思想在元明两代的共性与差异。因此，考察江右诗学思想的流变，须紧扣元明易代的历史语境，考察现实环境、政治际遇及士人心态等诸多历史因素对诗学思想的影响。

三　研究方法与特色

研究对象与目的决定了本书采用的研究方法。具体而言，本书的研究对象为元延祐至明永乐年间江右诗学思想的内涵与嬗变，及其融入明初台阁文学这一主流思潮的过程。对于江右诗学的研究包含两个子问题：元代江右诗学思想的地域性特质及形成过程；江右诗学思想在元末明初的微调与嬗变。对于江右诗学与明初台阁文学之关系，涵盖三个子问题：明洪武、建文朝江右文人的诗学主张及其与主流思潮之关系；永乐初江右文人政治际遇的提升以及对本地学术与诗学思想的推阐；江右诗学思想的调整及其融入台阁文学思潮的过程。针对以上问题，本书侧重于历时性考察江右诗学思想由元至明的流变过程，辨析其变与不变。具体而言，第一章围绕延祐复科这一历史事件，解决的核心问题为江右雅正诗学观念的内涵及形成过程；第二章以台阁与山林诗之互动为切入角度，解决的核心问题为雅正观念在元季乱世的承续与分化；第三章关注仕隐选择与创作模式之别，解决的核心问题为，明洪武、建文朝江右文人的诗学旨趣及创作形态；第四章关注政治际遇与文人心态之变迁，解决的核心问题为，明永乐年间江右诗学思想融入台阁文学这一主流思潮的过程，及其地域诗学品格的承续与调整。

在具体操作上，本书以中国文学思想史、地域文学史与文学地理学等

---

① 　陈书录：《明代诗文的演变》，江苏教育出版社，1996，第123页。

学科的研究方法为基础，探索地域诗学思想研究的方法与路径。目前的地域文学研究大体以籍贯为划分依据，对同籍贯文人展开研究。而地域诗学思想研究在方法上则与此稍有不同。左东岭师认为，地域文学研究，尤其是地域文学的差异性研究，"必须有层级的分类概念与比较研究的视野"①。饶龙隼先生认为，地域文学研究必须构建层级理论模型，其基本维度包括时间序列与空间铺展。② 可见，构建地域层级是考察地域诗学思想的必要前提与重要方法。就江西而言，路、州、府、县的行政层级构成不同的文人聚落，并形成临川、庐陵、泰和等不同的文学中心与场域；就泰和而言，又包括刘氏、周氏、解氏等故家旧族。可见，此一模型起码应涵盖路、州、府、县、家族等不同层级。在不同层级的文学场域中对地域诗学思想展开探讨，方可使研究落到实处。在众多的地域层级中，家族是江右学术与文学的基本构成单元，应对其予以重点考察。其原因有二。一是江西自两宋以来就不乏故家旧族，如以欧阳某为代表的泰和欧阳氏，以解开、解缙为代表的吉安解氏，以蔡月窗、蔡震亨为代表的泰和蔡氏等，均为元明之际的重要家族。二是明初江西台阁作家普遍来源于故家旧族。如杨士奇出自泰和陈氏；③ 建文中召入翰林的萧用道、宣德初以进士入仕的萧恒，父子二人出自泰和萧氏；永乐二年（1404）选为翰林院庶吉士，后在仁宗朝迁翰林侍读的王直，与"江西十才子"成员中的王佑、王沂同属泰和王氏；永乐间颇受成祖器重的胡广出自吉安胡氏；与修《太祖实录》与《永乐大典》的梁潜出自泰和梁氏。永乐初以庶吉士之选步入仕途的周叙出自吉安周氏。可见，钩沉江右诗学思想在元明之际的流变过程，家族学术与文学是考察的重点。

除构建地域层级外，关注文坛领袖的更易对地域诗学的影响，梳理师承关系及其背后隐含的学术观念与诗学思想的传续也是本书的重要思路与

---

① 左东岭：《影响中国近古文学观念的三大要素——兼论地域文学研究的理念与方法》，《文艺研究》2015 年第 6 期。
② 详见饶龙隼《元末明初大转变时期东南文坛格局及文学走向研究》，第 49~55 页。
③ 杨士奇一岁丧父，早年与陈谟孙陈廉、陈鉴一同受学于陈谟。因此，本书将杨士奇视为陈氏家族成员予以考察。详见杨思尧《太师杨文贞公年谱》，《北京图书馆藏珍本年谱丛刊》第 37 册，北京图书馆出版社，1999。

方法。文坛领袖与本地文人群体的互动是描绘地域诗学知识图景、构建其承变历史谱系的重要线索。正如庐陵文人欧阳玄所论："宋末，须溪刘会孟出于庐陵，适科目废，士子专意学诗。会孟点校诸家甚精，而自作多奇崛，众翕然宗之，于是诗又一变矣。我元延祐以来，弥文日盛，京师诸名公咸宗魏晋唐，一去金宋季世之弊，而趋于雅正。"① 此论点出刘辰翁与虞集作为文坛领域对本地诗学思想的重要影响。师承关系在地域诗学思想研究中具有纽带作用。一方面，地域文人群体因共同的从学经历与学术渊源，从而在诗学思想上具有某种同质性。例如师出吴澄的草庐弟子，普遍将抒写性情与讲求实用视为诗文功能的两翼。另一方面，不同的学术主张会导致诗文观念的多样性。如承袭清江儒学的解缙，为诗一本于理，但无道学气。萧岐学术强调超越精神，诗文颇为旷达。杨士奇受陈谟学术影响，侧重于涵养与实用，故而其诗文工整老练但缺乏美感。总之，不同的师承关系与学术思想，生发出各具特色的诗文观念与创作形态，以之为线索可考见江右文人诗学思想的细部差异。

基于以上研究思路与方法，本书的主要特色有以下两点。

首先，从研究方法上看，本书可补充、丰富文学史书写方式。断代史视野的文学史以朝代起讫为时限，优点不再赘述，缺点是对朝代早期的诗学现象缺乏更为细致地考索。例如，明初台阁文学受到宋元以来馆阁文学的大传统与江右地域诗学的小传统两个方面的影响，欲厘清此问题，须结合元明易代的历史语境。元明之际文学史的书写方式，起码包含三个方面：一是钩沉文人群体的人生际遇与生命方式，例如与割据政权的关系、践行儒道的策略；二是朝代更迭对文人群体的影响，例如民族关系、仕隐选择何以影响文人人生价值、学术理念与诗学思想；三是厘清文人群落、故家旧族的诗学思想在朝代转折时的传统坚守与应时新变。

其次，从学术观点上看，本书考察元至明初江右诗学思想的流变，并检视与之相关的诸多原发性问题，可推进对元明两代台阁文学的学术认识。例如明初"江右诗派"这一文学史概念，便是层累式文学史书写的典型案例。它最初由明人胡应麟提出，被视为明初五大地域诗派之一。而对

---

① 　欧阳玄：《罗舜美诗序》，欧阳玄著，魏崇武、刘建立点校《欧阳玄集》，第83~84页。

于诗派的主要风格、诗学主张与成员构成等问题，胡氏一概未谈，只称其肇始于刘崧。此论经钱谦益、朱彝尊与陈田等人的接受与补充，具有了新的内涵。其一是将其与永乐后的台阁文学关联在一起。其二是以"雅正"概括该诗派的主要诗学旨趣。最后，经过四库馆臣的推阐，以刘崧为代表的"江右诗派"成为一个既成的文学史概念。对"江右诗派"这种文学史概念作历史知识的考古，其目的在于揭示被层累叙述遮蔽的历史潜层。由于此类概念的生成源于文学史建构，而历史真实被生产为历史知识的过程，难免产生消耗性转换的问题，即复杂多元的历史面相被建构为集约化、便于理解和体察的概括性叙述。尽管历史事实无法彻底还原，但清理文学史书写的盲区依然十分必要。将明初江右文人概括为"江右诗派"，固然有利于今人建立对明初诗坛格局的基本认知，但无疑遮蔽了此际江右诗学思想的复杂面相与历史特征。再如，就江右文人对明初台阁文学之影响这一问题而言，江西籍文人占据馆阁、翰院的多数职位，较多参与台阁文学的创作实践，此一点构成江右诗学与明初台阁文学之间的浅层关系。二者之深层关系在于，随着仕宦际遇的提升，江右文人将本地学术与诗学思想用以建构台阁文学，体现的是地域诗学融入主流文学思潮的历史过程。江右诗学强调性情之正的理学因子与台阁诗文有益教化的政治需求相结合，构成台阁诗学约束人情的一面；典雅中正的审美取向与台阁文人老成持重的群体心态相遇合，构成台阁诗学形式工稳的诗风特征。探析江右学术思想、诗学观念在哪些层面参与台阁诗学的建构，可加深对明初台阁文学的学术认识。

第一章

延祐复科与雅正诗学观的形成

延祐复科是元中期改变江右诗学思想的重要事件。自此以后，江西文坛领袖由以刘辰翁为代表的地方布衣文人，转变为以虞集为代表的京师馆阁文人。文坛领袖的更易进而带动地域诗学思想的转型，其表现是崇尚典雅庄重、辞气和平的正统诗文观念的回归。此种回归乃是由于江右文人入朝为官后，诗文进入政治场域的结果。就诗文功能而言，由抒写情志，尤其是抑郁不平之气，转变为文人干谒进身、歌颂盛世之工具；而馆阁文臣的"文随时运"观，将诗文与现实政治紧密联系在一起，亦为诗文变革提供了理论依据。凡此种种，均为元中叶江右地域诗学思想转型的体现。江西籍馆阁文臣欧阳玄曾谓："宋末，须溪刘会孟出于庐陵，适科目废，士子专意学诗。会孟点校诸家甚精，而自作多奇崛，众翕然宗之，于是诗又一变矣。我元延祐以来，弥文日盛，京师诸名公咸宗魏晋唐，一去金宋季世之弊，而趋于雅正，诗丕变而近于古。江西士之京师者，其诗亦尽弃其旧习焉。"① 此论有两点值得注意：一是刘辰翁主导了宋末元初江右诗学之变；二是江右文人进入京师后去旧习而尚雅正。可见，若论及元中叶江右雅正诗文观念的形成，须从刘辰翁以及延祐复科谈起。

第一节　刘辰翁与元初江右诗学的基本形态

元初，刘辰翁为江右文坛巨擘。对于刘氏的文学思想，学界已有较为

---

①　欧阳玄：《罗舜美诗序》，欧阳玄著，魏崇武、刘建立点校《欧阳玄集》，第83~84页。

丰富的研究成果。① 本节着眼于元初江右诗学思想的基本形态，而刘辰翁是论述此部分的关键与核心。有鉴于此，下文将侧重论述刘辰翁与地域诗学思想的关系，即地域文坛领袖诗学思想的内涵，及其何以影响本地文人群体诗文观念与创作。

一　刘辰翁与元初江右文坛

刘辰翁（1232—1297），字会孟，别号须溪，是宋元之际具有重要影响的文坛大家。江右文人曾文礼称："庐陵自欧阳文忠公倡古文，为学者师，后百有余年，而殿讲巽斋先生、太傅须溪先生相继以雄文大笔拟于欧尽常、苏尽变，由是海内之推言文章者，必以庐陵为宗。"② 曾氏将欧阳守道、刘辰翁视为庐陵乃至江右文学宗师，可见二人在当时的地域性影响。吴澄亦认为："国初，庐陵刘会孟氏突兀而起，一时气焰震耀远迩，乡人尊之，比于欧阳。"③ 可见，欲把握元初江右诗学的基本形态，刘辰翁是绕不开的人物。塑造刘辰翁诗学思想的核心因素概有两点。其一是巽斋学术。欧阳守道承朱子之学，但主张融汇朱陆，强调本心。作为欧阳守道的弟子，刘辰翁因此非常看重本心或赤子之心。其二是宋元易代的历史语境。刘辰翁与文天祥皆为巽斋门人，又同处宋季乱世，因而其诗文常含黍离之悲。刘辰翁认为为诗作文应尽抒人情，尤其是哀怒怨恨之情。这种观点无疑与宋元鼎革的现实有关。

刘辰翁诗学思想的核心内涵之一是"不平之鸣"的发生论与"抒写愤懑""导泄人情"的功能观。这种观念来源于刘氏对有宋以来天理规范人欲的理学观念的接受与反思。刘辰翁曾谓：

---

① 如《刘辰翁文学研究》一书，第二章集中论述刘辰翁的文学思想。详见焦印亭《刘辰翁文学研究》，中国社会科学出版社，2011。再如《元代江西文人群体研究》一书，在"元前期江西文学群落——以庐陵为中心"一章中，专门考察刘辰翁的文学思想。详见李超《元代江西文人群体研究》，中国社会科学出版社，2015。

② 曾文礼：《养吾斋集序》，见刘将孙著，李鸣、沈静校点《刘将孙集》卷首，吉林文史出版社，2009，第1页。

③ 吴澄：《养吾斋集序》，见刘将孙著，李鸣、沈静校点《刘将孙集》卷首，第2页。

　　然自读《中庸》以来，有疑于朱子曰：致中和于一身，则天下虽乱，而吾身之天地万物不害为泰。身者，天地之一物，岂复有天地万物在所谓天地之外而独寄于匹夫一人之身者哉！盖勉而学道，学而有得而后悟，天地，非吾身外物也。天地之物备于吾身，而心之经纶，又有天地所不能为者，就其所不能为者，则亦犹一物耳。不知吾之所以物天地者安在，而自沦于一物，则不知性之罪也。

　　……

　　一阴一阳之谓道，道，即中也。天地何所依，依于中，彼非中不立。吾以此身为天道中，是其所谓道者亦依于我耳。莫妙于阴阳动静，莫神于阴阳动静之间，动静之间，其间无物，犹五常之信，四时之中，土中者，天地之土也。寂然不动者也，而无动者也。犹怒、哀、乐、喜、家、国、天下也。其未发也正心诚意而已。吾能正心诚意耳，而家自齐、国自治、天下自平，知此，则喜怒哀乐亦非吾之所能为也，顺此而已。今人知喜与乐之为和，而不知当怒而怒，怒亦和也。非怒之为和，而和者未尝不在也。犹当哀而哀，必哀尽而后无余憾也。此岂动心与忍性之谓哉？矩其未尝动则亦有所不必忍也。故夫大寒大暑，烈风雷雨，人知其过，不知其和。彼其宣导湮郁、开辟变化，不若是不足以有为。故在当日为过，在一岁言之亦适和耳。①

此处之所以大段详引，因其是理解刘辰翁诗文观念的重要文献。朱子认为，惟致中和方能不害天地万物。刘辰翁则认为吾身与天地万物本为一体，不可一分为二，并据此提出"怒亦和""哀必尽"的顺性中和的观点。理学家普遍认为，人之喜与乐符合中和的矩度，而哀与怒则须修炼工夫，去哀远怒方是中和。但刘辰翁认为，喜怒哀乐均非人之所能左右，吾身与天地为一物，则吾之喜怒哀乐均为道之显现，因此"顺之"即可。所谓"当怒而怒，怒亦和也""当哀而哀，必哀尽"正是此意。刘氏在此基础上进而得出"彼其宣导湮郁、开辟变化"的结论，为诗文抒写愤懑、宣导湮

---

① 刘辰翁：《中和堂记》，刘辰翁著，段大林点校《刘辰翁集》卷一，江西人民出版社，1987，第45~46页。

郁的现实功能提供思想依据和理论支撑。

此一观念反映在诗文问题上，体现为"不平之鸣"的发生论与"书写愤懑""泄导人情"的功能观。刘辰翁在《不平鸣诗序》一文中称：

> 亘古今之不平者无如天。人者有所不平则求直于人，则求直于有位者，则求直于造物，能言故也。若天之视下也，其不平有甚于我，有甚于我而不能自言，故其极为烈风、为迅雷、为孛、为彗、为虹、为山崩石裂，水涌川竭，意皆其郁积愤怒，亡所发泄以至此也。退之谓四时之推夺为不平者，皆人事之激也。
>
> 大决所犯，伤人必多，不如小决，使道人之不平所不至于如天者，其小决者道也。小决之道，其惟诗乎！故凡歌、行、曲、引，大篇小章，皆所以自鸣其不平也。而其险衰有甚于雷风星变，山海潮汐者矣。①

刘辰翁认为，天不平而不能言，所以化为烈风、迅雷、山崩石裂、水涌川竭，这是郁积愤怒无所发泄的具象体现。人不可与天同日而语，故天之所发为大决，人之所发为小道，是为诗歌。但人能言而天不能言，故人之所发为诗，而天之所发为山崩石裂、水涌川竭。刘辰翁进而说道："故凡歌行曲引，大篇小章，皆所以自鸣其不平也。"② 这就引出了"不平之鸣"的发生论。刘辰翁屡屡论及"不平之鸣"、有感而作的观点。如其《赠潘景梁序》云：

> 余谓文者，皆不得已也。故传《六经》《语》《孟》，非问答即纪事，无作意者，下至《诸子》《史》，或一事反复，或一语酬诘，犹未至无谓，无谓者独建安以来耳。故东汉皆以西都为妄作，班马视先秦如古人。凡沛然成章，而每举不厌者，甚不多见也。③

---

① 刘辰翁：《不平鸣诗序》，刘辰翁著，段大林点校《刘辰翁集》卷六，第173页。
② 刘辰翁：《不平鸣诗序》，刘辰翁著，段大林点校《刘辰翁集》卷六，第173页。
③ 刘辰翁：《赠潘景梁序》，刘辰翁著，段大林点校《刘辰翁集》卷六，第192页。

从发生论的层面看，诗文的创作皆非作者有意为之，而是不得不作，所谓无作意也。

从功能观上看，刘辰翁认为诗文应抒写人情，尤其是险哀不平之情。人情之险哀有甚于雷风星变、山海潮汐，较天之所发更为激烈。通过诗文导泄人情，文人性情方可臻于中和。需要注意的是，"泄导人情"的诗歌功能，亦对社会现实具有积极作用，他在《中和堂记》中称："吾能正心诚意耳，而家自齐、国自治、天下自平。知此，则喜怒哀乐亦非吾之所能为也，顺此而已。"① 顺从人情，有哀与怒则借由诗歌宣导，属于正心诚意的修养工夫。如此，则家齐国治而天下平。可见，诗歌"泄导人情"的功能具有积极的现实意义。刘辰翁将人情之哀与传统诗学的怨刺精神相结合，强化诗歌干预现实的功能。他在《程楚翁诗序》中云：

> "王者之迹熄而诗亡"，诗未尝亡也，而所以为诗者亡矣。方其甚也，显讥默刺，无往而非怨，人见其怨也以为甚也，不知所以为厚也，犹有望也。盖至于奄奄延延，其可讥也以为不足讥，其可刺也以为无足刺，则昔之怨者日远日忘，虽欲求其复甚焉而不可得，而所以为诗者亡矣。所以为诗者亡则其熄久矣。
>
> …………
>
> 科举废，士无一人不为诗，于是废科举十二年矣，而诗愈昌，前之亡，后之昌也，士无不为诗矣。所以为诗亦有同者乎！②

此段材料有两点值得注意。其一，诗之所以未亡乃因其具有怨刺之用。或者说怨刺精神赋予诗最重要的现实意义。其二，科举废弛导致诗歌兴盛。由于科举不兴，士人将注意力由科举时文转向诗歌创作，这对于诗歌来说无疑是具有积极意义的，而无关政治的诗文创作，自然会倾向于抒写个人情志。

刘辰翁诗学思想的重要内涵之二是"竭情尽意"的文章观。宋元易代，刘氏对有宋以来的诗文进行反思与总结。其结论是，继承欧苏之文的

---

① 刘辰翁：《中和堂记》，刘辰翁著，段大林点校《刘辰翁集》卷一，第45页。
② 刘辰翁：《程楚翁诗序》，刘辰翁著，段大林点校《刘辰翁集》卷六，第176~177页。

坦然气势，反对了无生气的场屋时文。如对庐陵文人章贵安的文章赞赏有加，"其文浩荡奇崛"①。这一评价即关注文章之气。文气来源于能否极力抒写个人情感与胸臆。《答刘英伯书》一文集中展现了刘氏"竭情尽意"的文章观念：

> 凡文必成章，自《孟子》《庄子》，皆成章之文也。故其辨博反覆，必自极其意，不极亦不容释。然每章千累百而止，而力常有余，若大篇江河，杂以风波起伏，竭人情之所欲言，穷事势之所必至。则秦汉与诸名家合辨赋而为一人，又非区区之辞令、应对、叙述间比也。如此而又不达，则不达矣。
>
> 今人高韩文，亦其自称道特甚，在唐人众多中最甚达。若循其意之所欲言，言适尽意，亦不过如时文止耳。间有数字数句，赍人讲说，及得其用意，概不得不尔，又非如子云辈，数数可厌，为遁辞，为蔽意，终亦不得为奇耳。然亦未得如欧、苏，欧、苏坦然如肺肝相示，其极无不可诵。
>
> 回思宋初时，用意为古文者，与同时负学问自为家者，欲一篇想象不可得。近耳如叶水心、洪容斋，愈榛塞矣。文犹乐也，若累句换字，读之如断弦失谱，或急不暇春容，或缓不得收敛，胸中尝有咽咽不自宣者，何为听之哉？
>
> 柳子厚、黄鲁直说文最上，行文最涩，《三百篇》情性皆得之容易，如"驾言出游，以写我忧"，"知我如此，不如无生"，"道之云远，曷云能来"，虽妇人自道亦能此，而不朽亦以此。若皆如"懰兮"、"燎兮"，固所未喻。况首尾联复不自厌，如《左传》所谓"艰难其心，而有名章，彻岂不悲"？②

刘辰翁认为，为文必尽抒胸臆、辨博反覆，竭人情之所欲言。若叙事，则力

---

① 刘辰翁：《心田记》，刘辰翁著，段大林点校《刘辰翁集》卷三，第73页。
② 刘辰翁：《答刘英伯书》，刘辰翁著，段大林点校《刘辰翁集》卷七，第233~234页。标点略改。

求穷事势之所必至。如此抒情叙事，则文章自然有气与力。与此相反的是不尽意、不穷事的时文类文章。欧苏之文之所以成为文章典范，正是其披肺肝以示人的坦然与磊落。因此，刘氏反对文意艰涩的文章，他以音乐为例，认为如果为文故造奇语而不达胸臆，则如断弦失谱的乐声，难以入耳。这点似乎与诸家对其文章的评价背道而驰。刘辰翁文章历来为人所诟病之处，正在于"生硬突兀""险怪艰涩"之特征。如虞集批评曰："其上者，尚以怪诡险涩、断绝起顿、挥霍闪避为能事，以窃取庄子、释氏绪余，造语至不可解为绝妙。"① 刘辰翁文章之所以招此批评，正是因为其"自极其意"的观念。在他看来，只要能穷抒胸臆，则语言上大可肆意挥写，最好有大篇江河之态，因而难免文辞的险怪奇崛。因此，虞集等人对其文章的批评，指的是"险怪艰涩"的文辞层面。而刘辰翁则注目于作者胸臆的表达，反对文意与人情的艰涩难懂。这与他"竭情尽意"的文章观念是统一的。

考察刘辰翁的散文创作，亦可见其"竭情尽意"的观念。刘辰翁文章抒情汪洋恣肆、慷慨激昂，满腹牢骚俱呈笔端。试看《吉州能仁寺重修记》中的一段文字：

> 驿传倾，田赋陷，货来积，府藏虚，徒飞书倚牍，携上听，市众援，死之日，墓有诔，史有谥，盖知者以为民贼，而论者以为人才，吾非厚自毁而尊异彼也。言之何及？将以泄吾心之所甚愤，而激来世以所可羞。庶几虚伪省而真实见，如冲才，使冠巾与人间事，吾岂忧残敝与凋乏哉。一废一兴，必有痛怀千古者，而后识吾言之悲也。②

面对不良世风，刘辰翁可谓激愤难抑，因此文中情感恢弘恣肆。对于"竭情尽意"的文章观，其子刘将孙最有体会。他曾谓："当晦明绝续之交，胸中之郁郁者，一泄之于诗。其盘礴繋积而不得吐者，借文以自宣。脱于口者，曾不经意；其引而不发者，又何其极也！"③ 正点出刘辰翁文章观念

---

① 虞集：《刘应文文稿序》，虞集著，王颋点校《虞集全集》上册，第505页。
② 刘辰翁：《吉州能仁寺重修记》，刘辰翁著，段大林点校《刘辰翁集》卷四，第107页。
③ 刘将孙：《须溪先生集序》，刘将孙著，李鸣、沈静校点《刘将孙集》，第101页。

与创作的最大特征。

刘辰翁的诗文观念在此时的庐陵乃至整个江右地域具有重要影响，而刘将孙与赵文是受此影响的重要文人。刘将孙（1257—?），字尚友，号养吾，江西庐陵人，刘辰翁之子，有《养吾斋集》传世。刘将孙的诗文观念受其父影响较大，但也有自己的主张与观点。今人查洪德将其诗文观念归结为四点：以气论文；以禅论诗；文学共性与个性的相关理论；性情论。①亦有学者将"师心说"视为刘将孙文学观念的核心。② 总体来看，以上几点皆为刘将孙的诗文观念的重要范畴。

"诗本情性"的本源论与发生论是刘将孙诗学思想的内涵之一。"诗本情性"是自《诗经》以来儒家传统诗学观念的核心命题。刘将孙"性情论"除受传统观念的影响外，亦受到其父刘辰翁的熏染。前文已经指出，"不平之鸣"的发生论与"导泄人情"的功能观是刘辰翁诗学思想的核心内涵。所谓"不平之鸣"，实已暗含了诗歌的本源问题。而"导泄人情"的功能观亦建立在诗本性情的发生论的基础之上。但此处依然有必要对刘将孙的"情性论"予以讨论，乃是因为其观点虽受到其父的影响，但亦有自得之处。

"诗本情性"的本源论强调作诗应以人之性情为核心。对此，刘将孙称：

> 诗本出于情性，哀乐俯仰，各尽其兴。后之为诗者，锻炼夺其天成，删改失其初意，欣悲远而变化非矣。人间好语，无非悠然自得于幽闲之表，而留意于兹事者，仅以为禽犊之资，此诗气之所以不昌也。③

从本源上讲，诗出情性。因此人之哀乐，均应借由诗歌尽情抒写。这一点与刘辰翁"竭情尽意"的观点相同，其核心在于一个"尽"字。但刘将孙又有发挥，他认为，既然为诗应竭情尽性，那么后天的锻炼删改则妨碍对情性的抒发。其所谓"悠然自得"，便是强调自然、流畅地抒发情性。既

---

① 详见查洪德《理学背景下的元代文论与诗论》，第128～133页、297～309页。
② 详见李超《元代江西文人群体研究》，第108～111页。
③ 刘将孙：《本此诗序》，刘将孙著，李鸣、沈静校点《刘将孙集》，第88页。

然情性为诗之本源与核心，那么诗歌的文辞较情性而言，在重要性上要落入下等。他在《黄公诲诗序》中对此有详细表述：

> 盖余尝怃然于世之论诗者也。标江西竞宗支，尊晚唐过《风》《雅》。高者诡《选》体如删前，缀袭熟字，枝蔓类景，轧屈短调，动如夜半传衣，步三尺不可过。至韩、苏名家，放为大言以概之曰："是文人之诗也。"于是常料格外，不敢别写物色；轻愁浅笑，不复可道性情。至散语，则匍匐而仿课本小引之断续，卷舌而谱杂拟诸题之磔裂，类以为诗人当尔。吾求之《三百篇》之流丽，卜子夏之条畅，无是也。诗与文岂当有异道哉？子曰："辞达而已矣。"辞而不达，谁当知者？故缩之而五七言，畅之而长篇，发之而大制作，孰非文也？要于达而止。[①]

此论有几点可堪关注。其一，"诗本情性"作为诗歌本源与核心观念，是超越时代与流派的。以流派论诗或以某时诗歌为宗本，无疑失其要旨。其二，诗歌既然本于情性，那么其核心功能便是道性情，"轻愁浅笑，不可别写物色"无疑遮蔽了对性情的书写。其三，文辞较性情而言，要退居其次。即性情为本，文辞次之。文辞层面应如何把握呢？刘将孙搬出孔子的见解，认为辞达足矣。在文辞与性情的比较中，不难看出"情性论"在刘将孙诗学思想中的核心地位。这种观点，时常见诸其文集。如其序彭宏济诗集时称：

> 自《风》《雅》来，三千年于此，无日无诗，无世无诗，或得之简远，或得之低黯，或得之古雅，或得之怪奇，或得之优柔，或得之轻盈。往往无清意，则不足以名世，夫固各有当也。而后出者顾规规然效之于其貌焉耳，而曰吾自学为某家，不亦驰骋于末流，而诗无本矣乎？清以气，气岂可摭而学，揽而蓄哉？目之于视，口之于言，耳之于听，类不知其所以然而然。有得于情性者，亦如是而已。夫言亦

---

① 刘将孙：《黄公诲诗序》，刘将孙著，李鸣、沈静校点《刘将孙集》，第97页。

孰非浮辞哉？惟发之真者不泯，惟遇之神者必传，惟悠然得于人心者必传而不朽。彼求之物而不求之意，炼于辞而不炼于气，何如其远也！吾先君子须溪先生之说诗，其不可于众可也若甚严，其独赏于人弃也若甚异，然廓然而云雾开，犁然而神境会，一日而沛然发于情性者，清才辈出，晤言赏叹，自慰暮年。①

刘将孙此处提出诸多概念，如文气之清与文辞之古雅、怪奇，但无一不以"情性"为核心。不朽之诗当来源于真情性，不若此而炼辞求物，则属于缘木求鱼，未及诗之要旨。另外，刘将孙坦言其情性诗论的家学来源。刘辰翁说诗品味独特，常与众人异，但其诗学核心依然是"性情论"，这一观点对刘将孙产生了重要影响。

谈及刘将孙的"性情论"，一般与其"自然论"结合在一起，形成"自然性情论"。刘将孙的确常常谈及自然，如"人间好语，无非悠然自得于幽闲之表"。②需要注意的是，此处"自然情性论"依然是以"情性"为核心，而所谓自然，并非指悠然自在的审美风格与精神境界，而是指作诗应保持情性之自然纯粹，反对后天的雕琢删削。这是其"诗本情性"本源论的延伸。他在序其父文集时称：

> 盖尝窃观于古今斯文之作，惟得于天者不可及。得于天者，不矫厉而高，不浚凿而深，不斫削而奇，不锻炼而精。若人之所为，高者虚，深者芜，奇者怪，精者苦。三千年间，惟韩、欧、苏独行而无并。两汉以来，六朝南北盛唐名家，岂不称雄一时，而竟莫之传者，天分浅而人力胜也。……师友学问，自先生而后，知证之本心，溯之六经，辨濂洛而见洙泗，不但《语录》《或问》为已足。词章翰墨，自先生而后，知大家数，笔力情性，尽扫江湖晚唐锢习之陋。③

---

① 刘将孙：《彭宏济诗序》，刘将孙著，李鸣、沈静校点《刘将孙集》，第98页。
② 刘将孙：《本此诗序》，刘将孙著，李鸣、沈静校点《刘将孙集》，第88页。
③ 刘将孙：《须溪先生集序》，刘将孙著，李鸣、沈静校点《刘将孙集》，第101页。

所谓"得之天者"，是在与后天人为的比较视野中提出的。浚凿、斫削、锻炼等作诗为文之法，均属于人力的范畴，借此之作皆非上品。接下来，刘将孙又指出刘辰翁诗文的优长，即尽发胸中之郁。这正是刘辰翁与刘将孙父子"情性论"观点的延伸，即尽抒己情的诗文才是佳作。正是持有以情性为核心的诗学观念，刘辰翁始能一扫江湖晚唐旧习。在这一点上，刘将孙基本接受了其父的观点，他曾谓："余谓诗人对偶，特近体不得不尔。发乎情性，浅深疏密，各自极其中之所欲言，若必两两而并，若'花红柳绿''江山水石'，斤斤为格律，此岂复有情性哉!"① 此处，刘将孙将格律与情性对比立论，认为对偶乃近体诗之特质，但不能将对偶格律等诗法层面的因素凌驾于情性之上，如果一味依据法度作诗，则会妨碍对情性的抒发，甚至让诗成为毫无情性可言的格律文字。

与刘将孙同样持"性情论"的还有赵文。赵文（1239—1315），字仪可，号青山，江西庐陵人，有《青山集》传世。赵文与刘将孙过从甚密。刘将孙曾谓："予于公忘年之交，笃密逾至。"② 《萧汉杰青原樵唱序》一文集中反映了赵文的性情论：

> 萧汉杰出所为诗，号《青原樵唱》示余。或曰："樵者亦能诗乎?"余曰："人人有情性，则人人有诗，何独樵者。"彼樵者，山林草野之人，其形全，其神不伤，其歌而成声，不烦绳削而自合。宽闲之野，寂寞之滨，清风吹衣，夕阳满地，忽焉而过之，偶焉而闻之，往往能使人感发兴起而不能已。是所以为诗之至也。后之为诗者，率以江湖自名。江湖者，富贵利达之求，而饥寒之务去，役役而不休者也。其形不全，而神伤矣。而又拘拘于声韵，规规于体格，雕镂以为工，幻怪以为奇，诗未成而诗之天去矣。是以后世之诗人，不如中古之樵者。③

---

① 刘将孙：《胡以实诗词序》，刘将孙著，李鸣、沈静校点《刘将孙集》，第100页。
② 刘将孙：《赵青山先生墓表》，刘将孙著，李鸣、沈静校点《刘将孙集》，第238~239页。
③ 赵文：《萧汉杰青原樵唱序》，《青山集》卷一，《景印文渊阁四库全书》第1195册，台湾商务印书馆，1986，第3页。

赵文认为,《诗经》所收山野樵人之歌乃诗之至。其立论前提与核心乃是诗本性情的本源论与发生论,即"人人有情性,则人人有诗"。赵文之所以特别推重山林草野之人的诗歌,乃是由于其性情的完整性,其性全,其神不伤。此处之性情,非仅指人的主体情感,而是包括天然且完整的精神世界。山野樵夫的诗作之所以精妙无双因其未经人为的删改,而是天然性情的自然流露。后世之诗之所以失其高妙,正是因为文人进入俗世的场域,终日奔波于富贵利达之途,进而其形神皆伤,作诗又拘泥于声韵体格,以至于后世诗人之诗不如中古樵者的山野之唱。

按照赵文的观点,诗之至似乎成为一种经典的过去,而现在再也无法触及。实际上并非如此。他之所以崇尚中古之诗,乃是出于对现实的种种不满,这种不满来源于宋元易代而产生的民族意识与遗民心态。文天祥、刘辰翁、赵文这些承继欧阳守道学术的文人,普遍具有强烈的遗民心态。赵文之所以提出"情性论",源头也正在于此。他在《诗人堂记》中谈道:

> 近世士无四六时文之可为,而为诗者益众,高者言《三百篇》,次者言《骚》、言《选》、言杜,出入韦、柳诸家,下者晚唐、江西。而夷考其人,衣冠之不改化者鲜矣。其幸而未至改化,葛巾野服,萧然处士之容,而不以之望尘于城东马队之间者鲜矣。是虽山林介然自守之士,忍饥而长哦,抱膝而苦调,未尝无之,然终不能胜彼之多且雄也。故今世诗多而人甚少,其少者必穷、必祸,虽有高古之诗,且将流落散逸,泯焉以无传,甚可痛也。①

赵文此处指出一个现实矛盾之处:自宋元鼎革、科举废除,为诗者众而诗人甚少。其原因正是由于他们易服改化,接受元朝的文化统治。而真正能被称为诗人的,是那些数量寥寥的山林自守之士。他们虽能写出可媲美高古之诗的精妙之作,但由于现实的穷祸之弊而难以流传。可见,高妙的诗歌并非可望而不可即,这需要诗人具有高洁自守的风骨,进而他们的精神,或曰性情方能像中古樵者那般天然完整。"诗之为物,譬之大风之吹

---

① 赵文:《诗人堂记》,《青山集》卷四,《景印文渊阁四库全书》第1195册,第41页。

窍穴，唱于唱喁，各成一音；刁刁调调，各成一态。皆逍遥，皆天趣。"① 抒发个人情志的诗歌因其具有多样性，而形成多姿多彩的天趣之作。

综上，元初以刘辰翁为代表的江右文人，在诗学思想上普遍具有相似性。其一是"诗本性情"的发生论与本源论，其二是抒写人情的功能观。作为诗歌本源的性情，在内涵上不仅包含诗人主体的心志与情感，更指向人格、操守与境界，具有综合性内涵。而体现诗歌功能的性情，则主要指诗人情志。刘辰翁与刘将孙、赵文等人处于宋末元初之乱世，因而其主张抒写的情志侧重于哀怨愤懑等消极性情感。在对"性情论"的把握中，尤堪注意的是刘辰翁的观点。其"竭情尽意"的观念主张写诗作文应尽抒胸中之哀怒，这为其诗文奇崛雄肆的审美形态提供了理论依据。应该说，元初以刘辰翁为代表的江右文人，多主张"性情论"。当然，这是一种侧重于其共性的学术判断，并不能涵盖此时所有江右文人的诗文观念。如同为庐陵文人的邓光荐论诗就主张尚新求变。他认为："诗贵乎变，不守一律。千变万化，变之不穷，惟子美能当之。岂惟诗，文亦然。"② 他认为，诗文正是因其变化才具备长久的生命力，这与性情诗论差异较大。

二 竭情尽意的江西诗

元前中期的江右文人，论诗作诗讲求抒发性情之真、人情之至，在审美风格上不拘常格，具有融会诸家的特征。这一地域性诗学潮流以刘辰翁为首倡。元人揭傒斯曾谓："庐陵代为文献之邦，自欧阳公起而天下为之归，须溪作而江西为之变。"③ 此论指出刘辰翁在元初江右诗坛的重要地位与引领诗歌新变之功。

以刘辰翁为代表的江右文人，其诗歌创作的首要特点是反对寡情少恩，推崇饱含深情、寄托遥深的诗歌。刘辰翁认为，性情乃诗歌之本，诗

---

① 赵文：《黄南卿齐州集序》，《青山集》卷二，《景印文渊阁四库全书》第 1195 册，第 14 页。

② 邓光荐：《翠寒集序》，见钱毅《吴都文粹续集》卷五十五，《景印文渊阁四库全书》第 1386 册，台湾商务印书馆，1986，第 659 页。

③ 揭傒斯：《吴清宁文集序》，揭傒斯著，李梦生点校《揭傒斯全集》，上海古籍出版社，2012，第 304 页。

应尽力抒写人情：

> 用吾情，诗非难事。前此所以极力而不得其要者，由其性情或近或不近。趋晚唐者乏气骨，附江西者少意思。必待其发语通明、不用一事，而亦无一字无来处，就之不可即，望之不可寻，是在能化。①

所谓"乏气骨"与"少意思"，正是强调诗歌要尽抒人情。刘辰翁推重李贺，亦是由于其诗具有寄托遥深的特征。对此，其子刘将孙曾明言："第每见举长吉诗教学者，谓其思深情浓，故语适称，而非刻画无情无思之辞，徒苦心出之者。若得其趣，动天地、泣鬼神者，固如此。"② 一般认为，刘辰翁诗文具有奇崛险涩的特征，乃是出于对李贺诗文辞层面的推重，这实际上是一种误解。他看重的是李贺诗思深情浓的特质，而非文辞层面的奇诡。

考察刘辰翁的诗歌创作，亦可见其饱含深情的特点。作为宋元之际遗民的代表，刘辰翁诗主要抒写遗民的穷怨愤懑。试看其《送李鹤田游古杭》一诗：

> 天下南北车书通，行人点点过汴宫。空余艮岳一拳土，黯惨如雪吹不融。平乘楼上王夷甫，一洒中州泪如雨。西风羽扇不障尘，更自莲子随根去。政事堂上三相公，往往退食如夔龙。少年恸哭不见用，一语不合面发红。八年流落无处所，合眼当朝遽如许。忠魂不到海门潮，别殿芙蓉废为圃。茫茫古路日平西，不信金铜不泪垂。浮沈亲故懒相问，白发惟有春风知。李侯髀肉堪流涕，同谷哀吟越州第。买丝刺绣刺未成，公子翩翩雁书至。飘飘起望白云间，裘雪牛车度赤山。乱余七十能几见，我且欲往穷当还。平生高李经行处，寂寞断桥漂落絮。不知到日似枯鱼，泪入黄河别鲂鲋。当空台阁密云团，曾和薰弦

① 刘辰翁：《宋贞士罗沧洲先生诗叙》，见罗公升《宋贞士罗沧洲先生集》卷首，《四库全书存目丛书》集部第 21 册，齐鲁书社，1997，第 151 页。
② 刘将孙：《刻长吉诗序》，刘将孙著，李鸣、沈静校点《刘将孙集》，第 86 页。

接羽翰。至今尚留花石否，杜鹃再赋长恨端。苏州正念东邻女，伤心更遇杨开府。憔悴语言敢分明，买酒行浇茂陵土。①

古杭乃南宋都城临安之别称，因此对遗民来说有特别的意义，它是故国的代表。因而此诗主要表达遗民诗人对故国的哀思。这是此诗的第一层情感。第二层情感写对奸臣误国乃至亡国的愤怒。第三层情感则由故国转到个体，抒写一个亡国文人的艰难及哀怨。再如其五律《闭门感秋风》：

> 世路故当穷，兴亡一转蓬。闭门羞俗子，仰屋感秋风。旧日施行马，如今掩候虫。铮然一叶下，从此万山空。岁月玄蝉槁，乾坤白雁通。荒凉今又在，吹笛月明中。②

兴亡在转瞬之间，世事巨变难免引发诗人感慨。在萧瑟秋风中，千愁万绪涌上心头，故国一去不复返，只剩下无限的惆怅。这类表达故国之悲的诗作在此时江右文人的别集中不胜枚举。如刘将孙与赵文等人唱和的五言律诗《和青山与晏镐民、萧行叔彭氏园中款陈南居山长诗韵三首》，其诗云：

> 荒园余春色，孤亭依墙阴。汝能留君醉，聊复散客襟。可人对名花，不能忘情吟。慨然天宝上，如见子美心。斯时尚可事，陷矣犹未沉。何知蜀天暗，并入朔云深。蕉萃到江南，坡仙所登临。茫茫渔阳鼓，恨恨钟仪音。已矣当何言，千年古犹今。③

此诗由个人之怨写到家国之悲，其情感抑郁可见一斑。赵文的诗作也不乏这种哀怨愤懑之作。如其《双雁吟》云：

---

① 刘辰翁：《送李鹤田游古杭》，刘辰翁著，段大林点校《刘辰翁集》卷七，第262~263页。
② 刘辰翁：《闭门感秋风》，刘辰翁著，段大林点校《刘辰翁集》卷十三，第425页。
③ 刘将孙：《和青山与晏镐民、萧行叔彭氏园中款陈南居山长诗韵三首》其一，刘将孙著，李鸣、沈静校点《刘将孙集》，第14页。

云间有双雁，弋者欲炙之。雁飞向南去，虽有矰缴将安施。山川悠远霜霰苦，可怜宿食不得时。一雁中道死，一雁忍痛鸣且飞。黄云落日天地瘦，惟有影与形相随。归来故巢亦已毁，朝吟夕怨欲诉谁。千古万古多别离，唯有死者何当归。呜呼！物生有情尽俱死，莫令后死空鸣悲。①

此诗以孤雁自喻，将遗民的愁苦孤单心境描写得一览无余。再如其《昔年二首》："少年如此已成枯，我亦重来白鬓须。正使冥冥有知识，不知还认阿兄无。"② 此诗主要表达对已故兄弟的怀念。诗人对哀伤之情毫不掩饰，皆倾泻于诗中。清人顾嗣立评价赵文诗"脱略涯岸，独自抒其所欲言"③，可谓切中肯綮。

以刘辰翁为代表的江右文人，其诗歌创作的第二点特征为，在诗法上融会诸家，在审美风格上追求气势。一般来说，对刘辰翁诗文创作的批评主要集中于语言的险涩奇崛，并认为这是受到宋代江西诗派的影响。这其实是一种误解。以奇崛险涩批评刘辰翁文章可，批评其诗则不可。在诗学观念与创作上，刘辰翁首先反对的就是江西诗派，所谓"附江西者少意思"④ 正是指出其缺乏情志之弊。他还曾直接批评黄庭坚的诗："及黄太史矫然特出新意，真欲尽用万卷，与李杜争能于一辞一字之顷，其极至寡情少恩，如法家者流。"⑤ 江西诗派讲求锻字炼句，刻意求新求奇，但缺乏对诗人情志的抒写。刘辰翁论诗以性情为核心，要义之一正是诗写人情，而且要"竭情尽意"，力求将胸中块垒尽付于诗。可见，刘辰翁诗歌之奇，以"竭情尽意"的性情诗论为前提，而绝非像江西诗派那样专注于锻字炼句。如他在《欧氏甥植诗序》中说："诗无改法，生于其心，出于其口，如童谣，如天籁，歌哭一耳，虽极疏憨朴野，至理碍词亵，而识者常有以

---

① 赵文：《双雁吟》，《青山集》卷七，《景印文渊阁四库全书》第1195册，第90页。
② 赵文：《昔年二首》其二，《青山集》卷八，《景印文渊阁四库全书》第1195册，第108页。
③ 顾嗣立：《赵教授文》，《元诗选·二集》上册，第96页。
④ 刘辰翁：《宋贞士罗沧洲先生诗叙》，见罗公升《宋贞士罗沧洲先生集》卷首，《四库全书存目丛书》集部第21册，第151页。
⑤ 刘辰翁：《简斋诗集序》，刘辰翁著，段大林点校《刘辰翁集》卷十四，第440页。

得其情焉。"① 诗歌以情为核心，在文辞层面即使"歌哭一耳""疏戆朴野"也无妨。其"诗无改法，生于自然"的观点与江西诗派讲求诗法的观点大为不同。在诗法与诗歌创作风格上，刘辰翁与此时江右文人多主张融会诸家。在诗法上，刘辰翁继承杜甫转益多师的观点。他在点评杜甫诗歌时称：

> 杜诗："不及前人更勿疑，递相祖述竟先谁？别裁伪体亲风雅，转益多师是女师。"此杜示后人以学诗之法。前二句戒人之愈趋愈下，后二句勉后人之学乎其上也。盖谓后人不及前人者，以递相祖述，日趋日下也。必也区别裁正浮伪之体，而上亲《风》《雅》，则诸公之上，转益多师，而女师端在是矣。②

刘辰翁承续子美转益多师之说，但不拘泥于模拟蹈袭，不固守于一家一派，而是兼容并包、博采众家。他虽然对江西诗派专意炼字而寡情少恩之弊有所批评，但对同属该派的陈与义推崇有加。如他评简斋诗云："惟简斋以后山体用后山，望之苍然，而光景明丽，肌骨匀称。"③ 之所以推重简斋，正是由于其诗无山谷诗"枯槁""寡恩"之弊。可见，刘氏对江西诗派的评价，既有所批评，亦有所欣赏。再如前文所论刘辰翁对李贺诗的评价，认为其诗寄托遥深，抒情更胜。至于义山诗是否具有此种特征则另当别论。这些均体现出刘氏师法多家的诗学取向。

另外，刘辰翁常常批评宋诗之弊，又对其优点有所继承，如"以文为诗"的创作手法。对此，刘辰翁认为

> 文人兼诗，诗不兼文也。杜虽诗翁，散语可见，惟韩、苏倾竭变化，如雷霆河汉，可惊可快，必无复可憾者，盖以其文人之诗也。诗

---

① 刘辰翁：《欧氏甥植诗序》，刘辰翁著，段大林点校《刘辰翁集》卷六，第 174~175 页。原文为"生子其心"，据四库本《须溪集》改为"生于其心"。
② 刘辰翁：《语罗履泰》，刘辰翁著，段大林点校《刘辰翁集》卷六，第 210 页。标点略改。
③ 刘辰翁：《简斋诗集序》，刘辰翁著，段大林点校《刘辰翁集》卷十五，第 440 页。

犹文也，尽如口语，岂不更胜彼一偏一曲？自擅诗人诗，局局焉、靡靡焉，无所用其四体，而其施于文也，亦复恐泥，则亦可以眷然而悯哉。①

作诗不必拘守一定的格律诗法，以文法入诗有助于情志的尽情抒发。考诸刘辰翁的诗歌作品，可见其诗法上融汇诸家的特征。如其《绝域改春华》②一诗，不仅诗题出自杜甫《暮春题瀼西新赁草屋五首》其四"高斋依药饵，绝域改春华"一句，而且在兴象与情感上颇有中唐诸家之妙。

三 钩棘险涩的江西文

相较于诗而言，江右文章更引人关注。刘辰翁文章最显著的特征为文辞的晦涩奇崛，并因此招致诸多批评。袁桷曾谓："江西诸贤，力肆于辞，断章近语，杂然陈列，体益新而变日多。故言浩漫者荡而倨，极援证者广而颣，俳谐之词，获绝于近世，而一切直致，弃坏绳墨，棼烂不可举。"③虞集亦以此时江西之文的奇崛险涩为弊："故宋之将亡，士习卑陋，以时文相尚，病其陈腐，则以奇险相高。江西尤甚，识者病之。"④"尚以怪诡险涩、断绝起顿、挥霍闪避为能事，以窃取庄子、释氏绪余，造语为不可解为绝妙。"⑤袁桷、虞集虽未明言，但很明显指的是刘辰翁等庐陵文人尚奇求异的文章理念与创作形态。

刘辰翁文章尚奇求新、奇崛险涩。但并非故作晦涩艰深之语。从文学思想上看，此种文风主要来源于"性情论"与"竭情尽意"的功能观。在刘辰翁看来，诗文乃是抒发作者胸中不平之气的载体，当作者将一腔心绪付诸文章，自然会形成纵横的气势和奇崛的语言。概言之，奇崛险涩的审美风格来源于对性情的尽力抒写。刘辰翁曾谓："吾平生触事感愤，或急

---

① 刘辰翁：《赵仲仁诗序》，刘辰翁著，段大林点校《刘辰翁集》卷六，第172页。标点略改。

② 刘辰翁：《绝域改春华》其一，刘辰翁著，段大林点校《刘辰翁集》卷十一，第393页。

③ 袁桷：《戴先生墓志铭》，袁桷著，杨亮校注《袁桷集校注》卷二十八，中华书局，2012，第1349~1350页。

④ 虞集：《跋程文宪公遗墨诗集》，虞集著，王颋点校《虞集全集》上册，第430页。

⑤ 虞集：《刘应文文稿序》，虞集著，王颋点校《虞集全集》上册，第505页。

欲语不自达，虽消磨至尽，终觉激至梗塞，故知为郁文者难也。"① 可见，尽发胸中激愤乃是文章造语奇崛的内在原因。刘辰翁的文章创作的确如此，兼有《庄子》文风，并具奇诡纵横之气。如其《松声诗序》，极力描写松声之妙：

> 夫其为声也，疏疏密密多多，少亦若多，其徐徐而来也，如解亦如裘，大如惊，沛如决，勃如变色，汹乎如浙江之潮，而未尝绝也，混乎其昆阳之战，追奔逼北而不知其所止也，隐乎其天瓢之既吸，而阿香之已远矣，其负重而休也耶？其再解再合，而胜者败者，皆不可知耶？宛兮而似啸，颓兮其欲醉，微而语，振而舞，有匽者、轧者、沓者、骞者、柔且缦者、如笙镛者，裂万鼓而余乌鸟者。②

以浙江之潮、昆阳之战喻松声之雄壮，又以笙镛万鼓喻松声之柔，可谓想象恣肆，造语奇崛。

刘将孙、赵文等人的文章亦具有尚新求奇、奇崛险涩的特征。刘将孙序其父文集时称："先生之文，岂不有关于气运，力难而功倍。"③ 此论点出刘辰翁文章造语奇崛的内在原因乃是气运与性情。刘将孙的文章创作，尤其是记体文，议论宏大，近于苏轼。④ 除此之外，其文章亦有奇气。这主要体现在其作文喜用宇宙、六合、鸿蒙、星宿等意象。如其《羊石山记》有云："夫天之精气，常为日月星宿，变为风雨雷电。地之精气，水为江河湖海，山为石。皆若有物焉主之。惟其亘开辟之初，与天地同生，而人无得以某某者意之。"⑤《此山中记》中形容文人志不得伸的抑郁之情："宇宙间惟此情最苦最真。"⑥ 再如《云壑记》中对云的描写："今之言云

---

① 刘辰翁：《送段郁文序》，刘辰翁著，段大林点校《刘辰翁集》卷六，第 199 页。
② 刘辰翁：《松声诗序》，刘辰翁著，段大林点校《刘辰翁集》卷六，170 页。标点略改。
③ 刘将孙：《须溪文集序》，刘将孙著，李鸣、沈静校点《刘将孙集》，第 101 页。
④ 详见何跞《刘将孙的文章理论及风格》，《辽宁师范大学学报》（社会科学版）2016 年第 5 期。
⑤ 刘将孙：《羊石山记》，刘将孙著，李鸣、沈静校点《刘将孙集》，第 174 页。
⑥ 刘将孙：《此山中记》，刘将孙著，李鸣、沈静校点《刘将孙集》，第 179 页。

者，特见其出于山，布于太空，澹者，浓者，矫者，孑者，蜕者，隐者，洼者，突者，离者，合者，屯者，族者，冥者，迷者，则曰'此云也。'"①意象阔大，词句晦涩，有奇峭气。

第二节　延祐复科与馆阁文臣的诗学观念

皇庆二年（1313），元仁宗颁诏复科。延祐元年（1314）八月，全国举行乡试，延祐二年（1315）又相继举办会试、殿试，录进士计五十六人。延祐复科是元中期极为重要的文化事件，也是促使雅正诗文观念形成的重要因素。②延祐复科亦有力推动此时江右诗学观念的转变。首先是文人心态的变迁。复科之初，天下士人无不欢欣鼓舞，均为仕途的重新通畅而倍感欣喜。如张之翰谓："圣上嗣登大宝之初，诏天下议行贡举，南北士子无不喜。"③事实也的确如此，自宋度宗咸淳十年（1274）的最后一次开科，科举已经在江南地区缺席了四十年之久。因此，延祐复科极大提高了士子的入仕热情。江右文人亦不例外，普遍为科举复行而士气大振。其次是江右文人进入京师并任职元廷，随着仕宦日渐显赫，他们在本地域乃至南北文坛获得极高声望，并掌握更多的文学话语权。江西籍馆阁文臣逐渐取代以刘辰翁为代表的布衣文人，成为本地文坛的主力。馆阁文臣的诗学思想普遍具有显著的政治色彩，诗文被置于政治场域中重新审视，雅正观念便是这种政治场域下的产物。延祐复科与地域文坛领袖的更易，是推动元中期江右诗学思想转型的重要原因。

一　延祐复科与江右士风的提振

科举不兴时，士人无法见用于世，其生存状态无非两种：或断绝仕进之心而醉心诗文；或以游代举，干谒游历。前者虽然逍遥自在，但心态上

---

① 刘将孙：《云壑记》，刘将孙著，李鸣、沈静校点《刘将孙集》，第 181 页。
② 如《元代科举与文学》一书，详细论述了延祐复科与雅正文风的关系。详见余来明《元代科举与文学》，武汉大学出版社，2013，第 182~209 页。
③ 张之翰：《贡举堂记》，《西岩集》卷十六，《景印文渊阁四库全书》第 1204 册，台湾商务印书馆，1986，第 491 页。

不无伤感无奈。后者则饱受游历干谒的辛酸,心态虽较前者更加积极,但亦具愁苦之味。

先说甘守本地的文人群体。刘辰翁曾谓:"科举废,士无一人不为诗,于是科举废十二年矣,而诗愈昌,前之亡,后之昌也,士无不为诗矣。"① 邓光荐亦描述文人入仕无途而醉心诗书的情景:"未弱冠时,已废科举学,故惟诗是学。"② 科举废而诗道昌,颇有"国家不幸诗家幸"的意味,但稍加体会便能发现,诗文乃是文人仕进不能的第二选择,实属不得已而为之。因此,此时的诗歌创作,或像刘辰翁一样,哀故国之悲,或像山野隐士一样,吟山林之趣。所表现的无非哀愁怨怒。即使后者多了一份逍遥,却以牺牲文人的社会价值为代价,因此不乏无奈与感伤。戴表元称:"科举学废,人人得纵意无所累。"③ 之所以如此,乃是由于科举废而无累可得,仔细想来颇有几分无奈。概言之,醉心诗书乃是此时文人仕进不能时的情感慰藉,其中蕴含的消极心态,可从此时诗文中窥见一斑。泰和文人刘崧曾记录一位名为严威的同邑文人,在科举不兴时的苦恼:

> 时科举未行,士隳其业。先生视龊龊泄沓者谓不足与语,又谓乡里浅薄不足吾心,常怏怏。出觑当世仕者,率婧婳脂韦若女妇然,独岁所遣监察御史行部气势甚都,得举按内外,又极言天下事而无所顾忌,以故心窃慕之。④

这位严威先生不仅苦恼于举业不兴,更对同乡文人荒废学业感到怏怏不快。因此,当他看到那些得以仕进的文人,羡慕之情溢于言表,将他们喻为婀娜多姿的美妇人。揭傒斯曾记载一位名为刘福的庐陵文人,为自己无

---

① 刘辰翁:《程楚翁诗序》,刘辰翁著,段大林点校《刘辰翁集》卷六,第177页。
② 邓光荐:《翠寒集序》,见钱榖《吴都文粹续编》卷五十五,《景印文渊阁四库全书》第1386册,第659页。
③ 戴表元:《陈无逸诗序》,《剡源集》卷八,《景印文渊阁四库全书》第1194册,台湾商务印书馆,1986,第109页。
④ 刘崧:《吾庐严先生墓碣铭》,《槎翁文集》卷十七,《明别集丛刊》第一辑第12册,黄山书社,2013,第213页。

法参与举业而感到含恨不已："吾生不在科举后，没不在科举前，命也。"①
刘诜笔下有一位未能参加举业的庐陵同乡萧以吾，"以吾初有志功名，恨
不在科举时。死数月而科举兴，穷达虽有命，亦可哀已"②。以上这些只是
考诸典籍所能看到的一小部分，还有很多文人早已消失在历史的尘烟中。
但有一点可以肯定，因仕进无门而产生的失意文人在江西乃至整个江南地
区都不乏其人。或如赵文所谓："科举既罢，士无致身之望，而其急也滋
甚，尤可哀也。"③ 因入仕无门而产生的消极心态，甚至影响了此时江右学
风。程钜夫曾说："科举废，后生无所事聪明，日以放恣，《诗》《书》而
刀笔，衣冠而皂隶。小有材者溺愈深，居近利者坏愈速，不能不蹈先儒之
忧。"④ 可见举业无门，以至儒林学风败坏。

　　延祐复科使此一颓靡士风得到扭转。如刘诜称："延祐初元，仁宗皇
帝诏天下以科举取士，士气复振，咸奋淬以明经为先。"⑤ 大量江右士子抖
擞精神，投身举业。刘崧记载泰和科举盛况云："科凡八举而中废，又历
五年而更兴，兴而益振，而泰和具有人焉，岂非盛哉?"⑥ 虞集亦曾感叹:
"延祐科举之兴，表表应时而出者，岂乏其人?"⑦ 这一表述并非只是为表
彰朝廷开科之举而有所夸张，而的确是对文人群体投身举业的客观描述。
如危素笔下的金溪文人于广，"延祐初设科目取士，君年三十余岁，取蔡
沈氏《书传》读之，因自奋曰：'显亲立身，庶其此乎?'穷日夜，励志为
举子业"⑧。李存笔下因年老而寄希望于后学的金溪文人吴泰连，"延祐间，
科举复兴，叹曰：'吾荒落已久，且老，唯勖诸子以继先业耳。'于是岁遣

---

① 揭傒斯：《刘福墓志铭》，揭傒斯著，李梦生点校《揭傒斯全集》，第 458 页。
② 刘诜：《萧生以吾墓志铭》，《桂隐文集》卷二，《景印文渊阁四库全书》第 1195 册，第 167 页。
③ 赵文：《赵渊如字说》，《青山集》卷五，《景印文渊阁四库全书》第 1195 册，第 69 页。
④ 程钜夫：《闽县学记》，《雪楼集》，《景印文渊阁四库全书》第 1202 册，台湾商务印书馆，1986，第 137 页。
⑤ 刘诜：《建昌经历彭进士琦初墓志铭》，《桂隐文集》卷二，《景印文渊阁四库全书》第 1195 册，第 161 页。
⑥ 刘崧：《泰和州乡贡进士题名记》，《槎翁文集》卷六，《明别集丛刊》第一辑第 12 册，第 71 页。
⑦ 虞集：《庐陵刘桂隐存稿序》，虞集著，王颋点校《虞集全集》上册，第 500 页。
⑧ 危素：《故金潭先生于君墓志铭》，《危学士全集》卷十二，《四库全书存目丛书》集部第 24 册，齐鲁书社，1997，第 799 页。

求从名师，虽家无余资，而所以逢迎馈遗之礼不少怠"①。吴澄记载的抚州文人董德，"科举之文甚精，宋祚讫，课其孙肄业犹不废"②。何中笔下的颍川文人陈贵道，"笃意科举之学，人皆以为迂。及延祐科兴，士茫然无知规矩之所在，贵道独擅俾班之手，人又皆以为有先见之识"③。还有那些虽举业废而不废学，举业兴而为科举之学尽己之力的士人。如王礼笔下的安成罗振文，"初，延祐甲寅科兴，一时海内之士，争自濯磨以效用。郡以先生通《春秋》大义，起应诏，战艺失利，归而学《易》，丁巳在选中"④。再如为举子作《春秋传注》的永新冯翼翁，"延祐科兴，治《春秋》，破去百家传注，发大意数十，逆素王之志于千载之后"⑤。还有为江西行省提供举业制度咨询的豫章名儒熊朋来，"延祐甲寅，天子独断，以进士科取仕，进士科废已久，官府咸不知其说，以不称明诏为惧。独江西行省咨问于先生，动中轨度，因以申请，四方得遵用之"⑥。通过虞集的一段文字，可管窥延祐复科后江西的科举盛况：

> 盖延祐甲寅初科不及行，而因循至于今为缺典。请立石于贡院，而悉题其名焉。夫江省所统郡二十，多以文物称。布衣韦带之士，修行于乡里，诵书史，求圣贤之道，稽当世之务，人人欲自献于明时，非一朝一夕之故。而来应试者，每举不暇数千人，远者千余里。⑦

江西自两宋以来便是科举盛地，士人普遍具有积极进取的心态。虽然南人

① 李存：《厚峰先生吴公行述》，《鄱阳仲公李先生文集》卷二十三，《北京图书馆古籍珍本丛刊》第 92 册，书目文献出版社，1991，第 638 页。
② 吴澄：《送乡贡进士董方达赴吏部选序》，《吴文正集》卷二十四，《景印文渊阁四库全书》第 1197 册，第 253 页。
③ 何中：《陈桂溪行实》，见李修生《全元文》第 22 册卷六百九十，江苏古籍出版社，1999，第 212 页。
④ 王礼：《罗浮翁墓志铭》，《麟原前集》卷二，《景印文渊阁四库全书》第 1220 册，台湾商务印书馆，1986，第 370 页。
⑤ 王礼：《高州通守冯公哀辞》，《麟原前集》卷十二，《景印文渊阁四库全书》第 1220 册，第 449 页。
⑥ 虞集：《熊先生与可墓志铭》，虞集著，王颋点校《虞集全集》下册，第 939 页。标点略改。
⑦ 虞集：《江宪贡院题名记》，虞集著，王颋点校《虞集全集》上册，第 681 页。

因朝廷的民族政策、南北榜等问题依然难以通过举业入仕，但不可否认的是，在复科之初，文人在心态上受到了很大鼓舞。很多有志于举业的江右文人，在延祐复科之初直言内心的欣喜。如吉水文人张性善，"及仁宗皇帝肇复科举，君慨然曰：'此吾时也'"[①]。再如同郡文人高师周，"仁宗皇帝以明经修行取天下士，君忻然曰：'庶几可以展吾志矣'"[②]。

再看游历干谒的文人。科举废除时，有意仕进的文人惟有四处游历以求世用。正如刘诜所谓："自宋科废而游士多，自延祐科复而游士少，数年科暂废，而游士复起矣。盖士负其才气，必欲见用于世，不用于科，则欲用于游，此人情之所同。"[③] 傅若金也认为科举不兴助长了游历之风："方将以儒术取进士第，以是用于世，而科举废矣。于是益取医家之书而读之，求尽其术，以游四方，而行其志焉。"[④] 而游历之风最盛、游历文人最多的当数江西。正如袁桷称："今游之最伙者，莫如江西。"[⑤] 虞集、范梈、揭傒斯等江右文人无不具有干谒京师的经历。远游干谒，其中辛酸难以胜道。揭傒斯曾作诗描写客游他乡之苦云：

> 始别临川春即归，偶从知己上王畿。但求禄养求初志，敢许清尘浣客衣。晓听上林莺对语，暮瞻南国雁双飞。人生出处谁能料，几度寒衾赋式微。[⑥]

> 渺渺寒门士，客游燕蓟城。上无公卿故，下无旧友朋。裘葛不自蔽，藿食空营营。四顾灾渗余，但闻号哭声。日负道德懿，敢怀轩冕荣？节食慎所欲，聊以厚我生。[⑦]

---

① 刘诜：《张处士性善墓志铭》，《桂隐文集》卷二，《景印文渊阁四库全书》第 1195 册，第 162 页。

② 刘诜：《高处士师周墓志铭》，《桂隐文集》卷二，《景印文渊阁四库全书》第 1195 册，第 164 页。

③ 刘诜：《送欧阳可玉》，《桂隐文集》卷二，《景印文渊阁四库全书》第 1195 册，第 151 页。

④ 傅若金：《赠儒医严存性序》，傅若金著，史杰鹏、赵或点校《傅若金集》，吉林文史出版社，2010，第 247 页。

⑤ 袁桷：《赠陈太初序》，袁桷著，杨亮校注《袁桷集校注》卷二十三，第 1187 页。

⑥ 揭傒斯：《临川曾君俊始自豫章从故人入京师，未尝请于其父也，及以书报父，乃以诗寄之，词意恻恳，读而为之和》，揭傒斯著，李梦生点校《揭傒斯全集》，第 227 页。

⑦ 揭傒斯：《京城闲居杂言八首》其六，揭傒斯著，李梦生点校《揭傒斯全集》，第 70 页。

傅若金也曾记载初到京师的窘境："傅子客游京师数岁，贫不能自居，恒寄于人，而业笔研以衣食。前年有日南之役，既还，待选天官，业遂废而益贫，居无恒宇，求访者率病焉。"[①] 揭傒斯、傅若金所感叹的无非客居他乡之艰辛与壮志难酬的苦闷，吴澄则认为宦游最大的问题在于人格的沦丧："迩年，习俗日颓，儒者不免，苟求苟得，钻刺百端，媚灶起墦，不以为羞；舐痔尝粪，何所不至！"[②] "方其出而游乎上国也，奔趋乎爵禄之府，伺候乎权贵之门，摇尾而乞怜，胁肩而取媚，以侥幸于寸进。"[③]

延祐复科后，举业重新成为文人的进身之阶，游历干谒不再是寻求用世的首选。对此现象，刘将孙有所阐述：

> 古之人盖未有安居而为士者也，岂惟历聘之世为然。后之言士者，类不讲于古今之世，第以结轸驰骋者为游士，而游几若士所独，不知古之所谓士者，往往皆尔。乡举里选，一定其为士，未有不升于朝，交于天下士者也。惟科举行，士始有不出乡者。[④]

刘将孙认为，当科举未兴时，宦游乃是士人所专属的活动。当科举复行时，文人便可安居一隅而通过举业谋求进身机会。对于此时因延祐复科而士气大振的情况，范梈有诗为证：

> 圣主征儒用文学，翩翩五士起海角。元戎虎帐飞荐鹗，泮水成材玉新琢。吉日举饯钟鼓作，皇华大夫绣朱襮。快马凿蹄轮脱斫，相送西风出郊郭。问君此行事何若？于菟要是赤手缚。候雁南飞不逾岳，洞庭山秋木叶落。词场先锋夺霜锷，万里青山上黄鹤。明光宫中问礼

---

① 傅若金：《寄寄亭记》，傅若金著，史杰鹏、赵彧点校《傅若金集》，第 235 页。
② 吴澄：《复董中丞书》，《吴文正集》卷十一，《景印文渊阁四库全书》第 1197 册，第 132 页。
③ 吴澄：《送何太虚北游序》，《吴文正集》卷三十四，《景印文渊阁四库全书》第 1197 册，第 360 页。
④ 刘将孙：《送彭希吕远游序》，刘将孙著，李鸣、沈静校点《刘将孙集》，第 121 页。

乐，董生策有经济略。一朝声名动河朔，往取青紫如六博。前年礼闱
开峻擢，明当接武丝纶阁。归来锦衣照丘壑，人生无如进士乐。呜
呼！人生无如进士乐，勖尔高步翔寥廓。①

"人生无如进士乐"道出此时文人群体的心声。诚如安仁文人李存所感慨：
"今者朝廷兴科举以取士，此政吾党弹冠相庆之秋。"②

　　概而言之，延祐复科之初，江右文人因仕进之路的重开而在心态上呈
现出积极进取的一面。士风的提振对诗文观念及创作形态的影响是显而易
见的。大体来说可分为三个方面。首先是锐意进取的士人开始从事明经之
学。科举废除时，诗文乃是文人抒发内心愤懑的心灵寄托。但朝廷执事者
在制度上反思了以往科制尤其是宋代以辞章取士的弊端。故延祐复科时转
而以经学为重、以程朱为尊，欲选实用性人才。这为士林学风指明方向。
具体到江右地域而言，文人开始将经学作为主业，而诗文创作亦回归到文
与道的传统命题之中。其次，锐意进取的士人心态亦改变了此前诗文的哀
愁愤懑之情，日渐呈现出积极的感情抒写，甚至不乏颂美元廷的诗文作
品。如一向具有故国之思的赵文，在复科后创作了一些肯定朝廷的诗文。
他曾谓：

　　　　文运天开，车书混同。圣天子下诏，求经明行修之士，试六经、
古赋，治诸章表，以观其所学；试时务策，以观其所能。士之怀才抱
器者，莫不为之鸢飞鱼跃。崇儒重道之风，古之菁义，不啻过矣，习
科目者，熟精此书，鏖战文场寸晷之下，能使朱衣人暗点头，则题雁
塔、跋铜章，特拾芥耳。③

这种对朝廷的赞誉，在赵文此前的诗文中是很少见的，由此可见士气之

---

①　范梈：《赠海康举进士者》，《范德机诗集》卷四，《景印文渊阁四库全书》第 1208 册，
　　台湾商务印书馆，1986，第 104 页。
②　李存：《与友人书》，《鄱阳仲公李先生文集》卷二十八，《北京图书馆古籍珍本丛刊》第
　　92 册，第 666 页。
③　赵文：《文苑英华纂要后序》，宋刻元修本《文苑英华纂要》卷末。

振。最后，由于仕途的重新开启与士人心态的锐意进取，江右文人开始将诗文纳入政治视野中予以看待。诗文的体貌特征、审美形态以及价值功能等问题均需重新审视，这意味着诗文观念与创作履践开始呈现出一种新的面貌。

二　政治场域与鸣盛观念

延祐复科后，随着虞集、欧阳玄、揭傒斯、危素等江右文人进入京师，诗文被赋予更多的政治色彩。政治场域对诗文观念的影响，起码包含以下两个方面。其一是延祐举制对诗文观念的规范引领作用。其二是文人由布衣文人到朝廷文官甚至馆阁文臣的身份转换。诗文观念与创作形态均受到现实政治与个人际遇的深刻影响。以往对元中期雅正文学观念的研究，一般关注科举及理学、各族文人文学观念的融合、现实政治的清平以及文人心态的平和等方面。这些都是导致雅正文学观念形成的重要原因。但从本质上来说，雅正文学观念及审美形态的形成，核心原因在于文学重新进入政治场域，成为文臣履行职责、干预现实的工具与媒介。

以"经术为先"的延祐举制是政治场域规范诗文观念的有力举措之一。元仁宗在与文臣议行举制时，欲除前代之弊，例如故宋以词章取士的举制。皇庆二年（1313）有儒臣向仁宗建言，曰："夫取士之法，经学实修己治人之道，词赋乃摘章绘句之学，自隋、唐以来，取人专尚词赋，故士习浮华。"[1] 李孟、程钜夫与许师敬等人亦主张取士应以经学为主。如李孟重德行、经术而轻文辞的建议曾为仁宗所认可："'自古人材所出，固非一途，而科目得人为盛。今欲取天下人材而用之，舍科目何以哉？然必先德行、经术而后文辞，乃可得其真材以为用。'上深然其言，遂决意行之。"[2] 程钜夫亦持此论，"钜夫建言经学当主程颐、朱熹传注，

---

① 宋濂等：《元史》卷八十一，中华书局，1976，第 2018 页。
② 黄溍：《元故翰林学士承旨中书平章政事赠旧学同德翊戴辅治功臣太保仪同三司上柱国追封魏国公谥文忠李公行状》，黄溍著，王颋点校《黄溍集》第 3 册，浙江古籍出版社，2013，第 707 页。

文章宜革唐宋之宿弊。明钜夫草诏行之"①。"议行贡举法，公请以朱文公《贡举私议》损益行之。'经学当祖程朱传注，文词宜革宋金宿弊。'此诏实公所草。"② 可见，革除前代以文辞取士的弊端，而将经术、德行置于遴选标准的核心是仁宗皇帝及其幕僚的共识，并最终形成了重经义之学的取士规范："《诗》以朱氏为主，《尚书》以蔡氏为主，《周易》以程氏、朱氏为主，以上三经，兼用古注疏。"③ 对延祐举制的此一特征，虞集的概括较为精当："今天子以独断黜吏议，贬虚文，一以经学取士。夫大夫言学者，非程子、朱子之说不道也。"④

重经术而轻文辞的延祐举制主要通过主导士人学风这一路径，引领地域诗文观念的转变。士人由注重修己向道的性理之学转向世俗性与功利性的科举之学。自两宋以来，江西便是江南学术中心之一，无论是朱熹还是陆九渊，其学术均在此地具有较大影响。概言之，江西具有强大的理学学术传统与学术背景。这种学术传统一直延续到元前中期。延祐复科后，专攻理性之学的学风依然盛行，但兼具世俗性与功利性的科举之学日渐兴起。最显著的例子当为《春秋》学的勃兴。

延祐复科后从事《春秋》学著述活动的江右文人不在少数。据现有文献⑤简列于下。安福有五人，彭思有《春秋辨疑》，彭长庚有《春秋辨疑》与《春秋集传》，尹用和著有《春秋通旨》，刘闻著《春秋通旨》，刘霖有《新刊类编历举三场文选春秋义》。新建一人，熊复有《春秋会传》。豫章有熊朋来与张君立两人，熊氏有《春秋说》一卷，张氏有《春秋集义》。抚州崇仁有两人，分别是著有《春秋纂言》《校订春秋》的吴澄与著有《春秋集说》《释例集说》的李衡。吉水有黄琢与王相，前者著《春秋举要》，后者著《春秋主意》。庐陵有黄复祖、曾震与郭适三人。黄氏有《春

---

① 《元史》卷一百七十二，第 4017 页。
② 危素：《大元敕赐故翰林学士承旨赠光禄大夫大司徒柱国追封楚国公谥文宪程公神道碑铭》，程敏政辑撰，何庆善、于石点校《新安文献志》卷七十五，黄山书社，2004，第 1851 页。
③ 《元史》卷八十一，第 2019 页。
④ 虞集：《师氏尊经阁记》，虞集著，王颋点校《虞集全集》上册，第 656 页。
⑤ 主要依据清人黄虞稷《千顷堂书目》与朱彝尊《经义考》，兼取《元史艺文志》与《补辽金元艺文志》诸书。

秋经疑问对》，曾氏有《春秋五传》，郭氏有《春秋五传》。进贤有熊钊与陈姓文人二人。熊钊有《春秋启钥》，陈氏有《春秋类编传集》。德兴有三人，分别是著《春秋管见》的王应奎，著《春秋类义》的王嘉，著《春秋原旨》的徐嘉善。还有永新文人冯翼翁，著有《春秋集解》《春秋大义》。鄱阳人万孝恭，著有《春秋百问》。金溪人吴仪，有《春秋裨传》《春秋类编》《春秋五论辩》。吉安人李廉，有《春秋诸传会通》。永丰人陈植，有《春秋玉钥匙》。乐平人蔡深，著有《春秋纂》。浮梁人吴迁，著有《春秋纪闻》。以上所列，均为有所著述的治《春秋》者，尚有大量治《春秋》学而未有著述者。如新喻儒士高恕，"作《春秋》之师，为贡举之艺，经传注疏，手自纂集，习诵不懈"①。总的来说，江西之所以《春秋》学盛行，既与本地学术传统有关，又受到延祐举制的引领。科举之学兴盛的另一个表现是以经义教授举子的儒师不断涌现。如抚州文人李庭玉，在复科前后从事《尚书》的教学活动，"贡举既复，抚之擢科者二人，并以《书》义中高甲。推其师友渊源所渐，咸曰自李氏"②。儒者邹次陈，"天朝贡举制下，来学之士益众。一经指画，文悉中程"③。还有同为抚州儒士的唐浚，专治《春秋》学，"贡举既行，其徒浸盛"④。一生致力于经学的豫章儒士熊朋来，"贡举制复，门生悉堪应举，擢科者累累"⑤。

　　文人群体身份的转换是政治场域规范诗文观念的有力要素之二。延祐复科前后，大量积极入仕的文人离开江西前往京师，他们有的成功谋取一官半职，身份因此由布衣文人变为朝廷文臣，有的则无功而返。但无论如何，具有积极仕进心态的文人，无论是否进入朝廷，其活动地域一旦变为京师，诗文观念与创作便进入政治场域，进而受其规范与影响。

---

① 梁寅：《逸士高君墓志铭》，《新喻梁石门先生集》卷三，《北京图书馆古籍珍本丛刊》第96册，书目文献出版社，1995，第374页。

② 吴澄：《赠李庭玉往岳州序》，《吴文正集》卷二十九，《景印文渊阁四库全书》第1197册，第306页。

③ 吴澄：《故咸淳进士邹君墓志铭》，《吴文正集》卷八十，《景印文渊阁四库全书》第1197册，第765页。

④ 吴澄：《唐仲清先生遗文序》，《吴文正集》卷二十三，《景印文渊阁四库全书》第1197册，第246页。

⑤ 吴澄：《前进士豫章熊先生墓表》，《吴文正集》卷七十一，《景印文渊阁四库全书》第1197册，第684页。

江右文人游历京师以谋取一官半职，非止复科后事。前论江右游历之风盛行，便已谈及复科之前游历干谒的文人。故本节所论，不仅以复科后进入京师的文人为研究对象，也一并将复科前进入元廷的文人包括其中，如程钜夫、虞集、范梈等人。主要原因在于，江右自两宋以来就是进士辈出之地，此地文人普遍具有积极入仕的心态。在复科之前，游历大都的江右文人，其诗文观念与创作便已经在政治场域中被审视，延祐复科后，南人仕进之途暂启，更多的江右文人进入京师。政治场域对诗文观念的规范作用，体现在数量更加庞大的文人身上。因此，本节所论对象，既包括延祐复科前进入京师的文人，也包括延祐复科后进入京师的欧阳玄、危素、傅若金等人。尤其需要说明的是虞集，虽然他在元代的历史语境中被称为"蜀郡虞公"，但本书依然将其视为江右文人的代表性人物。虞集祖籍四川仁寿，十三岁便已寓居抚州崇仁。虞集曾自谓："予寓居临川三十年，……然视临川，则为故乡矣。"[①] 可见，虞集自视为江西文人。而之所以元代文人普遍称其为"蜀郡虞公"，盖出于对虞集籍出四川的尊重。从学术传承上看，虞集受业于抚州吴澄门下，其学术思想以草庐学术为主体。因此将虞集视为江右文人并无问题。

诗文成为干谒进身的工具，是文人身份转换后诗文观念转变的原因之一。元初的江右文人，普遍将诗文视为抒写性情的载体，所谓"性情论"主要关注的是个体性情。但随着大量文人进入京师，诗文被赋予实用性意义，由抒写个人性情，转变为干谒的工具与入仕的敲门砖。这种向实用功能的转换，推动了江右文人诗文观念与创作形态的变迁。

早在延祐复科前，以文求仕就是南人仕进的重要方式。方回勉励携文入京的文人曰："问君何所恃，珠玉富千篇。"[②] 刘敏中亦称："故天下之士，于于峨峨，云集京师，莫不愿奏一技，售一能，以效其万分之一。"[③] 袁桷也记载各地文人在京师以文干谒的情景："四方士游京师，则必囊笔

---

①　虞集：《送道士危亦乐归临川并序》，虞集著，王颋点校《虞集全集》上册，第 169 页。

②　方回：《送徐君奇入燕》，《桐江续集》卷二十五，《景印文渊阁四库全书》第 1193 册，台湾商务印书馆，1986，第 552 页。

③　刘敏中：《代上执政呈》，刘敏中著，邓瑞全、谢辉校点《刘敏中集》，吉林文史出版社，2008，第 190 页。

楮，饰赋咏，以侦候于王公之门，当不当，良不论也。"① 可见，诗文对游历京师的文人来说，具有干谒进身之用。江右文人亦不例外，他们游历京师时，无不以诗文为求取仕进的工具。因此，此时出现大量经世致用的实用性文体。吴澄曾在大都任国子监司业与翰林学士。在此期间，进入大都的江右文人携诗文以游于吴澄门下。如横浦何姓文人，携吏事诗求序于吴澄。吴澄为其作序，称：

> 《吏事初基诗注》一部四表，横浦何君之所撰述也。缀五言为诗，以提大纲，辑诸说为注，以备众目。凡圣贤训戒、古今礼法、公私应接、大小事务，靡不该载；经史子集、律令条例、旧闻新见、嘉言善行，靡不援引。上自帝王，次而公卿，次而府史，下逮庶士，皆有裨益，皆可遵行也。其为诗也，标一句五字于上，如书篇之有名、诗章之有题，浅近明白。虽若质俚，而不可忽且易也。其为注也，累数十百言于下，如经解之有疏、史书之有志，谆复详悉。虽若繁杂，而不可厌且惮也。②

何氏之作当今已不可见，但通过吴澄的序文依然可以发现重要信息。何氏所作乃是一种政治功能性极强，用以指导官员处理日常公务的吏事诗。为了使其诗更加具有说服力，何氏引经据典，详加注释。另外，诗作浅近明白而注释则赅博详细，具有经学化的特征。吴澄对何氏的著作评价极高，这当然有对同乡恭维与勉励的原因。但从中可以看出，何氏之作与其说是一种诗文活动，不如说是政治活动。其创作的目的及作品的特征均以实用性为核心。除了吏事诗，还有很多其他体类的应用性文章。如至正八年（1348），临川文人郭庆传入大都，上《经邦轨辙》十卷，危素为之序曰：

> 《经邦轨辙》十卷，临川郭君庆传之所著也。其目则十有二，曰

---

① 袁桷：《送范德机序》，袁桷著，杨亮校注《袁桷集校注》卷二十三，第 1162 页。
② 吴澄：《吏事初基诗注序》，《吴文正集》卷二十二，《景印文渊阁四库全书》第 1197 册，第 233~234 页。

格君、进贤、恤民、正己、守法、勉学、去邪、绝私、识量、职任、兼听、寡欲，各引经史于其端，而证以国朝名臣之事，其后则君自为论断以发明之。监察御史以君所著有补于当世，荐于朝。集贤、翰林两院较其书，亦以为善。乃按令式，命为学官。①

《经邦轨辙》原书已不可见，但通过危素的序文可以看出，此书具有极强的政治实用性。顾名思义，是为朝廷执事提供治理国家之建议的指南性书籍。再看其目录，既有宏观的指导，又有具体可行的策略。郭庆传最后凭此书被"命为学官"，可见此次干谒是非常成功的。还有庐陵文人萧奂友"上书御史府，陈《救荒三策》"②。萧氏虽并未因《救荒三策》而在当时谋得一官半职，但据刘诜的记载，"十余年展转求品官，以限年劳，未获升用。君又恬于进取，日从宾游赋诗论文以为乐，乃今始问道京师，谒改选"③。虞集亦记载庐陵文人献《治亲书》的情况："《治亲书》者，庐陵戴君石玉之所编也。……若夫服制之说，今所叙列先王之法，时君之制，先儒之说，可谓备矣。"④ 同为庐陵文人的曾巽初，"序次古今郊祀卤簿，既成书则图而进之"⑤。时任翰林文字的黄溍亦曾接待过入京干谒的江右文人："鄱阳徐勉之，当场屋之初废，褒然偕计吏来京师。所谓《登科记》，已不可复续，乃会萃国朝凡预乡荐者之氏名，合若干人，次第成编，号曰《总录》。"⑥ 总而言之，像这种入京进献实用性文章与书籍的江右文人不胜枚举，文章与文体的实用性转向是此时入京干谒文人的普遍共识。

初到大都的临川文人危素，在拜访时任参议中书省事的苏天爵时，曾

① 危素：《经邦轨辙序》，《危学士全集》卷三，《四库全书存目丛书》集部第 24 册，第 665 页。李修生所编《全元文》中另收傅若金《经邦轨辙序》，与危素所作似为一篇。本文取危素所作之序。
② 袁桷：《书庐陵萧焕有救荒策后》，袁桷著，杨亮校注《袁桷集校注》卷四十八，第 2142 页。
③ 刘诜：《送萧焕有入京序》，《桂隐文集》卷二，《景印文渊阁四库全书》第 1195 册，第 150 页。刘诜谓萧奂友为"严陵萧奂友"，"严陵"当为"庐陵"之误。
④ 虞集：《戴石玉所著三礼序》，虞集著，王颋点校《虞集全集》上册，第 480~481 页。
⑤ 刘岳申：《送曾巽初进郊祀卤簿图序》，《申斋集》卷一，《景印文渊阁四库全书》第 1204 册，第 188 页。
⑥ 黄溍：《科名总录序》，黄溍著，王颋点校《黄溍集》第 2 册，第 403~404 页。

详细论述这种极具政治性与实用性的诗文观念：

> 盖闻文为载道之器尚矣，道弗明，何有于文哉？气有升降，时有污隆，而文随之。六经之文，其理明，其言约，其事核，弗可及已。自是离文与道而为二，斯道湮微，文遂为儒者之末艺。虽其才之杰然若司马迁、杨雄、班固，后世犹有议之者。陵夷至于隋唐，其敝极矣，昌黎、韩子起而振之。至于宋，敝又极矣，庐陵欧阳子起而振之。欧阳子以为韩之功不在禹下。后之论者曰："欧阳子之功不在韩子之下。"金之亡，其文丽而肆；宋之亡，其文卑而冗。考其时概可知矣。皇元一四海，宗工巨儒磊落相望，阁下出于成均，践扬清华，名在天下，则振之之力有不在阁下者乎？素曩者得阁下之文而读之，缜密而温润，委曲而渊深，而又旁稽乎百家之言，上求乎历代之故，信乎其一代之能言者也。故始来京师，首诣阁下之门。……素于文虽未尝能自立言，然与世酬酢者尚存其一二，谨缮写为一卷，通于下执事。进而教其不及，是所望于阁下也。①

从目的上来说，危素携文数卷拜见苏天爵，是典型的以文求仕，其文章大旨亦立足与此。首先是"文道合一"的观点。危素并非简单地重拾旧言，因为宋金后文与道分离为二，文人沉溺于辞章之学，而使诗文缺乏对现实与政治的观照。危素立足于宋金以来的诗文流弊，重提"文道合一"之论。其次是"文随时运"的观点。所谓气有升降，时有污隆，指的是现实气运。皇元具有混一海宇的盛世之气。文人躬逢盛世，当作盛世之音，而绝不能像山野遗老一般，固守对个人性情的抒写。另外，危素对苏天爵的评价极高，认为他提振一代文人之气，这当然是对苏氏的恭维。但不可否认的是，当时馆阁文臣对文坛的确具有引领风气的作用。

　　食奉朝廷的文官身份及其职守，是影响江右文人文学思想的原因之二。朝廷文臣在诗文功能观上普遍具有强调政治性与实用性的理论倾向。这种观

---

① 危素：《与苏参议书》，《危学士全集》卷一，《四库全书存目丛书》集部第 24 册，第 643 页。

念建立在文官身份的基础之上，即朝廷文臣因其职守而不得不将诗文纳入政治场域中审视。进入京师的文人普遍认为诗文应具备"鸣盛"与"教化"的现实功能，这体现出他们由布衣到文臣、由地方到京师这一身份转换后的文学政治化的自觉。"鸣盛"与"教化"乃是此时江右文人雅正诗文观的两翼，其理论基础是以虞集为代表的馆阁文臣所主张的"文随时运"观念。所谓"文随时运"，是指诗文与现实政治环境、时代气运密不可分。虞集曾谓："某尝以为世道有升降，风气有盛衰，而文采随之。其辞平和而意深长者，大抵皆盛世之音也。"① 元代疆域辽阔，加之仁宗推行文治，的确具有盛世的规模，因而元代文人普遍具有歌颂朝廷"海宇之盛"与"王化大行"的话语倾向。但考诸典籍则会发现，此种话语实践多出自朝廷文臣之手。这种歌颂当然与他们个人际遇的得意有关，但不可否认的是，食奉朝廷的文官身份使他们自觉地歌颂现实，并将气势宏大、文辞雅驯的诗文视为"大元气象"的诗性展现。"文随时运"普遍为江右文人所认可。如庐陵文人季元凯入京后以诗文结交缙绅之士，"庐陵季元凯挟其吟咏之学，卓荦之才，其至京师，与当代名缙绅剧谈雄辩，周咨国家之巨丽，而升平诸福之物，举集一时，于是黄鹄朱雁之什，人争诵之"②。可见，布衣文人进入京师，其诗文创作的题材便自然地变成颂扬国家之巨丽，赞赏京师之升平。

　　虞集是"文随时运"观念的有力倡导者。他曾多次指出文章与现实政治、国家气运之关系。在序刘诜文集时，虞集集中阐述了此一观念：

　　　　乾、淳之间，东南之文相望而起者，何啻十数。若益公之温雅，近出于庐陵、永嘉诸贤。若季宣之奇博，而有得于经，正则之明丽，而不失其正。彼功利之说，驰骋纵横其间者，其锋亦未易婴也。文运随时，而中兴概可见焉。……中州隔绝，困于戎马，风声气习，多有得于苏氏之遗，其为文亦蔓衍而浩博矣。国朝广大，旷古未有。起而乘其雄浑之气以为文者，则有姚文公其人。其为言不尽同于古人，而

---

① 虞集：《李仲渊诗稿序》，虞集著，王颋点校《虞集全集》上册，第569页。
② 欧阳玄：《北行录》，欧阳玄著，魏崇武、刘建立点校《欧阳玄集》，第178页。原文为"庐陵奔元凯"，据四库本《圭斋文集》改为"季元凯"。另有标点略改。

伉健雄伟，何可及也！继而作者岂不瞠然其后矣乎？当是时，南方新附，江乡之间，逢披搢绅之士，以其抱负之非常，幽远而未见知。则折其奇杰之气，以为高深危险之语，视彼靡靡混混则有间矣。然不平之鸣，能不感愤于学者乎？而一二十年，向之闻风而仿效，亦渐休息。延祐科举之兴，表表应时而出者，岂乏其人？然亦循习成弊。至于骤废骤复者，则亦有以致之者然与！于是，执笔者肤浅则无所明于理，塞滞则无所昌其辞。徇流俗者，不知去其陈腐；强自高者，惟旁窃于异端。斯文斯道，所以为可长太息者，常在于此也。①

虞集将诗文的体貌特征与时代气运紧密联系在一起。如评周必大诗文温雅，薛士龙诗文奇博不失其正，二人之作可见乾淳中兴之治。此处，诗文与世运具有双向的关系。一方面，世运影响诗文体貌；另一方面，考诸诗文也可见世运盛衰。谈及金代，虞集以为，金代诗文伉健雄伟，乃是由于当时中州隔绝，困于戎马，亦多受苏氏之影响。元初则南士多幽远奇杰之气。延祐后文治大兴，但士人普遍积习成弊，为文理晦辞滞。虞集在《会上人诗序》中也曾指出这点：

> 古者，君臣赓歌于朝，以相劝戒，颂德作乐，以荐于天地宗庙。朝觐宴享之合，征伐勉劳之恩，建国设都之役，车马田猎之盛，农亩艰难之业，闺门和乐之善，悉托于诗，而其用大矣。至于亡国失家，放臣逐子，嫠妇怨女之感，淫渎谤刺之起，而其变极矣。于是又有隐居放言之作，市井田野之歌，谣诵谶纬之文，史传物色之咏，神仙术数之说，鬼神幽怪之语，其类尚多有之。而最善者，君子之道德，有乎其身，则发诸音，而成文者，足以垂世立教，以成天下之务者也。上下千百年间，人品不同，所遇异时，所发异志，所感异事，极其才之所能，其可以一概观之也哉！②

---

① 虞集：《庐陵刘桂隐存稿序》，虞集著，王颋点校《虞集全集》上册，第 500 页。标点略改。
② 虞集：《会上人诗序》，虞集著，王颋点校《虞集全集》上册，第 584 页。原文为"鬓居放言"，据四库本《道园学古录》，改为"隐居放言"。

诗虽随世运而变，但不外乎正变二极。治世时诗歌其用也大，有劝戒、颂德之用，可传朝廷征伐勉劳之恩与百姓农亩之艰，此为诗之正。乱世则有嫠妇怨女、隐居放言之作，此为变之极。一正一变，均与世运相关。而正变之间，其最善者，乃是立足于君子道德、发而足以垂世立教的诗文。虞集于此虽未明言，但很显然其所赞赏的是政治清平时可补世用的实用性诗文。在《李仲渊诗稿序》中，虞集又称：

> 某尝以为世道有升降，风气有盛衰，而文采随之。其辞平和而意深长者，大抵皆盛世之音也，其不然者，则其人有大过人，而不系于时者也。善夫袁伯长甫之言曰："《雅》《颂》者，朝廷之间，公卿大夫之言也。"某闻之矣，"君子之德风也，小人之德草也，草上之风必偃。"观《宗雅》者，可以观德于当世矣夫！①

盛世所发诗文，应该具有意味深长而辞采和平的特征，这是盛世气运投射在诗文作品上的体现。虞集同时以袁桷之说为例，将朝廷文官所作《雅》《颂》视为可见盛世太平之貌的载体。考诸虞集的诗文作品，亦可见其鸣盛观念的具体履践。如作于至顺元年的《玉堂读卷》："玉堂策士诏儒臣，御笔亲题墨色新。省树坐移帘底日，宫壶驰赐殿头春。虞廷制作夔龙盛，汉代文章董贾醇。书阁暮年偏感遇，但歌天保答皇仁。"② 是年，虞集任奎章阁侍书学士，因而歌颂皇帝恩德乃是其文官身份的应有之义。诗中以汉家威仪喻皇元之盛，正体现其"文随时运"观念及由此而来的鸣盛意识。

较虞集稍晚入仕朝廷的欧阳玄亦持有"文随时运"及鸣盛观念，其为虞集文集所作序文称：

> 斯文与造化功用相弥纶、国家气象相表里，故文人生于世有数，文章用于世有时，斯言若夸，理实然也。皇元混一之初，金宋旧儒布列馆阁，然其文气高者崛强，下者委靡，时见旧习。承平日久，四方

---

① 虞集：《李仲渊诗稿序》，虞集著，王颋点校《虞集全集》上册，第 569 页。标点略改。
② 虞集：《玉堂读卷》，虞集著，王颋点校《虞集全集》上册，第 101 页。

俊彦萃于京师，笙镛相宣，风雅迭唱，治世之音日益以盛矣。[1]

圭斋此论有两点可堪注意。其一是诗文与国家气象互为表里，现实政治通过作用于文人个体而影响到文章创作，尤其是"可用于世"的实用性文章。其二是政治清平的现实有助于各地文人的交流，有助于诗文观念的融合，进而形成"治世之音"，这隐含着对诗文体貌与实用功能的规定。他在序宋濂文集时又谓：

> 三代而下，文章唯西京为盛，逮及东都，其气浸衰。至李唐复盛，盛极又衰。宋有天下百年，始渐复于古。南渡以还，为士者以泛焉，无根之学，而荒思于科试。间有稍自振拔者，亦多诞幻卑冗，不足以名家，其衰又益甚矣。我元龙兴，以浑厚之气变之，而至文生焉。中统、至元之文庞以蔚，元贞、大德之文畅而腴，至大、延祐之文丽而贞，泰定、天历之文赡以雄。涵育既久，日富月繁，上而日星之昭晰，下而山川之流峙，皆归诸粲然之文。意将超宋、唐而至西京矣。[2]

欧阳玄梳理文脉源流，认为西汉与李唐是文学发展的两个巅峰。他对本朝诗文予以极高评价，是超宋唐而至西汉的文学巅峰。这种观点当然与他元廷文臣的身份有关，其结论是否公允暂且不论，其立论前提却值得分析。即元朝文学之盛，来源于盛世气运。同时，他对本朝诗文进行了分阶段的评价：元初庞以蔚；元贞、大德时期则畅而腴；至大、延祐间丽而贞；泰定、天历间赡以雄。四个阶段虽各有特点，但总体具有阔大雄浑、辞畅意深的体貌特征。他在评价庐陵文人萧同可诗作时，亦指出盛世气运与诗文体貌之源流关系：

> 庐陵萧君同可，集所作诗成巨编，属予序之。予尝及同可论诗

---

[1] 欧阳玄：《雍虞公文集序》，欧阳玄著，魏崇武、刘建立点校《欧阳玄集》，第228页。
[2] 欧阳玄：《潜溪后集序》，欧阳玄著，魏崇武、刘建立点校《欧阳玄集》，第78页。

矣，凡而晚宋气格之近卑，曲江制作之伤巧，同可禁足而不涉是境
也。矧夫驰骛南北之余，揽燕代之雄杰，睹京阙之美富，亦既囊括神
奇而用之，宜其诗日造夫高远而未艾也。①

欧阳玄认为萧氏诗作之所以无晚宋卑弱之弊，正是由于皇元混一海宇，文
人可以驰骛南北，开阔胸襟。此论强调的是文人因现实的清平而得以开阔
个人胸怀。世运之气借助文人之气，发诸为具有盛世之风的诗文。这种思
维理路频见于他对诗文的评点。如他在序周权集时称：

> 余爱其无险劲之辞，而有深长之味；无轻靡之习，而有舂容之
> 风。……宋、金之季，诗之高者不必论，其众人之作，宋之习近骩
> 骳，金之习尚号呼。南北混一之初，犹或守其故习，今则皆自刮劘而
> 不为矣。世道其日趋于盛矣乎？②

所谓"世道之盛"，并非简单笼统地赞美朝廷，而是特指元朝统一南北之
功。借此，南北文士得以沟通，各地诗风得以融合。周权的诗之所以无宋
金诗之积弊，源出于此。欧阳玄在评价程钜夫诗文成就时，直接将世道气
象与文人气度、文章气脉关联起来：

> 公之为文以气为主，至于代播告之言，伟然国初气象，见于辞令
> 之间。故读公之文者，可以知公之事业也。夫气寓于无形，其有迹可
> 见，政事、文章二者而已。其间涵蓄之深，培养之厚，以之为政而刚
> 明，以之为文而浑灏，惟程公有焉。③

值得注意的是，圭斋此处将文臣的职守纳入气的范围。"伟然国初气象"，
指的是塑造程钜夫诗文之气的盛大世运，而此气寓于无形，须通过文臣为

---

① 欧阳玄：《萧同可诗序》，欧阳玄著，魏崇武、刘建立点校《欧阳玄集》，第 83 页。
② 欧阳玄：《周此山集序》，欧阳玄著，魏崇武、刘建立点校《欧阳玄集》，第 260 页。
③ 欧阳玄：《楚国文宪公雪楼程先生文集序》，欧阳玄著，魏崇武、刘建立点校《欧阳玄
集》，第 281~282 页。

政与为文两个行为体现。政事与文章是朝廷文臣分内之事，二者虽有差别，但共同受到盛世气运的影响。在欧阳玄看来，程钜夫为政刚明、为文浑灏，正是来源于大元的盛世气运。

"文随时运"观念及雅正诗文观，普遍为此时的江右文人所认可。延祐初以布衣身份荐授翰林国史院编修的揭傒斯，站在文臣职守的角度看待诗文。他曾谓："夫为诗与为政同，心欲其平也，气欲其和也，情欲其真也，思欲其深也，纪纲欲明，法度欲齐，而温柔敦厚之教常行其中也。"[①]为诗与为政固然存在一定的相似性，但将二者等而视之的观点，很难否认与揭傒斯食奉朝廷的文臣身份毫无关系。在时代气运与诗文风貌的关系上，揭傒斯认为："盖当国家盛时，其气浑，其政平，故其发于文也和而庄，直而不迁。"[②] 国家气运昌盛浑厚，政治清平，文人的诗文变得和雅庄重，这是典型的文随时运观点的体现。周伯琦，字伯温，饶州鄱阳人，自幼随父宦游京师，泰定二年（1325）以荫补南海尉，至正元年（1341）擢宣文阁授经郎。他在谈及盛世气象与诗文创作的关系时指出：

> 昔司马迁游齐、鲁、吴、越、梁、楚之间，周遍山川，遂奋发于文章，焜耀后世。今予所历，又在上谷、渔阳、重关大漠之北千余里，皆古时骑置之所不至，辙迹之罕及者。非我元统一之大，治平之久，则吾党逢掖章甫之流，安得传刍建节，拥侍乘舆，优游上下于其间哉！既赋五言古诗十首以纪其实，复为后序以著其概，不惟使观者得以扩闻见，抑以志吾生之多幸也欤！[③]

周伯琦与欧阳玄的观点有一致之处。他认为，混一海宇的皇元盛世，之所以能够孕育出气象宏大的诗歌，在于文臣得以南北游览而丰富见闻、开阔眼界，更因此而心胸阔大，诗文因而具有气势宏大的特征。周伯琦的诗文创作的确如此，其《扈从集》与《近光集》所收诗文，大多描写元朝疆域

---

① 揭傒斯：《萧孚有诗序》，揭傒斯著，李梦生点校《揭傒斯全集》，第 306 页。
② 揭傒斯：《沈溪先生文集序》，揭傒斯著，李梦生点校《揭傒斯全集》，第 339 页。
③ 周伯琦：《扈从集后序》，《扈从集》，《景印文渊阁四库全书》第 1214 册，台湾商务印书馆，1986，第 546~547 页。

辽阔、物产丰盛，诗文体貌具有阔大的气象与恢弘的气度。危素，至元元年（1335）以布衣荐授经筵检讨，由此进入元廷任职。他在论述诗文与时代气运的关系时称："气有升降，时有污隆，而文随之"①，"夫文章之传，儒者视之以为末艺，然实与天地之气运相为升降，君子于此观世道焉"②。临川文人危素认为，诗文不仅受时代气运的影响，反过来亦可观世，这又引申出诗文反映世道的现实功能。

以上论述了元中后期江右文人进入京师后，政治场域如何影响、塑造了其诗文观念。一方面是延祐复科后江右学风的转换，经学成为一时显学。另一方面是由布衣到朝廷文臣的身份转换，亦有力塑造了他们的诗文观念。具体而言，活动于京师的江右文人在文学思想上有两个重要的理论面相。其一是为文以经史为本的正统文章观，其二是诗歌强调有补世用，审美风格上注重春容和畅、辞气和平。

所谓本诸经史的正统文章观，是指功能上要明理务用，内容翔实准确，体貌平正舒缓。虞集、揭傒斯、欧阳玄等人莫不如此。他们所作碑铭、行状、阡表、祭文等应用性文体，普遍具有以上三点特征。如虞集拒为许谦作传，其理由正是无法完整准确地叙述许谦的生平事迹：

> 今益之之事，既见于诸门人之所序述，何取于不知之替史也。以此观之，诸名公知先生而举之者甚众，安知无文吕其人之可求，而仆非其人也。……而行状所述，多所未谕。数月之间，尝与友生门人细读而详阅，终莫得其统绪之会。归以观其成德之始终，辄亦别录而疏其下，未敢即达。③

虞集曾执笔国史，许谦门人求传于他实属正常。但虞集却再三拒绝，可见其对传主生平事迹准确与否的看重，这当然是出于对传主的尊重，但亦可

① 危素：《与苏参议书》，《危学士全集》卷一，《四库全书存目丛书》集部第 24 册，第 643 页。

② 危素：《黎省之诗序》，《危学士全集》卷四，《四库全书存目丛书》集部第 24 册，第 684 页。

③ 虞集：《答张率性书》，虞集著，王颋点校《虞集全集》上册，第 395 页。

看出虞集效法经史之严谨的文章观念。诚如欧阳玄所评虞集文章"著作法度谨严，辞旨精核"。[1] 欧阳玄文章亦是如此。他的传记类文章，体制正大，严守史家叙述严谨的轨度。鉴于目前对元中期文章观念与体貌特征的研究已经比较全面，此处不再详细论述。

在诗歌方面，江右文人主张功能上有补世用，风格上舂容和畅、辞气和平。虞集所作《天心水面亭记》最能体现此种诗学主张：

> 月到天心，清之至也；风来水面，和之至也。今夫月，未盈则不足于东，既亏则不足于西。非在天心，则何以见其全体？譬诸人心，有丝毫物欲之蔽则无以为清，堕乎空寂则绝物，又非其至也。今夫水滔滔汩汩，一日千里，趋下而不争，渟而为渊，注而为海，何意于冲突。一旦有风鼓之，则横奔怒激，拂性而害物，则亦何取乎水也？必也至平之水，而遇夫方动之风，其感也微，其应也溥，涣乎至文生焉，非至和乎？譬诸人心拂婴于物，则不能和，流而忘返，又和之过，皆非其至也。是以君子有感于清和之至，而永歌之不足焉。[2]

虞集从诗人性情的角度论述诗歌的审美意境，以至清至和为最善。诗人性情如同水面，有风则动，但要避免过分波动，讲究中和之道。与之对应的诗，因此而辞气正大和平。有学者将其概括为清和诗风，[3] 是十分准确的。

第三节　地域文坛领袖的更易与雅正观念的播衍

考察元中期江右诗学思想的转型，文坛领袖与本地文人群体的互动是描绘地域诗学知识图景、构建其承变历史谱系的重要线索。正如庐陵文人欧阳玄所论："宋末，须溪刘会孟出于庐陵，适科目废，士子专意学诗。

---

① 欧阳玄：《雍虞公文集序》，欧阳玄著，魏崇武、刘建立点校《欧阳玄集》，第228页。
② 虞集：《天心水面亭记》，虞集著，王颋点校《虞集全集》下册，第755页。
③ 刘嘉伟：《元大都多族士人圈的互动与元代清和诗风》，《文学评论》2011年第4期。

会孟点校诸家甚精，而自作多奇崛，众翕然宗之，于是诗又一变矣。我元延祐以来，弥文日盛，京师诸名公咸宗魏晋唐，一去金宋季世之弊，而趋于雅正，诗丕变而近于古。江西士之京师者，其诗亦尽弃其旧习焉。"① 此论强调延祐后京师文人诗风的转变，但实际上本地文人亦被涵盖其中。由庐陵刘辰翁到抚州虞集，展现的是地域文坛领袖的更易与本地诗学思想转型的历史过程。

一　从刘辰翁到虞集——江右文坛领袖的更易

宋元之际，江右文苑以刘辰翁为巨擘。吴澄谓："国初，庐陵刘会孟突兀而起，一时气焰震耀远迩，乡人尊之，比于欧阳。"② 揭傒斯亦认为刘辰翁是扭转宋元之际江右诗风的核心人物："庐陵代为文献之邦，自欧阳公起而天下为之归，须溪作而江西为之变。"③ 大德元年（1297），刘辰翁卒于家，其子刘将孙与庐陵文人赵文接续其响，但影响力日渐衰退。大德五年（1301），虞集进入京师，与时任翰林学士承旨的赵孟頫成为忘年之交，大德六年（1302）擢大都路儒学博士，大德十一年（1307）除国子助教，后历任翰林学士兼国子祭酒。可见，由刘辰翁逝世到虞集逐渐成为馆阁名臣，大德初乃是重要的时间节点。但地域文坛领袖的更易，并非一蹴而就地由刘辰翁变为虞集，而有其过程性。自文人身份言，是朝廷文臣取代布衣文人成为地域文坛主力；就地域兴替言，是抚州文人取代庐陵文人，成为江右诗坛的主要发声群体。

抚州文人进入京师，成为元廷文臣并逐步引领地域诗学风尚，其中影响较大、时间较早的当数程钜夫。程钜夫（1249—1318），本名文海，字钜夫，抚州临川人，是元初南人北进的代表。程氏通过影响其时江西籍文臣的诗文创作，进而改变地域诗风。至元二十三年（1286），钜夫以集贤学士的身份南下江南，此行可谓收获颇丰，"荐赵孟頫、余恁、万一鹗、张伯淳、胡梦魁、曾晞颜、孔洙、曾冲子、凌时中、包铸等二十余人"④。

---

① 欧阳玄：《罗舜美诗集序》，欧阳玄著，魏崇武、刘建立点校《欧阳玄集》，第83~84页。
② 吴澄：《养吾斋集序》，见刘将孙著，李鸣、沈静校点《刘将孙集》，第2页。
③ 揭傒斯：《吴清宁文集序》，揭傒斯著，李梦生点校《揭傒斯全集》，第304页。
④ 《元史》卷一百七十二《程钜夫传》，第4016页。

有学者统计，程钜夫此次南下，所荐文人计二十三位，① 其中尤以江西文人数量最众。如胡梦魁为建昌新城人，万一鹗为庐陵人，曾晞颜为庐陵永丰人，曾冲子为抚州金溪人。其后的虞集、范梈、揭傒斯、何中等人之所以能够进入元廷，都离不开程钜夫的举荐与提携。他因此在江右文人中获得极高威望。如南丰文人刘壎谓："明公大名振乎海宇，鸿名行乎中朝，盖南北人士，倚以为吾道元气者，执文盟之牛耳，微公其谁归！"② 此一评价充满恭维甚至谄媚，但恰可说明程氏对南人仕进的重要影响。更为重要的是，此种影响一并渗透至诗学观念的领域。

程钜夫由于其文官身份之故，主张事功与实用，反对文人以清谈为尚、以风雅自居的浮泛之风。他批评元初士风，称："数十年来，士大夫以标致自高，以文雅相尚，无意乎事功之实。文儒轻介胄，高科厌州县，清流耻钱谷，滔滔晋清谈之风，颓靡坏烂，至于宋之季极矣。"③ 其诗学观念因此具有重实用的倾向。例如诗之用在于观民风、知习俗："诗所以观民风，凡五方、九州、十二野，如《禹贡·职方》、司马迁《货殖》、班固《地理》之所载，其风不一也，而一于诗见之。古者至于是邦也，必观其诗；观其诗，则是邦之土物习俗可知已。"④ 程钜夫的诗歌创作履践比较符合其尚实求用的观念。其诗重质而不事雕琢，故文辞简练，求实用而不在吟咏性情，故典雅自然。《雪楼集》中所收诗歌，用于酬唱赠答以及题画、祝寿、挽丧等实用性功能的作品占比较高，足以说明其尚实求用的诗学倾向。受程钜夫举荐而步入仕途的江右文人普遍受其影响。揭傒斯（1274—1344），字曼硕，龙兴富州人，大德初受程钜夫赏识，被荐于元廷，从而开启仕进之路。揭傒斯崇尚事功，重儒者之用，他曾谓："非儒者之无益

---

① 王树林：《程钜夫江南求贤所荐文人考》，《信阳师范学院学报》（哲学社会科学版）1996年第2期。

② 刘壎：《与程学士书》，《水云村稿》卷十一，《景印文渊阁四库全书》第1195册，台湾商务印书馆，1986，第477页。

③ 程钜夫：《送黄济川序》，《雪楼集》卷十四，《景印文渊阁四库全书》第1202册，第179页。

④ 程钜夫：《王寅夫诗序》，《雪楼集》卷十四，《景印文渊阁四库全书》第1202册，第177页。

于国也，不能尽儒者之用焉耳！"① 揭氏为诗简练平易，纡徐和缓，有馆阁气，迥异于刘辰翁以来奇崛峭立的江右诗风。谈及程钜夫对当时诗风的影响，揭傒斯称："每接后学之士，必谆谆教诲。……由公所荐引而为当世名臣者，往往有之。所为文章雄浑典雅，混一以来，文归于厚者，实自公发之。"② 在揭傒斯看来，扭转宋季元初颓弊之风，使之归于雅正浑厚，程钜夫有首倡之功。而且，这并非揭氏一家之言，此说法普遍为当时文人所赞同。虞集亦称："今代古文之盛，实自公倡之。"③ 危素以为："公在朝，以平易正大之学振文风、作士气，词章议论为海内所宗尚者四十年。"④ 再如庐陵文人曾晞颜，受程钜夫影响较深。曾晞颜，字圣达，庐陵永丰人，所著文集五十余卷，均不传。对其诗风的把握，可从刘将孙的评价窥见一二。刘将孙概括其诗曰："此集凡五十余卷。其雍容也，祥麟威凤，不鸷搏而群狡服；其雅正也，清庙朱弦，不于喝而众音希；其剖决也，楚钟周鼓，不章采而制作备；其明丽也，青天白日，不炫焯而万景呈。至于以少少许胜多多许，幽兰芳芷，不足喻其清也。纡余曲折，辞极意足，晴春风景，不知而使人欲醉也。"⑤ 此一评价虽不乏谀词，但依然蕴含重要信息。曾晞颜虽与刘辰翁、刘将孙父子同为庐陵文人，但在诗文风格上却差异显著。刘辰翁父子为诗尚抒不平之气，故诗风峭立险崛。曾氏则不同，从体貌特征上看，其诗文雍容典雅，有馆阁风。曾晞颜因程钜夫举荐而任职元廷，并与揭傒斯、虞集等理念相埒的文人同声相和。概言之，程钜夫使活动于京师的江右士人一弃宋季元初的诗文积弊，竞相鸣唱平易自然的典雅之音。

除程钜夫外，吴澄亦对江右诗坛影响显著。吴澄（1249—1333），字幼清，抚州崇仁人，与刘因、许衡并称名冠南北的学术宗师。⑥ 关于吴澄

---

① 揭傒斯：《送刘旌德序》，揭傒斯著，李梦生点校《揭傒斯全集》，第310页。
② 揭傒斯：《元故翰林学士承旨光禄大夫知制诰兼修国史雪楼先生程公行状》，程钜夫著，张文澍校点《程钜夫集》附录，吉林文史出版社，2009，第474页。
③ 虞集：《跋程文宪公遗墨诗集》，虞集著，王颋点校《虞集全集》上册，第430页。
④ 危素：《大元敕赐故翰林学士承旨光禄大夫知制诰兼修国史赠光禄大夫大司徒柱国追封楚国公谥文宪程公神道碑铭》，程钜夫著，张文澍校点《程钜夫集》附录，第477页。
⑤ 刘将孙：《曾御史文集序》，刘将孙著，李鸣、沈静校点《刘将孙集》，第91页。
⑥ 《宋元学案》载："有元之学者，鲁斋、静修、草庐三人耳。"见黄宗羲撰，全祖望补修，陈金生、梁运华点校《宋元学案》卷九十一，中华书局，1986，第3021页。

的诗文理念与时代影响,已有学者加以论说。如邓绍基认为,元初江南文学流派之一的江右派以吴澄为代表。① 周振甫认为吴澄论文以北宋诸家为宗,在当时具有较大的影响。② 在刘辰翁逝世后,抚州逐渐取代庐陵,成为江右的学术与文学中心。查洪德与张晶皆认为,元中期江西学术与诗文的中心在抚州。③ 随着草庐学派的崛起,以吴澄为代表的抚州文人成为江右诗坛的重要一翼。

吴澄的诗学观念与其学术思想密不可分。作为理学宗师,吴澄的诗学观念更具折衷意味,而非如刘辰翁那般将诗视为抒写不平之气的载体。他认为应将抒写性情与世教功用相结合,这来源于其学术思想中重实用的一面。因此,他认为诗应发乎天真而止于礼义:"性发乎情,则言言出乎天真;情止乎礼义,则事事有关于世教。古之为诗者如是,后之能诗者亦或能然,岂徒求其声音采色之似而已哉。"④ 这显然是两宋以来理学家的主流观点,尤其具有陆学色彩。由此,吴澄论诗重世教实用:"由词赋而歌诗,由歌诗而上达屈骚、风雅颂之旨,声其声,实其实,则为子而孝,为臣而忠;政可以官,言可以使。诗之为诗盖如此,岂徒吟咏风花雪月,如今世所谓诗人而已哉!"⑤ 吴澄尤其看重书写忠孝、有益政教的诗作,因此有"以孝为行,以温柔笃厚为诗,则远之事君,授之政而使于四方,何施而不可哉"⑥ 的观点。总之,强调抒写性情与世教功用的调和是吴澄诗论的一大特征。查洪德认为,刘氏父子的性情诗论着眼于个体性情,而吴澄的性情诗论则是着眼于现实社会。二者因此一个导向尽抒个体性情,一个导向注重世教功用。⑦ 吴澄影响江西诗坛的主要途径是吸引与培养了一批江

---

① 详见邓绍基、周绚隆《历代文选·元文》,河北教育出版社,2001,第6页。
② 详见周振甫《中国文学史》,中国青年出版社,1999,第13页。
③ 详见查洪德《理学背景下的元代文论与诗文》,第70页。张晶:《中国古代文学通论·辽金元卷》,辽宁人民出版社,2005,第448页。
④ 吴澄:《萧养蒙诗序》,《吴文正集》卷十九,《景印文渊阁四库全书》第1197册,第208页。
⑤ 吴澄:《杨桂芳诗序》,《吴文正集》卷十七,《景印文渊阁四库全书》第1197册,第187页。
⑥ 吴澄:《题厉直之行卷》,《吴文正集》卷五十五,《景印文渊阁四库全书》第1197册,第544页。
⑦ 详见查洪德《理学背景下的元代文论与诗文》,第141页。

西籍草庐门人。据统计，江西文人占草庐弟子的半数以上。① 例如崇仁虞槃、虞集父子，金溪王颐贞、朱夏、王彰，临川李本、李栋、熊本，乐安夏友兰、王梁等人。吴澄对江右诗学的影响主要体现在两个方面：一是诗歌融汇诸家的师法取向；二是性情之真与世教之用相调和的诗学倾向。

吴澄认为，在师法对象上不应独专一家、固守一派："近年有中州诗，有浙间诗，有湖湘诗，而江西独专一派。江西又以郡别，郡又以县别，岂政异俗殊而诗至是哉？山川人物固然而然，土风自不可以概齐也。"② 各地风土、士风颇异，诗自然会呈现为不同风貌。吴澄赞赏简斋诗风，其原因正在于其诗兼取诸家的特征："宋参政简斋陈公于诗超然悟入，吾尝窥其际，盖古体自东坡氏，近体自后山氏，而神化之妙，简斋自简斋也。近世往往尊其诗，得其门者或寡矣。"③ 吴澄认为，效法简斋可，但拘泥于简斋诗风则不可："宋诗至简斋超矣，近来人竞学之。……虽然，世间之事所当学者岂唯诗？世间之人所可学者岂惟简斋？"④ 他认为，江右文人虽多效法简斋诗，却鲜能参悟其妙化诸家的特点。吴澄虽与刘辰翁诗学旨趣差别迥异，但对其颇为敬重，很重要的原因在于刘辰翁评点诸家时开阔的诗学胸怀。对此，吴澄赞赏道："近年庐陵刘会孟于诸家诗融液贯彻，评论造极。"⑤ 吴澄向江西后学推阐其取法多家的诗学主张，如赞赏豫章文人胡琏作诗不拘泥于某家某人，曰："古体诗上逼晋魏，近体亦占唐宋高品。盖自《骚》《选》以来，作者之辞志性情渟潴胸次，见趣议论，往往度越辈流。……他日当自为胡器之诗，不止肖魏、晋、唐、宋某人某人而已。"⑥ 肯定豫章文人蔡黻取法多人、自成一家的特点："继此约者博，精者不杂，

---

① 详见江南《草庐学派文学研究》，南京大学博士论文，2011 年，第 35～37 页。

② 吴澄：《鳌溪群贤诗选序》，《吴文正集》卷十六，《景印文渊阁四库全书》第 1197 册，第 178 页。

③ 吴澄：《董震翁诗序》，《吴文正集》卷十五，《景印文渊阁四库全书》第 1197 册，第 164 页。

④ 吴澄：《曾志顺诗序》，《吴文正集》卷十五，《景印文渊阁四库全书》第 1197 册，第 167 页。

⑤ 吴澄：《大酉山白云集序》，《吴文正集》卷十八，《景印文渊阁四库全书》第 1197 册，第 202 页。

⑥ 吴澄：《胡器之诗序》，《吴文正集》卷十五，《景印文渊阁四库全书》第 1197 册，第 171 页。

纵横颠倒，自成一家，则为曹为阮、为陆为陶、为陈为李、为杜为韦，吾何间然?"① 虽主张转益多师，但吴澄反对模拟蹈袭，主张化其气而非拟其似，如其指导金溪文人朱元善作诗时称："诗不似诗，非诗也；诗而似诗，诗也，而非我也。诗而诗已难，诗而我尤难。奚其难，盖不可以强至也。学诗如学仙，时至气自化。"②

吴澄曾短暂任职元廷，与江西文臣过从甚密。他受董士选举荐，于大德五年（1301）授应奉翰林文字，至大元年（1308）召为国子监丞，皇庆元年（1312）升司业，拜集贤直学士。英宗即位后，吴澄迁翰林学士，泰定初为经筵讲官，主持编修《英宗实录》。吴澄在元廷的仕宦经历虽然旋仕旋隐，但他与程钜夫、范梈、揭傒斯、危素等人交往颇深。例如揭傒斯，在入京之前便已获吴澄赏识。对此，吴澄称："予在乡，与丰城诸诗人游。宪使陈公远矣，若揭养直，若赵用信，若蔡黻、胡琏、揭傒斯，铁中之铮铮者。来京师，又见李宗明诗，胡、蔡、赵、揭伯仲间也，岂非犹有龙泉、太阿之余灵，钟而为人、发而为诗与?"③ 吴澄逝世后，揭傒斯为其作《神道碑》，曰："乃若吴公，研磨六经，疏涤百氏，纲明目张，如禹之治水，虽不获任君之政，而著书立言，师表百世，又岂一材一艺所得并哉!"④ 可见揭傒斯对吴澄之敬重。再如范梈，早年便与吴澄相识。据吴澄为范梈所作墓志铭载："年未三十，予识之于其乡里富者之门。虽介然清寒，茕然孤独，而察其微，有树立志，无苟贱意。"⑤ 范梈树志求用的积极心态为吴澄所赞赏，二人亦不乏诗文唱和。虞集作为草庐弟子，不仅继承吴澄学术思想，在诗文观念上更受其影响，如其"性情之正"的诗学观

① 吴澄：《蔡思敬诗序》，《吴文正集》卷十五，《景印文渊阁四库全书》第 1197 册，第 171 页。

② 吴澄：《朱元善诗序》，《吴文正集》卷十八，《景印文渊阁四库全书》第 1197 册，第 197 页。

③ 吴澄：《李宗明诗跋》，《吴文正集》卷五十七，《景印文渊阁四库全书》第 1197 册，第 563 页。

④ 揭傒斯：《大元敕赐故翰林学士资善大夫知制诰同修国史赠江西等处行中书省左丞上护军追封临川郡公谥文正吴公神道碑》，揭傒斯著，李梦生点校《揭傒斯全集》，第 542 页。

⑤ 吴澄：《故承务郎湖南岭北道肃政廉访司经历范梈父墓志铭》，《吴文正集》卷八十五，《景印文渊阁四库全书》第 1197 册，第 806 页。

念，来源之一便是吴澄"性情之真"的理论。对于元中期江西文人所倡导的典雅中正的诗学观念，吴澄有导夫先路之功。

前文论及程钜夫与吴澄对江右文坛的过渡性影响。程钜夫主要因其元廷重臣及其主导南人北进的权力而产生影响，实质上是借助其政治身份而将其影响辐射至江右文坛。吴澄虽曾任职元廷，但实质上是借助其学术宗师的身份及其学术思想而将其影响辐射至江右文坛。程、吴之后，一直到虞集，江右文坛乃至南北文坛的领袖方真正确立。虞集以一代文宗的身份开始影响并扭转江右地域的诗文风格与理论取向。他之所以能够取代刘辰翁成为文坛领袖，概有三个方面的原因。其一是草庐弟子的学术背景；其二是出入馆阁的文臣身份；其三是其诗文观念符合中期以后南北融合的盛世气象与现实需求。

先看草庐弟子的学术背景。有元一代，江西乃至江南影响最大的学者当为吴澄，而吴澄最为知名的弟子当数虞集。虞集十五岁即问学于吴澄："以契家子从之游，故得其传云。"① 并深受吴澄赏识："吴公于先儒之言有所辨释，公悉能推类以达其意，吴公亟称之。"② 凡此种种，可见虞集学术师承之正。正因如此，理学家是虞集重要的身份标签之一。当然，草庐门人的身份对虞集并非全是正面的价值。如皇庆元年，吴澄请辞国子司业，即有学者攻击草庐之学乃陆学而非朱学："近臣以先生荐于上。而议者曰：'吴伯清，陆氏之学也，非朱子之学也。不合于许氏之学，不得为国子师。是将率天下而为陆子静矣。'"③ 这种批评实际上也是对虞集学术的否定。对此，虞集反驳道："呜呼！陆子岂易言哉？彼又安知朱、陆异同之所以然？直妄言以欺世拒人耳。"④ 实际上，虞集之所以能够成为延祐后文坛宗师，成为馆阁文风与盛世文学的执牛耳者，很大一部分原因是草庐之学的影响。最明显的例子是虞集所持有的陆学"尊德性"与朱学"致实用"的统一。虞集所倡导的雅正文学观，其中一个核心命题便是"致中和"。从文人创作主体的角度看，主体性情要以"性情之正"为准的。这实际上是一种道德层面的要求，诗可以缘情而发，但诗人要约之于正。虞集认为："若夫因

① 黄宗羲撰，全祖望补修，陈金生、梁运华点校《宋元学案》卷九十二，第 3073 页。
② 赵汸：《邵庵先生虞公行状》，虞集著，王颋点校《虞集全集》下册，第 1291 页。
③ 虞集：《送李扩序》，虞集著，王颋点校《虞集全集》上册，第 540 页。
④ 虞集：《送李扩序》，虞集著，王颋点校《虞集全集》上册，第 540 页。

其哀怒淫放之情，以为急厉缓靡之节，极其所纵而莫能自返，风俗之变，而运气随之，所系至重也。凡不中律度，而远于中和，君子盖深忧之。而知察于斯者，盖鲜矣。"① 同时，诗歌要具备关乎世用的现实功能："世俗之弊，乐放肆而忽检束之常，狃见闻而失性情之正，迁鄙其行事而莫肯从，烦厌其绪言而不知讲。于是纲沦而法斁，所由来之渐，吁！可畏哉。"② 此种既注重诗人主体道德的涵养，又注重诗歌实用教化的观点，无疑与吴澄会通朱陆的学术观点密不可分。虞集继承这种学术主张，并具有会通的理论取向，将之诉诸诗文，并形成倡导平和、提倡世用的雅正文学观。

再看馆阁文臣身份。考察虞集的仕宦履历可知，他是元代南人中仕宦最为显赫的奎章阁文臣之一。虞集入仕较早，大德六年（1302）授大都路儒学教授，正式踏入仕途。大德十一年（1307），虞集擢国子助教，至大四年（1311）转将仕郎、国子博士。仁宗与文宗朝，虞集的仕途方迎来真正的显耀。延祐四年（1317）迁承事郎集贤修撰，主考大都乡试。延祐六年（1319）拜翰林待制兼国史院编修，官秩五品。泰定二年（1325）自国子司业迁秘书少监，四年主考礼部，拜翰林学士。致和元年（1328）兼国子祭酒。天历二年（1329），文宗在大都开奎章阁学士院，虞集进入奎章阁，擢为奎章侍书学士，官秩二品。此时，虞集成为元廷官阶最为显赫的南人，并成为奎章阁文人的领袖。对于虞集政治身份的显赫与文坛地位的崇高，其时文人多有记载。如欧阳玄谓："皇元混一天下三十余年，虞雍公赫然以文鸣于朝著之间，天下之士翕然谓公之文当代之巨擘也"③，"京师近年诗体一变而趋古，奎章虞先生实为诸贤倡"④。苏天爵则曰："延祐以来，则有蜀郡虞公、浚仪马公以雅正之音鸣于时，士皆转相效慕，而文章之习今独为盛焉。"⑤ 杨维祯亦肯定虞集在元中期的引领地位："我朝文

---

① 虞集：《琅然亭记》，虞集著，王颋点校《虞集全集》下册，第 732 页。
② 虞集：《送熊太古诗序》，虞集著，王颋点校《虞集全集》上册，第 544 页。
③ 欧阳玄：《元故奎章阁侍书学士翰林侍讲学士通奉大夫虞雍公神道碑》，欧阳玄著，魏崇武、刘建立点校《欧阳玄集》，第 105 页。
④ 欧阳玄：《梅南诗序》，欧阳玄著，魏崇武、刘建立点校《欧阳玄集》，第 81 页。
⑤ 苏天爵：《书吴子高诗稿后》，苏天爵著，陈高华、孟繁清点校《滋溪文稿》卷二十九，中华书局，1997，第 495 页。

章，雄唱推鲁姚公，再变推蜀虞公，三变而为金华两先生也。"① 陈基亦称："国家混一百年，能言之士莫不各以其所长驰骋上下，以鸣太平之休风。……则蜀郡虞公，岂非伟然命世君子哉！"② 危素曰："方壮而出游，所交多当世俊杰，丽泽之益，月旦不同。及扬历馆阁，遂擅大名于海内。其文章之出，莫不争先而快睹，得之盖足以为终身之荣。"③ 此类肯定虞集海内文宗身份的材料还有很多。总而言之，进入奎章阁后的虞集因其仕宦显赫，进而成为江右地域文坛乃至南北文坛的领袖。

虞集所倡导的雅正文学观符合现实需求，是其成为文坛宗师的第三点原因。宋季元初，以刘辰翁为代表的庐陵文人好奇崛之文，作诗亦以尽抒胸臆为旨归，这固然与他们文学观念的求新求变有关，但亦来源于其身处哀世的现实。一方面，宋元之际战乱频仍、民生艰难。另一方面，宋元鼎革具有以夷代夏的特殊性，民族矛盾对文人的心灵造成巨大冲击，并作用于他们的诗文创作，使之具有强烈的易代之际的悲愤之情与骨鲠之气。此处试举几例。安福文人王炎午（1252—1324），字鼎翁，有《吾汶稿》传世。具有哀怨色彩的遗民悲歌是其诗文创作的主要内容之一。尤其是其文章，多表现孤忠之节，具有悲怆硬朗的体貌特征。如其《生祭文丞相》一文，感慨旧主死于降邸之幸与悲：

> 旧主得老死于降邸，宋亡而赵不绝矣。不然，或拘囚不死，或秋暑冬寒，五日不汗，瓜蒂喷鼻死，溺死，畏死，排墙死，盗贼死，毒蛇猛虎死，较一死于鸿毛，亏一篑于泰山，而或遗旧主忧，纵不断赵盾之弑君，亦将悔伯仁之由我。则铸错已无铁，噬脐宁有口乎？呜呼！一节四忠，待公而六，为位其间，闻讣则哭。④

---

① 杨维祯：《故翰林侍讲学士金华先生墓志铭》，杨维祯著，孙小力校笺《杨维祯全集校笺》第 6 册，上海古籍出版社，2019，第 2555 页。
② 陈基：《程礼部文集序》，《夷白斋稿》卷二十二，《景印文渊阁四库全书》第 1222 册，台湾商务印书馆，1986，第 295 页。
③ 危素：《道园遗稿序》，见虞集著，王颋点校《虞集全集》下册，第 1176 页。
④ 王炎午：《生祭文丞相》，《吾汶稿》卷四，《景印文渊阁四库全书》第 1189 册，台湾商务印书馆，1986，第 587 页。

再如弋阳文人谢枋得,向来以孤臣义士自居,不仅拒绝了南下求贤的程钜夫的举荐,而且屡次不应元廷征召。谢枋得的诗文创作,充满哀世之怨与遗民之悲。这种哀世之音在元初的江右文坛普遍存在,亦从侧面看出刘辰翁的诗文观念之所以广为流行,很大一部分原因在于这种观念符合此时的现实环境与士人心态。但延祐后元廷倡导文治,这不仅有力地鼓舞了其时文人,更凸显出元前期的哀世之音与现实盛世的格格不入。对于这种矛盾,其时江右文人已有察觉。德兴文人徐明善曾谓:"自至元庚寅至大德乙巳,予于江西凡再至,何今之士异乎昔之士也?浮艳以为诗,钩棘以为文,贪苟以为行,放心便己以为学,是皆畔于圣人而朱子所斥者。既陷溺不自拔,而诋訾以盖之,此果何理哉!"① 概言之,当哀世之音与盛世现实格格不入时,无论是元廷统治者还是京师文人,无不转而取向平易雅正的盛世文风。而虞集的雅正文学观,恰是这一转向的体现。此为虞集成为江右文坛领袖的第三点原因。

总体来说,师从草庐的学术传承,显赫的政治身份,诗文观念与元中期现实需求的结合,此三点原因是虞集成为南北文坛宗师的重要原因。对此,清人翁方纲谓:"入元之代,虽硕儒辈出,而菁华酝酿,合美为难。虞文靖公承故相之世家,本草庐之理学,习朝廷之故事,择文章之雅言,盖自北宋欧、苏以后,老于文学者,定推此一人,不特与一时文士争长也。"② 此论将虞集的家族背景视为一重要原因,但忽视了其诗文观念与盛世现实之关系。虞集取代刘辰翁成为地域文坛领袖后,对本地及江西籍京师文人产生了广泛的影响。

二　虞集与雅正观念的播衍

刘辰翁后,程钜夫与吴澄对江右诗坛的影响体现为,一改奇崛峭立的诗风取向,并注入典雅自然、情感中正的诗学旨趣。直到虞集,江西乃至南北文坛的领袖方真正确立。他以一代文宗的身份开始推阐并进一步形塑

---

① 徐明善:《学古文会规约序》,《芳谷集》卷上,《景印文渊阁四库全书》第 1202 册,台湾商务印书馆,1986,第 555 页。
② 翁方纲:《石洲诗话》卷五,人民文学出版社,1981,第 162 页。

江右诗学的理论取向。当然，虞集对元代文坛的影响是全面的，不仅引领馆阁文臣的诗文创作，更对南北文坛产生模范作用。然而，探讨虞集对江右诗坛的影响依然十分必要，因为它建立在本地文人交游、互动的基础之上。因而诗学观念的传续不再是流于表面的附和，而是以同一地域文化背景与文化性格为基础的同声相和。虞集与本地文人群体的互动与交游，以及诗学观念的阐释与交融，多见于其为他人所作诗文集序及题、跋等诸体文章。别集作者既有前宋遗老，也有元代硕儒与后学。通过这些文章，大体可见虞集诗学观念的地域性影响。

首先看文章观。宋文的经典化离不开虞集的倡导，他所赞赏的宋代文章大家以江右文人为主，如庐陵欧阳修、南丰曾巩、临川王安石与新喻刘敞。非江右文人的代表是苏轼。虞集以为，为文当以此五先生为楷模：

> 为文章者，未暇纵论古今天下也。即江西论之，欧阳文忠公、王文公、曾南丰非其人乎？①
>
> 昔文学之盛时，度越前代，则有欧阳公、王丞相、曾舍人，并起于数百里间，皆江右之人也。三百年来，执笔而为文者宗乎此则是，外乎此则非，本乎此则正，求异于此则乖，此其大凡也。……夫当三公时，清江刘侍读，博洽群经，考诸旧典，并起于一时。②
>
> 昔者庐陵欧阳公秉粹美之质，生熙洽之朝，涵淳茹和，作为文章，上接孟、韩，发挥一代之盛。英华酿郁，前后千百年，人与世相期，未有如此者也。苏子瞻以不世之才，起于西蜀，英迈雄伟，亦前世之所未有。南丰曾子固博考经传，知道修己，伊洛之学未显于世，而道说古今，反覆世变，已不失其正，亦孰能及之哉？③

以上三段引文，不仅可以看出虞集所赞赏的宋文大家，更能看出背后原因。第一点是文章体貌特征与时代气运之关系。欧文之所以成为楷模，是

---

① 虞集：《刘应文文稿序》，虞集著，王颋点校《虞集全集》上册，第506页。
② 虞集：《六义类要序》，虞集著，王颋点校《虞集全集》上册，第483页。标点略改。
③ 虞集：《庐陵刘桂隐存稿序》，虞集著，王颋点校《虞集全集》上册，第499页。

因欧阳修"生熙洽之朝"。欧阳修是盛世文人的代表,其所作亦是黼黻盛世的文章宗范。一般认为,以虞集为代表的馆阁文人所持有的诗文观念,呈现为一种复古主义,具体而言是诗宗盛唐,文宗北宋。但需注意的是,这种复古倾向的逻辑起点是立足于现实的。即元朝具有混一海宇、威泽四方的盛世气象,因而文人的诗文宗法对象,亦应以前代盛世文学为楷模。欧阳修正是北宋盛世文人与盛世文学的代表。当然,欧阳修诗文的经典化并非始于虞集。宋元之际的江右文人,普遍认可欧文的典范性意义,但他们立论的基础与虞集差别迥异。如刘诜谓:"不知韩、欧有长江大河之壮,而观者特见其安流;有高山乔岳之重,而观者不觉其耸拔。"① 刘诜论文属刘辰翁一派,追求文风的奇崛壮丽,因此他们推重欧文之处正在于其壮美与厚重。其所批评的"观者特见其安流",所指正是虞集等馆阁文臣倡导的平和雅正的文风。这又引出虞集与刘诜、刘岳申等文人对文章风格的争论,该部分将在下文详述。可见,虽同以欧文为宗,虞集关注的是欧文发挥一代盛世气象的文章气度,与其时庐陵文人持论迥异。

第二点是立足于学问与德性的正统文章观。虞集之所以以欧、王、曾、刘为文章宗范,正是因为他们的文章根植于个体德性、融液于经史学问,体现的是宗经史、尊德性的正统文章观。周自强,字刚善,清江人,有经学著作《六艺类要》,并请虞集作序。虞集在序文中反复阐明文章取诸经史的重要性,他以曾巩与刘敞为例,认为二者之文深植于经史:

> 昔者道丧千载,遗经虽存,世儒之学,殆不足以知之。濂、洛之兴,往圣绝学大明于天下。方其说未大行,而曾公已能用意于六经,昼诵暮惟,深求其旨,躬行于己,发挥于文,亦可谓特立而无愧于其师友者矣。……独刘公博求而精考,洞见异代,如身历之。近则大儒之所咨问,远则穷经者之所引援,其功亦岂少哉?今之学者,历万里之远,垂百年之间,能致力于此者,几何人斯?然则世之言文者,而

---

① 刘诜:《与揭曼硕学士》,《桂隐文集》卷三,《景印文渊阁四库全书》第 1195 册,第 177 页。

欲上接昔人，岂易言哉？①

在为其他江右文人作序时，虞集亦以曾、刘文章为圭臬：

> 南丰曾子固博考经传，知道修己，伊洛之学未显于世，而道说古今，反覆世变，已不失其正，亦孰能及之哉？②
>
> 盖三君子之文非徒然也，非止发于天资而已也。其通今博古、养德制行，所从来者远矣。③

道学未兴时，曾巩为文不弃儒者之学，以"六经"为文之本，向内则规范个体德性，向外阐明经旨，因而其文具有统辖经学、阐明儒道的关怀。刘敞亦以博学精考为文章根基。刘敞，字原父，新喻人，庆历六年进士，通六经百氏、古今传记、浮屠老庄之说，尤长于《春秋》学，他为文敏捷，文辞典雅。虞集赞赏刘敞文章，正是着眼于其经学之长。再如安仁学者李存，虞集认为其文章具有尊德性、明经旨之妙："观其《钟氏慕堂记》，发秉彝之至情，则于吾儒之学，切己近思，以求为人子之道，莫盛于此篇矣。"④ 可见，无论是曾巩，还是刘敞、王安石、欧阳修，虞集看重其内养德性，外阐经旨的文章属性。

　　第三点是宋文平和气昌、理明辞严的体貌特征。如虞集序南宋德庆太守曾丰文集时，赞赏其文曰："其气刚而谊严，辞直而理胜。其有得于《易》之奇、《诗》之葩者乎？取譬托兴，杰然不溺于风俗，山川磅礴雄伟之气，盖有以发焉。夫物之精华久而不灭，则有神明之助者矣。"⑤ 序人文集，赞赏其文是应有之义。但虞集此处的观点，并非简单地恭维作者，而与其历来所持有的文章观一致，为文以经史学问为根基，文章自然会呈现出辞直理胜的体貌特征。而文气刚健则来源于文人主体的道德涵养。实际

---

① 虞集：《六艺类要序》，虞集著，王颋点校《虞集全集》上册，第484页。标点略改。
② 虞集：《庐陵刘桂隐存稿序》，虞集著，王颋点校《虞集全集》上册，第499页。
③ 虞集：《刘应文文稿序》，虞集著，王颋点校《虞集全集》上册，第506页。
④ 虞集：《李仲公文稿序》，虞集著，王颋点校《虞集全集》上册，第512页。标点略改。
⑤ 虞集：《曾撙斋缘督集序》，虞集著，王颋点校《虞集全集》上册，第504页。

上，倡导古文平易正大之风，并非始于虞集。较早进入元廷的程钜夫便认可平易正大的盛世文风。对此，虞集曾谓："故宋之将亡，士气卑陋，以时文相尚，病其陈腐，则以奇险相高。江西尤甚，识者病之。初内附时，公之在朝，以平易正大振文风、作士气，变险怪为青天白日之舒徐，易腐烂为名山大川之浩荡，今代古文之盛，实自公倡之。"① 在与临川文人熊本论文时，虞集亦持此观点，称："幽险不作，从容可观。平波漫流，势必至于达海；深根厚植，时自可以昂霄。"② 从容可观与平波慢流，不仅指作者心态的平和，更是指文章风格的从容。而根植深厚，则指文章以经史学问为根基。概言之，虞集所倡导的平易正大的文风，其来源有两点。其一是盛世气象，文人躬逢盛则需作平和雅正之文以发挥一代之盛。其二是尊德性、重经史的正统文章观，注重个体德性的培养，进而具有一种平和心态，发而为文有从容之气。

虞集的文章观对江右文风具有较大的影响。如前文所述，宋末元初的江右文坛以刘辰翁为宗师。刘辰翁、刘将孙、赵文与后来的刘诜、刘岳申等庐陵文人，倡导奇崛险涩之文，主张直抒胸臆、尽写人情。对此，虞集持反对意见，他在序刘诜文集时曾明确提出对此种文风的不满：

> 当是时，南方新附，江乡之间，逢披搢绅之士，以其抱负之非常，幽远而未见知。则折其奇杰之气，以为高深危险之语，视彼靡靡混混，则有间矣。然不平之鸣，能不感愤于学者乎？而一二十年，向之闻风而仿效，亦渐休息。延祐科举之兴，表表应时而出者，岂乏其人？然亦循习成弊。至于骤废骤复者，则亦有以致之者然与？于是执笔者肤浅则无所明于理，蹇滞则无所昌其辞；徇流俗者，不知去其陈腐，强自高者，惟旁窃于异端。斯文斯道，所以为可长太息者，常在于此也。③

---

① 虞集：《跋程文宪公遗墨诗集》，虞集著，王颋点校《虞集全集》上册，第 430 页。
② 虞集：《答熊万初论文启》，虞集著，王颋点校《虞集全集》上册，第 391 页。
③ 虞集：《庐陵刘桂隐存稿序》，虞集著，王颋点校《虞集全集》上册，第 500 页。

虞集首先指出这种文风形成于元初，流布的地域为南方，实际上隐晦地指向江西。这些文人的身份主要是布衣，他们为文好高深危险之语。这已经非常明确地指出其所批判的是以刘辰翁为代表的庐陵文风了。虞集以为，这种文章观有两点弊端：其一是不根植于学问而理不明；其二是文辞塞滞不流畅。其拥趸不仅没有正视此种文弊，还以吸收异端之学而自鸣得意。刘辰翁为文吸收《庄子》文风，虞集所谓异端当意在于此。虞集在序南昌文人刘资深文集时，明确表达了对元初以来江右文风的不满：

> 江西之境，其山奇秀，而水清泻。委折演注，至于南昌，则山益壮，水益大。故生人禀是气者，多能文章。而其为文，又能脱略其鄙朴之质，振作其委靡之体。故言文者，未有先于江西。然习俗之弊，其上者，尚以怪诡险涩、断绝起顿、挥霍闪避为能事，以窃取庄子、释氏绪余，造语至不可解为绝妙。其次者，泛取耳闻经史子传，下逮小说，无问类不类，剿剿近似而杂举之，以多为博，而蔓延草积，如醉梦人，听之终日不能了了。而下者，乃突兀其首尾，轻儇其情状，若俳优谐谑，立此应彼，以文为事。呜呼！此何为者哉？大抵其人于学无所闻，于德无所蓄，假以文，其寡陋而从之者。亦乐其易，能无怪其祸之至此，不可收拾也？[①]

虞集认为，江西文弊有三：其一是尚险涩、好奇崛，文风怪诡，文意晦涩；其二是不尊文体，兼收经史子传与小说文风，导致文体讹滥、文风驳杂；其三是文风轻佻，偏于谐谑。此三种文章之弊，虞集认为其原因在于为文者不究于学问经史，不培植个人德性，不注重文体矩度。他在评庐陵文人曾益初诗文时，赞赏其文不循江西之弊："庐陵有文士，宋之既亡，习尚奇变，益初独能不然。"[②] 总而言之，这种意见是虞集向来所持有的尊德性、重经史的正统文章观的体现。当然，这种文章观之所以能在江右地

---

① 虞集：《刘应文文稿序》，虞集著，王颋点校《虞集全集》上册，第505~506页。标点略改。
② 虞集：《翰林直学士曾君小轩集序》，虞集著，王颋点校《虞集全集》上册，第576页。

域逐渐流布，并非虞集一人之功。揭傒斯、欧阳玄等人对扭转江右文弊亦有贡献，但虞集无疑是就此问题发声较早、影响较大的。

其次是诗歌创作与诗歌观念。虞集论诗强调"性情之正"。性情诗论属于儒家传统诗学话语，在元代也颇为常见。刘辰翁、刘将孙父子便以性情论诗，主张尽抒胸中不平。吴澄论诗也说性情，但强调的是"性情之真"。虞集的性情诗论与他们均有不同，主要有两方面的内涵：一是文人须修德养性，使所发之情中和平正，强调日用修养工夫，有草庐学术的色彩；二是侧重诗教之用，诗要引导世风，使人之性情达于正。"性情之正"是虞集诗学的核心观念之一，也是他反复向本地文人申明的诗学主张，如其序盱江文人胡师远诗集时称：

> 《离骚》出于幽愤之极，而《远游》一篇，欲超乎日月之上，与泰初以为邻。陶渊明明乎物理，感乎世变，《读山海经》诸作，略不道人世间事。李太白汗漫浩荡之才，盖伤乎《大雅》不作，而自放于无可奈何之表者矣。后世诗人，深于怨者多工，长于情者多美。善感慨者不能知所归，放浪者不能有所返。是皆非得情性之正，惟嗜欲淡泊、思虑安静最为近之。①

他首先从发生论的角度谈及屈原、陶渊明与李白等前代诗人之作，认为其共性在于皆发乎情性，区别在于诗歌形态的不同。然后批评近世诗人舍本逐末，追求辞藻的工整与华丽，不能返诸性情，最后指出性情之正在诗人主体之表现：嗜欲淡泊，思虑安静，这显然指向个体道德与精神境界。可见，性情之正首先是德性修养问题，其次才涉及诗歌创作。对于性情达之于正的境界，虞集在为江西行省参政全子仁所作诗序中称："至正而不厉，至明而不察。达乎事物之变，而不屑于言；究乎天人之蕴，而不滞于迹；渊乎其有道，充乎其有容。气完而不忤于物，接用大而不事于小施。"② 可见，性情之正的理想状态是中和，因此，文人道德水平与精神境界成为诗

---

① 虞集：《盱江胡师远诗集序》，虞集著，王颋点校《虞集全集》上册，第 475 页。
② 虞集：《送江西行省全平章诗序》，虞集著，王颋点校《虞集全集》上册，第 528～529 页。

论的核心，它向内可以规范主体道德，向外则可以用乎世教、导人性情。当然，达到此种境界殊为不易，"处顺者，则流连光景而不知返；不幸而有所婴拂，饥寒之迫，忧患之感，死丧疾威之至，则嗟痛号呼，随其意之所存，言之所发，盖有不能自掩者矣"①。因而修养之道有二，取诸经史与涵养道德。他在《杨随斋诗集序》中称："是以诗之不可无也。然而不本于学问以为言，则无补于治化之实，不察乎感发之私意，则有乖乎情性之正，盖亦无取焉。"② 本于学问方能有助教化，涵养道德方能使性情归之于正。虞集在序抚州文人朱思本诗集时称："慎所当言，而不鼓夸浮以为精神也。言当于事，不为诡异以骇观听也。事达其情，不托蹇滞以为奇古也。情归乎正，不肆流荡以失本原也。若是者，其可少乎！"③ 此论维度有四：文辞稳重平和，不事浮夸；文意言之有实，不流于诡异；用事用典以达情为目的，不流于蹇滞；情感中正平和，不流荡放纵。只有达到以上四点，诗歌方符合性情之正的标准。

对于诗之用，虞集认为除关乎世教、导人性情外，还具有观世的功能。江右宪使李甫号梅庭主人，作梅庭诗求序于虞集。虞集认为李氏诗作有观世之用："今为梅庭主人作诗者，数十年来，国家贤人君子多文治之盛，皆于此见之。"④ 在为新安文人吴和叔所作诗序中，虞集亦表达此种观点："词章之所存，可以兴观焉；得失治忽之事，可劝惩者矣。"⑤ 在《刘公伯温学斋吟稿序》中，虞集称："大小雅之作，多国家朝廷、燕享会同、受厘述德、劝劳陈戒之辞，其人从而化之者，则风之义也。传曰：'见其礼，而知其政，闻其乐，而知其德。'善观于世者，不亦微哉！然则诗之所系者大矣。"⑥ 清江文人杨士弘雅好唐诗，编唐诗选集《唐音》并请虞集作序。虞集在序中称："音也者，声之成文者也。可以观世矣。"⑦ 另外，身为馆阁文臣，虞集倡导以诗鸣盛："士君子生乎盛时，有文学才艺，以

---

① 虞集：《杨叔能诗序》，虞集著，王颋点校《虞集全集》上册，第 571 页。标点略改。
② 虞集：《杨随斋诗集序》，虞集著，王颋点校《虞集全集》上册，第 509 页。
③ 虞集：《贞一稿序》，虞集著，王颋点校《虞集全集》上册，第 585 页。
④ 虞集：《李重山甫廉使梅庭诗序》，虞集著，王颋点校《虞集全集》上册，第 514 页。
⑤ 虞集：《吴和叔诗序》，虞集著，王颋点校《虞集全集》上册，第 515 页。
⑥ 虞集：《刘公伯温学斋吟稿序》，虞集著，王颋点校《虞集全集》上册，第 513 页。
⑦ 虞集：《唐音序》，虞集著，王颋点校《虞集全集》上册，第 487 页。

结知于明主。词章洋溢于馆阁，议论敷勰于朝廷，所谓昭代伟人，盛福全美者也。"① 躬逢盛世当作雅音，此为其"文运随时"观点的呈现。"今盛世，众贤和于朝，良金美玉无久滞尘土之理，必有引而致之清流者。清庙大雅之作，必有取焉。传至山泽，尚能释末而歌之。"② 此一观念更多为同为朝廷文臣的江西文人所接受。

虞集论诗以唐诗为宗，兼取宋人诸家，呈现出兼容会通的宗法取向。对于宋诗，他主要赞赏南渡后的几位诗人："盖宋人尚进士业，诗道寥落，及入官，又有不暇及者。而南渡以来，若陈简斋参政、放翁陆公、诚斋杨公，擅名当世。及其季年，若曾苍山、赵东林，盖有追求作者之意。"③ 他在序江西后学傅若金的诗集时比较系统地阐述了这种复古取向：

> 诗之为学，盛于汉、魏者，三曹、七子至于诸谢侪矣。唐人诸体之作，与代终始，而李、杜为正宗。子美论太白，比之阴常侍、庾开府、鲍参军，极其风流之所至，赞咏之意远矣。浅浅者未足以知子美之所以为言也。崔颢人品非雅驯，太白见其黄鹤之篇，自以为不可及，至金陵而后仿佛焉。其高怀慕尚如此，谁谓其恃才傲物者乎！求诸子美之所自谓，盛称《文选》而远师苏、李，咏歌之不足者，王右丞、孟浩然，而所与者岑参、高适，实相羽翼。后之学杜者多矣，有能旁求其所以自致自得者乎？④

虞集所举盛唐诸人，以李、杜为主，兼及岑高王孟。此处虽未明言，但其追慕盛唐诗风的逻辑起点，是将唐诗视为治世之音的诗学范型，尤其是李白诗，更是其中典范。因此，他在序杨士弘《唐音》时评盛唐诗曰："必也有风雅之遗、骚些之变。"⑤ 对于杜诗，虞集认为有观世之用："唐杜子美之诗，

---

① 虞集：《近光集序》，虞集著，王颋点校《虞集全集》上册，第 591 页。
② 虞集：《跋戴文举诗集》，虞集著，王颋点校《虞集全集》上册，第 456 页。
③ 虞集：《涧谷居愧稿序》，虞集著，王颋点校《虞集全集》上册，第 504 页。
④ 虞集：《傅与砺诗集序》，虞集著，王颋点校《虞集全集》上册，590~591 页。
⑤ 虞集：《唐音序》，虞集著，王颋点校《虞集全集》上册，第 487 页。标点略改。

或谓之诗史者，盖可以观时政而论治道也。"① 可见，无论是李白还是杜甫，虞集均站在盛世诗风与观世之用的立场予以审视，这显然是典型的台阁诗学立场。同样，他宗唐复古的理念立足于元代混一海宇的盛世现实，视盛唐诗为元诗圭臬。既如此，盛世之音当自然典雅、情性中正。他在为江右文人阐释理想诗风时，对此反复申论，如赞赏新安文人吴和叔的诗曰："从容于日用酬酢之间，萧散于尘壒游埃之外，生乎承平之时，无前代子美之穷愁，安乎所遇之常，有近时放翁之优逸。"② 再如肯定某位尹姓文人之诗称："感慨而不悲，沉着而不怨，律度娴雅，有作者之遗风，而无宋季数者之弊。"③ "从容优逸""不悲不怨""律度娴雅"之语，涵摄虞集雅正观念的诸多面相。

虞集对江右诗学的形塑体现为两方面。其一是直接批驳以刘辰翁为代表的宋季元初尚奇求险之风。他称："庐陵有文士，宋之既亡，习尚奇变。"④ "当先宋之季年，谈义理者以讲说为诗，事科举者以程文为诗。或杂出于庄周瞿聃之言以为高，或下取于市井俳优之说以为达。江湖之间，草茅之士，叫号以为豪；纨袴之子，珠履之客，靡丽以为雅。世不复有诗矣。"⑤ 不复有诗之语，已经是相当严厉的批评。其他江右文人受此影响，但批评的态度更为隐晦。如揭傒斯论刘辰翁曰："须溪，哀世之作也。"⑥ 将刘辰翁诗风之弊归咎于宋季哀世。欧阳玄同样如此，谓："吾乡山水奇崛，人负英气，然不免尚人之心，足为累焉耳。"⑦ 将奇崛诗风归因于自然环境与人格心态。但无论是直接批驳还是隐晦否定，都使刘辰翁诗学思想及诗风好尚在江右彻底失去影响力。

其二是倡导雍容典雅、有益教化的馆阁诗学观念。江右后学或直接或间接受虞集诗学思想的影响。傅若金（1303—1342），字与砺，新余人，曾随范梈学诗，后受其引荐结交虞集，得以亲炙虞集诗学。傅若金

①　虞集：《曹文贞公汉泉温稿序》其二，虞集著，王颋点校《虞集全集》上册，第 497 页。
②　虞集：《吴和叔诗序》，虞集著，王颋点校《虞集全集》上册，第 515 页。
③　虞集：《玉井樵唱续集序》，虞集著，王颋点校《虞集全集》上册，第 600 页。
④　虞集：《翰林直学士曾君小轩集序》，虞集著，王颋点校《虞集全集》上册，第 576 页。
⑤　虞集：《玉井樵唱续集序》，虞集著，王颋点校《虞集全集》上册，第 600 页。
⑥　揭傒斯：《吴清宁文集序》，揭傒斯著，李梦生点校《揭傒斯全集》，第 304 页。
⑦　欧阳玄：《罗舜美诗集序》，欧阳玄著，魏崇武、刘建立点校《欧阳玄集》，第 86 页。

论诗，也将性情论与诗教说相结合："诗本性情为辞者也。古之圣人，以成政教。"① 他与新淦文人魏仲章论诗称："诗之道，本诸人情，止乎礼义。……凡其学之所诣，虽不可合论，而皆捐去金人粗厉之气，一变宋末衰陋之习，力追古作，以鸣太平之盛。"② 此论与虞集诗学思想一脉相承。傅若金持论如此，创作履践也如此。且不论其唱和、纪行诗写得雍容典雅，即使抒写个人性情的诗作，依然老成平和、冲澹自然：

> 一春风浪淹行客，六月尘埃满上京。邻馆朝烟同杵臼，故园暮雨隔柴荆。西州近日犹防寇，南诏经年久用兵。独夜起瞻龙虎气，五云终绕凤凰城。③
>
> 飞雨飘摇至，庭树发余荣。随云纵度阁，从风乱入楹。依微方雾密，暮历配丝轻。繁思良难理，虚襟坐复盈。④

前一首七律作于傅若金至顺年间初入京师时。自虞集、揭傒斯等人进入朝廷后，江南文人普遍具有积极仕进的心态，此诗正是此种心态的流露。全诗文辞雅典，辞气平正，展现出延祐后江右诗学的雅正转向。第二首诗是临雨抒怀之作，含蓄蕴藉、春容平淡。此外，傅若金还继承吴澄、虞集以来兼容会通、取法多家的观点。如其论唐诗曰："唐海宇一而文运兴，于是李、杜出焉。……其它如陈子昂、李长吉、白乐天、杜牧之、刘禹锡、王摩诘、司空曙、高、岑、贾、许、姚、郑、张、孟之徒，亦皆各自为一体，不可强而同也。"⑤

另一位体现此种诗风的江右文人是周伯琦。周伯琦，字伯温，饶州鄱阳人，泰定二年（1325）授将仕郎，任南海主簿，曾从学于吴澄、虞集、赵孟𫖯门下。⑥ 周伯琦鲜有诗学观念的直接表述，但其诗作平易正大、典

---

① 傅若金：《欧阳斯立诗序》，傅若金著，史杰鹏、赵彧点校《傅若金集》，第 250 页。
② 傅若金：《赠魏仲章论诗序》，傅若金著，史杰鹏、赵彧点校《傅若金集》，第 258 页。
③ 傅若金：《咏怀》，傅若金著，史杰鹏、赵彧点校《傅若金集》，第 103 页。
④ 傅若金：《对雨》，傅若金著，史杰鹏、赵彧点校《傅若金集》，第 81 页。
⑤ 傅若金：《诗法正论》，详见张健《元代诗法校考》，北京大学出版社，2001，第 235 页。
⑥ 详见周伯琦《答参谋刘彦昺书》，李修生主编《全元文》第 44 册，卷一千三百八十七，第 523~524 页。

雅自然，履践了延祐以来江右雅正观念：

> 清夜严城玉漏迟，杏花疏影散书帷。红尘不到扬雄宅，石鼎焚香
> 读楚词。①
> 泛舟溯长河，河急月色明。南风导飞帆，岸阔波涛平。近林鸟雀
> 栖，远岫烟霞生。兹行道里遥，已见草木更。初春发燕辕，首夏还江
> 程。禄班敢倭迟，官守常屏营。何时归计遂，不为世尘婴。②

可以看出，周伯琦诗具有平和典雅、辞气安闲的馆阁之风，应与虞集诗学
一脉相承。仁宗至顺三年（1332），虞集辞官归隐抚州崇仁，与后学门生、
地方官员讲学问道："日与四方之宾客门人子弟，讲明道义，敷畅详恳，
以其绪余发而为言，深欲阐明儒先之微，以救末流之失。"③ 这些与虞集切
磋学问的后学与门生，如今大部分已不可考，但可以确定的是，虞集晚年
在江右诗坛依然具有重要影响力。

实际上，虞集对江右诗学的影响通过师承与地域家族的传续而一直延
续至明初。例如洪武二年（1369）授翰林侍讲学士的临川文人危素，曾从
学欧阳玄门下："素官学京师，尝从公于史馆。晚辱与进尤至，谓可以承
斯文之遗绪。"④ 其《云林集》有虞集所作序文，亦可见其与虞集之交往。
再如洪武三年（1370）授兵部郎中的泰和文人刘崧，自述学诗渊源曰：
"会有传临川虞翰林、清江范太史诗者，诵之五昼夜不废。"⑤ 刘崧而后，
这种对虞、范诗风的追慕通过其弟子萧翀而继续传承。另外，崇尚典雅自
然的江右诗学通过家族传续由元入明。明初江西馆阁文人普遍来源于故家
旧族。如杨士奇出自泰和陈氏；建文中召入翰林的萧用道、宣德初以进士

---

① 周伯琦：《夜坐偶成》，《近光集》卷二，《景印文渊阁四库全书》第 1214 册，第 522～
523 页。
② 周伯琦：《黄河舟中对月》，《近光集》卷三，《景印文渊阁四库全书》第 1214 册，第
539 页。
③ 虞集：《道园学古录》，《四部丛刊》初编第 1446 册，商务印书馆，1919。
④ 危素：《大元故翰林学士承旨光禄大夫知制诰兼修国史圭斋先生欧阳公行状》，见欧阳玄
著、魏崇武、刘建立点校《欧阳玄集》附录，第 337 页。
⑤ 刘崧：《自序诗集》，《槎翁文集》卷十，《明别集丛刊》第一辑第 12 册，第 132 页。

入仕的萧恒，父子二人出自泰和萧氏；永乐二年（1404）选为翰林院庶吉士，后在仁宗朝迁翰林侍读的王直，与王佑、王沂同属泰和王氏；永乐间颇受成祖器重的胡广出自吉安胡氏；与修《太祖实录》与《永乐大典》的梁潜出自泰和梁氏。永乐初以庶吉士之选步入仕途的周叙，出自吉安周氏。因此，家族是江右诗学与明初台阁文学的重要关联路径。概言之，师友与家族传承，使虞集以来崇尚典雅、追求平和的江右诗学思想延续至明初台阁文学。洪武间江右馆阁文人刘崧等人之所以主张以典雅之音鸣开国之盛，显然与本地诗学传统具有重要关系。

第二章

雅正诗学观在元末的承与变

至顺二年（1331），元文宗逝世，次年八月，虞集"谢病归临川"①。从至顺三年（1332）到至正二十七年（1367），此 35 年间为本章所考察的元末时期。② 之所以如此，是因为随着虞集退出京师政坛与文坛，以之为代表的雅正诗文观在南北文坛的影响已大不如前。东南地区，浙东文人杨维祯、吴中文人高启竞相争鸣，展现出迥异于延祐时期多元竞标的文坛气象。江右文坛在元末相对沉寂，尤其与延祐以来江右文人引领南北文坛的盛况相比，影响力已大不如前。即便如此，它依然具有重要的研究价值，这种价值主要体现为，雅正诗文观在本地依然具有显著影响。同时，此种诗文观念亦有变异性的一面，它体现为雅正观念的分化，由庙堂典雅逐渐转变为文人风雅。尤其是布衣文人群体，在元季乱世坚守儒道，所作山林诗蕴含风雅趣味。台阁诗与山林诗在雅正观念的主导下，逐渐实现思想层面的互通。此种互通体现出元明之际诗学思想的过渡性特征。

台阁诗与山林诗的并存与互动，非止元末之特有现象，综元一代莫不如此。二者不具价值的高低，只是因文人身份与视角的不同而产生的两种诗学体裁。虽然山林诗的作者主要是布衣文人，但也不必严格以此区分。虞集虽为馆阁文臣，亦不乏山林诗文的创作。揭傒斯任职京师期间亦尝吟

---

① 翁方纲：《虞文靖公年谱》，《辽金元名人年谱》下册，北京图书馆出版社，2005，第462 页。

② 有的研究者将元末的时间上限上溯至泰定、天历年间，大体以虞集、范梈、揭傒斯、杨载等人逐渐退出历史舞台为节点。详见罗小东《论元代末年的士风与诗风》，《华中师范大学学报》（人文社会科学版）2003 年第 6 期。

咏江南之美。概言之，元代的台阁诗与山林诗，其作者身份是交叉的。未入仕的布衣文人，亦因本地域文坛领袖虞集的影响，山林之作多具典雅之风。本章所论，即在二者并存、互动的基础上，揭示其观念与思想层面的互通。雅正诗文观在元末江右地域传续还体现在，宗唐复古依然是主流诗学思潮，而雅正是此一复古思潮中的重要话题。但此种思潮亦有新的动向，杨士弘所编《唐音》体现出元末江右文人宗唐复古的新观念。另外，元季兵祸四起，根植于文治盛世的雅正观念实际上已失去现实基础，因此尚存雅正之外的不同声音。例如变风变雅的哀世之音与记录乱世的诗史之作。总而言之，雅正诗文观是元末江右诗学思想的主要内涵，哀世之音与诗史之作则体现出此时地域文坛的多样化特征。

第一节　馆阁文臣与布衣文人的山林之作

元末山林诗的作者群体有两个来源。一是活动于京师的江西籍馆阁文人，如欧阳玄与危素，二是本地布衣文人，如刘崧、刘永之与王沂。后者从事山林文学创作十分正常，因为他们普遍未仕元廷，或短暂步入仕途后旋即归隐。他们的主要身份是布衣文人，因而创作山林诗便是应有之义。值得注意的是前者，活动于京师或辞官返乡的馆阁文臣，他们的创作主要以馆阁诗文为主，但也不乏山林诗。究其原因，不外以下两点。其一是他们普遍具有或长或短的布衣文人的人生经历。元代统治者不重文治，科举取士亦几经罢复，虽然延祐复科后大量江右文人大量进入元廷，但其数量较该地域的文人整体而言，依然占据比较低的比例。另外，很多文人并非由科举入仕，而是通过游历干谒与举荐，因此在入仕之前普遍具有布衣文人的人生经历，同时北上游历亦让他们遍览名山大川、结交四方之士，这为创作山林诗作提供了人生经验和文学经验的积累。例如揭傒斯，至大元年（1308）入京师，延祐初由程钜夫、卢挚举荐，"特授翰林国史院编修官"①。此时揭傒斯已经三十七岁，在此之前，他一直是布衣文人，居于武

① 《元史》卷一百八十一《揭傒斯传》，第 4148 页。

昌，游湘汉间①。如作于大德五年（1301）的《游麻姑山》五首，属于典型的山林之作。试看其中一首：

> 嵯峨仙都观，遥望丹霞天。后有千岁松，前有百顷田。风日夏飒沓，烟云昼葱芊。群彦一时集，安知非列仙。持觞起相酹，罢琴接高言。天道信悠邈，人情何拘挛。灵君不可致，落景讵少延。仰虽惭冥冥，俯实忧元元。主人顾坐客，此中可忘年。②

第二点原因是馆阁文臣普遍怀有隐逸情怀。元廷统治者对南人的政策，以及仕途挫折，这些都导致他们将山林草野视为自我调节的精神寄托。例如馆阁文臣普遍具有的江南情结，背后反映的正是此种隐逸情怀。因此，他们创作吟咏山林之乐的诗文便实属正常。

从事山林诗创作的另外一个文人群体是本地布衣文人。元季江右战乱频仍，他们普遍避乱于山林，但未放弃对个人价值的追求，因而走向怀道而隐的人生模式。因此，其山林诗迥异于道家的物我两忘与释家的个体修行，而是以守道为人生旨趣。因而布衣文人的山林之作，其思想观念属于布衣文人对传统儒家价值观念的坚守。

一 游历之风与归隐情怀——馆阁文人山林书写的成因

崇尚游历可谓元代文人之特色。其成因是复杂的，但重要的原因之一是科举之途的闭塞，文人因此不得不以游代举、游历干谒。其中，游历之风以江西尤盛。袁桷谓："今游之最伙者，莫如江西。"③吴澄、虞集、揭傒斯、欧阳玄、危素等江西籍文臣，均有北上游历干谒的经历。游历让文人有机会走出本地，遍览各地山水，开阔胸襟的同时亦增加了诗文创作的经验，吟咏山林之乐的作品自然付诸笔端。比较典型的例子是范梈，"年

---

① 《元史》卷一百八十一《揭傒斯传》，第4148页。
② 揭傒斯：《麻姑坛》，《游麻姑山五首》其五，揭傒斯著，李梦生点校《揭傒斯全集》，第30页。
③ 袁桷：《赠陈太初序》，袁桷著，杨亮校注《袁桷集校注》卷二十三，第1187页。

三十余，辞家北游，卖卜燕市，见者皆敬异之"①。由江西到大都、上都，后又至海南、福建，范梈的足迹遍布南北。这不仅开阔了范梈的眼界，也让其创作了很多吟咏山林之美的诗文。在这些诗文中，他寄托了对官场的厌倦及对田园生活的向往。试看以下几首：

> 登高势欲坠，逾险心始领。戒想适其恒，经过何由骋。泄云行崦杉，云落泪涧茗。玄蝉振山凄，皓鹭团沙整。久盼归舟近，况怀垂钓永。岂不畏岩程，无因揽流景。烟霞蕴至乐，岁月启深省。百丈有幽期，眷兹心耿耿。②

> 远游非吾志，偶堕天一角。去就亦有期，宁能计今昨。料理贫居士，守书负西郭。清心见古初，德宅甘寂寞。杜门坐春深，绿竹解寒箨。虽无清时赏，幽意各有托。千载非长生，松乔未足学。焉知勾漏令，不厌宦情薄。山中归去来，朝霞可以酌。③

> 往与凌云山人披虎豹、调太清。是时东风满瑶京，绿杨三月听流莺。君随挂席湘江行，予亦骑马趋承明。手把宫袍厌缚身，却忆南溟有纵鳞。四年辞海岳，一举上星辰。逢君却向凌云下，心上经纶甚潇洒。半夜清猿四合啼，长松古月照回溪。桃花原上路，一去意却迷。我本凌云峰畔客，何日相从卜其宅。早服还丹生羽翼，共脱朝衣挂青壁。④

以上三首属于典型的山林诗。第一首是范梈游历途中所作，"烟霞蕴至乐，岁月启深省"一句道出对山林生活的向往。第二首则直写对游历干谒的厌倦以及对隐居山林的渴望。"杜门坐春深，绿竹解寒箨"一句写出隐居之清幽。"朝霞可以酌"则道出山中隐居之诗意。最后一首写往日自己与一位名为凌云山人的隐士共同出游的经历。"早服还丹生羽翼，共脱朝衣挂

---

① 揭傒斯：《范先生诗序》，揭傒斯著，李梦生点校《揭傒斯全集》，第 312 页。
② 范梈：《鄝海昏入武宁道中》，《范德机诗集》卷一，《景印文渊阁四库全书》第 1208 册，第 74 页。
③ 范梈：《远游》，《范德机诗集》卷二，《景印文渊阁四库全书》第 1208 册，第 89 页。
④ 范梈：《凌云篇》，《范德机诗集》卷五，《景印文渊阁四库全书》第 1208 册，第 115 页。

青壁"一句道出范梈的心志——隐居求乐较远游干谒而言更符合他的理想。范梈三十六岁始入京师，历任左卫教授、翰林院编修与海南海北道廉访司照磨。从仕宦履历上看，他很难与虞集、揭傒斯比肩。但由于具有仕元的经历，因此朝廷文臣是他的身份之一。干谒游历的经历对他的影响体现为，从心态上说，让他体会到山林隐居之乐，同时对食奉朝廷的宦途逐渐厌恶。从诗文创作上看，远游也开阔了其胸襟，因此方能写出这些清丽幽美、轻松明快的山林诗。

元代隐逸之风盛兴，尤其是任职朝廷的馆阁文臣，时常在诗文中表达对归隐的向往。仕宦比较成功的赵孟頫，亦曾作诗吟咏归隐之乐："之子称吏隐，才高非众邻。脱身轩冕场，筑屋西湖滨。"[1] 身在朝廷却向往归隐，其中不乏不以富贵为荣，而以隐逸为尚的自我标榜的因素，即便如此，也很难完全否认他们归隐情怀的真实性。尤其是江南文人，即使成功跻身朝廷，也难免经历仕途之苦。这与民族之间的文化差异、统治者的政策与个人仕途的沉浮有很大的关系。不妨以虞集为例，对这种隐逸心态稍加考察。

虞集虽然是有元一代仕宦最为显荣的南人，仕途亦未有巨大挫折，但其内心却一直具有隐性的归隐心态。有学者认为，虞集具有十分明显的江南情结[2]，而这种情结本质上即是归隐心态的体现。其形成原因概有以下两点。首先是仕途羁绊。虞集虽在仁宗朝颇受赏识，但与当时的色目、蒙古权贵之间亦有嫌隙。比较典型的例子是虞集受命修《经世大典》时所遇到的种种挫折。《元史·虞集传》对此有详细记载：

> 帝以尝命修辽、金、宋三史，未见成绩，大典令阁学士专率其属为之。既而以累朝故事有未备者，请以翰林国史院修祖宗实录时百司所具事迹参订。翰林院臣言于帝曰："实录，法不得传于外，则事迹亦不当示人。"又请以国书脱卜赤颜增修太祖以来事迹，承旨塔失海

① 赵孟頫：《寄鲜于伯几》，赵孟頫著，钱伟疆点校《赵孟頫集》卷二，浙江古籍出版社，2012，第 20 页。
② 详见邹艳、陈媛《论虞集的江南情结及其反映的群体心理共性》，《南昌大学学报》（人文社会科学版）2015 年第 5 期。

牙曰："脱卜赤颜非可令外人传者。"遂皆已。①

虞集的主张均被翰林近臣否定，并导致实录之修未能成行。他们不仅在具体的政事中与虞集不合，甚至以目疾为由，怂恿仁宗使其外任："御史中丞赵世安乘间为集请曰：'虞伯生久居京师，甚贫，又病目，幸假一外任，便医。'帝怒曰：'一虞伯生，汝辈不容耶！'"② 再如至大四年（1311），吴澄受朝臣排挤，最终愤然辞归。此事也对虞集造成巨大的打击，让他认识到官场之不易，并因此屡次辞官。至顺元年（1330），虞集请辞奎章阁学士职，文宗未允；至顺三年（1332），虞集再次以目疾请辞，再不允。可见，仕途羁绊与朝臣排挤的确一度让虞集对官场产生厌恶，而归隐成为调节这种苦闷的重要方式。其次是奎章阁文臣的现实职守与虞集人生追求之间的不谐。前文曾谓，虞集作为仕宦最为成功的南人，其个人追求是发挥文人的经世治国之用。他在吴澄处所领会到的学术思想亦让他树立了积极用世的价值取向。但在现实中，奎章阁却远离元廷的现实政务，而只是文人与皇帝品评文物、观览书画的场所。因此，虞集从本质上来说不过是文学侍从而已。对于奎章阁的功能，文宗曾谓：

  昔我祖宗，睿智聪明，其于致理之道，生而知之，朕早岁跋涉难阻，视我祖宗，既乏生知之明，于国家治体，岂能周知？故立奎章阁，置学士员，以祖宗明训、古昔治乱得失，日陈于前，卿等其悉所学，以辅朕志。若军国机务，自有省院台任之，非卿等责也。其勿复辞。③

文宗对奎章阁的定位非常明确，即明祖宗之训、研治乱得失。可见奎章阁只是行使顾问之职的机构。至于军国政务，则由蒙古权贵负责。事实也的确如此。虞集任职时期的奎章阁，主要职能是讲说经史、鉴赏文物典籍、

---

①　《元史》卷一百八十一《虞集传》，第 4179 页。

②　《元史》卷一百八十一《虞集传》，第 4179 页。

③　《元史》卷一百八十一《虞集传》，第 4178 页。

研讨诗文绘画等。对江南文人来说，与文宗和蒙古权贵谈文治、兴文艺之事固然荣耀，但显然与经国治世的儒者追求有较大落差。虞集追求的是以华化夷，向蒙古统治者宣扬汉人的治国之道，但在现实中，即使在其最受皇帝赏识的文宗朝，也不过是一个制作典册碑板之文的文学侍从。理想与现实之间的巨大落差，让虞集内心深处隐含归隐心态。

应该说虞集的这种归隐心态并非个例，其他江西籍馆阁文臣也常怀山林之愿。其实不难理解，官秩二品、仕宦显赫的虞集尚且遭遇仕宦挫折与理想、现实之间的巨大落差，其他文臣更是自不待言。揭傒斯、范梈在诗文中常有归江南之叹。揭傒斯有诗言："步出城南门，怅望江南路。"[1] 范梈亦在诗中反复表露其归乡之愿："清晓楼头见征雁，不如谢官归故乡。"[2] "潇洒中书旧省郎，排云曾揽舜衣裳。一麾况复守名郡，万事不如归故乡。"[3] 这些诗句无不反映出馆阁文臣的隐逸心态。

隐逸心态是馆阁文臣创作山林诗的内在原因。翻阅虞集的诗文集可知，江西的名山大川是其时常吟咏的对象。他不仅歌颂自然之美，更肯定隐逸之乐。试看以下几首诗：

> 华盖三峰立天表，山北山南青未了。曾看雨云出太虚，几送余霞落飞鸟？冈头春归露未晞，梧桐凤凰相因依。卧龙之孙思外氏，怅望辉光生翠微。[4]

> 三峰宫殿接新桥，十月长斋陟岧峣。朝步仍垂苍玉珮，登歌还引紫琼箫。千枝绛蜡连虹贯，五色香云向日飘。赖有高人陪后乘，轻清诗句似参寥。[5]

> 我爱江上之庐山，山止不动江不还。紫云冠岭危石古，白鸥冲雨春波闲。浩然始见浔阳浦，太白欲托云松间。河岳萧条二子死，神灵

---

[1] 揭傒斯：《晓出顺承门有怀何太虚》，揭傒斯著，李梦生点校《揭傒斯全集》，第61页。
[2] 范梈：《杏叶黄》，《范德机诗集》卷四，《景印文渊阁四库全书》第1208册，第107页。
[3] 范梈：《送白无咎太守之郡》，《范德机诗集》卷七，《景印文渊阁四库全书》第1208册，第137页。
[4] 虞集：《南冈》，虞集著，王颋点校《虞集全集》上册，第56页。
[5] 虞集：《次韵觉明极游华盖山》，虞集著，王颋点校《虞集全集》上册，第114页。

恍惚千年悭。昔我寻春入幽竹，有人抱瓮开深关。遂从鸟道陟高险，
一窥虎迹听潺湲。似闻余罄开石壁，恐是化入非人寰。霜崖石柜成异
物，银钗负薪多老鬓。嗟我老病难再往，美子鞍辔无留艰。揽衣步出
石头渡，解舟竟到星子湾。沉吟三月烟草碧，怅望千里枫林丹。猿惊
鹤怨酬好语，水流花开亦妙颜。束带他年事朝请，蹑屐安得穷跻攀。
行矣此日不再得，空山落日骑黄斑。①

此三首诗的描写对象均为江西境内的秀丽景色。从体貌特征上看，诗风较
为清丽，情志上则主要表达隐逸之乐。

二　退以守道——布衣文人的生存模式与山林书写

刘崧（1321—1381），江西泰和人，字子高，初名楚，后易为崧②。若
以元季战乱为界线，刘崧的人生概可分为三个阶段：首先是尚未经历战乱
的青年时期；其次是元末战乱频仍时期；最后是入明以后的仕宦时期。在
刘崧的青年时期，战乱尚未大范围爆发，因而其用世之心主要与元代士人
的盛世心态一脉相连。又，热衷功名的江右地域特色与崇尚举业的家风③，
使刘崧自青年时便有志于入仕。此时刘崧的诗文多具风发意气，其气度与
风采则体现为宏大的盛世之音："门有车马客，光彩一何都。谓从天上来，
意气倾万夫。银鞍耀流星，丹毂夹华月。白马骄且驰，浮云递明灭。鸣鞘
赴咸阳，执戟趋承明。"④ 但对元代科举稍加考察便会发现，其时举制对汉
人尤其是江南士人并不公平。即便如此，江南士子对举业的态度亦十分复
杂。尤其是随着元代科举的开科、罢停与复科，江南士子对举业的心态经
历了一定的起伏与变化。以延祐开科为例，纵然存在着江南地区竞争激
烈、登第率极低等问题，但开科取士依然极大地鼓励了士人的治学热情。

① 虞集：《送人游庐山》，虞集著，王颋点校《虞集全集》上册，第49~50页。
② 据《明史》载，刘崧于洪武三年易"楚"为"崧"。详见张廷玉等《明史》卷一百三十
　 七，中华书局，1974，第3957页。
③ 据刘崧记载，其九世从祖刘伯正"凡四举进士，登重和元年戊戌第"。（《永州府君遗像
　 引》，《槎翁文集》卷十二）可见其家对科举入仕的重视。
④ 刘崧：《门有车马客》，《槎翁诗集》卷一，《景印文渊阁四库全书》第1227册，第210页。

刘崧虽未经历延祐开科，但见证了至元六年（1340）的庚辰复科。由罢科到恢复，科举入仕之路的失而复得一时极大鼓舞士人的为学热情。吴师道谈及庚辰复科，谓："命下之日，与士大夫举手相庆，又获观英俊之来，风动云合，诚平生一快也。"① 但这种积极的仕进心态很快便遇到了现实的阻塞，退而守道成为不得已的人生选择。

文人心态由积极入仕到退而守道的转变，自有其过程性，转变的起点是元末爆发的战乱。至正中期后元朝各地爆发兵乱，科考制度虽依然推行，但士子参加科考的现实环境却十分恶劣。首先是交通的阻隔。兵乱导致的交通断绝，可从刘崧的记载中窥见一二："至正十七年八月，前翰林庐陵刘侯楚奇以廷臣奏荐，由江、瑞二郡守擢拜广东宪副。时江淮寇盗充斥，将命者南遵海道，六阅月而始达。"② 其次为更重要的一点，兵乱导致文人生存环境急剧恶化。至正十一年（1351）到至正二十五年（1365），江西地区深陷战乱。③ 士人不仅生活艰辛，甚至生命一度受到威胁。对此，刘崧感慨："世变以来，郡邑荡柝，原野焦赭，林无定栖，使老父倾殒于惊危，偏亲苟延于衰暮，门庭单落，晚得嗣息，资业凉薄，衣食艰难。"④ 而且，刘崧友人如刘枢、刘机、郑大同、杨士弘等人，皆死于兵乱。⑤ 携老挈幼逃命山林的遭遇，目睹生民罹难、好友丧命的经历，极大地改变了刘崧的心态。这种转变首先体现为由积极入仕转为坚守自我节操、持道而隐。元末乱世已不具备士人尽其职分的现实环境。朝廷虽未彻底分崩离析，但割据政权虎视四方，兵乱频繁、生民凄惨，保命尚且艰难，入仕更是空谈。因而只能隐，但这种退隐并非老庄式的物我两忘，而是儒者的"无道则隐"——迫于现实的自我保全。对此，刘崧认为："虽然，君子务于学，既厚其所以基；贵于用，

① 吴师道：《送曾子白下第南归序》，吴师道著，邱居里、刑新欣点校《吴师道集》下册，浙江古籍出版社，2012，第542页。

② 刘崧：《送刘侯赴广东宪副序》，《槎翁文集》卷八，《明别集丛刊》第一辑第12册，第96页。

③ 此十几年间，江右地区为红巾军与元军反复争夺，徐寿辉与陈友谅部亦活跃于此地。详见钟起煌《江西通史·元代卷》，江西人民出版社，2008，第175~194页。

④ 刘崧：《与周伯宁书》，《槎翁文集》卷四，《明别集丛刊》第一辑第12册，第44页。

⑤ 详见刘崧《十三人赞》，《槎翁文集》卷一，《明别集丛刊》第一辑第12册，第15~17页。

必慎其所以进。进退时也，用舍命也，而彼此远近一致也。吾何庸计同异于其间哉？"①之所以不计进退用舍之别，正是因为无论进退出处，其始终坚守儒者之道。其次，其心态转变的第二点为，在体会生民惟艰的现实后，刘崧等人愈发感受到政治清平的重要性，感受到士人履行礼乐职守的现实急迫性。

面对礼崩乐坏的现实，刘崧有志于成为"天下之士"，"其论议可以折冲俎豆之间，其文章可以羽仪朝著之上，其志操可以激厉百世之下"②。天下之士应居于庙堂之上，推行制度、有志社稷。其《送康履谦序》云："天下之才必为天下之用。"③天下之才与天下之用恰反映出刘崧对儒者礼乐职守的看重。又，刘崧对战乱进行反思，认为天下倾颓是因为礼乐崩坏，统治失道，乃人事而非天时："今天下之致盗而生乱者，非贪且暴乎？夫惟浚削割剥以致其肥，排击糜灼以肆其毒，而民莫之亢也，且犹曰不足焉。故民不胜其怨且愤，群起而环视之，而法始有不胜其治者矣。"④刘崧敏锐地觉察到，元季战乱之源乃在庙堂。礼义的缺失、纲常的崩坏乃是世乱的根源。因此他特别珍视乱世中的礼义道德。例如他曾赞赏一只懂得反哺的花犬"花子"，"而花子尤知义，今人斥诋丑行者，类言犬彘，由今观之，殆不及矣"⑤。他格外看重贞女、节妇与孝子，并提笔为他们立传。⑥对孝、义、贞节的珍视，亦从反面衬托出刘崧对儒者礼乐职守的向往，及以礼义道德被泽万民的人生追求。

既有重礼乐职守的儒者心态，刘崧进而生发出"尚德"与"好雅"的人生旨趣。"尚德"自不待言，无论是传统儒家抑或宋儒理学，无不倡导君子应"尊德性"。"尊德性"于刘崧处，不仅是自我之修德，更是为天下

① 刘崧：《送刘嗣庆还安福序》，《槎翁文集》卷十一，《明别集丛刊》第一辑第12册，第145页。
② 刘崧：《赠萧一诚赴召序》，《槎翁文集》卷八，《明别集丛刊》第一辑第12册，第100页。
③ 刘崧：《送康履谦序》，《槎翁文集》卷八，《明别集丛刊》第一辑第12册，第108页。
④ 刘崧：《送刘侯赴广东宪副序》，《槎翁文集》卷八，《明别集丛刊》第一辑第12册，第97页。
⑤ 刘崧：《花子传》，《槎翁文集》卷二，《明别集丛刊》第一辑第12册，第29页。
⑥ 如《胡夫人传》《葛孝子传》《贞女龙琇传》，详见刘崧《槎翁文集》卷二，《明别集丛刊》第一辑第12册，第24、27、30页。

而修德。正如上文所述，他认为天下倾颓的原因在于德倾而礼废，因此其所谓修德便更多地指向用世的层面。他在《萧鹏举字说》一文中，阐释了君子修德以化天下的人生旨趣："翀其高举览德以瑞斯世，引善类而同升焉，又乌知鹏之不为凤哉？"① 同时，刘崧亦称："仆闻之，太上立德，其次立功，其次立言。而立言者非立德立功之君子，则言有不徒立者矣。夫言之立也，难矣，发之于当时、施之于天下，传之于后世，而无不信其为言也。非蔼乎仁义之发，必确乎是非之公者也。"② 无论是"仁义之发"还是"是非之公"，其价值取向无疑指向传统儒家。刘崧时常自明其"好古"心态，"仆也自少好学古人"③，以古君子为立身楷模。试看其作于元末的两首诗：

> 荷锄出东皋，我黍忽已苗。苗短不自持，百草势转骄。良苗异本根，无秽乃独超。敢辞耰耘勤，永愧雨露饶。周雅永思古，王风竟颓凋。人生重所务，岂独在夕朝。④
> 猛虎前啸，毒蛇后驱。烈火被原，荆榛塞途。悲风撼撼日欲晡，山石摧裂魑魅呼，令我有足不得趋。蹶竭频踣犹在孚，嗟嗟我人曾不如。青天之飞禽，局促木石底而多畏心。伤哉唐虞远，干戈苦侵寻。云胡有生适丁斯，今口不能言泪下沾襟。⑤

刘崧以百草压良苗喻战乱频繁、生民疾苦的现实。而以荷锄农夫自喻，不辞耕耘，挽世风之倾颓，救德衰于现实。

重视儒者礼乐职守的心态，亦让刘崧产生崇尚顽强、好雄壮的生命追求。诚然，刘崧诗文不乏咏叹生灵饱受戕害的悲凉之辞，但正是由于目睹了太多的悲惨，他对生命力有特别的感触。此种对士人生命力的展现，首

---

① 刘崧：《萧鹏举字说》，《槎翁文集》卷三，《明别集丛刊》第一辑第 12 册，第 37 页。
② 刘崧：《与李提举》，《槎翁文集》卷四，《明别集丛刊》第一辑第 12 册，第 56 页。
③ 刘崧：《与张炳文》，《槎翁文集》卷四，《明别集丛刊》第一辑第 12 册，第 56 页。
④ 刘崧：《园居杂兴八首》其六，《槎翁诗集》卷二，《景印文渊阁四库全书》第 1227 册，第 236 页。
⑤ 刘崧：《五月十八日挈家避兵由里良入西坑作猛虎吟》，《槎翁诗集》卷四，《景印文渊阁四库全书》第 1227 册，第 337 页。

先体现为其隐逸态度，即隐亦应有所为。如隐于南园的王佑，不辞辛劳地修缮园内的灌溉设施。刘崧对此颇为赞赏："子之为也，不俯仰于桔槔之劳，不坐食于连筒之逸。其学灌也如学道，其治圃也如治生。推子之言、充子之志，以施于天下可也，又安在其为隐乎？"① 刘崧认为隐亦有所作为，要展现文人的生命力以创造人生价值。其次，对"气"的看重亦体现出其对生命力的追求。他认为，世道愈是艰难，便愈需要慷慨之气。元季避乱时期，刘崧常与萧鹏举、王佑等人燕集唱和。这些唱和诗均体现出儒者之气与乱世文人的生命力：

升筵月高花影长，我当起舞君行觞。丈夫志气倾海岳，一笑已觉形俱忘。雕盘馔香切寒玉，酒波摇红荡人目。②

今日南园好，超然欢笑同。谁知林塘幽，有此路径通。脱巾芳树下，行酒青草中。既饮亦径醉，高歌答林风。③

石门滩下浪如雷，西岸人家夕照催。乱石满江滩路浅，唱歌踏水负薪来。④

在刘崧看来，"鹦鹉吞鲸"的志气与超然胸怀，是士人以雄壮的生命力回应乱世的最佳方式。

元明之际，江右地区以刘崧为代表，聚集了一批以诗文相交的文人群体。例如旷逵、王佑、萧翀、郑同夫、刘永之、欧阳铭、周浈、李叔正等人。在这些文人中，刘崧之人格心态及诗学思想具有典型性。此处不妨考察一二。刘永之，字仲修，洪武初征至金陵，后辞归。对于刘永之元明之际的人格心态，兹有两则材料加以佐证：

① 刘崧：《录南园灌隐说》，《槎翁文集》卷三，《明别集丛刊》第一辑第 12 册，第 35 页。

② 刘崧：《夜宴富滩郭氏西庭和答九洲萧征士并柬履理履祥于渊贤伯仲》，《槎翁诗集》卷三，《景印文渊阁四库全书》第 1227 册，第 275 页。

③ 刘崧：《夏日同谢可用丁文甫黄立本丁昌祖戴伯渊宴集西园池亭》，《槎翁诗集》卷四，《景印文渊阁四库全书》第 1227 册，第 361 页。

④ 刘崧：《出石门滩舟行书所见七首》其一，《槎翁诗集》卷八，《景印文渊阁四库全书》第 1227 册，第 536 页。

良材弃远道，匠石乃不逢。贞节幸自保，千岁以为终。南国有佳人，秀色丽春阳。素手弄机杼，织绮向兰房。量宵步玉阶，罗袜沾微霜。生愁荣华歇，中宵理丝簧。凤笙罹未彻，瑶瑟怨何长。哀峦激林木，回车动华堂。……梁栋固有待，用舍乃需时。迟暮莫兴叹，贞坚良自持。①

古之学者为己而已，及其至也，则思推其有诸己者以及乎民焉。将推其有诸己者以及乎民，则非得其位而施之政不可，故仕而达者，君子之所甚欲也。非欲其仕而达也，欲其有诸己者及乎民也。然学而有诸己者，必自贵而不徇于外，故其交也有礼，其进也有义，必人即之而不即乎人也，必世求之而不求乎世也。交之以礼矣，进之以义矣，人即之而世求之矣，又必度其时之所为，道之可行，然后起而从之。是数者或不然，则三公之贵，千驷之富，视之犹与屦焉。曷足以动其中哉？②

隐居山林的刘永之曾有良才不遇匠石的苦恼。他亦借用传统诗歌中的"佳人"形象，表达这种怀才不遇之感。"用舍需时"则是儒家仕隐观的直接体现，亦表明刘永之的儒者心态。而"贞坚良自持"的观点则与刘崧"退而守道"的儒者心态相似。对于出仕问题，刘永之认为，"有诸己者以及乎民"乃儒者之天职，但"及乎民"需要外部条件，即首先应入仕为官。刘永之所不同刘崧之处在于，他对入仕的要求比较严苛，纵然"交之以礼，进之以义，人即之而世求之"，如果现实不利于儒者施展抱负，他也不会勉强入仕。刘永之在明初入仕不久便以耳疾为由辞归。对此，他解释道："议论既无补，之乎非素攻。长揖谢书阁，拂衣返荆蓬。"③若能发挥一己之长，他十分乐意入仕为官。但如果无法履行儒者职守，归隐是最好

---

① 刘永之：《拟古》，《刘仲修先生诗文集》卷一，《续修四库全书》集部第1326册，上海古籍出版社，2002，第11页。

② 刘永之：《独善山房记》，《刘仲修先生诗文集》卷七，《续修四库全书》集部第1326册，第56页。

③ 刘永之：《初发秣陵夏潦新涨烟水弥漫舟行芦苇间晚霁眺望援笔抒怀》，《刘仲修先生诗文集》卷一，《续修四库全书》集部第1326册，第5页。

的选择。这恰恰反映出刘永之更为纯粹的儒者心态——出仕与否完全取决于是否能"及乎民焉"而非个人之富贵利达。关于刘永之的诗文风格,当时文人已有概括。解缙将其与刘崧视为江右雅正诗风的代表人物,称:"江右则刘崧擅场,彭镛、刘永之相望并称作者。"① 考察刘永之别集可知,其吟咏隐逸之乐的诗文皆清丽淡雅,如《北涧春日》《云卧山堂为了上人赋》《山居图》,其古诗则典雅中正,如《感遇》《寄友人》《赠义士郭生》等。前者体现的是其"携道而隐"的隐逸心态,后者则是其儒者心态的流露。

第二节 雅正内涵的嬗变与台阁、山林诗的互动

雅正诗文观在元末既有继承也有新变。一方面,虞集归隐临川后,依然尽力推阐代表盛世文风与诗风的台阁文学观念。另一方面,大量文人亦从事山林文学的创作,其中既有江西籍馆阁文臣,又有杜门隐居的布衣文人。台阁与山林诗的互动,体现为两个方面。首先是馆阁文人具有开阔包容的诗学视野,在倡导盛世诗文观念时并不排斥山林之作,将二者视为盛世诗风的不同侧面。其次,以"性情之正"概括台阁诗与山林诗,认为二者皆不出儒者价值取向,是内修道德、外约性情的儒家诗学观指导下的两种诗歌体裁。

一 雅正内涵的流变——以《皇元风雅》为例

文学思潮与诗学范畴内涵的流变是易代之际文学思想研究的重点,就元明之际而言,台阁与山林是此时文坛的主流话语,② 二者之内涵与关系的嬗变体现文学思潮的变迁。左东岭师在元代与明前期的历史视野中考察

---

① 解缙:《说诗三则》之三,《文毅集》卷十五,《景印文渊阁四库全书》第 1236 册,第820 页。

② 详见左东岭《台阁与山林:元明之际文坛的主流话语》,《首都师范大学学报》(社会科学版)2019 年第 5 期。

二者价值的转换，进而观照元明两代台阁诗学思想的差异。① 就元代而言，
台阁与山林不仅呈现为共尊的关系，而且在观念层面产生互动与融合。这
一方面来源于文人创作模式的多元化，例如馆阁文臣从事山林诗的创作，
身处京师的虞集有"杏花春雨江南"②的山林化书写。另一方面，台阁与
山林确有价值层面的互通——二者皆立足于"道"，馆阁文臣"行道"，布
衣文人"守道"，不出儒者价值观的范围。例如刘崧在元末并未出仕，但
其诗多写儒者操守，既有"人生重所务，岂独在夕朝"③的自我鞭策，也
有"丈夫志气倾海岳，一笑已觉形俱忘"④的洒脱气象，并无"形容枯
槁"的消极避世之态。因此，台阁与山林这对诗学范畴不仅并存、共尊，
且在内涵上互动、交融。对二者此种关系的考察，诗歌选本是重要的切入
角度。其原因主要有两点：其一，诗歌选本因其所选诗人、选诗数量的多
元而更能体现诗歌创作实践的历史特征；其二，诗歌选本蕴含编选者的诗
学观念和价值取向，尤其是文坛领袖参与的选本，其诗学思想借由选本的
传播而产生影响。例如虞集归隐临川后，不仅参与讲道论文的活动，"日
与四方之宾客门人子弟，讲明道义，敷畅详恳，以其绪余发而为言，深欲
阐明儒先之微，以救末流之失"⑤，而且直接或间接参与选集与总集的编
选。其中最典型的例子当为傅习与孙存吾编、虞集校选的《皇元风雅》。
目前学界对其研究侧重于刻本、成书等文献学的考证⑥，虽有学者通过选
录过程探察编纂者的诗学追求和审美取向⑦，但依然具有研究空间。下文
拟以《皇元风雅》为切入点，探析从延祐到后至元期间台阁与山林诗学观

① 左东岭：《"台阁"与"山林"文坛地位的升降沉浮——元明之际文学思潮的流变》，
《文学评论》2019年第6期。
② 虞集：《风入松》，虞集著，王颋点校《虞集全集》上册，第269页。
③ 刘崧：《园居杂兴八首》其六，《槎翁诗集》卷二，《景印文渊阁四库全书》第1227册，
台湾商务印书馆，1986，第236页。
④ 刘崧：《夜宴富滩郭氏西庭和答九洲萧征士并柬履理履祥于渊贤伯仲》，《槎翁诗集》卷
三，《景印文渊阁四库全书》第1227册，第275页。
⑤ 李本：《道园学古录跋》，见《道园学古录》卷末，《四部丛刊》初编第1436册，商务印
书馆，1919。
⑥ 例如王忠阁、叶盈君《〈元风雅〉考辨》，《洛阳师范学院学报》2010年第3期。
⑦ 详见于飞《傅习、孙存吾编〈皇元风雅〉考论》，《南京师大学报》（社会科学版）2018
年第3期。

念的互动与交融。

　　现存名为《皇元风雅》或《元风雅》的元诗总集共五种①，本文所指乃清江文人傅习、庐陵文人孙存吾所辑十二卷本《皇元风雅》②。它是第一部元人所选元诗总集，由虞集校选并作序，在当时及后世具有重要影响。③傅习与孙存吾的生平资料今已很难查证，《四库全书总目》载："习，字说卿，清江人，存吾，字如山，庐陵人。习仕履不可考，存吾尝为儒学正，亦不详其始末也。"④虞集所作《皇元风雅序》曰："清江傅说卿行四方，得时贤诗甚多，卷帙繁浩，庐陵孙存吾略为诠次，凡数百篇，而求予为之题辞。"⑤由此可推断傅习或为当时书商。此集以作者为纲目，前集以刘因为首，共收 113 位元人之诗，后集以邓文原为首，共收 163 位元人之诗，前后两集或有间出。其所收诗人，江西人计 61 位，在各地文人群体中占比最高。其中比较知名的有虞集、程钜夫、吴澄、龙仁夫、范梈、欧阳玄、杜本、刘辰翁、刘将孙、揭傒斯、孙存吾，何中、李存、赵文、刘壎、朱思本、危素等。四库馆臣认为，《皇元风雅》之所以收江西文人最众，是因为本地诗便于采集："所录江西人诗最多，盖里闬之闲，易于掇拾。惟一时随所见闻，旋得旋录。"⑥这种说法显然失之片面。《皇元风雅》所收江西文人，或为馆阁名臣，如程钜夫、虞集，或为本地诗学大家，如刘辰翁、刘将孙，或为地域学术宗师，如吴澄、杜本。以上诸人成名已久，在

---

①　除傅习、孙存吾所编《皇元风雅》外，其余四种分别是：建阳文人蒋易所编三十卷《皇元风雅》；未著编辑者名氏与卷数，又称《元朝野诗集》的《元风雅》，《四库全书总目》有范懋柱天一阁藏本；未著编辑者名氏的八卷本《皇元风雅》，钱大昕《元史艺文志》有录此集；丁鹤年所辑《皇元风雅》，据戴良《皇元风雅序》所言，应为丁鹤年入明后所辑录。

②　又名《元风雅》《元诗》，有元抄本，又名《皇元元风雅前集六卷后集六卷》，文渊阁《四库全书》题为"元风雅"，《四部丛刊》题为"皇元风雅"，本文所参乃是《四部丛刊》所收内府所藏元刻本，下文所引皆据此版本，以避繁冗，不再标注。

③　如杨镰评其价值曰："它开创的以刘因为元诗第一家的序列，对后世元诗学影响巨大。"详见杨镰《元诗史》，人民文学出版社，2003，第 36 页。

④　永瑢等：《元风雅提要》，《四库全书总目》卷一百八十八，中华书局，1965，第 1709 页。

⑤　虞集：《元风雅序》，《皇元风雅》前集卷首，《四部丛刊》初编第 2036 册，商务印书馆，1919。

⑥　永瑢等：《元风雅提要》，《四库全书总目》卷一百八十八，第 1709 页。

南北文坛均有声望，采集他们的诗作并非难事。因而"易于掇拾"之论并不准确。是集之所以收江西诗最多，应有两方面的原因：首先是元中期以来朝廷文臣以江西人最众，他们的诗作亦最符合《皇元风雅》以雅正之音鸣皇元之盛的选诗标准；其次，傅习与孙存吾皆为江西人，他们在诗人的选取上，侧重本地文人亦实属正常。另有清人钱大昕认为《皇元风雅》前集卷首虞集序文为伪托之作，云："盖江西书肆人所为，假道园名以传。序文浅陋，亦未必出道园手也。"① 钱氏所疑亦难以成立，因为虞序虽简短却不简陋，所论完全是其历来所持有的"性情之正"与"世教之用"的诗学观，应为虞集本人所作。至于虞集是否亲自参与诗集的校选工作则可以进一步深究。在解答四库馆臣与钱大昕的两处质疑后，方可进一步论述《皇元风雅》如何体现台阁与山林诗学观念的互动与交融。

首先看入选《皇元风雅》文人的身份构成。编者所选文人，以馆阁文臣为主，兼收布衣文人之作。前者有赵孟頫、虞集、范梈、揭傒斯、黄溍与柳贯，如选虞集诗26首、揭傒斯24首，范梈30首，杨载28首，黄溍18首，柳贯16首，全集收274位诗人计1032首诗，此六人就占其十一。但校选者同样关注布衣文人，并在前后两集收录数量可观的布衣文人之作，其中尤需关注的是刘因，编者将其置于诸人之首，可见其重要性。

刘因（1249—1293），字梦吉，学者称静修先生，至元十九年（1282）以右赞善大夫之位短暂任职京师，不久以母疾辞归。因此，从身份上看刘因并非馆阁文臣，而是具有较高学术声望的布衣文人。但《皇元风雅》的编者将其置于诸位诗人之首，正体现出对其学术品格与地位的赞赏。虞集在《皇元风雅序》中谓："予观其编，以静修刘梦吉先生为之首，自我朝观之，若刘公之高识远志，人品英迈，卓然不可企及。"② 同为馆阁文臣的欧阳玄亦将刘因视为"为往圣继绝学，为万世开太平者"③。苏天爵评价刘因曰："我国家治平方臻，真元会合，哲人斯生，有若静修先生者出焉。气清而志豪，才高而识正，道义孚于乡邦，风采闻于朝野。其学本诸周、

---

① 钱大昕：《跋元诗前后集》，钱大昕著，吴友仁校点《潜研堂集》卷三十一，上海古籍出版社，1989，第565页。

② 虞集：《皇元风雅序》，《皇元风雅》前集卷首。

③ 《元史》卷一百七十一《刘因传》，第4010页。

程，而于邵子观物之书，深有契焉。"① 从这些评价可以看出，学术造诣与高洁人品，是编者将刘因置于卷首的重要原因。而且，苏天爵对刘因的评价隐含重要信息，即刘因这种学术宗师的出现，正体现出元朝的盛世气象，因为唯有"治平方臻，真元会合"的时代才会有哲人诞生。可见，无论是虞集、傅习、孙存吾，还是欧阳玄与苏天爵，皆持肯定皇元盛世的价值立场，而刘因这种学术宗师正是盛世的最佳例证。《皇元风雅》所选刘因诗亦可见编者歌颂盛世的价值观念，前集以刘因为首，共收其诗七首，分别为《黄金台》《翟节妇》《有大如天地》《燕平学仙台》《登武阳》《易台》《山家》，前四首为五言古诗，后三首为律诗。此七首诗具有两点特征：其一是苍凉浑厚的北人诗风；其二是恬淡宁静的山林诗风。此处试举几例：

　　燕山不改色，易水无新声。谁知数尺台，中有万古情。区区后世人，犹爱黄金名。黄金亦何物，能为贤重轻。德辉照九仞，凤鸟才一鸣。伊谁腐鼠弃，坐见饥鸢争。周道日东渐，二老皆西行。养民以致贤，王业自此成。黄金与山平，不救兵纵横。落日下荒台，山水有余清。②

　　朝游樊子馆，晚上武阳城。潮接沧溟近，山从碣石生。断虹云淡白，返照雨疏明。且莫悲吟发，樵歌已恔情。③

　　马蹄踏水乱明霞，醉袖迎风受落花。怪见溪童出门望，鹊声先我到山家。④

　　第一首《黄金台》为多种元诗选本收录，可视为刘因的代表作。此诗主要描写本为招贤纳士之地的黄金台的逐渐衰落，而之所以为人铭记仅因其黄金之名。第二首为《登武阳》，诗人晚上武阳城，看到潮水涨落，碣

---

①　苏天爵：《静修先生刘公墓表》，苏天爵著，陈高华、孟繁清点校《滋溪文稿》卷八，第110页。
②　刘因：《黄金台》，《皇元风雅》前集卷一。
③　刘因：《登武阳》，《皇元风雅》前集卷一。
④　刘因：《山家》，《皇元风雅》前集卷一。

石连山。此二首诗比较能代表元初北人的浑厚诗风。第三首为抒写隐逸之乐的山林诗,整体上呈现出悠闲明快的体貌特征,与前两首诗差别较大。再如是集所收孙存吾的诗:"插天栋宇接云霞,八面玲珑望眼赊。寒谷春回江夏柳,晴川日映汉阳花。珠帘半卷琉璃滑,宫扇初开翡翠斜。日近天人聆笑语,广寒宫殿隐仙家。"① 孙存吾作为编者,收己诗三首。此诗为登高远望之作,诗之意象不仅恢弘华丽,情感亦平和正大,写出盛世时布衣文人昂扬向上的心态。此类布衣文人之作还有很多,基本上符合此特征,多体现盛世文人的积极情感。因此,从这些布衣之作中可以看出,编者评选元诗乃是立足于皇元盛世的价值立场,视其为核心标准。据此,无论是馆阁文臣之作还是布衣文人之作,均为盛世之下多元诗风的体现。概言之,编者因持有粉饰盛世的价值观而导致对诗歌具有极大的包容胸怀,将台阁诗与山林诗共同纳入"盛世风雅"的范畴之中,将二者视为盛世之音的不同体现形式。更为重要的是,编者不囿于馆阁文臣与布衣文人的身份之别,此种视野贯穿《皇元风雅》的始终,下文在论及"性情之正"诗学观与"风雅"的两种内涵时还会具体阐述。

其次,以"性情之正"的选诗标准打通台阁诗与山林诗的间隔。"性情之正"是虞集诗学思想的重要内涵之一,也是延祐后台阁诗学的核心话语。就创作主体而言,它首先是道德层面的要求,诗缘情而发,但需要使性情归于正。虞集认为:"若夫因其哀怒淫放之情,以为急厉缓靡之节,极其所纵而莫能自返,风俗之变,而运气随之,所系至重也。凡不中律度,而远于中和,君子盖深忧之。而知察于斯者,盖鲜矣。"② 同时,诗应具备关乎世用的现实功能:"世俗之弊,乐放肆而忽检束之常,狃见闻而失性情之正,迂鄙其行事而莫肯从,烦厌其绪言而不知讲。于是纲沦而法斁,所由来之渐,吁!可畏哉。"③ 此种既注重主体道德涵养,又注重诗歌教化的观点,是延祐后台阁诗学性情之正的主要理论面向。《皇元风雅》很好地继承了此种观念,并使其成为选诗的重要原则,选取情感中

---

① 孙存吾:《春日游黄鹤楼》,《皇元风雅》前集卷五。
② 虞集:《琅然亭记》,虞集著,王颋点校《虞集全集》下册,第732页。
③ 虞集:《送熊太古诗序》,虞集著,王颋点校《虞集全集》上册,第544页。

和的山林诗作，使之与台阁诗一同成为性情诗学的创作履践。虞集在前集序言中谓："诗之为教，存乎性情，苟无得于斯，则其道谓之几绝可也。"① 后集谢升孙作序亦称："诗者，斯人情性之所发，自击壤来有是矣。"② 两篇序皆言性情，可见"性情之正"是《皇元风雅》论诗的重要原则和选诗的重要标准。"性情之正"基于诗学发生论，因此，《皇元风雅》的编者以一种超越的视野打通台阁诗与山林诗的间隔。实际上，虞集在序文中便已指出，编选《皇元风雅》的目的是兼顾解决台阁诗与山林诗各自存在的问题："然而朝廷之制作，或不尽传于民间；山林之高风，必不俯谐于流俗。以咏歌为乐者，固尝病其不备见也。"③ 台阁诗无法流传民间并与布衣文人产生互动，而只是高高在上的庙堂文学；山林诗的问题在于，它具有民间性的特征，却因其蕴含的孤高品性而与流俗判然两分。这意味着台阁诗与山林诗的现实性割裂。既指出这些问题，那么《皇元风雅》的编选目的便不言自明：打通台阁诗与山林诗之间的间隔，使二者不再严守各自畛域，成为共同体现"性情之正"的诗学表现形式。既如此，二者便在诗歌发生论这一层面互通。

具体来说，《皇元风雅》所选诗歌，无论是台阁诗还是山林诗，在表达情志层面均具有一个共性，即优游不迫的心境与温柔敦厚的诗学传统。前者强调作者性情平和、道德卓著，侧重主体修养。后者强调诗歌的世教功能，关乎世用，二者皆属于"性情之正"的理论范畴。《皇元风雅》选虞集诗二十六首，这些诗在情感上具有雍容和平的特点，所选其他台阁文臣与布衣文人的诗亦有这一特征。此处试举几例：

日出晨景淡，散发步中庭。仰见濯濯柳，春风畅人情。兹晨岂不佳，谁能念阴晴。人生亦良晚，疲劳竟何营。万事可拨置，舍道焉求成。④

枯藤处处领春华，遮莫东风颤帽纱。点破芜菁黄世界，一株香雪

---

① 虞集：《皇元风雅序》，《皇元风雅》前集卷首。
② 谢升孙：《皇元风雅序》，《皇元风雅》后集卷首。
③ 虞集：《皇元风雅序》，《皇元风雅》前集卷首。
④ 赵孟頫：《春阴》，《皇元风雅》前集卷一。

小梨花。①

　　汉南旅店已星稀，倦宿田家带落晖。萧寺依山聊复尔，邺侯送酒是耶非。风餐并觉凉生饭，露坐俄惊月在衣。老子漫游吾漫送，登山临水澹忘归。②

　　大江之东彭蠡南，周家高阁与云参。秋风猿狖啼青嶂，夜雨蛟龙起碧潭。绕屋千丛生杞梓，通檐百尺长楩楠。何时共此登临乐，指点山川得纵谈。③

　　以上所举四首诗具有典型性。从身份上讲，第一首为赵孟頫所作，第三首为欧阳玄所作，二人均为馆阁文臣；第二首与第四首则分别为龙仁夫与杜本所作。龙仁夫虽短暂任职元廷，但以隐士自居，杜本则是知名的布衣学者。从情志上看，此四首诗均表达出诗人平和冲淡的情感状态。第一首赵孟頫诗写面对春景时的心境，"万事可拨置，舍道焉求成"一句将其心境表现得一览无余；第二首诗描写春日景象，通过对春景的感受，表达诗人恬淡的境界；第三首诗是欧阳玄写夜宿农家之感；第四首诗写杜本与友人悠然坐谈之乐。实际上，单从诗歌所表达的雍容平和的心境来看，很难分辨哪些出自馆阁文臣，哪些出自布衣文人之手。可见，《皇元风雅》以"性情之正"为选诗标准，着眼于诗人情感的平和，进而消弭台阁与山林诗之间的审美差异。

　　值得注意的是，《皇元风雅》注重选取颂扬道德观念的诗作，这也是编者"性情之正"选诗标准的体现。遍览《皇元风雅》，编者对宣扬忠孝节义等儒家道德观念的诗作青睐有加。此处试举两例：

　　兵尘浩无际，烈士难自全。妇人无九首，志欲不二天。燕山翟氏女，既嫁夫防边。一朝闻死事，健妇增慨然。生有如此夫，早寡非所怜。求尸白刃中，负土家山前。事去哀益深，义尽身可捐。无儿欲何

①　龙仁夫：《春日即兴四首》其四，《皇元风雅》前集卷二。
②　欧阳玄：《夜宿寺前农家》，《皇元风雅》前集卷三。
③　杜本：《寄题周待制悠然阁》，《皇元风雅》前集卷三。

为？所依惟黄泉。乡邻救引诀，烈日丹衷悬。谁辨节孝翁，重赋睢阳贤。我昨过其乡，山水犹清妍。闻风发如竹，飘萧动疏烟。千年吟诗台，峨峨太宁巅。为招冯太师，和我节妇篇。①

落叶不返柯，去妇无归年。敛袂出故帏，独影心凄然。君心纸鸢飞，万里难拘牵。妾如甃边花，未衰先弃捐。忆昔初嫁君，姑病在床前。岁月能几何，衰麻奉姑延。妾今辞门去，抚棺泪如泉。九原会有知，当为去妇怜。②

前一首为刘因《翟节妇》，写燕山翟姓节妇在丈夫战死后，寻夫尸首、坚守节义的事迹。后一首为赵半间《去妇词》，颂扬了去妇的操守。《皇元风雅》中不乏这种肯定道德节义的诗，如后集卷一龚楚清《送孟和清平阳寻母》，后集卷三查居广《二银女祠》《孝子行》等诗，以繁不述。

再次，以"盛世之雅"涵盖"庙堂大雅"与"文人风雅"。虞集在序中称："皇元近时作者迭起，庶几风雅之遗无愧《骚》《选》。"③ 此处所谓风雅，属于诗学本体论的范畴。但《皇元风雅》的编选，并非仅为存元音之妙，以诗观世乃其重要目的。具体而言，无论台阁诗还是山林诗，只要能够体现皇元盛世，皆可入选。因而，结合选诗实践可以看出，虞序中风雅之论应包含庙堂大雅与文人雅趣两个理论取向。庙堂大雅是指馆阁文臣诸作，大体以歌颂皇元盛世的台阁诗为主；而文人雅趣则兼指馆阁文人与布衣文人之作，主要描写闲适雅致的生活状态和不流于俗的人生旨趣。后集谢升孙所作序文即已指出编者兼顾台阁与山林诗的选诗视野："吾尝以为，中土之诗，深沉浑厚，不为绮丽语；南人诗尚兴趣，求工于景意间。此固关乎风气之殊，而语其到处，则不可以优劣分也。编诗者当以是求，读者亦以是观，则得之矣。"④ 谢氏主要讲南北诗风之别，但实已包含台阁诗与山林诗。要言之，元前中期，馆阁文人多北人，北人之作代表当时的馆阁诗风，延祐后南人北上，同时将清丽诗风带至北地。后集的选诗状况

---

① 刘因：《翟节妇》，《皇元风雅》前集卷一。
② 赵半间：《去妇词》，《皇元风雅》前集卷四。
③ 虞集：《皇元风雅序》，《皇元风雅》前集卷首。
④ 谢升孙：《皇元风雅序》，《皇元风雅》后集卷首。

亦足以说明这一点，选入大量布衣文人所作吟咏山林之诗，体现出兼顾台阁诗与山林诗的选诗视野。编者之所以能够超越台阁与山林而兼收二者，正是由于对"风雅"二字的理解：兼具庙堂大雅与文人雅趣的内涵。无论馆阁文人颂扬盛世，还是布衣文人吟咏山林，皆是"皇元风雅"的不同表现形式。以颂盛为价值导向的选诗标准，将台阁与山林诗纳入风雅理论范围。这种观念具体到诗歌编选上体现为两点特征：其一是注重选择台阁文人、布衣文人的唱和之作，视之为盛世之下文人优游不迫生活状态的写照；其二是注重选取对名山大川的描写之作，以体现皇元混一海宇的盛世气象。

先看《皇元风雅》对唱和诗的编选。从作者身份上划分，此类唱和诗可分为两类，一类是台阁文臣的次韵唱和之作，一类是布衣文人的燕集活动及分韵诗。两类诗之所以得以入选《皇元风雅》，是因为它们集中反映了盛世中馆阁文臣与布衣文人悠闲从容的生活状态。馆阁文臣的唱和之作，主要围绕马祖常、虞集、范梈、杨仲弘、欧阳玄、赵孟頫、周应极等人，如虞集《和周待制朝回即事》，揭傒斯《大明殿退朝和周待制》等诗。周应极，字南翁，鄱阳人，周伯琦之父，"以姚燧、王约、刘敏中、程钜夫荐，召见，献皇元颂，擢翰林待制"[①]，早年任职京师时与虞集、揭傒斯、程钜夫多有往来。这两首诗在虞、揭二人作品中难称上乘，之所以能入选，是因为体现的是盛世之下文臣的融洽关系，以及对朝廷的赞美。《皇元风雅》亦收入几首他人与虞集的唱和诗，如前集卷三文矩《次元复初韵送虞伯生代祀江渎之二首》，袁桷《次韵呈周仪之虞伯生》，皆体现出盛世文臣的颂盛心态。这些馆阁文臣的诗之所以为编者所重视，正是出于"鸣元之盛"的选诗立场。围绕马祖常的唱和诗亦为《皇元风雅》所收不少，此处试举两例：

　　　　圣朝启文运，同轨来无方。夫君起天关，崛起千仞翔。修辞陋史汉，高步追黄堂。乃祖尚书君，树立何堂堂。昔在帝世祖，荣身事戎

---

① 王梓材、冯云濠编撰，沈芝盈、梁运华点校《宋元学案补遗》卷八十，中华书局，2012，第 4625 页。

行。风云一朝会，奕世传芬芳。矧君擢高科，有业未易量。斯文系政教，治忽慎弛张。世岂无勇者，舍君吾何望。勿为守铅椠，局束徒苦伤。傲屋京城居，去君百举趾。闻君起冠鹰，童走亦欣喜。况当远于征，无言讵能已。朝风号空桑，众草日披靡。河关尚疮痍，圣度乃弘伟。翳彼涵天休，能不怀愧耻。艰危见臣节，维持赖风纪。温言表遗忠，生气凛不死。乃知烈丈夫，岂独鲁连子。①

金马门东画省西，千官花覆曙光低。九茎芝盖云衣合，百石铜盘露颗齐。鹿栅已营修竹坞，燕巢还补落花泥。上林伏日金桃熟，鹦鹉来时不敢栖。②

马祖常（1279—1338），字伯庸，汪古部人，延祐时廷试第二，授应奉翰林文字，升监察御史，泰定至元统年间任翰林直学士、礼部尚书、御史中丞、枢密副使等职，有《石田集》。文矩，字子方，长沙人，延祐六年（1319）改翰林修撰兼国史院编修官，与赵孟頫、袁桷、虞集、程钜夫、马祖常来往密切，是元中期知名的馆阁文臣。赵孟頫、文矩与王结有唱和诗存世，《皇元风雅》选文矩诗一首、王结诗两首。第一首是文矩送马祖常出使关陇时所作，从诗中可以看到，文矩对元朝疆域之广、文治武功之盛赞赏有加，全无送别诗的悲伤情绪。后一首乃东平文人王结和马祖常之作，诗中描写京师景色之恢弘壮丽，对朝廷的赞美溢于言表。

另外，《皇元风雅》亦收布衣文人的唱和诗，并视其为盛世文人优游生活的写照。王子东，江西上饶人，生平不详，《皇元风雅》收其诗五首，其中有《和胡梅复白鹇》一诗："若为见月倍思家，偶意名禽起句华。拂羽增明联缟袂，缀冠合粲蹙娇花。朝寻暖草云连谷，夜拥寒坡雪载沙。只与鹤琴清作伴，可能无梦绕烟霞。"③此诗以白鹇为吟咏对象，蕴含布衣文人以琴鹤为伴的隐居之乐。收吴中文人倪瓒诗，记录文人雅士的燕集活动："青苔网庭余，旷然无俗尘。依微樵路接，曲密农圃邻。鸣禽已变夏，

---

① 文矩：《送马伯庸御史奉使关陇》，《皇元风雅》前集卷三。
② 王结：《和马伯庸韵》，《皇元风雅》后集卷一。
③ 王子东：《和胡梅复白鹇》，《皇元风雅》后集卷一。

疏花尚驻春。坐对盈樽酒,欣从心所亲。"① 倪瓒,字泰宇,别字元镇,号云林子。张雨,字伯雨,号贞居子。二人乃是元代知名的诗画大家。《皇元风雅》收倪瓒诗七首,多描写文人雅士的优游生活,如《春日云林斋居》《听袁子方弹琴》等。上文所引是倪瓒与张雨在云林居唱和之作,表现文人雅士清新不俗的生活状态和高远雅致的人生旨趣。除唱和诗外,其他表现布衣文人清雅志趣的诗作亦收不少,比较典型的例子是刘辰翁。刘辰翁诗素以造语奇崛见长,善写胸中不平之气。但《皇元风雅》对此类诗一概不收,只关注描写闲适生活的作品,如《探梅四绝》《梅》《题静轩》《登黄鹤楼》《题醉月亭》等诗。实际上,这些诗并不能代表刘辰翁诗的诗学水平,却能表现盛世文人的悠闲的生活状态。再如甘泳《夜坐》《早睡》《酒醒》《归舟》《看梅》《暂憩》《过南湖小酌》诸诗,陈敬翁《月下琵琶》《柳边渔笛》《晚坐》,刘起潜《鹤》《燕》《秋怀》,何中《梅》《柳下》,黄南卿《梅子,禁用调羹止渴等字》。试看以下两首:

> 水边篱落旧精神,烟雨园林急荐新。对酒摘尝金弹客,绕林簪戏玉钗人。一根清苦千丸雪,四月红黄隔岁春。待得余花都结子,东风流转便生仁。②

> 是谁安宅子,占得绿杨阴。山色春来长,溪流雨后深。树遥飞鸟疾,人近戏鱼沉。舟子船头望,安知不解吟。③

前一首为黄南卿诗。黄南卿,生平不详,当为元中期的布衣文人。后一首为抚州文人何中之作。何中曾北上京师,短短两个月后旋即南归。该诗以柳入诗,将文人的闲适情趣描写得跃然纸上。值得注意的是,诸多馆阁文臣描写闲适生活的诗作亦为《皇元风雅》所收。如张养浩《惜鹤十首》,分别为《购鹤》《友鹤》《病鹤》《医鹤》《挽鹤》《招鹤》《瘗鹤》《忆鹤》《梦鹤》《图鹤》。另有揭傒斯《海棠》,范梈《莲房》《桂子》

---

① 倪瓒:《与张贞居云林馆燕集分韵得春字》,《皇元风雅》后集卷二。
② 黄南卿:《梅子,禁用调羹止渴等字》,《皇元风雅》前集卷四。
③ 何中:《柳下》,《皇元风雅》前集卷六。

《泻露亭》《玉台》《春日西郊》，危素《晚憩涧北亭》《夏日山中读书》
等，皆书写馆阁文臣的生活情趣，此处不再一一列举。

馆阁文臣描写元代疆域之广、山河之丽的诗作多被青睐。如前集卷一
收鲜于伯机的《望峄山》，卷二张嗣德《四景》，后集卷三又收其《滦京
八景》，分别是《凤阁朝阳》《龙冈晴雪》《敕勒西风》《乌桓夕照》《滦江
晓月》《松林夜雨》《天山秋狄》《陵台晚眺》。前集卷二收陈济渊《龙额
山》，卷三收李长源《题峡州》《上清宫》，杨鹏翼《华清宫》，前集卷四
收揭傒斯《华清宫》，后集卷二收黄晋卿《居庸关》《榆林》《枪杆岭》
《李老谷》《赤城》《龙门》《独石》《李陵台》，陈刚中《金陵》《凤凰台》
《铜雀台》《居庸关》《神州八景》。以上所列只是其中的一小部分，但这
些诗普遍具有恢弘的气度和开阔的胸怀。如张嗣德"滦京八景"之《滦江
晓月》："滦江晓月漾玻璃，皓景沉沉碧海西。监牧平沙时洗马，趣朝青锁
政闻鸡。钟声破雾腾珠刹，桥影垂虹枕玉溪。夙德祠臣劳扈从，恩承紫浩
又春泥。"① 该诗气象恢弘、文辞华丽，并以感念圣恩结尾，很难看出是道
教天师的手笔。

综上所述，《皇元风雅》从三个层面打通台阁诗与山林诗。首先是不
拘泥于诗人身份，兼收馆阁文臣与布衣文人的诗作。比较典型的例子是布
衣学者刘因，编者将其视为有元一代诗歌的起始。实际上，《皇元风雅》
编者之所以不固守身份之别，是因为他们注重诗人的道德水平与学术成
就。像刘因、杜本这种布衣文人，虽然没有长期任职元廷，但在本地域甚
至南北文坛皆具较高的学术声望。凡是此类文人，其诗作多可入选《皇元
风雅》。另一个比较典型的例子是刘辰翁，其诗以尽抒胸臆为最大特征，
造语奇崛不拘一格，但一些书写日常情趣，诗风恬静、性情平和的诗依然
被《皇元风雅》所收。其次是以"性情之正"涵盖馆阁文人诗与布衣文人
诗。"诗发性情"是传统儒家诗论的观点，它超越了以诗人身份论诗的桎
梏。因为无论是馆阁文臣还是布衣文人，皆有性情，因而其所作皆可为
诗。同时"性情之正"诗学观又强调诗歌的诗教功能，因而布衣文人书写
忠孝节义的诗亦多被收录。《皇元风雅》以"性情之正"论诗，超越了馆

---

① 　张嗣德：《滦江晓月》，《皇元风雅》后集卷三。

阁文臣与布衣文人的身份区别，进而打通了台阁诗与山林诗的间隔。最后，《皇元风雅》以"盛世风雅"涵盖"庙堂典雅"与"民间风雅"，使台阁诗与山林诗成为体现"盛世之雅"的两种诗歌体裁。馆阁文臣所作，尤其是应制诗与颂盛诗，体现的是庙堂大雅；布衣文人之作，多体现其优游不迫的生活状态与不流于俗的高雅情趣，属于民间风雅。《皇元风雅》从这三个层面消弭台阁诗与山林诗之间的区别，使二者呈现为并存、互动的关系，而无价值的高低之别。实际上，若将考察视野扩大至江南文坛，会发现此际文人在诠释台阁与山林诗时，皆可超越二者题材与审美范式的区别，在儒者价值的层面为二者弥合差异。例如黄溍评贡师泰的山林诗曰："至于宦辙所经名区胜地……有以动其逸兴，而形于赋咏，与畸人静者互为倡答，率皆清虚简远可喜，亦非穷乡下土草野寒生危苦之词可同日语也。"① 此论肯定的是馆阁文臣优游不迫、清丽简练的诗风，鄙薄艰深悲苦之辞，之所以如此，正因后者并未行儒者之道。对此，黄溍的门人王祎论述得更具体，他称："士之达而在上者，莫不咏歌帝载，肆为环奇盛丽之词，以鸣国家之盛。其居山林间者，亦皆讴吟王化，有忧深思远之风，不徒留连光景而已。"② "在上者"与"居山林者"，指的是朝廷文臣与布衣文人，与之相对应的是台阁诗与山林诗。王祎对台阁诗的评价无须多言，需要关注的是其对山林诗的概括，即讴吟王化、忧深思远，正是布衣文人践行儒者之道的体现。可见，"儒者之道"始终是台阁与山林诗学观念交融的枢纽，据此更易理解《皇元风雅》编者的诗学立场，以及对两种诗歌题材的筛选策略。由此出发，选诗者可超越文臣与布衣的身份之别，只要有志于践行儒者价值，其诗作皆可入选。对"性情之正"诗学观的强调，则在于无论身处庙堂还是屈身草野，只要内修德行，其所发之情皆可平和中正。出于讴吟王化的目的，他们格外关注体现布衣文人吟咏生活雅趣的诗作，故刘辰翁的危苦之辞被一并无视，而只收其表现闲适生活的作品，尽管后者并不能代表其诗学水平。但考诸文人的创作履践可知，《皇

---

① 黄溍：《贡侍郎文集序》，黄溍著，王颋点校《黄溍集》第 2 册，第 467 页。
② 王祎：《张仲简诗序》，《王忠文集》卷五，《景印文渊阁四库全书》第 1226 册，台湾商务印书馆，1986，第 110 页。

《元风雅》的编者所持有的此种观念，在元中期可谓客观，但置于元末却有些"不合时宜"。此际战乱频仍、民生艰难，并无太多出仕行道的现实条件。另外，亦不乏周霆震、郭钰等人，书写元季末世的乱离之音。但即便如此，通过对《皇元风雅》的梳理，依然可见元中期后江南文坛台阁与山林诗学观念的交融。

二　作者重叠与观念互通——台阁诗与山林诗的互动

考察元中后期台阁诗与山林诗的互动情况，会发现一个十分有趣的现象：吟咏隐逸之乐的山林诗大部分由馆阁文臣所作，而布衣文人的山林诗却流传较少。例如元末知名的江右隐士孙辙与吴定翁，他们在本地域清修文雅、终身不仕，却没有山林诗作流传。反而那些食奉朝廷的馆阁文臣，别集中收录大量吟咏山林之乐的作品。实际上，朝廷文臣创作山林诗非元末之特有现象，例如元初在蒙古政权中担任要职的耶律楚材，其诗屡见对山林的向往与憧憬。较早任职元廷的程钜夫，也时常在诗中吟咏隐逸之趣："何当便理南归棹，呼酒登楼看弁山。"[1] 这来源于当时统治者对汉人的不公政策、民族矛盾与汉人的仕履窘境。馆阁文人的隐逸心态是他们从事山林诗歌创作的重要原因。总体来说，此时台阁诗与山林诗的互动，体现为这种作者身份的重叠。当然，亦有布衣文人创作具有鸣盛倾向的诗作，但终因缺乏任职馆阁的人生经历而导致其诗具有较强的摹仿痕迹。因而，这种作者身份的重叠主要体现为馆阁文臣从事山林诗歌的创作。

最显著的例子当数虞集、揭傒斯、欧阳玄与危素。虞集在归隐临川以后，其诗作从题材上看主要有两类：其一是赞赏归隐之趣；其二是抒写平和心态。实际上二者皆未出山林诗的吟咏范围。虞集晚年在整理自己的诗文存稿时，将其分为《应制稿》《归田稿》与《方外稿》，其中《归田稿》多收归隐临川时的山林之作。另外，题画诗、唱和诗中亦不乏具有山林之趣的作品，应归入山林之作。如《送张道士归上清》《题郑秀才隐居》《题暖翠亭》等诗。另一位江西籍馆阁文臣揭傒斯，亦不乏山林之作。揭

---

[1]　赵孟頫：《次韵李秀才见赠》，赵孟頫著，钱伟疆点校《赵孟頫集》卷五，第 120 页。

揭傒斯的山林诗可分为两类：一类歌颂本朝海宇广阔、山水巨丽；一类吟咏隐逸。前者如《烈山和曾编修》《登祝融峰赠星上人》《望云道中》《北上登小孤山》《云岩》，后者如《梦武昌》《归舟》《渔父》《秋夜》，等等。此处试举两例：

> 黄鹤楼前鹦鹉洲，梦中浑似昔时游。苍山斜入三湘路，落日平铺七泽流。鼓角沉雄遥动地，帆樯高下乱维舟。故人虽在多分散，独向南池看白鸥。[1]

> 夫前撒网如飞轮，妇后摇橹青衣裙。全家托命烟波里，扁舟为屋鸥为邻。生男已解安贫贱，生女已得供炊爨。天生网罟作田园，不教衣食看人面。男大还娶渔家女，女大还作渔家妇。朝朝骨肉在眼前，年年生计大江边。更愿官中减征赋，有钱沽酒供醉眠。虽无余美无不足，何用世上千钟禄。[2]

前一首诗主要写对武昌生活的眷恋与友人相游的怀念。诗中主要描绘武昌的风景与文人诗歌相尚的生活，并无馆阁气。后一首则描绘山林隐居之所见。渔父以捕鱼为生的生活虽然艰辛，但胜在闲适自由，无骨肉分离之苦，少仰人鼻息之悲，甚至可以沽酒而饮、醉卧而眠。这种自由的生活恰是馆阁文臣所缺少的，因此揭傒斯对此不无羡慕。与虞集相比，揭傒斯的仕途应该说十分顺畅，但依然从事山林诗的创作，可见这种创作不仅是调节仕宦痛苦的方式，也是寄托山水情怀的归处。

同为江西籍馆阁文臣的欧阳玄，亦不乏山林之作。欧阳玄诗清幽寂静，此处试举几例：

> 安成山水清如壮，百里长溪绕清障。春来不到环珮鸣，山雪消时溪水涨。[3]

---

[1] 揭傒斯：《梦武昌》，揭傒斯著，李梦生点校《揭傒斯全集》，第 28 页。

[2] 揭傒斯：《渔父》，揭傒斯著，李梦生点校《揭傒斯全集》，第 93~94 页。

[3] 欧阳玄：《题旱禾田欧阳琅溪四绝用欧阳公琅琊为韵》其一，欧阳玄著，魏崇武、刘建立点校《欧阳玄集》，第 33 页。

　　贴城稻熟百日赊，丛祠祠背早欧家。黄莺睨睆上灌木，白鹭联拳
立钓槎。①

　　溪翁能来访溪隐，溪上山山净如浣。并堤菰叶迷浅深，隔屋桂香
知近远。②

　　溪鱼可美饭无沙，溪水无冰梅着花。美人娟娟隔淮浦，好山处处
皆琅玗。③

　　四首绝句写得明快清丽，山溪之静、山雪之美、桂花之香与溪鱼之鲜……
将隐溪的寂静闲适之景描绘得跃然纸上。四首诗完全不像出自馆阁文臣的
手笔，而更像是隐居山林多年的隐士之作。此类诗在欧阳玄诗集中十分常
见，如《早秋听秋居士园林》《大围山》《道吴山》《八景台》等诗。更为
典型的例子是危素，危素和虞集、揭傒斯相比，属于江西籍馆阁文臣中的
年青一代，他曾官居礼部尚书、翰林学士承旨，属于典型的馆阁文臣。但
考察危素的诗集可知，只有收录山林隐逸诗的《云林集》存世。实际上，
从集名便可看出，是集所收均为山林之作。《云林集》收危素诗七十六首，
皆为元时所作。诗歌题材上可分为唱和酬谢、山水纪游与题画咏物。"结
发好经籍，雅志颛山林。"④"余本尚疏放，夙志思林皋。"⑤ 这些诗无一不
传达出危素对山林之趣与隐逸之乐的赞赏。他在诗中不止一次明言自己对
隐逸的向往。

　　通过虞集、揭傒斯、欧阳玄与危素可以看出，此时期馆阁文臣普遍从
事山林诗歌的创作。这种现象构成台阁诗与馆阁诗在作者身份层面的互
动：二者呈现为作者身份的重叠。除此之外，台阁诗与山林诗在更为重要

① 欧阳玄：《题早禾田欧阳琅溪四绝用欧阳公琅玗为韵》其二，欧阳玄著，魏崇武、刘建
　立点校《欧阳玄集》，第 33 页。
② 欧阳玄：《题早禾田欧阳琅溪四绝用欧阳公琅玗为韵》其三，欧阳玄著，魏崇武、刘建
　立点校《欧阳玄集》，第 33 页。
③ 欧阳玄：《题早禾田欧阳琅溪四绝用欧阳公琅玗为韵》其四，欧阳玄著，魏崇武、刘建
　立点校《欧阳玄集》，第 33 页。
④ 危素：《山堂一首寄一二知己》，《云林集》卷上，《景印文渊阁四库全书》第 1226 册，
　台湾商务印书馆，1986，第 758 页。
⑤ 危素：《送程朋游华盖山》，《云林集》卷上，《景印文渊阁四库全书》第 1226 册，第
　761 页。

的层面实现互动——价值观念与人生理念的互通。

首先需要厘清的是山林诗价值观念的归属问题。隐逸作为一种士人的生活方式，其价值取向具有历史传统的因素。宏观上看，儒、道两家均有对隐逸的理论阐述。在传统思想的语境之下，隐与仕往往两两对应。孔子论仕隐关系，持"有道则仕，无道则隐"（《论语·述而》）的观点，仕或隐取决于现实条件，当士人不具备入仕的条件时，隐方成为一种人生选择。此为"道隐"。对此，孟子说得更为明白："穷不失义，达不离道。"（《孟子·尽心上》）所谓"穷不失义"，即强调隐亦怀道的道隐观念。可见，在孔孟处，仕隐并非矛盾对立，而是士人面对不同的现实环境的人生选择，二者不出儒者之道的范围。道家则将仕隐视作矛盾的两端。老子主张清静无为，无为的观点实际上便是对入仕的排斥以及对隐逸的赞赏。庄子在《人间世》中反复阐述其去仕而隐的观念，主张无用之用，认为隐有利于保全士人的肉体与精神。可以看出，道家持论基本以排斥入仕、主张归隐为主要特征，迥异于儒家的仕隐观。元人山林文学所倡导的隐逸观念，不出儒家思想的范畴，强调的是怀道而隐。虞集曾谓："澹然有余，而不堕于空寂；悠然自适，而无或出于伤怛。乃若蝉蜕污浊，与世略不相干，而时和气清，即凡见闻而自足，几乎古人君子之遗意也哉！"① 所谓古人君子之遗义，便是强调隐亦守道。任士林亦称："隐者之道有二：其身隐，其道为天下后世用而不可泯也，其心隐，其迹在朝市进退间而不可窥也。若夫生江海之上，老耕钓之间，无卓绝之行以自异，无弘济之道以自闻，而徒区区行怪者之归，则亦胥而泯泯然耳，隐云乎哉！"② 此论无疑将主张无用之用的道家之隐剔除出隐士的行列。可见，元人山林诗所蕴含的隐逸心态，其思想观念属于儒家的价值体系，强调的是怀道而隐。

元人山林诗所反映的隐逸价值观，还具有两个新的特点。其一是汲取两宋理学的观念，强调个人修行与圣人气象，这是"道隐"观念经理学熏染后的新的理论倾向。其二是为隐逸加入风雅的要素，所谓隐，绝非粗茶

---

① 虞集：《杨叔能诗序》，虞集著，王颋点校《虞集全集》上册，第 571 页。
② 任士林：《瓢湖小隐诗叙》，《松乡集》卷四，《景印文渊阁四库全书》第 1196 册，台湾商务印书馆，1986，第 548 页。

淡饭、樵唱渔耕，而必须通经史、谐雅操，强调的是文人雅士寄情山水的风雅之趣。而这两点恰体现出元人山林诗与台阁诗在价值观念上的互通。这种观念的互通，非止馆阁文臣所作山林诗，布衣文人的山林之作亦呈现出此种特征。下文拟以布衣文人杜本、馆阁文臣危素的山林之作，阐述山林诗与馆阁诗在价值观念上的互通。

杜本（1276—1350），字伯原，其先居京兆，后徙江西清江。吴越饥馑，江浙行省丞相忽剌术得其所上《救荒策》，荐于武宗，遂被召至京师。适武宗去世，杜本离京，后隐于武夷山中。文宗在江南时闻其名，即位后，征之不赴。至正三年（1343），丞相脱脱以隐士荐，召为翰林待制、奉议大夫，兼国史院编修官，行至杭州，称疾固辞。杜本著有《四经表议》《六书通编》《十原》等书，被时人称为"清碧先生"，有《清江碧嶂集》传世。杜本是元中后期江右地域具有较高声望的隐士。萨都剌有诗称赞杜本曰："天子召不起，道人闲往还。"[1] 胡助亦有诗赞曰："先生高尚芰荷衣，结屋藏书入武夷。泉石洗心无别事，皇王经世有遗思。"[2] 危素因前文已有论述，故此处只做简单介绍。危素（1303—1372），字太朴，号云林。金溪人，少习五经古文词，游于吴澄、范梈门。元至元元年（1335）以荐授经筵检讨，与修宋、辽、金史，官至礼部尚书、参知政事、翰林学士承旨，出为岭北行省左丞，后退居房山，淮王监国后起为承旨。危素是元后期比较知名的江西籍馆阁文臣。之所以将杜本与危素作为元中后期布衣文人与馆阁文臣的代表，并通过二人之诗来分析台阁诗与山林诗的互动，是因为他们虽有朝廷文臣与布衣文人的身份区别，但均创作了大量的山林诗，且能代表此时江右文人的诗学水平。因此，下文拟以杜本《清江碧嶂集》与危素《云林集》中的诗为例，分析此时期馆阁诗与山林诗的互动关系。

台阁诗与山林诗价值观念互通的第一点为，二者皆强调个人的修养工夫，主张文人应具备圣人气象。前论虞集"性情之正"的诗学观既已指

---

① 萨都剌：《会杜清碧》，《雁门集》卷一，《景印文渊阁四库全书》第 1212 册，台湾商务印书馆，1986，第 571 页。

② 胡助：《杜清碧思学斋》，《纯白斋类稿》卷八，《景印文渊阁四库全书》第 1214 册，台湾商务印书馆，1986，第 597 页。

出，"性情之正"包含两个维度：向内主张个体修行，使之趋于平和；向外则导人性情，使之合乎礼教。向内的理论维度即代表了台阁诗所指向的主体修养工夫。馆阁文臣所倡导的"清和"诗风，其"和"的概念不仅指向诗歌的情感特征与审美风格，更指向文人主体的道德水平与精神境界，强调个人性情的和平。虞集曾指出主体修养的具体内涵："至正而不厉，至明而不察。达乎事物之变，而不屑于言；究乎天人之蕴，而不滞于迹；渊乎其有道，充乎其有容。气完而不忤于物接，用大而不事于小施。"① 他认为性情之正的理想状态是一种中和的境界：渊乎有道，充乎有容。揭傒斯对此亦有精到论述："夫为诗与为政同，心欲其平也，气欲其和也，情欲其真也，思欲其深也；纪纲欲明，法度欲齐，而温柔敦厚之教常行其中也。"② 所谓心平气和、情真思深，不仅取自儒家温柔敦厚的诗论传统，亦是宋学修养工夫的体现。实际上，元中期兴起的馆阁文学，历来与理学密不可分。尤其是领军人物虞集，不仅受到其父虞汲的理学教育，更从业师吴澄处领会理学的学术精神。他曾对两宋以来的理学宗师给予极高的评价，云："而周、邵、张、程之说，至朱元晦氏而条理发明，以推致其极，则天之未丧斯文也。"③ 对其业师吴澄，虞集更是肯定其发诸日用修养之论的价值："灵明通变，不滞于物，而未尝析事理以为二。使学者得有所据依，以为日用常行之地，得有所标指，以为归宿造诣之极。"④ 因此，可以肯定的是，在文学思想的层面，元中期以来的台阁文学颇受理学的影响。实际上，考诸馆阁诸家的诗作也可看出，修养个人性情以趋于正，是贯穿他们诗歌创作的一致主张。

杜本虽为布衣，但在学术思想上与虞集相似，从学于草庐门下。危素《元故征君杜公伯原父墓碑》曾记录杜本少时的从学经历："去从隐君子简先生某游，得《皇极》之旨。时临江皮氏尊贤礼士，若庐陵刘太博会孟、邓礼部中父、蜀郡虞公及之、豫章熊金判与可，及我吴文正公，皆在焉。

---

① 虞集：《送江西行省全平章诗序》，虞集著，王颋点校《虞集全集》上册，第528~529页。
② 揭傒斯：《萧孚有诗序》，揭傒斯著，李梦生点校《揭傒斯全集》，第306页。
③ 虞集：《董泽书院记》，虞集著，王颋点校《虞集全集》上册，第642页。
④ 虞集：《送李扩序》，虞集著，王颋点校《虞集全集》上册，第540页。

公与同里范供奉德机年最少，从诸公讲学不倦。"① 杜本曾从学于虞汲、熊朋来、吴澄等江右理学名家，可见其学术思想中具有显著的理学烙印。杜本诗作蕴含显著的理学精神，其中一些甚至有性理诗的理趣之妙。试看以下几首：

> 物与民胞本共原，分殊理一在推研。仍须恩义无相掩，乃见人心即是天。②

> 晦翁筑室此山巅，梁栋亲题乾道年。苔藓烂斑封断石，杉松郁密护流泉。精神已与天相偶，文字犹为世所传。袖疏归来嘉遁吉，至今遗像尚依然。③

> 逸亭结构奉慈亲，古木修篁远市尘。案上图书千载事，座中宾客四时春。儿遵诗礼传家学，女执尊彝具鼎珍。圣代论才先孝行，应承明诏展经纶。④

> 月山碧水士如林，共仰先生造诣深。近法郑玄明古训，远师孟子正人心。伏生典诰无从问，庾信文章有可寻。耆德表门尤不忝，故应闾里动哀吟。⑤

"民胞物与"出自宋人张载，"理一分殊"则是朱熹最为重要的理学命题。"人心即是天"亦是宋学的思维理路，强调以天道规范人欲。最后一句落脚于人心符合天理的修养工夫论。第二首强调朱子在理学领域的学术贡献。第三首较为典型，乃是亭台题作。贤逸指的是德行高尚的隐士，亭主以此命名，足见其人生旨趣。杜本在诗中指出个人修养的途径，即以诗书礼义教导人心。第四首为挽诗，杜本在赞赏毛静可的同时，实已道出其对

---

① 危素：《元故征君杜公伯原父墓碑》，见杜本《清江碧嶂集》卷首，《四库全书存目丛书》集部第 21 册，齐鲁书社，1997，第 637 页。
② 杜本：《题张卓然归朱氏宗卷》，《清江碧嶂集》，《四库全书存目丛书》集部第 21 册，第 643~644 页。
③ 杜本：《题云谷山》，《清江碧嶂集》，《四库全书存目丛书》集部第 21 册，第 654 页。
④ 杜本：《寄题皮季贤逸亭》，《清江碧嶂集》，《四库全书存目丛书》集部第 21 册，第 655 页。
⑤ 杜本：《挽毛静可》，《清江碧嶂集》，《四库全书存目丛书》集部第 21 册，第 655~656 页。

文人主体修养工夫的看重。从以上四首诗中可以看到，作为布衣隐士，杜本在价值理念上承接宋学绪余，将文人主体的道德修养置于核心位置。

危素在学术传承上承袭陆学而来。虽然元廷在官学层面崇朱抑陆，但陆学在江右地域依然具有较大的影响。吴澄、虞集师徒主张和会朱陆，而危素的学术思想则主要以陆学为主。他少时"学于祝蕃远之门，称高座"①。同时，危素又师承吴澄与上饶学者李存，可谓师承多派，兼取众家。但无论是祝蕃远还是吴澄、李存，他们共同的学术主张之一便是对个人修养工夫的看重。危素将这种观点很好地反映在诗中，试看以下几首诗：

> 圣远已千载，继述良独难。维公出南纪，大道剪榛菅。济世仰莘挚，斋心师巷颜。知几实至要，浩浩仁义端。故宅俨斯在，素月照溪湍。濯濯菡萏枝，英英秋露汚。恭闻华盖叟，讲学留溪湾。坠绪久无托，令我心愽愽。②

> 江东云锦山，积翠修以峨。云有千载士，憩彼山之阿。考槃幽涧石，结制彼泽荷。贞心抱夷澹，雅量函冲和。仆也江西人，齿稚侠好多。东将浮渤澥，北拟穷沙陀。尚怀诗礼趋，吾父须发皤。生死愿相许，誓以心靡佗。露中葭蘦蕖，海底珊瑚柯。晶光轹尘淖，结托古则那。载咏伐木篇，乱以采薇歌。③

第一首诗主要赞颂北宋理学大家周敦颐，此诗虽然没有危素个人学术观点的呈现，但可见其对宋学的态度。第二首诗则比较典型，该诗不仅写出危素对个人道德修养的看重，更指出理想人格的具体内涵"贞心抱夷澹，雅量函冲和"。这正是强调文人主体性情的平和与澹泊。

馆阁文学与山林文学价值观念互通的第二点为，二者对元廷盛世气象持肯定态度。一般来说，代表了隐逸群体的山林文学，以疏离现实政治、

---

① 黄宗羲撰，全祖望补修，陈金生、梁运华点校《宋元学案》卷九十三，第 3118 页。
② 危素：《过周元公濂溪故宅》，《云林集》卷下，《景印文渊阁四库全书》第 1226 册，第 767 页。
③ 危素：《投简李仲公甫》，《云林集》卷下，《景印文渊阁四库全书》第 1226 册，第 770 页。

倡导独立的身份与孤高的气节为主要特征。但元末江右地域的布衣隐士却并非如此，他们一般对朝廷持有赞赏与肯定的态度。实际上，从布衣隐士的交游对象上亦可看出，他们并非绝圣弃智归隐山林，而是以盛世之下的雅士自居。他们既可以吟诗作画，亦可以为朝廷出谋划策，但其身份一定是隐士，这就是所谓的"贤逸"，这种贤不仅指德行的高尚，更指学问的出众与用世的才能。对此，杜本曾谓："以万事合为一理，以千载合为一日，以天下合为一心，以四海合为一家，如是则可言制礼作乐，而跻三五之盛矣。"① 杜本将制礼作乐亦纳入布衣隐士的人生理想中，可见其隐属于儒家"道隐"的范畴。考诸杜本的山林诗作，处处可见对皇元盛世的肯定，如"老病最思同学友，因陈皇极致升平。"② "青天白日羲皇世，明月清风玄度标。"③ "天下车书已混同，况逢尧舜道应隆。"④ "所期敷圣德，方可正民彝。"⑤ 试看以下两首诗：

　　极目研华总是春，经行岂但意天津。百年礼乐彬彬盛，一代衣冠济济新。吾道固须时所尚，此情何待酒为真。应期朗月清风处，瀹茗论诗莫厌频。⑥

　　太和峰顶接岷峨，上有金银观阙多。溪谷深幽麋鹿狎，岩扉崒嵂鬼神呵。九重每遣天香至，万里今看驿骑过。只待祠官传好语，圣皇垂拱镇山河。⑦

第一首诗为典型的山林之作，描写的是诗人煮茶论诗的隐逸之趣。但杜本

---

① 危素：《元故征君杜公伯原父墓碑》，见杜本《清江碧嶂集》卷首，《四库全书存目丛书》集部第 21 册，第 638 页。
② 杜本：《至日病中怀柳道传》，《清江碧嶂集》，《四库全书存目丛书》集部第 21 册，第 647~648 页。
③ 杜本：《自和》，《清江碧嶂集》，《四库全书存目丛书》集部第 21 册，第 648 页。
④ 杜本：《送彭万里广东宪使》，《清江碧嶂集》，《四库全书存目丛书》集部第 21 册，第 649 页。
⑤ 杜本：《清远泊舟》，《清江碧嶂集》，《四库全书存目丛书》集部第 21 册，第 645 页。
⑥ 杜本：《酬高混朴》，《清江碧嶂集》，《四库全书存目丛书》集部第 21 册，第 653 页。
⑦ 杜本：《送丹阳代祠武当》，《清江碧嶂集》，《四库全书存目丛书》集部第 21 册，第 650 页。

却为这种闲适加上前提——朝廷盛世之风与礼乐之盛。可见，在杜本看来，隐士之所以能够在山林中行风雅事，得益于清平的现实环境。第二首诗为酬赠之作，而且唱和者的身份应为道教人士，但杜本依然不忘歌颂朝廷，可见其对盛世的认可是发自内心的。

危素的山林诗亦常歌颂盛世，如："方当盛平世，帝圣辅弼良。四裔息征战，畎亩无旱蝗。"[1]"撞钟集诸生，讲论明彝伦。况逢尧舜君，德泽周八垠。"[2]"世祖丕图天广大，外臣雄镇海门西。"[3]"大元德盛礼乐兴，天下民风渐丕变。"[4] 诸诗。试看下面这首诗：

> 危坐思君到五更，江山东望不胜情。云连仙阙音书远，竹绕幽居梦寐清。山木生凉风汹涌，天河无浪月峥嵘。相期早献金门策，莫向林泉老此生。[5]

此诗为与友人唱和之作。张原相，其人不可考，当为危素隐居时期的好友。该诗先写山林隐居之乐，但作者却并未满足于此，而是时时不忘儒者的责任与担当：相期早献金门策，莫向林泉老此生。金门策，指隐逸之士的应诏对策，代指文人的用世才能与担当。可见，在危素看来，隐士依然肩负家国天下的责任，这是元代隐士独特的精神内涵。

馆阁诗与山林诗价值观念互通的第三点为，二者皆以雅趣为尚。前文在论及傅习、孙存吾《皇元风雅》时曾指出，"皇元风雅"实涵盖朝廷大雅与民间风雅两种内涵。这并非是编者的主观构建，事实亦是如此。馆阁文臣日常酬唱燕集之作，多体现与其政治身份相关的典雅性。如相约游览

① 危素：《赠查泰宇之闽清主簿任》，《云林集》卷上，《景印文渊阁四库全书》第1226册，第764页。
② 危素：《送王起元之分宁教官任》，《云林集》卷下，《景印文渊阁四库全书》第1226册，第770页。
③ 危素：《杭州观阅武和儿伯范》，《云林集》卷上，《景印文渊阁四库全书》第1226册，第759页。
④ 危素：《为李仲经赋得古音琴》，《云林集》卷下，《景印文渊阁四库全书》第1226册，第769页。
⑤ 危素：《和答张原相见寄》其二，《云林集》卷下，《景印文渊阁四库全书》第1226册，第766页。

京城，以宫殿亭台楼阁入诗，抒发的是京城文臣的雅正趣味。而布衣文人的雅趣，主要体现为民间之风雅。他们效仿兰亭集会，以诗酒互娱，体现的是山林遗士的风雅之趣。在杜本与危素的山林诗作中，这种民间风雅处处可见。"竹深延夜月，花密映朝暾。约客留诗句，呼童具酒尊。"① "哦诗近风雅，岂惟刘阮伦。陶然得真乐，自谓葛天民。"② "诗囊句律皆风雅，药笼参苓岂泛有。"③ 这些诗句均为杜本以山林雅士自居的体现。试看以下两首诗：

偶从休沐去纷挐，并马城西道士家。隐约松筠藏观阙，依稀花柳透烟霞。连畴宿麦云初覆，隔岸天桃日半斜。无限新诗樵唱里，待寻雅调向人夸。④

两峰高耸并秋宵，双涧分流送晚潮。月冷谁家频捣练，风清何处细吹箫。七闽荔子丹砂颗，五岭梅花玉雪标。黄鹄不来空怅望，自歌雅曲和渔樵。⑤

第一首诗先写城西之景：道观隐藏于松林花柳之间、烟霞弥漫之处。此时日挂西天，云层阵阵。诗人看到这种美景，不禁以雅调赋诗。这种山林雅调正是杜本所追求的山林之士的人生旨趣。第二首写秋天景象，山峰耸立，涧水直流，呈现的是月冷风清之态。但诗人写雅曲与渔樵相和之景，可见其雅致的趣味。危素的山林之作亦不乏描写布衣文人雅集赋诗的风雅之趣。试看以下两首：

良朋宴游不可失，邓氏诸昆晚同出。横槎溪口弄飞泉，桐树坳头

① 杜本：《寄题严氏别业二首》其二，《清江碧嶂集》，《四库全书存目丛书》集部第 21 册，第 644 页。
② 杜本：《和虞太常寄谢何得之》，《清江碧嶂集》，《四库全书存目丛书》集部第 21 册，第 639 页。
③ 杜本：《赠谢有源之福州盥官》，《清江碧嶂集》，《四库全书存目丛书》集部第 21 册，第 651 页。
④ 杜本：《二月朔日》，《清江碧嶂集》，《四库全书存目丛书》集部第 21 册，第 646 页。
⑤ 杜本：《秋兴》，《清江碧嶂集》，《四库全书存目丛书》集部第 21 册，第 648 页。

看落日。长山唐突短山青，山上十丈苍云横。大风振林归鸟疾，枯木压石残蝉鸣。登高长啸招晴月，古竹吹凉夜如雪。夜如雪，秋氲氲。溪流无滓山无尘，写诗聊寄山中人。①

　　我来蓬海堂中宿，风露满空月在竹。西秦员老夜抚琴，妙音总是云门曲。先王作乐音律谐，载歌南风阜民财。阴湫玄龙冲石裂，赤霄凤鸟从天来。千年古调谁能改，一变新声吁可怪。愿借琴高赤鲤鱼，与子骑之入东海。②

第一首诗写危素与邓氏诸兄弟登山宴游并分韵赋诗之事。布衣文人的宴游活动与馆阁文臣大为不同。馆阁文臣的宴游，多写宫阙之富丽、京都之繁华，进而凸显优游不迫、雍容冲淡的馆阁心态。而布衣文人的宴游充满山林之趣，乘舟观飞泉之澈，树头看落日之美。同时青山迭出，苍云横卧，均为山林幽静美景。此诗将布衣文人的山林游览之乐与分韵赋诗之雅描写得非常细致。第二首写琴。琴是文人风雅的代表，危素此诗写与员怡然、员善琴二人共宿上清宫之事，将琴声之妙与布衣文人之趣联系在一起，足见其取尚风雅的生活旨趣。

　　综上所述，台阁诗与山林诗从两个层面实现互通。一是作者身份的重叠，二是价值观念的互通。在价值观念层面，山林诗与台阁诗的互通又体现在三个方面：首先是主张文人主体的修养工夫，倡导圣人气象。这种价值观念既来源于传统儒家，亦受到宋学的浸染。其次是山林诗与台阁诗皆表现出对元廷盛世的肯定与赞扬。最后是山林诗与台阁诗所反映的文人雅趣是一致的。馆阁文人倡导朝廷典雅，布衣隐士倡导文人风雅，二者共同构成此时期馆阁与布衣文人的风雅趣味。

　　实际上，元末江右文人，身份无论是朝廷文臣还是布衣隐士，其诗歌创作普遍在以上三个层面实现价值观念的互通。如前文所论及的泰和文人刘崧，在元末隐逸时期常与同郡诗人王佑、萧鹏举等人雅集赋诗，南园雅

---

① 危素：《五月廿有二日同邓渐叔仪晋季昭旭肆父昶晢父晚眺以森木乱鸣蝉分韵》，《云林集》卷上，《景印文渊阁四库全书》第 1226 册，第 765 页。

② 危素：《赠员怡然员善琴余与之寓于上清宫》，《云林集》卷下，《景印文渊阁四库全书》第 1226 册，第 769 页。

集是他们宣扬布衣文人风雅旨趣的重要场所。如刘崧所作南园雅集的唱和诗:"今日南园好,超然欢笑同。谁知林塘幽,有此路径通。脱巾芳树下,行酒青草中。既饮亦径醉,高歌答林风。"① 诗中所宣扬的隐士高风是他们取尚风雅隐逸观的最佳写照。刘永之的山林之作亦如此,将山林之景与文人之雅趣合二为一:"喔喔野鸡鸣远林,瑶琴挥罢思愔愔。"② 同时,江西作为理学盛地,理学所倡导的修养工夫与圣人气象对馆阁文臣与山林文人的影响是非常明显的。他们普遍以道自持,以德行高远作为人生价值追求。由此亦可看出,元末江右地域的台阁诗与山林诗,在文学价值上是等同的,其区别只是文人身份的穷达与否。而入明以后,台阁诗与馆阁诗方在价值上有所区别,尤其是以杨士奇为代表的台阁体兴起以后,文坛话语重回馆阁文臣之手,山林诗较台阁诗而言成为一种价值较低的诗歌形态。

第三节 宗唐复古的主流思潮与坚守情性的诗史之作

从文学思潮的历史链条看,"宗唐复古"是元人论诗的一大特征。有学者将此种复古思潮分为三个阶段:中统到至元时期为形成期,大德、延祐至天历时期为发展期,元统、至正时期为蜕变期。③ 具体到元末,作者着眼于综元一代的复古思潮,认为宗唐雅正之风已成绝响,只有傅若金、戴良等少数文人坚守。此论关注元末的南北文坛,是一种整体性的学术观照。但在元末的江右文坛,宗唐复古则依然是此地的主流思潮,其原因也很简单,江西是元代馆阁文臣辈出之地,无论是元前期的程钜夫,中期的虞集、揭傒斯还是后期的欧阳玄、傅若金,皆为江西籍文臣。他们在诗论上普遍以唐诗大雅之音为圭臬,宗唐复古作为本地馆阁先贤的诗论主张,借由历史惯性而一直延续至元末。同时,布衣文人亦受其影响,刘崧、王

① 刘崧:《夏日同谢可用丁文甫黄立本丁昌祖戴伯渊宴集西园池亭》,《槎翁诗集》卷四,《景印文渊阁四库全书》第1227册,第361页。
② 刘永之:《北涧春日》,《刘仲修先生诗文集》卷五,《续修四库全书》集部第1326册,第30页。
③ 详见张红《元代唐诗学研究》,岳麓书社,2006,第33页。

沂等人在隐逸时学道工诗,皆以唐诗为尚。因此,在元末的江右文坛,宗唐复古是朝廷文臣与布衣文人共同持有的文学思潮,清江文人杨士弘所编《唐音》即是此种思潮的最佳例证。① 《唐音》将唐诗分为"初唐"、"盛唐"与"晚唐",其最大意义在于明确宗唐的理论路径。更为重要的是,以《唐音》为考察范本,可管窥延祐以来江西诗学复古观念的理论新变。既然谈及主流,则必涉及主流之外的声音。由于元末的战乱,本地域亦存在"变风变雅"的诗史之作,吉安文人周霆震便是一例。周霆震论诗坚守刘辰翁以来的性情诗学,认为大雅之调并不符合元末的现实。因此,其诗多抒发乱世悲苦,并有记录大量描写末世景象的史诗之作。

一 宗唐复古的主流思潮:以《唐音》为中心的考察

延祐以来,京师馆阁文臣诗论的核心话语是"雅正",其内涵有两个维度:从诗歌功能上看,以鸣朝廷之盛为旨归;从审美特征上看,以唐诗和平典雅之趣为审美风尚。宗唐复古几乎是馆阁文臣所共有的诗学主张,正如欧阳玄称:"我元延祐以来,弥文日盛,京师诸名公咸宗魏晋唐,一去金宋季世之弊,而趋于雅正,诗丕变而近于古。江西士之京师者,其诗亦尽弃其旧习焉。"② 检阅元末江右文人别集可知,此时布衣文人论诗亦称宗唐复古,如陈谟论诗曰:"短章贵清曼缠绵,涵思深远,故曰寂寥,造其极者陶、韦是也。大篇贵汪洋闳肆,开阖光焰,不激不蔓,反覆纶至,故曰春容,其超然神动天放者则李、杜也。"③ 无论是宗法陶、韦还是李、杜,其论大体沿袭延祐诸公的复古主张。概言之,宗唐复古思潮由京师文坛及于地方文苑,成为朝廷文臣与布衣文人共同的诗学主张,但其复古观念之内涵与理路稍有区别。

先看馆阁文臣的宗唐复古观念。傅若金(1304—1343),字与砺,临江新喻人,至顺二年(1331)游京师,受虞集、宋褧赏识,元统三年

---

① 陈广宏认为,杨士弘《唐音》是元明之际唐诗学系谱建构的重要一环。详见陈广宏《元明之际唐诗系谱建构的观念及背景》,《中华文史论丛》2010 年第 4 期。
② 欧阳玄:《罗舜美诗序》,欧阳玄著、魏崇武、刘建立点校《欧阳玄集》,第 83 页。
③ 陈谟:《郭生诗序》,《海桑集》卷六,《景印文渊阁四库全书》第 1232 册,台湾商务印书馆,1986,第 619 页。

（1335）佐使安南，后授广州路儒学教授。从仕宦履历上看，傅若金远不如他的同乡前辈虞集、揭傒斯那样显耀，但依然是元后期江西馆阁文臣的代表。傅若金宗唐复古的观点来源于范梈、虞集与揭傒斯等人。他曾概括延祐后宗唐得古思潮的承续："乡人范先生、蜀郡虞公、浚仪马中丞，其机轴不同，要皆杰然不可及者也，而今先后逝矣，退老于山林矣。其在朝者，翰林揭先生、欧阳公，深厚典则，学者所共宗焉。相继至者，王君师鲁、陈君仲众、贺君伯更、张君仲举，皆籍籍有时誉，而居省台及仕于外者犹不少。凡其学之所诣，虽不可合论，而皆捐去金人粗厉之气，一变宋末衰陋之习，力追古作，以鸣太平之盛。"[1] 虞集、马祖常、揭傒斯、王沂、张翥、陈旅诸人，多食奉元廷，或居省台，或仕于外，在诗歌观念上的共同主张为复古与鸣盛。傅若金此处虽未明言，但其所谓力追古作，主要指古体以汉魏为准的，近体以唐诗为圭臬。可以看到，从元中期到元末，馆阁文臣宗唐复古观念是一脉相承的，其核心在于以"雅音"概括汉魏与唐诗之妙："自《骚》《雅》降而古诗之音远矣。汉魏晋唐之盛，其庶几乎？"[2]

傅若金师法唐诗的诗歌观念，其特征之一在于对李杜诗歌的赞赏。署名傅若金的《诗法正论》曾谓：

> 唐海宇一而文运兴，于是李、杜出焉。太白曰："大雅久不作"，子美曰："恐与齐梁作后尘"，其感慨之意深矣。太白天才放逸，故其诗自为一体。子美学优才赡，故其诗兼备众体，而述纲常、系风教之作；三百篇以后之诗，子美又其大成也。昌黎后出，厌晚唐流连光景之弊，其诗又自为一体；老泉所谓"苍然之色、渊然之光"者是也。唐人以诗取士，故诗莫盛于唐。然诗者原于德性，发于才情，心声不同，有如其面。故法度可学而神意不可学。是以太白自有太白之诗，子美自有子美之诗，昌黎自有昌黎之诗。其它如陈子昂、李长吉、白

---

①　傅若金：《赠魏仲章论诗序》，傅若金著，史杰鹏、赵彧点校《傅若金集》，第258页。原文为"邹人范先生"，据洪武十七年傅若川刻《傅与砺文集》，当为"乡人范先生"。
②　傅若金：《邓林樵唱序》，傅若金著，史杰鹏、赵彧点校《傅若金集》，第249页。

乐天、杜牧之、刘禹锡、王摩诘、司空曙、高、岑、贾、许、姚、郑、张、孟之徒，亦皆各自为体，不可强而同也。①

"海宇一而文运兴"是元代馆阁文臣以世运论诗的惯常话语，认为盛世方有雅音。值得注意的是，傅若金沿其前辈虞集、揭傒斯的轨辙，以李、杜为宗，尚未有初、盛、中、晚的唐诗谱系划分，他虽指出晚唐诗风之弊，却并非出自与盛唐诗的比较视野。傅若金认为，唐诗是一个整体性的效法对象，其中以李、杜为尊，虽拈出陈子昂、高适、岑参等十几位诗人，却无世次之别，强调的是各家之妙，不可强同。另一点值得注意的是，傅若金指出宗法唐诗的路径为学其法度而非神志，近体诗讲究律法与音韵，以法度为路径的观点无疑更切合其体制特征。傅若金虽未以初盛中晚分论唐诗，却受其师范梈的影响，以体之正变看待唐诗。在《师法正论》中，傅若金转述范梈的观点："先生曰：'此诗体之正变也。自选体以上，皆纯乎正。唐陈子昂、李太白、韦应物之诗，尤正者多而变者少。杜子美、韩退之以来，则正变参半。'"② 可见，李白、韦应物属唐诗之上乘，因其正者多而变者少，而及于杜甫则正变参半。这种诗体正变论无疑已经具有初步的唐诗分段意识。

总结傅若金的宗唐复古观念，从原因上看，唐诗之所以是师法对象，因其是盛世文学的代表。元代馆阁文臣诗学思想最显著的特征即为鸣盛，鸣盛的内在理路在于以盛世之音鸣盛世之气，"文与时盛衰，斯道系也"③便是此种观念的体现。从师法路径上看，傅若金主张效其诗法，不主张拟其神志。所谓神志，即诗人的情志与诗歌的兴象，考诸《诗法正论》与傅若金的诗歌创作可知，这种学习唐诗法度的观点，是其复古观念的重要特征。《诗法正论》中傅若金与范梈反复讨论起承转合与用律、对仗等技术性问题，而且这种讨论并非泛泛而谈，而是具体到唐人诗作的一联甚至一

---

① 张健：《元代诗法校考》，北京大学出版社，2001，第235页。
② 张健：《元代诗法校考》，第256页。
③ 傅若金：《孟天伟文稿序》，傅若金著，史杰鹏、赵彧点校《傅若金集》，第248页。

字，可谓精确。①

再看布衣文人的宗唐观念。元末，本地布衣文人以诗文相尚，形成了一个较为知名的文人群体——"江西十才子"。有学者对这一文人群体加以考证，认为其成员基本有以下几人：清江杨士弘、彭镛、刘永之，鄱阳周浈，豫章万石，大梁辛敬，泰和刘崧、王沂②、王佑以及旷逵、郑大同。③ 另外，杨士弘、刘崧等人亦与傅若金、梁寅，清江练高等人互有诗文答赠，亦可见以十才子为中心所形成的文人唱和群体。明人梁潜为王沂所作行状与碑铭曾记录这一群体的交游状况："同游者皆当时名士，若襄城杨伯谦、秣陵周浈、豫章万石、大梁辛敬、清江彭镛刘仲修，乡先生刘尚书昆弟廖文学愚寄，陈海桑心吾，与先生之弟御史君子启，日赋咏往还，更唱迭和，以商榷雅道为己事。"④ 乌斯道序王沂《王征士诗集》曰："大梁辛好礼、襄城杨伯谦、清江练高伯尚、彭镛声之诸公皆以诗鸣者，相与追琢后先也。"⑤ 从身份上看，这批文人在元末普遍为布衣，其中，梁寅曾受儒学训导，但短暂任职后便辞官归隐。《明史》载其元末隐居之事曰："累举不第，遂弃去。辟集庆路儒学训导，居二岁，以亲老辞归。明年，天下兵起，遂隐居教授。"⑥ 杨士弘曾任涟水教官，后辞归。旷逵曾居官南昌，后归隐不仕。辛敬元末曾任进贤尉。概言之，该文人群体的成员，或短暂任职元廷，或始终隐居乡里，因此，其身份属于布衣文人，其诗学观点亦能代表此时衣文人的主张。

布衣文人在诗歌宗法上以唐为宗。除刘崧、梁寅与王沂外，这个文人

---

① 如《诗法正论》中有一段记录傅若金与范梈以杜甫《八月十五日夜月二首》为例，探讨起承转合之法。详见张健《元代诗法校考》，第 242～243 页。

② 元代又有真定文人王沂，其字师鲁，官至礼部尚书，有《伊滨集》。本文所论泰和王沂，字子与，非真定文人王沂。《伊滨集》中有泰和王沂诗歌杂入，《王征士诗》乃泰和王沂之诗集。

③ 详见江立员、饶龙隼《元末明初江西十才子论考》，《江西师范大学学报》（哲学社会科学版）2012 年第 1 期。该文认为，"江西十才子"乃是动态组合，并非固定的十位文人，故此处所列并非十人。

④ 梁潜：《竹亭王先生行状》，《泊庵集》卷八，《景印文渊阁四库全书》第 1237 册，台湾商务印书馆，1986，第 347 页。

⑤ 乌斯道：《王征士诗序》，见王沂《王征士诗》，清嘉庆委宛藏本，第 1 页。

⑥ 《明史》卷二百八十二《梁寅传》，中华书局，1974，第 7226 页。

群体的大部分诗集已不可见，因此只能通过他人记录来了解其宗唐观念。
清代鄱阳文人史简辑宋末至明初其乡人诗，凡五家，曰《鄱阳五家集》，
收黎廷瑞《芳洲集》、吴存《乐庵遗稿》、徐瑞《松巢漫稿》、叶兰《寓斋
诗集》、刘炳《春雨轩集》。《鄱阳五家集》中对此处所要探讨的十才子的
诗学宗尚有所记载：

> （辛敬）嗜学好古，刻志于诗，追驾盛唐，时号才子。①
>
> （周浈）诗律清竞，时号才子，士林延赏……制作思述古藻，思
> 追大历。②
>
> （练高）古怀雅学……诗继大雅。③

辛敬、练高与周浈别集已佚，但从史简的记述中可见其宗法取向。另有清
江文人刘永之，有《刘仲修诗文集》传世。考诸其诗歌创作可知，古体多
效法汉魏晋诗，近体则以唐诗为宗。刘永之常以唐人入诗，试看以下几首：

> 移棹望庐阜，香炉旧识名。鸟飞千嶂碧，日净片云生。伞瀑长虹
> 下，溪深猛虎行。松门通佛宇，萝径绕檐楹。业爱远公白，诗欣孟子
> 清。余方谢羁束，幸此共芳声。④
>
> 采石多名酒，苔矶水自香。昔年李太白，于此屡衔觞。失意长安
> 道，狂歌入楚邦。云烟挥翰墨，宫锦制衣裳。醉骨埋青嶂，荒祠带夕
> 阳。余亦忘机者，翩然辞帝乡。田园萧水上，井邑葛山旁。去去随鸥
> 鸟，烟波正渺茫。⑤

---

① 史简：《鄱阳五家集》卷十五，《景印文渊阁四库全书》第 1476 册，台湾商务印书馆，1986，第 480 页。
② 史简：《鄱阳五家集》卷十五，《景印文渊阁四库全书》第 1476 册，第 485 页。
③ 史简：《鄱阳五家集》卷十五，《景印文渊阁四库全书》第 1476 册，第 480 页。
④ 刘永之：《望香炉峰读孟浩然诗因述》，《刘仲修先生诗文集》卷二，《续修四库全书》集部第 1326 册，第 17 页。
⑤ 刘永之：《经采石望太白墓》，《刘仲修先生诗文集》卷一，《续修四库全书》集部第 1326 册，第 5 页。

前一首诗中，"孟子"即孟浩然。从体貌特征来看，此诗清新流畅，有唐人风致。第二首写李白，体现的是刘永之对太白狂放之风的追慕。除孟浩然与李白外，刘永之对韦应物诗赞赏有加，谓："昔苏州刺史韦应物郡斋燕集赋诗曰'兵卫森画戟，燕寝凝清香。'至今诵之，以为美谈。……及读其诗，淡泊简远，略无世好之累。"① 梁寅序刘永之文集时也曾指出这个文人群体的宗唐风尚："迨兵革抢攘之际，与郡士杨伯谦、彭声之诸贤，日究论雅道，如泰宁之时。居则研精六经，旁搜诸子史。由汉至唐，文章之传者，咸辨其醇疵高下，而仿其可仿。其遣辞发咏，追金琢璧；巨篇短章，矩度悉合。"② 梁寅所指，有刘永之、杨士弘、彭镛等人。

综上所述，布衣文人的宗唐之风有两点特征。其一是同于馆阁文臣，不分初盛中晚，对唐人诸家皆有赞许；其二是从观念来源上看，布衣文人的宗唐观念大多来源于虞集、范梈、揭傒斯等江西籍馆阁文臣。如刘崧曾指出自己的诗学来源："会有传临川虞翰林，清江范太史诗者，诵之五昼夜不废。因慨然曰：'邈矣，余之为诗也，其犹有未至已乎！'③ 练高诗学亦承虞、揭、范之绪余："大江之西近时言诗者三家，曰：文白范公德机、文靖虞公伯生、文安揭公曼硕。……伯上之诗，温厚而丰丽，足以绍其声光，而踵其轨辙者也。"④ 但其间亦有区别。馆阁文臣推重唐诗，其逻辑起点乃是基于盛世文运观，以唐之盛世之音指导当时创作。布衣文人由于远离政治，加之元末战乱频仍，故其师法唐诗的逻辑起点乃是以雅论诗的诗学本体论。从史料中可见此种风雅诗论与盛世诗论之别。宋濂序刘崧诗集时谓："与辛敬、万石、周浈、杨士弘、郑大同游。……相与扬榷风雅，夙夜孜孜，或忘寝食。反征之于古，了然白黑分矣。"⑤ 梁潜为王沂所作行

---

① 刘永之：《凝清轩诗序》，《刘仲修先生诗文集》卷七，《续修四库全书》集部第 1326 册，第 49 页。

② 梁寅：《刘君仲修文集序》，见刘永之《刘仲修先生诗文集》卷首，《续修四库全书》集部第 1326 册，第 1 页。

③ 刘崧：《自序诗集》，《槎翁文集》卷十，《明别集丛刊》第一辑第 12 册，第 132 页。

④ 王祎：《练伯上诗序》，《王忠文集》卷五，《景印文渊阁四库全书》第 1226 册，台湾商务印书馆，1986，第 106 页。

⑤ 宋濂：《刘兵部诗集序》，宋濂著，黄灵庚点校《宋濂全集》卷二十四，人民文学出版社，2014，第 496 页。

状亦称："若襄城杨伯谦、秣陵周涁、豫章万石、大梁辛敬、清江彭镛刘仲修，乡先生刘尚书昆弟廖文学愚寄，陈海桑心吾，与先生之弟御史君子启，日赋咏往还，更唱迭和，以商榷雅道为己事。"①"商榷雅道"主要指在诗歌领域的探讨与切磋，侧重的是诗学本体论的宗法唐诗，这显然异于馆阁文臣的雅正诗文观。当然，即使存在这种区别，亦应看到，在元末的江右地域，宗法唐诗乃是馆阁文臣与布衣文人的共同主张。正是在宗唐复古的文学思潮下，杨士弘作为此时地域文人的一员，以编选《唐音》的方式，将这种宗唐复古思潮具体化与理论化，明确了宗法唐诗的具体路径。

杨士弘，字伯谦，襄城人，"元初万户仲明之孙也，以世官占籍清江"②。杨士弘虽祖籍襄城，但因其祖父与父亲皆官清江而迁居于此。更重要的是，杨氏一生活动于江西，所唱和者亦皆本地文人，其诗学观念亦受江西馆阁文臣与布衣文人的影响。因此，将杨士弘视为江右文人并无不妥，进而以其所编《唐音》为例，考察元末江右地域的宗唐风尚亦具说服力。概言之，《唐音》是此时期宗唐复古思潮的产物，它不仅从理论依据上将馆阁文臣以世运为立论基础的宗唐观，与布衣文人的风雅唐诗观融合在一起，更在师法对象上明确了盛唐诗的至高地位。

杨士弘首先要解决的是《唐音》编选的理论依据，即为何编选《唐音》。他以为，前人所辑唐诗选本各有问题：

> 及观诸家选本，载盛唐诗者，独《河岳英灵集》。然详于五言，略于七言，至于律、绝，仅存一二。《极玄》姚合所选，止五言律百篇，除王维、祖咏，亦皆中唐人诗。至如《中兴间气》《又玄》《才调》等集，虽皆唐人所选，然亦多主于晚唐矣。王介甫百家选唐，除高、岑、王、孟数家之外，亦皆晚唐人。《诗吹》万以世次为编，于名家颇无遗漏，其所录之诗，则又驳杂简略。他如洪容斋、曾苍山、赵紫芝、周伯弜、陈德新诸选，非惟所择不精，大抵多略于盛唐而详

---

① 梁潜：《竹亭王先生行状》，《泊庵集》卷八，《景印文渊阁四库全书》第 1237 册，第 347 页。
② 《隆庆临江府志》卷十二，《天一阁藏明代地方志选刊》第 35 册，上海古籍出版社，1962，第 86 页。

于晚唐也。①

唐人殷璠所编《河岳英灵集》，其问题在于多选唐人古体诗，尤其侧重五古，兼收七古，近体诗中的律诗与绝句则所收较少。姚和所选《极玄集》的问题在于以五言律诗为主。另外，是集多收中唐诗，对盛唐诗收录较少。唐人高仲武所编《中兴间气集》、韦庄《又玄集》与韦毅《才调集》之问题在于，选诗详于晚唐。宋人王安石所选唐诗亦多关注晚唐。此外，宋人洪迈、曾原一、赵师秀、周弼等人的唐诗选亦侧重晚唐诗而忽视盛唐诗。金人元好问的《唐诗鼓吹》问题在于驳杂简略。可将前人唐诗选本所存问题概括为两点。其一是缺乏诗体意识，如《河岳英灵集》、《极玄集》与《唐诗鼓吹》，缺乏选诗视野，或侧重某种诗体，或不加分辨而各体兼收。其二是详晚唐而略盛唐。自唐末至宋以来，晚唐诗的确受到更多关注。但杨士弘却坚持以盛唐诗为圭臬的选诗标准，认为详晚唐而略盛唐的唐诗选本并未抓住唐诗之精华。既然前人选本皆有问题，那么《唐音》的选编自然就有了必要性。

　　杨士弘编选《唐音》的第一点理论贡献在于，他兼取朝廷文臣与山林文人的唐诗观，并将其作为其选诗的重要原则。他在《唐音序》中称："诗之为道，非惟吟咏情性，流通精神而已，其所以奏之郊庙，歌之燕射，求之音律，知其世道，岂偶然也哉？观是编者，幸恕其僭妄，详其所用，心则自见矣。"②观照诗歌应该具两方面的视野：其一是性情诗学，所谓吟咏性情，流通神明，强调的是诗发性情的发生论与吟咏性情的功能观；其二是诗歌的现实功能论，强调以诗观世。"性情论"是元代江右诗学的重要话语，也是传统诗学的老话头，只是元人为其赋予新的内涵，例如刘辰翁与虞集对性情论的不同诠释。以诗观世则是延祐以来江西籍馆阁文臣的观点，属于台阁诗学的理论范畴，强调的是诗歌的现实功能。杨士弘此处将性情诗论与观世论合二为一，视为《唐音》选诗标准。但二者在价值上

----

① 杨士弘：《唐音序》，杨士弘著，陶文鹏、魏祖钦点校《唐音评注》上册，河北大学出版社，2006，第26页。

② 杨士弘：《唐音序》，杨士弘著，陶文鹏、魏祖钦点校《唐音评注》上册，第26页。

亦有区别，杨士弘侧重于诗歌的现实性，所谓"奏之郊庙，歌之燕射"，皆强调诗歌的实用性，这显然受到馆阁前辈的影响。虞集为《唐音》作序时便强调以诗观世的重要性。他认为："音也者，声之成文者也，可以观世矣。……先王德盛而乐作，迹熄而诗亡，系于世道之升降也。"① 至于性情论，则为此时的布衣文人所广泛认可。元末乱世，布衣文人失去仕进之途，只能转而蛰伏山林、商榷风雅。他们将诗视为抒写个人性情的最佳载体。文人交游燕集之作，亦处处体现他们对个人性情的书写。②

以诗观世的现实功能论，来源于虞集、揭傒斯、欧阳玄等江右馆阁文臣。布衣文人则普遍将诗视为抒写性情的重要载体，参与布衣文人交游活动的杨士弘，亦受到此种观念的影响。总而言之，杨士弘兼取二者，将其共同作为编选《唐音》的选诗原则。

如前所述，杨士弘历数前人所编唐诗选本之弊，其中很重要一点在于对盛唐诗的忽视。他认为唐诗之精华在盛唐，因此以盛唐诗为圭臬是其宗唐复古观念的核心。这一观点无疑将宗唐复古思潮具体化，明确了师法对象。以盛唐为宗的观点是杨士弘接受本地宗唐复古观念后的理论创新。江右文人的宗唐观念，在虞集、揭傒斯、范梈等人的倡导下臻于大盛。清人顾嗣立曾谓："延祐、天历之间，风气日开，赫然鸣其治平者，有虞、杨、范、揭，一以唐为宗，而趋于雅，推一代之极盛。"③ "元诗四大家"之中，除杨载外，其余三家皆为江西人，但此三家的宗唐之论，核心观点在于盛世之气与盛世之文，是其鸣盛观念的体现，但并未明确以盛唐为宗。如虞集在为杨士弘所作诗中感叹："少陵不尽山林吟，季子偏知雅颂音。贞观诗人同制作，太平乐府入沉吟。"④ 此处由于诗歌题材的限制，虞集并不能全面具体地阐述其宗唐观念，但他注重的是盛世文人对盛世之气的描写。在盛世诗学观的视野下，唐诗方具备指导性意义。出于这种对盛世文学的

---

① 虞集：《唐音序》，虞集著，王颋点校《虞集全集》上册，第 487 页。标点略改。
② 就《槎翁诗集》来看，其中收录的酬唱联句诗便数量繁多。如《邹氏春雨亭宴集诗》《秋日宴中和堂》《夏日宴集仁城萧氏临清亭》《白云轩联句》等，其例众多，此处不再详举。
③ 顾嗣立：《寒厅诗话》，见丁福保辑《清诗话》，上海古籍出版社，1978，第 83~84 页。
④ 虞集：《谢杨士弘为录居山诗稿二首》其二，虞集著，王颋点校《虞集全集》上册，第 144 页。

重视，虞集常将汉唐并称："终身未必渐韩愈，作者谁将继马迁。"① 可以看出，虞集始终站在追求盛世之音的价值立场审视唐诗。在对唐人的具体师法上，虞集以李、杜诗为唐诗之至，他的创作履践不乏效仿太白之作。至于杜甫，虞集曾谓："唐杜子美之诗，或谓之诗史者，盖可以观时政而论治道也。"② 他秉持的是以诗观世的老话头，但由此亦可看出杜甫在其心中的重要地位。范梈则一直是元代倡导唐诗的主将，他不仅有大量具有唐诗之妙的诗作，亦引导了杨士弘、刘崧、王沂等江右后学的宗唐观念。《诗法正论》有大量记录范梈与傅若金探讨唐诗之法、唐诗兴象之妙的记载。在序杨载诗集时，范梈谓："余尝观于风骚以降，汉魏下至六朝，弊矣。唐初，陈子昂辈乘一时元气之会，卓然起而振之。开元大历之音，由是丕变，至晚宋又极矣。"③ 相较于虞集所持盛世之音的立场，范梈持论更接近于诗歌本身，在风雅流变的纵向视野下，将唐诗视为风雅的代表。但从整体来看，范梈的观点亦未超出雅正观念的范畴，其所谓"乘一时元气之会"，指的正是盛世之气。揭傒斯作为江西籍馆阁文臣的又一重要人物，与虞集一样，论诗讲求实用，他激赏中唐诗人韦应物，认为他的诗具有化政迁俗的风雅之旨："读韦苏州诗，如单父之琴，武城之弦歌，不知其政之化而俗之迁也。"④ 虞集、揭傒斯、范梈的同乡后学与馆阁后辈欧阳玄，在论及唐诗时亦持雅正观念，称："三代而下，文章唯西京为盛。逮及东都，其气浸衰。至李唐复盛，盛极又衰。"⑤ "近时学者于诗，无作则已，作则五言必归黄初，歌行、乐府、七言薪至盛唐。虽才趣高下，造语不同，而向时二家所守矩矱，则有不施用于今者矣。"⑥ 需要注意的是，欧阳玄所谓盛唐，非初盛中晚之盛唐，而是盛世之唐——它是一个整体的盛唐概念，体现的依然是馆阁文臣的盛世诗文观念。

---

① 虞集：《拜欧阳文忠公遗像》，虞集著，王颋点校《虞集全集》上册，第 126 页。
② 虞集：《曹文贞公汉泉漫稿序二首》其二，虞集著，王颋点校《虞集全集》上册，第 497 页。
③ 范梈：《杨仲弘集原序》，见杨载《杨仲弘集》卷首，《景印文渊阁四库全书》第 1208 册，第 3 页。
④ 揭傒斯：《萧孚有诗序》，揭傒斯著，李梦生点校《揭傒斯全集》，第 306 页。
⑤ 欧阳玄：《潜溪后集序》，欧阳玄著，魏崇武、刘建立点校《欧阳玄集》，第 78 页。
⑥ 欧阳玄：《萧同可诗序》，欧阳玄著，魏崇武、刘建立点校《欧阳玄集》，第 83 页。

可以看到，延祐以来江右馆阁文臣的宗唐观念有两点特征。其一，以李、杜为宗。其二，未有三分或四分唐诗的"唐诗史"意识，而是将唐诗视为一个整体，并以盛世之音与风雅之妙概括唐诗，这显然是建立在雅正文学观的基础上的，一种宏观与笼统的宗唐观念。即使他们拈出李白、杜甫、柳宗元、韦应物等唐人各家作具体点评，但依然不能改变其宗唐观念上的整体性。而杨士弘通过《唐音》的编选，将这种宏观的宗唐观念进行了梳理、总结与提升。他以李、杜为核心，并以四分唐诗的方式确立盛唐诗的至高地位。

从编选体例看，《唐音》由三部分构成：始音、正音与遗响。正音为主体，始音为正音之发端，遗响为正音之补遗。可见，杨士弘以正音为中心，将唐诗分为初唐、盛唐与晚唐三个部分。同时，杨士弘又非仅以世次为编选标准，而是兼顾诗体之别。例如"唐诗正音"部分，分为五古、七古、五律、七律与五七言绝句，不同诗体又按初唐、盛唐与中唐等不同时期分卷。此种编选体例使《唐音》既有初盛中晚的时期之别，又能兼顾诗体之别，确乎达到杨氏在序文中所提出的兼诗体与时代的编选目标。前文提到，江右先贤的宗唐复古之风具有笼统性与宏观性的特点，杨士弘对此既有继承，又有拓展。具体体现为他接受虞集、揭傒斯、范椁等人以李、杜为唐诗之至的观点，并将其拓展为初唐、盛唐与晚唐三个历史分期。如在"始音"部分只选四家诗，分别是王勃、杨炯、卢照邻、骆宾王。之所以以之为"始音"，盖因杜甫对四人之推许："至如子美所尊许者，则杨、王、卢、骆"。① "右四人（王、杨、卢、骆），通诗九十三首。自六朝来，正声流靡，四君子一变而开唐音之端，卓然成家，观子美之诗可见矣。"② 自此可以看到，初唐四杰之所以被杨士弘视为始音之代表，完全是出于对杜甫观点的接受。杨士弘对此并不讳言，他在序文中谓：

> 至如子美所尊许者，则杨、王、卢、骆；所推重者则薛少保、贺知章；所赞咏者，则孟浩然、王摩诘；所友善者，则高适、岑参；所

---

① 杨士弘：《唐音序》，杨士弘著，陶文鹏、魏祖钦点校《唐音评注》上册，第25页。
② 杨士弘：《唐诗始音序》，杨士弘著，陶文鹏、魏祖钦点校《唐音评注》上册，第28页。

称道者，则王季友。若太白登黄鹤楼，独推崔颢为杰作；游郎官湖，
复叹张谓之逸兴；拟古之诗，则仿佛乎陈伯玉。古之人不独自专其
美，相与发明斯道者如是。故其言皆足以没世不忘也。①

杜甫所尊许者、所推重者、所赞咏者、所友善者、所称道者，这些诗人均被
杨士弘收入《唐音》之中，为李白所激赏的崔颢亦是如此。可见，由虞集、
范梈、揭傒斯到杨士弘，以李杜为宗的观点无疑扩大化了。元中期的宗唐之
风大体以李杜为宗，而杨士弘的宗唐观念，不仅以李杜为核心，更以李杜的
诗学标准选诗。《唐音》虽未收李杜之作，却处处显示出二人的影响。

当然，三分唐诗的观点并非只是出于杨士弘对李杜观点的拓展，其背
后亦有正变论的诗学观照。杨士弘以诗之正变、音律纯正与否为标准析唐
为三。其中，初唐为六朝诗之初变，音律未纯，但开盛唐正音之端；盛唐
诗为体现音律之纯、世道之盛的作品；中晚唐诗则选取坚守正音之作。对
此，他在序文中称：

　　自六朝来，正声流靡，四君子一变而开唐音之端，卓然成家。观
子美之诗可见矣。然其律调初变，未能纯，今择其粹者，列为唐诗始
音云。②

　　唐初稍变六朝之音，至开元天宝间始浑然大备，遂成一代之风，古
今独称，唐诗岂不然邪？是编以其世次之先后，篇章之长短，音律之和
协，词语之精粹，类分为卷。专取乎盛唐者，欲以见音律之纯，系乎世
道之盛。附之以中唐、晚唐者，所以弃其遗风之变而仅存世也。③

　　余既编《唐诗正音》，今又采其余者，名曰《遗响》，以见唐风之
盛与夫音律之正变。学诗者先求于正音，得其情性之正，然后旁采乎
此，亦足以益其藻思。④

---

① 杨士弘：《唐音序》，杨士弘著，陶文鹏、魏祖钦点校《唐音评注》上册，第25~26页。
② 杨士弘：《唐音始音序》，杨士弘著，陶文鹏、魏祖钦点校《唐音评注》上册，第28页。
③ 杨士弘：《唐音正音序》，杨士弘著，陶文鹏、魏祖钦点校《唐音评注》上册，第71页。
④ 杨士弘：《唐音遗响序》，杨士弘著，陶文鹏、魏祖钦点校《唐音评注》下册，第598页。

杨士弘认为，盛唐正音为音律至纯之作，始音四家为六朝诗风之初变，虽未皆纯，但开盛唐正音之端，遗响则为正音之补充，以见晚唐诸家对盛唐正音的坚守。这种正变论无疑使杨士弘四分唐诗的观点不再仅以时代为依据，而具有了诗学本体论的内涵。这亦体现出元末江右文人宗唐思潮的新变。

杨士弘《唐音》的第二点创造性体现在诗法层面。他着眼于各诗体之诗法，明确唐人各家之"可法者"，这无疑使宗唐复古思潮具有了诗法层面的效仿路径。杨士弘曾受学于范梈，范梈的宗唐复古观念最大的特征乃是对诗法层面的观照。范梈与傅若金、杨士弘论诗，常论及律诗之对仗、用典乃至起承转合等具体的法度问题。杨士弘对这一点加以拓展，明确具体的诗法对象，以"正音"为例，在五言古诗部分，明确可法者六人："陈伯玉二十六首、薛肆通一首、储光羲三十九首、王摩诘十九首、孟浩然十九首、常建十五首……所可法者六人，共诗一百一十九首。"① 七言古诗可法者十人，分别是王维、岑参、高适、崔颢、李颀、王季友、储光羲、孟浩然、张谓、常建，"共诗八十二首"②。五言律诗"精纯者十四人，共诗七十六首"③。七律"音律纯厚自然可法者九人，共诗二十六首"④。五绝三十二人一百三十三首，六绝五人十四首，七绝三十八人一百六十九首。⑤ 除可法者之外，杨士弘亦标注"精纯者""可观者"，以盛唐音律纯正之诗为标准，将唐人各家诗作收入其中。

综上所述，考察杨士弘所编《唐音》可知，元末江右地域的宗唐复古思潮具有两点新特征。其一是馆阁文臣与布衣文人宗唐观念的合流，前者基于盛世文运观，后者则体现为对唐诗风雅与兴象的肯定。其二，杨士弘用诗学史的观点析唐为四，并明确盛唐诸家诗音律纯正的地位。这使宗唐复古思潮不再是一种宏观性与笼统性的诗学宗尚，而具有诗体正变的理论依据、对象明确的师法路径和与盛世文运观相统一的选诗标准。换言之，

---

① 杨士弘：《唐诗正音序》，杨士弘著，陶文鹏、魏祖钦点校《唐音评注》上册，第 69 页。
② 杨士弘：《唐诗正音序》，杨士弘著，陶文鹏、魏祖钦点校《唐音评注》上册，第 69 页。
③ 杨士弘：《唐诗正音序》，杨士弘著，陶文鹏、魏祖钦点校《唐音评注》上册，第 69 页。
④ 杨士弘：《唐诗正音序》，杨士弘著，陶文鹏、魏祖钦点校《唐音评注》上册，第 70 页。
⑤ 详见杨士弘《唐诗正音序》，杨士弘著，陶文鹏、魏祖钦点校《唐音评注》上册，第 70 页。

杨士弘《唐音》的编选，是延祐以来宗唐复古思潮的理论融合与具体展开，可见元末江右宗唐复古思潮的新内涵与新动向。

二　主流之外：变风变雅之作与季世之音

本章以上三小节主要关注元末江右地域馆阁文学与山林文学共存与互动的关系。馆阁诗与山林诗可以说是此时期江右诗学的主流，把握二者的关系，有助于了解地域文坛的主要特征。但主流之外尚有多元的诗学主张。例如安成文人周霆震，就对杨士弘及其《唐音》所代表的宗唐复古之风持反对意见：

> 近时谈者尚异，糠粃前闻，或冠以虞邵庵之序而名《唐音》，有所谓《始音》《正音》《遗响》者，孟郊、贾岛、姚合、李贺诸家，悉在所黜；或托范德机之名选《少陵集》，止取三百十一篇，以求合于夫子删诗之数。一唱群和，梓本散行，贤不肖靡然师宗，以为圣人复起，殆不可易。余何人也，而敢与之言哉！①

可以看出，周霆震之所以对《唐音》颇为不满，其中一点原因在于杨氏对孟郊、贾岛、姚合与李贺等诸家的忽视。李贺、孟郊为元前期江右大家刘辰翁所激赏，周霆震此论大约与刘氏持论一致。周霆震作为元末江右文人，对延祐以来江右地域所盛行的雅正观念并不赞同，他的诗学主张主要来源于元前期刘辰翁与刘诜等庐陵文人群体。另外，周霆震多有记录哀世景象的诗史之作。下文拟以周霆震为例，探讨主流之外的诗学主张。

周霆震（1292—1379），字亨远，号石初，吉安安成人。他早年从宋诸遗老游，晚年遇红巾起义，避乱奔走。他目睹元之盛，又见其衰，因而其诗多乱离之音。此处之所以选择周霆震为研究对象，主要有以下三点原因。首先，周霆震的诗学观念异于延祐以来江右文人的主流诗学主张。延祐以来，以虞集、揭傒斯为代表的馆阁文臣对本地诗学思想的影响非常深

---

① 周霆震：《张梅间诗序》，周霆震著，施贤明、张欣点校《石初集》卷六，北京师范大学出版社，2016年，第140页。

远，即使在战乱频仍的元末，雅正观念依然为很多布衣文人所接受。上文所论杨士弘便是一例。但周霆震则不同，他在诗学主张上承继刘辰翁、刘诜一派，主张尽抒胸臆的性情诗学。反映在诗歌创作上则呈现为慷慨激昂、沉郁苍凉的诗风，这与江右文人普遍具有的平和雅正的审美取向差别较大。因此，以周霆震为研究对象，可见元末江右诗学思想的多样性。诚如本节标题所言，周霆震代表的是主流文学思想之外的声音。其次，周霆震的诗文创作，历来为各家所赞赏，其主要原因在于其诗作的诗史价值。周氏晚年历经元末战乱，"迟暮艰危，屡脱命于干戈"①。因此，他的诗文创作对元末乱世景象多有记录。《石初集》所收诗歌，绝大部分是描写战乱与民生之艰的作品。四库馆臣将《石初集》与宋人汪元亮《水云集》并称，谓其诗史之作："并叙述乱离，沉痛酸楚，使异代尚如见其情状，昔汪元亮《水云集》，论者以为宋末之诗史，霆震此集，其亦元末之诗史欤。"② 陈谟序周霆震诗文集时，亦认为其诗作可补正史之阙："江南野史，谁复健笔，而集中隐约散见，皆可为国史补。"③ 尤其在风雅唱和的江右文苑，诗史之作则显得独具价值。再次，周霆震有相对完整的诗文别集传世，这是将其作为研究对象的另一重要原因。元季乱世，战乱频仍，诗文集得以保存并流传后世实乃幸事。如历来被视为元明之际江右名家的彭镛，其别集早已亡佚。再如本文所涉元末江右文人如郑大同、辛敬、旷逵，他们均富诗名，而未有别集传世。幸运者如王沂，有《王征士诗》载其少量诗作，再如刘崧、刘永之，各有诗文别集传世。通过这些诗文集可以管窥元末江右文坛的具体状况。周霆震亦是如此。《石初集》并非周霆震个人所辑而成，而是其门人晏璧汇其乱离之作，而成此编。陈谟谓："乃今其门人晏彦文编集其乱离诸作，汇成巨帙。"④ 可见，《石初集》只是收录周霆震的部分诗作，并不能体现其创作之全貌。张莹之序亦可佐证："平生诗文千百篇，厄于灰烬，此编特兵后感时触事之作，不轻以示

---

① 周霆震：《自赞》，周霆震著，施贤明、张欣点校《石初集》卷十，第184页。
② 永瑢等：《石初集提要》，《四库全书总目》卷一百六十八，第1457页。
③ 陈谟：《石初周先生文集序》，周霆震著，施贤明、张欣点校《石初集》卷首，第9页。
④ 陈谟：《石初周先生文集序》，周霆震著，施贤明、张欣点校《石初集》卷首，第9页。

人，间出与余评。"① 《石初集》虽非周霆震之全集，但已足够见其诗学思想的内涵，并可借此考察元末江右诗学思想的多元样态。

周霆震的性情诗学论，主张诗歌尽抒胸臆，与元中期以来江右馆阁文臣所倡导的性情之正的诗学观差别较大，而与刘辰翁、刘诜等庐陵文人的性情诗论一脉相承。从这一点可以看出，延祐以来虞集、揭傒斯等人所倡导的雅正观念，并非为所有江右文人所接受。尤其是元末乱世，雅正观念的前提——盛世已不复存在，文人开始为乱世之音寻找诗学根据。周霆震以刘辰翁与刘诜的诗学观念为圭臬，强调诗歌导泄人情的功能。他曾自述少时拜谒刘诜的经历："余昔以诗文谒桂隐刘先生。"② 张莹序周霆震诗文集时亦称，他曾与周霆震一同求学于刘诜之门："石初周先生，余四十年前友也，长余十岁，始定交于桂隐刘先生之门。"③ 对于刘诜的诗学观念，前文已有涉及。总体来说，刘诜与刘辰翁皆为庐陵文人群体的代表，主张诗歌尽抒胸臆，尤其是哀愁悲苦之气，进而在审美形态上展现为激昂勃发，慷慨顿挫的特征。很明显，这与延祐以来江右馆阁文臣所倡导的性情之正的诗学观差别较大。性情之正不仅要求作诗者道德高超，而且心态平和雍容，进而使诗具有斧正人心的世教功用。周霆震身处元季乱世，他视刘诜、刘辰翁尽抒胸臆的性情诗学观为乱离之音的理论依据，主张慷慨激昂的诗歌形态：

> 夫诗乐也，发于情也。情之类有七，随其所发而形于言，故感人易入而入人深，曷尝布置先后若律令条格，秩然不可易哉！考之三百篇是矣。今之谈者，往往承讹踵谬，转相迷惑，没溺而不自知。吁！其可骇也夫！其亦重可悲也夫！君之作，出入诸名家，浩荡如潮，磊落如星，如车马风帆，翕忽变化，时或抑扬反覆。又若山阳之笛，倚风独奏，闻者自不能为怀，而一以平易出之。浏浏乎其有遗音，佳处虽古人不让。

---

① 张莹：《石初周先生文集序》，周霆震著，施贤明、张欣点校《石初集》卷首，第13页。
② 周霆震：《张梅间诗序》，周霆震著，施贤明、张欣点校《石初集》卷六，第140页。
③ 张莹：《石初周先生文集序》，周霆震著，施贤明、张欣点校《石初集》卷首，第13页。

　　由其情性超越，识趣开朗，故屹立众楚，一不变其凤心。①

张梅间乃周霆震挚友，曾共同问学于刘诜门下，二人亦有诗歌唱和。周霆震在序张梅间诗集时，正面论述了他们的性情诗学观。具体而言，周霆震认为，诗发性情的诗歌发生论是性情诗学的核心，故作诗应避免以"律令条格"的诗法限制对情感的抒发，诗歌的体貌特征应围绕诗人之情展开，所谓"随其所发而形于言"，指的就是诗歌的外在形态受诗人内在情感的主导。尊性情而抑诗法，这与刘辰翁、刘诜性情诗论的主张一脉相承。在评价张梅间诗时，周霆震亦指出根植性情之诗歌理想形态：诗风急剧变化，或浩荡磊落，或抑扬反覆，或平易悠然。总而言之，诗风如何取决于诗人性情的磊落或平易。在指导其门人晏璧作诗时，周霆震指出应以性情为诗学的核心，而不可以诗法约束性情：

　　　　律诗首尾舂容，规制平妥；选体跂跂，上下有情；七言古句，收揽铺张，浩荡不乏，已极可爱。但律诗意欠沉着，驯习尚多，激昂处绝少。选体当令语近意远，涵泳优游，自然有得。长篇气骨不可少，中间转换，要须突兀起伏变化，前后照应，使有归宿，方是本色。②

他认为晏璧诗之不足在于驯习尚多而激昂绝少。所谓驯习尚多，指的是过分追求诗法技巧，以至于约束了对性情的抒写。周霆震进而指出，立足于个体性情，诗歌要具有激昂变化的特点，转换突兀、起伏变化，方能展现尽抒性情的本色。

　　立足于"竭情尽意"的性情诗学观，周霆震在复古意识上更为通达。他不赞同仅以盛唐诗为圭臬的宗唐思潮，认为只要是发诸性情、感人至深的诗，无论唐人之作还是宋人之作，皆可取法：

　　　　诗自虞廷《赓歌》以至《风》《雅》《颂》，皆本性情，故其为言

---

　　① 周霆震：《张梅间诗序》，周霆震著，施贤明、张欣点校《石初集》卷六，第140页。
　　② 周霆震：《晏彦文诗序》，周霆震著，施贤明、张欣点校《石初集》卷六，第146页。

易知，而感人易入，兴观群怨，盖有不期然而然者。汉世去古未远，若《东都赋》后五篇及苏李相赠答，与夫《十九首》之作，往往平易近情，义味渊永，读之者悠然有契于心。魏晋以降，变而辞游，气卑而声促。唐初始革其敝，至开元而极盛，李杜外又各自成家。宋世虽不及唐，然半山、东坡诸大篇苍古，慷慨激发，顿挫抑扬，直与太白、少陵相上下，后来作者其能仿佛之邪？近年风气益漓，士习好异，妄庸辈剽闻先进一二语，遂谓宋诗举不足观，弃去之惟恐不远。专务直致，傲然自列于唐人，后生小子争慕效之，相率以归于浅陋，诗之道固若是乎哉？①

以《风》《雅》《颂》论诗是性情诗论的老话头。值得注意的是，周霆震以诗源性情的诗歌发生论，梳理自汉以来的诗歌史。他认为，汉诗去古未远，诗歌能够感易人心，魏晋诗则具有辞游气卑之弊。周氏亦认为盛唐诗乃诗歌圭臬，但出发点却不是盛世文运观，而是性情发生论。宋诗虽不及唐诗之盛，但不乏可观者，如王安石、苏轼之作，具有慷慨激发、顿挫抑扬的特点，可与李、杜诗相媲美。最后，周霆震对元中期以来宗唐复古思潮加以批评，认为宗唐复古虽可，但不能否认宋诗之妙。除此之外，取之义理的诗作亦值得后人取法："夫惟有得于理义，故知纲常大义不可渝，彼嗜利偷生者，不可同年而语，明矣。"② 因此，宋诗在义理层面具有模范意义。可见，周霆震立足于性情诗学发生论，具有对唐宋诗应各兼其妙的复古倾向。这与元末江右地域以盛唐诗为宗法对象的主流复古思潮具有较大差别。

　　周霆震具有强烈的诗史意识，并创作了大量记录元季乱世的诗史之作。他曾谓："每阅陈寿《魏志》及王介甫《读史诗》，未尝不反覆嗟叹，掩卷流涕。盖古今兴废之际，谈者惟务趋时，讳称先代，故志臣义士，多泯没不传，而奸巧横行，子孙根固，数世之后，岂复有公论哉！"③ 可以看

① 周霆震：《刘遂志诗序》，周霆震著，施贤明、张欣点校《石初集》卷六，第143~144页。
② 周霆震：《永丰县尉周诚甫赠诗序》，周霆震著，施贤明、张欣点校《石初集》卷六，第139页。
③ 周霆震：《阅晏彦文所论王生江南野史》，周霆震著，施贤明、张欣点校《石初集》卷十，第177页。

出，周霆震颇具史家意识，强调历史记录的重要性。周霆震在诗文创作中的确贯彻了这种诗史意识。如《彭九万妻死寇本末》一文，记录彭九万之妻李氏的壮举，她不仅以食物劳军，更在贼寇入城后勇敢就义。周霆震之所以作此文，旨在赞扬抗击贼寇的忠义精神。《戴氏济美志》载至正年间红巾军进犯之事："至正壬辰，红巾寇起，官弗能致讨，反因之以流毒于民，上下相蒙，列城继踵沦没。"① 再如其《至正十二年壬辰正月武昌失守》一诗，记录徐寿辉部自蕲州攻陷湖北诸郡事。《李浔阳死节歌》载江州路总管李黼在抗击徐寿辉部进犯时殉节一事。《豫章吟》一诗记载至正十二年元军与红巾军在龙兴的作战经过。《暮春述怀》记录的是至正十二年义民抗击来犯庐陵的徐寿辉部。《延平龙剑歌》记载邓克明在延平为朱元璋所败事。这些记录元末各部征战的诗史之作不胜枚举，充分反映出周霆震的诗史意识。

周霆震的诗史之作，在体貌特征上呈现为沉郁苍凉的特征，迥异于延祐以来江右文人所倡导的雅正平和诗风，属于元季变风之作。试看以下两首诗：

孤藩酣春霖，战舰一时集。喧呼惊弃甲，填道戈可拾。黄昏烟焰起，近郭俛藏蛰。夜深相随行，问道众岌岌。败走余群丑，邪径俄掩袭。叫号互失亡，颠仆免系絷。策赢叟狼顾，襁褓妇饮泣。带襦衣苟完，靴沾足难给。相失但闻声，疑路翻却立。屡休幸鸡鸣，襟袖寒气湿。贯鱼累童稚，前阻后惶急。萦回阡陌间，恒恐追骑及。重冈释心掉，湛若恩露裛。推挽达人烟，开颜见春汲。儿扶集悲喜，亲故走迎揖。坐定饥渴生，酒浆更劝挹。惊魂久徐定，强笑寄于悒。翻思堕危机，性命在呼吸。家乡固残毁，所幸存井邑。杖策归去来，戒此轻出入。②

转输饷官倾富室，米石万钱无处籴。连村鬼哭灶沉烟，野矍生人

---

① 周霆震：《戴氏济美志》，周霆震著，施贤明、张欣点校《石初集》卷八，第158页。
② 周霆震：《二月十六日晚青兵逼城红不战而溃暂匿近壕小屋夕走横溪》，周霆震著，施贤明、张欣点校《石初集》卷一，第56页。

腥血赤。九疑对面森可畏，弱肉半为强者食。旋风吹棘昼枭鸣，缺月衔山虎留迹。提携匕首拆胲胲，狼籍剔剁碎燔炙。恍疑逆祀祷恣睢，复恐老饕侪盗跖。幽幽怨魂忍葬心，腐胁穿肠愤无术。髑髅抱痛宜有知，上诉帝阍吐冤抑。我生白头骇见此，矫首苍穹泪沾臆。北山有蕨南涧苹，旦暮可湘心匪石。青春鸠化逐苍鹰，黄口蛇吞来义鹊。物情感召尚如此，同类何辜自相贼。兴言使我立废餐，推案拊膺衷奋激。鞫囚谁料殢炭瓮，立法竟嗟离舍匿。后人几度哀后人，万劫相寻岂终极。昨来偶值邻翁坐，且说舟航好消息。浙江白粲载如山，相送大军来有日。一朝菜色变欢颜，怪事书空自冰释。①

前一首诗记载周霆震所亲历的战事。其中有对乱世景象的描写：烟焰四起，城郭破败。有对百姓颠沛流离之苦的描写：相拥哭嚎、妇孺饮泣。有对幸存者的描写：惊魂未定，相顾强笑。该诗将战事对百姓的摧残刻画得淋漓尽致，具有杜甫"三吏三别"沉郁苍凉之感。后一首诗则写战争下以人为食的残忍景象，直陈乱世之景，属于哀世悲凉之辞。

实际上，记录乱世景象，创作沉郁悲凉之辞的江右文人除周霆震外，还有郭钰。郭钰（1316—？）字彦章，别号静思，庐陵吉安人，年轻时已具诗名，与虞集有诗唱和，因元末之乱隐居不仕，有《静思集》传世。与周霆震一样，郭钰具有强烈的诗史意识。如其《悲庐陵》一诗，序文详细记载至正十六年吉安为贼攻陷事："至正十六年丙申冬，袁州兵逼城，屯藤桥。……六月，吴都事将其属居吉水之芦兜，此吉安再陷之略也。"② 在诗歌内容与体貌特征上，郭钰与周霆震一样，直陈元末现实，具有沉郁悲凉之风。如其《悲武昌》诗，描写武昌乱世之景："战鬼衔冤夜深哭，王孙独在淮南宿。淮南美酒不论钱，老兵犹唱河西曲。"③《征妇别》《从军别》则显然是宗杜之作。"小郎早没更无人，却把晨昏托邻妇。情知送儿

---

① 周霆震：《饥相食》，周霆震著，施贤明、张欣点校《石初集》卷二，第 72 页。
② 郭钰：《悲庐陵》，《静思集》卷二，《景印文渊阁四库全书》第 1219 册，台湾商务印书馆，1986，第 171 页。
③ 郭钰：《悲武昌》，《静思集》卷三，《景印文渊阁四库全书》第 1219 册，第 181 页。

是埋儿，姑年老大莫苦悲。"① 等诗句颇有杜甫沉郁诗风的影子。

仅以沉郁悲凉四字概括周霆震与郭钰的诗风是不全面的，因为二者在元季乱世不乏怀忠义而隐山林的澹泊悠闲之作。如郭钰在《柬王志元四首》描写隐逸乐趣："朝饮南山水，夕采西山薇。"② 周霆震《种瓜南山下》有种瓜之趣："冒寒拾瓜仁，生意或在兹。"③ 但是，"沉郁悲凉"却是周霆震与郭钰最具特色的诗学特征，二人亦因直陈哀世之景与生民之艰，而在诗歌史上具有独特价值。更为重要的是，周霆震与郭钰的诗学观念与创作反映出元末江右诗学思想的多元化特征。即元延祐以来虞集、揭傒斯等馆阁文臣所倡导的雅正复古之风虽然是本地诗学思想的主流，但其间亦有变风变雅的诗史之作与沉郁悲凉的乱世之音。这一方面反映出雅正观念在元末乱世遭遇的阻力，另一方面也体现出江右文人所具有的现实精神，地域先贤的诗学观念固然值得资取，但战祸不断的现实亦无法回避。而直到入明后，尤其是永乐后，江右文人再次成为馆阁中坚，雅正观念作为本地诗学思想的重要资源，经明初江右地域文人的回望与重塑，重新成为明代文坛的主流话语，并促成明前中期最具特色的文学现象——台阁文学。明代台阁文学与元代台阁文学共同来源于江右文人的雅正诗文观，但其间亦有区别。本书第三章及第四章，将继续分析江右诗学思想在入明后的接续与新变。

---

① 郭钰：《征妇别》，《静思集》卷五，《景印文渊阁四库全书》第 1219 册，第 196 页。
② 郭钰：《柬王志元四首》其二，《静思集》卷二，《景印文渊阁四库全书》第 1219 册，第 169 页。
③ 周霆震《种瓜南山下》，周霆震著，施贤明、张欣点校《石初集》卷一，第 47 页。

第三章

雅正观念的重振

——明洪武、建文朝江右诗学思想

从诗学思想演变的角度看，明洪武、建文朝江右文人的诗学观念最具易代性特征。他们立足于新朝初成的现实前提，承续元延祐以来本地诗学大家的绪余，以雅正之音鸣开国之盛。这种诗文观念，由虞集、揭傒斯等江西馆阁文臣首倡，尽管在元末时期，雅观念分化为庙堂典雅与文人风雅两种内涵，但仍不出雅正观念的理论范围。然而对洪、建两朝江右文人群体的研究，学界多关注"江右诗派"或"西江派"，其中尤以刘崧为主要研究个案。此种研究思路的优点在于，可在与各地域文人群体或者地域诗歌流派的比较视野中，考察"江右诗派"的诗学观念与创作特征。实际上，"江右诗派"这一文学史概念的提出，其背景便是对明初各地域诗坛的宏观性把握。其缺点则在于，不利于考察地域诗学思想的流变性，尤其在元明易代的历史语境下，诗文观念往往呈现为继承性与流变性的双重特征。洪、建两朝江右文人的诗学思想具有丰富内涵，其丰富性主要来源于公共性写作与私人性写作两种创作模式。在公共性写作中，倡导鸣盛、主张实用是江西籍文臣的主要诗学思想，此为继承性的一面；而私人性写作则注重摹物状怀、抒写性情，此为变异性之体现。因此，洪、建两朝江右文人群体的诗学思想是元延祐以来雅正观念的重振。永乐后兴盛一时的台阁文学及其思想观念，虽然依然具有"鸣盛"的价值取向与平和冲澹的审美特征，但主要来源于文人所面临的现实境遇——例如自上而下的理学官学化建设，以及由此导致的理学对诗文观念的浸染。最后，本章对洪、建两朝江右文人与永乐后的台阁诗文之关系的把握，主要以吴伯宗为例予以考察。概言之,吴伯宗、刘崧的诗文观念与创作,带有元明之际江右雅正诗学观的色彩,而将其视为明代台阁体的发端与肇始并不准确。

第一节 对明初"江右诗派"文学史概念的检讨

对明初江右文人群体的研究,学界多关注"江右诗派"或"西江派",尤以刘崧为主要研究个案,兼及吴伯宗、"江西十才子"。① 此种研究思路的优点在于,可在与各地域文人或地域诗派的比较视野中,考察"江右诗派"的独特性。缺点则在于,易于忽视江右诗学思想的历史嬗变。尤其在元明易代的历史语境下,诗学思想往往呈现为继承与新变的历史特征。顾嗣立评元诗曰:"上接唐宋之渊源,而后启有明之文物。"② 正点出元明诗学之关系。因此,对元明诗文的关联性研究,有助于厘清明代诗文观念生成的历史链条,元明易代的学术视野正是探究此种关联性的重要切入角度。钩沉"江右诗派"文学史概念的生成过程,并结合元明易代的历史语境,有助于还原对此际诗学思想的学术认知。

一 "江右诗派"文学史概念的形成

明初,江右文人可分为两类:积极仕明的朝廷文臣与坚守山林的布衣文人。前者如刘崧、吴伯宗、朱善、龚敩、王佑,后者如陈谟、梁兰、刘炳、刘永之、王沂。其中,因刘崧为江右文坛领袖,吴伯宗乃新朝首科状元,故二人所受关注较多。陈谟、梁兰此时年事已高,且未仕明廷,多被视为明代台阁体的背景人物。至于朱善、龚敩、刘炳诸人,对其研究更显不足。提到明初江右文人,必须关注一个文学史概念,即"江右诗派"。它最早源于胡应麟对明初五大诗派的界定:"国初吴诗派昉高季迪,越诗派昉刘伯温,闽诗派昉林子羽,岭南诗派昉于孙蕡仲衍,江右诗派昉于刘

---

① 例如饶龙隼《刘崧与西江派》,《西南师范大学学报》(哲学社会科学版) 1997 年第 4 期;江立员、饶龙隼《元末明初江西十才子考论》,《江西师范大学学报》(哲学社会科学版) 2012 年第 1 期。

② 顾嗣立:《元诗选凡例》,《元诗选》初集卷首,第 5 页。

崧子高。五家才力，咸足雄据一方，先驱当代，第格不甚高，体不甚大耳。"① 此论有两点值得注意。首先是时代专指明初，而与元末断开联系。"昉"谓起始，可见他视高启、刘基、林鸿、孙蕡、刘崧为五大诗派的发端性人物。其次是以核心人物概括诗派。一般来说，对诗派的界定，核心人物及其羽翼是必不可少的要素。但胡应麟之论颇为简单，五大诗派各有一位发端性人物而未见其他成员。可见，胡氏之论是断代史视野下的宏观概括。当然，其观点亦有合理性。其一是从明初地域文人群体的流动来看，各地文人在洪武初渐次依附明廷。如吴中文人高启，洪武二年（1369）应诏与修《元史》，越诗代表人物刘基在至正二十年（1360）便已投靠朱元璋，林鸿、孙蕡、刘崧皆在洪武初入仕明廷。其合理性之二在于，所列各地域代表诗人，在当时的确具有较高声望。闽中文人林鸿位列"闽中十才子"之首，② 刘崧在元末就已享誉江西，与辛敬、练高、王沂、王佑等人以诗相尚，号"江西十才子"。解缙曾肯定刘崧文坛地位："江右则刘崧擅场，彭镛、刘永之相望并称作者。"③ 因此，从此五人在当时的声望来看，将其视为五大诗派的核心人物并无不妥。

胡应麟对江右诗派的界定亦存两点不足。其一是在断代史的视野下，很难处理易代文人的时代归属问题。刘崧的创作鼎盛期横跨元季与明初，将其视为元末或明初文人均无太大问题，但江右文坛的其他重要成员均被胡应麟忽视，练高、辛敬、彭镛、刘永之、王沂等未仕明廷的诸人，无法跻身胡应麟笔下的"江右诗派"。例如刘永之，曾于洪武五年（1372）聘至南京，一年后旋即辞归。他在明初的诗作，如《经采石望太白墓》《酬别宋赞善大夫景濂》《初发秣陵，夏潦新涨，烟水弥漫，舟行芦苇间，晚霁眺望，援笔抒怀》，或古淡隽永，或飘逸流丽，有陶潜、太白之风。但现有研究一般将其视为元末诗人，这在一定程度上遮蔽了他的诗学造诣。另一点不足之处在于，不利于把握易代文人诗文体貌特征的完整性。例如

---

① 胡应麟：《诗薮·续编》卷一，中华书局，1958，第 342 页。
② 《明史》载："闽中善诗者，称十才子，鸿为之冠。"详见《明史》卷二百八十六《林鸿传》，第 7335 页。
③ 解缙：《说诗三则》，《文毅集》卷十五，《景印文渊阁四库全书》第 1236 册，第 820 页。

刘崧，他在元末的诗作既有雅正之风，亦有清丽之趣。如果全面考察其元末明初的创作，便会发现"雅正"并不能概括其诗风的主要特征。

胡应麟五大地域诗派之论具有较大影响，基本主导了后人对明初诗坛的体认。例如清人钱谦益与四库馆臣均认可胡氏的观点，并进一步推阐，使之成为概括明初诗坛格局的学术公论。钱谦益在《列朝诗集》中对胡氏的观点既有继承，也有发挥："国初诗派，西江则刘泰和，闽中则张古田。泰和以雅正标宗，古田以雄丽树帜。江西之派，中降而归东里，步趋台阁，其流也卑冗而不振；闽中之派，旁出而宗膳部，规摹唐音，其流也肤弱而无理。余录二公之诗，窃有叹焉。江闽之士，其亦有当于吾言乎？"① 对胡应麟明初五派的观点，钱谦益只言其二：西江派与闽中派。其中，西江派即胡氏所谓江右诗派，以刘崧为代表人物。其发挥之处在于，将永乐后的台阁体纳入江右诗派的谱系之中，并指出其卑冗之弊。朱彝尊在《明诗综》与《静志居诗话》中对胡氏之论未作修改，直接转引，可见其对胡氏观点的赞同。② 四库馆臣以胡应麟观点为基础概括明初诗坛，例如《槎翁诗集提要》曰："胡应麟《诗薮》称，当明之初，吴中诗派昉于高启，越中诗派昉于刘基，闽中诗派昉于林鸿，岭南诗派昉于孙蕡，而江右诗派则昉于崧。史亦称崧善为诗，豫章人宗之为西江派，大抵以清和婉约之音提导后进。"③ 此处有三点值得注意。其一，四库馆臣明言其观点直接来源于胡应麟。其二是对胡氏观点稍加丰富，补充"豫章人宗之为西江派"一句，以支持刘崧为江右诗派宗师这一学术结论。其三是以"清和婉约之音"评价刘崧诗风，这也是胡应麟未曾提及的。至此，明初江右诗派似乎已成学术定论。需要注意的是，入清以后，胡应麟以刘崧为江右诗派之肇始的观点，开始进入史部，成为刘崧正史传记的一部分。如《明史》谓："善为诗，豫章人宗之为'西江派'云。"④《泰和县志》与《江西通志》

① 钱谦益撰集，许逸民、林淑敏点校《列朝诗集》第 3 册，第 1540 页。
② 朱彝尊谓："胡元瑞云：'国初，吴诗派昉高季迪，越诗派昉刘伯温，闽诗派昉林子羽，岭南诗派昉孙仲衍，江右诗派昉刘子高，五家才力，咸足雄据一方，先驱当代，第格不甚高，体不甚大耳。'"详见朱彝尊《明诗综》卷四，中华书局，2007，第 144 页。
③ 永瑢等：《槎翁诗集提要》，《四库全书总目》卷一百六十九，第 1467 页。
④ 《明史》卷一百三十七《刘崧传》，第 3958 页。

均转引此语。清人陈田亦须格外关注，他在《明诗纪事》中不仅接受胡应麟的观点，更完善了诗派的成员。在"刘绍"与"刘炳"条，陈田称："明初江右诗家，首推刘子高，如子宪者，正可雁行。"① "明初诗家在子高之次，（刘炳）与新城刘子宪正足旗鼓相当。"② 刘绍，字子宪，以字行，号纬萧野人，江西新城人。元末曾入汝南王幕，洪武初官翰林应奉，以国子助教致仕。四库全书收刘绍诗一百二十余首。刘炳，或作"刘彦昺""刘昺"，字彦昺，或作彦炳，以字行，江西鄱阳人。洪武初为大都督府掌记，在曹国公李文忠幕，又除东阿知县。现存嘉靖十二年（1533）刻本《春雨轩集》，为其门人刘子升所编。四库全书收其集，名《刘彦昺集》。除刘崧、刘绍与刘炳外，陈田又列陈谟、梁兰、周德诸人，计55位江西诗人。陈田笔下的江右诗派，大体以刘崧为宗师，以刘绍、刘炳为骨干，以陈谟、梁兰为羽翼。

综上，可对明初"江右诗派"文学史概念的形成做一总结。它最初由明人胡应麟提出，将其视为明初五大地域诗派之一，而对于诗派的主要风格、诗学主张与人员构成一概未谈，只称其肇始于刘崧。胡氏之论经钱谦益、朱彝尊与陈田等人的接受与补充，具有了新的内涵。其一是将其与永乐后的台阁文学关联在一起。其二是以"雅正"概括该诗派的主要诗风。最后，经由四库馆臣的推阐，以刘崧为代表的江右诗派成为一个既成的文学史概念，并主导了今人的学术认知。例如王学太《以地域分野的明初诗歌派别论》一文，立足于胡应麟的观点，并吸收陈田对诗派成员的补充，认为江右诗派以刘崧成就最高，刘绍、刘炳次之。值得注意的是，王文亦吸收钱谦益的观点，将明代台阁体纳入江右诗派的流派谱系，称"江西诗派的直接产物就是永乐、宣德之间的台阁体"③。这种观点对研究江右文学思想与明代台阁体之关系具有启发性意义。廖可斌《地域文人集团的兴替与元末明初文学思潮的变迁》④ 一文，在肯定刘崧与明初江右诗派之关系

---

① 陈田辑撰《明诗纪事》卷十二，上海古籍出版社，1993，第 263 页。
② 陈田辑撰《明诗纪事》卷十七，第 351 页。
③ 王学太：《以地域分野的明初诗歌派别论》，《文学遗产》1989 年第 5 期。
④ 廖可斌：《地域文人集团的兴替与元末明初文学思潮的变迁》，《社会科学阵线》1993 年第 4 期。

的基础上，以解缙、杨士奇等人为研究对象，论述江右诗派与台阁体之关系。饶龙隼《刘崧与西江派》① 一文，不仅以刘崧为江右诗派之宗师，更以"雅正"概括诗派的主要诗风。另有魏崇新《刘崧的诗学思想与诗歌创作》② 一文，亦将刘崧视为明初江右诗派的宗师，并考察其诗歌观念与创作。值得注意的是，钱基博在论述明初诗坛状况时，只言吴、越、闽与粤，而未言江右。③ 而且，钱基博并未用诗派一语，而只言地域。可以看出，钱氏并不认可所谓的明初诗派论，而只是视其为地域文人群体。至于江右诗派，由于人数较少，钱氏直接略过。

二　文人群体而非诗派：考察明初江右诗学思想的切入角度

明初"江右诗派"这一文学史概念并不成立，它并不具备构成文学流派的基本要素。陈文新先生提出界定文学流派的三个标准，分别是流派统系、流派盟主与流派风格。流派盟主与流派风格很好理解，流派统系则需简单说明。陈文新认为，所谓流派统系，指的是流派成员所选择的文学传统，"对经典的选择构成了他自身的传统或统系，并借助于这一统系来指导和促进他的文学事业"④。可见，文学流派必须在对传统的接受与改造中，形成一致的诗文观念与流派风格。尤其是以地域命名的诗歌流派，普遍汲取本地先贤的诗学思想，用以完善和强化流派理论与创作风格。对于明初"江右诗派"这一文学史概念，可借助这三个标准，审视其是否具备文学流派的基本要素。

先看文学统系。元延祐以来，在江西影响最大的文学思潮便是虞集所倡导的雅正诗文观。刘崧在自序诗集时曾指出自己的诗学来源："会有传临川虞翰林、清江范太史诗者，诵之五昼夜不废。因慨然曰：'邈矣，余之为诗也，其犹有未至已乎！'"⑤ 如前文所称，元延祐以来江右诗学的雅

---

① 饶龙隼：《刘崧与西江派》，《西南师范大学学报》（社会科学版）1997 年第 4 期。
② 魏崇新：《刘崧的诗学思想与诗歌创作》，《东南大学学报》（哲学社会科学版）2000 年第 3 期。
③ 详见钱基博《明代文学》，商务印书馆，1934，第 72 页。
④ 陈文新：《中国文学流派意识的发生和发展》，武汉大学出版社，2007，第 11 页。
⑤ 刘崧：《自序诗集》，《槎翁文集》卷十，《明别集丛刊》第一辑第 12 册，第 132 页。

正观念稍变为文人风雅。但总体言之，此时江右文人的诗学思想的确具有一致的来源，即延祐以来的雅正观念。

再看流派盟主与流派风格。明初江右诗派以刘崧为盟主，这基本上是明清以来的共识。但是一个诗歌流派仅有盟主远远不够，它起码要具备除盟主外的其他诗派成员。陈田以刘崧为盟主，将刘绍、刘炳、梁兰、陈谟等人视为诗派成员，这种观点是否准确暂且不论，但陈氏对诗派成员的关注，显然已超出胡应麟、钱谦益等人。今人饶龙隼的观点亦具启发意义。他向上追溯，认为应将"江西十才子"视为江右诗派的成员，亦将杨士奇、胡广、金幼孜等江西馆阁文臣视为江右诗派的延续。这种观点完善了诗派的成员构成，但问题也随之而来，江右诗派作为明初的诗歌流派，将"江西十才子"纳入其中则稍显不妥，因为他们有些人并未入仕明廷，有些则在入明不久后旋即辞世。这意味着"江西十才子"主要是指活跃于元末的文人群体。

最后看诗派风格。诗派风格与诗派盟主、成员之诗风密不可分，如果不能确认诗派成员，那么便无法谈及诗派风格。既如此，只能以刘崧的诗歌风格来概括江右诗派的主要诗风特征。钱谦益谓刘崧"以雅正标宗"①，四库馆臣对刘崧诗风的概括是"清和婉约之音"②。二者各指出刘崧诗风的一个侧面，而将二者结合方为其诗歌体貌的完整特征。

雅正诗风不仅来源于虞集等本地前辈的影响，亦来源于刘崧元明之际的儒者心态。儒者心态对刘崧诗学思想的影响，自诗文风格与价值取向言是好雅正，自诗文功能言为重用世，且这种观念贯穿其元明两代的生命历程。雅正与用世是刘崧诗学思想的一体两面，难以截然两分。雅正实已隐含用世的取向，用世亦以雅正为前提。刘崧谓："昔太师氏论诗有六义，终之曰雅也，颂也，所以道王政而颂功德。"③ 颂功德、道王政即为用世的最佳体现。同时，雅正亦体现为诗文的审美风格，并与文人之气与情密不可分，讲求心平气和："天下之理惟平者能远，而取类莫切与山与

---

① 钱谦益撰集，许逸民、林淑敏点校《列朝诗集》第 3 册，第 1540 页。
② 永瑢等：《槎翁诗集提要》，《四库全书总目》卷一百六十九，第 1467 页。
③ 刘崧：《巢云诗集序》，《槎翁文集》卷十，《明别集丛刊》第一辑第 12 册，第 130 页。

水与焉。……惟于人也亦然。其心平则无倾危之患，其气平则无忿激之过，其行平则无踬跆之忧。"① 他与人论诗亦称："其性静而质，其气和以平，其为言也，直而近于雅。"② 刘崧评王斯和诗，最能体现其雅正观念："其词雅，其为人正而有则者欤；其音和，其为人温而不戾者欤；其趣高，其思远，其为今之逸士而有古之遗风者欤。"③ 无论元季抑或明初，刘崧的诗歌创作的确践行了两种倾向。此处试举两例：

> 生长承平日，乱离非所知。垂髫读史书，痛彼艰危辞。儒绅谢徭役，生理固云夷。虽无二顷田，亦不蒙寒饥。岁时洽亲故，聊厚相娱嬉。出门不赍粮，四达随所之。万里若户庭，道路方伾伾。牛羊被原野，桑麻翳边陲。四方绝争斗，兵寝城亦隳。积薪而厝火，治道乃日亏。理乱自相乘，谁欤启猖披。④

> 金水河枯禁苑荒，东风吹雨入宫墙。树头槐子干未落，沙际草芽青已黄。北口晚阴犹有雪，蓟门春早渐无霜。城楼隐映山如戟，笳鼓萧萧送夕阳。⑤

第一首作于元至正十六年（1356），第二首作于明洪武六年（1373）迁官北平之后。二诗均关注现实，前一首描写世道由治转乱的过程，后一首则叹前朝旧迹。但情感悲悯而不流于泛滥，近乎平和。

清和婉约的诗风则与刘崧诗抒性情的观念密不可分，它直接来源于刘崧元末的隐逸经历与隐逸心态。如前所述，刘崧重视儒者的礼乐职守，但元末却战乱频仍、世道惟艰。欲仕而不得的矛盾、携家奔命的落魄、亲人罹难的痛苦以及与挚友唱和的欢愉。满腔的喜怒哀乐，唯有付诸诗文方可有所宣泄。如至正十二年（1352）庐陵遭兵围，刘崧携家人前往山中避

---

① 刘崧：《平远图说》，《槎翁文集》卷三，《明别集丛刊》第一辑第 12 册，第 43 页。
② 刘崧：《芳上人诗序》，《槎翁文集》卷八，《明别集丛刊》第一辑第 12 册，第 109 页。
③ 刘崧：《王斯和遗稿序》，《槎翁文集》卷八，《明别集丛刊》第一辑第 12 册，第 97 页。
④ 刘崧：《壬辰感事六首》其一，《槎翁诗集》卷二，《景印文渊阁四库全书》第 1227 册，第 253 页。
⑤ 刘崧：《早春燕城怀古六首》其一，《槎翁诗集》卷六，《景印文渊阁四库全书》第 1227 册，第 450 页。

难，此次避祸的所思所感，刘崧俱在诗中呈现："当时家人同行者廿有一人，奔走转徙于外者凡七十有六日。七十六日之间余兄弟相依为命，盖无顷刻违离者。凡睹物触事，伤时感旧，一于诗乎发之。……当赋诗时，纸砚不能具，往往相聚于溪涧傍侧，山岩林木间，挹泉研石拾木叶杂书之。……题曰《东行倡和集》而藏于家。"① 兵荒马乱之际，与亲人转徙奔波、失而复聚，刘崧将一腔感慨付诸诗文。甚至在没有纸砚的情况下，以石为笔、以叶充纸亦要赋诗若干，足见诗歌对刘崧的重要性。当然，隐逸经历为刘崧带来的非止痛苦，其与游人游历唱和的欢愉亦凝结为多帧酬唱宴集诗。② 文人集会成为他们宣泄负面情绪的方式，集会酬唱让他们在郁郁不得志的愁苦中得以片刻解脱。试看以下二首：

> 南园淡将夕，北渚复已秋。欣言属游咏，千里会良俦。乘月歌窈窕，临筋结绸缪。高情谅无极，庶用慰离忧。③
>
> 苦无千丈流，沃此万里焦。独寻南园隐，灌畦以逍遥。亢夏天势高，凿地不见水。凿深地骨出，常恐见骨髓。朝抱一瓮出，暮抱一瓮归。草间行道微，茨蔓沾人衣。良苗灌难苏，恶草苦不死。一日灌十畦，采之不盈筐。欢然对藜藿，似欲忘朝饥。雨露自天泽，劳生须有期。④

南园集会对刘崧等人而言确为一时盛会，他们联章赋诗、举杯畅饮，但这种高情逸志的背后，最终是为了"慰离忧"与"忘朝饥"。虽未像他们时常提起的同乡先贤陶潜那般完全醉心于东篱之下，但刘崧对隐逸的态度因

---

① 刘崧：《东行倡和集序》，《槎翁文集》卷九，《明别集丛刊》第一辑第 12 册，第 113~114 页。
② 就《槎翁诗集》来看，其中收录的酬唱联句诗便数量繁多。如《邹氏春雨亭宴集诗》《秋日宴中和堂》《夏日宴集仁城萧氏临清亭》《白云轩联句》等，其例众多，此处不再详举。
③ 刘崧：《八月十日同王睿刘霖旷逵萧谌欧阳铭钟哲焦瑜王佑燕集王氏南园赋诗有图有序》，《槎翁诗集》卷二，《景印文渊阁四库全书》第 1227 册，第 234 页。
④ 刘崧：《南园灌隐诗》，《槎翁诗集》卷二，《景印文渊阁四库全书》第 1227 册，第 232~233 页。

其抒愤懑、遣哀愁的作用而具独特的价值。

隐逸心态影响刘崧诗文观念的第二点为，使其崇尚清丽的诗风，该影响简言之为"江山之助"。罗钦忠在序刘崧文集时曾谓："（刘崧）六经子史百家之说靡不究览，加以师友之资，江山之助，其文辞日新月富。"① 宋濂亦称赞刘崧诗文具有"五美"的优长，其中之一便是"江山之助"。②要言之，就刘崧而言，江山之助主要体现为，游历经历与隐逸心态为其积累了诗文创作的经验，具有清丽特征的意象时常见诸其诗文，尤其是其与友人集会联句时的创作。即使入明以后，其诗文创作依然不乏诗风清丽的篇章。试看以下两首诗：

> 翠巘千峰合，丹崖一径通。楼台上云气，草木动天风。野旷行人外，江平落雁中。伤心俯城郭，烟雨正冥濛。③
> 南涧西岩在眼中，可堪踪迹堕尘红。午门待漏惊寒月，丙舍看书忆晚风。谁引小车寻故友，独骑瘦马伴羸童。他年投老珠林曲，赖尔过从慰此翁。④

刘崧蛰居山林二十余载，其所见皆青山丹崖，其所闻皆天风云气，因而其诗风清丽便实属正常。第二首乃是明初所作。此时的刘崧身居庙堂，但往时的清丽风格依然可见。

可以看到，典雅与清丽是刘崧诗风的两点特征。但问题在于，"雅正"与"清丽"并举的诗风，并不具备足够的代表性。例如同为江右文人的吴伯宗，其诗风难言清丽，而主要呈现典雅正则的一面。吴伯宗有《荣进集》传世，是集所收诗歌多鼓吹盛世，诗风典雅壮阔，与刘崧诗相比，少了清丽婉转这一特征。当然，何宗美曾对《荣进集》加以考证，认为是集

---

① 罗钦忠：《槎翁文集序》，见刘崧《槎翁文集》卷首，《明别集丛刊》第一辑第 12 册，第 3 页。
② 宋濂：《刘兵部诗集序》，宋濂著，黄灵庚点校《宋濂全集》卷二十四，第 496 页。
③ 刘崧：《玉华山》，《槎翁诗集》卷五，《景印文渊阁四库全书》第 1227 册，第 373 页。
④ 刘崧：《述怀寄萧翀》其二，《槎翁诗集》卷六，《景印文渊阁四库全书》第 1227 册，第 447 页。

乃是选本而非全集，并不能体现吴伯宗诗歌特征的全貌。① 但无论如何，依据现有史料，从流派特征这一标准来看，明初江右诗派亦难以成立。实际上，除了陈文新所列流派统系、流派盟主与流派风格三个标准外，尚可从其他角度继续审视明初江右诗派的合理性。例如共同的创作倾向与理论主张。这一点亦是明初江右诗派所不具备的。

实际上，对于明初"江右诗派"这一文学史概念的合理性，已有学者提出不同意见。罗宗强认为："严格意义上的诗派，应该具有共同创作倾向、共同理论主张。而明初以地域分的作者群落，并不具备此一条件。自此一点言，胡应麟的论断只是一种感想，比较粗糙。"② 左东岭对此有所补充："此时的诗派不同于明中后期的诗派，其主要差别是明初诗派的流派特征还不是很典型，流派内较少有共同的创作理论与较一致的创作风格，但他们却在创作上取得了较大的成就，并对明代诗歌的发展产生深远的影响。"③ 此论有两点启发意义：其一是不可以明中期诗派的标准衡量明初五大诗派；其二是不能忽视这个地域文人群体的文学史价值。明初江右文人虽非胡应麟所论，是一个严格意义上的诗派，但可从地域文人群体的角度，不拘泥于统一的创作倾向与理论主张，而是重点考察他们元季与明初诗歌创作的差别，并探析其诗学思想的完整内涵及历史嬗变。

视之为地域文人群体而非诗派，有助于在元明易代的历史语境下考察江右诗学思想的完整内涵。洪武年间食俸明廷的江右文人多具跨代的人生经历。明人崔铣曾有"洪武文臣皆元材"④ 之论，正指出此时文人的易代性特征。例如刘崧，生于元至治元年（1321），于洪武三年（1370）举经明行修，授兵部职方郎中，洪武十四年（1381）年病逝。六十一年有四十七年在元朝度过，而任职明廷的时长仅有十一年。刘崧诗学思想的形成与诗文创作的高峰均处于元末。因此，如果仅将其视为明初江右诗派的核心人物，显然会遮蔽他的诗学观念与创作成就。较刘崧稍年轻的吴伯宗亦如

---

① 详见何宗美《〈四库全书总目〉明别集提要订误二十三则》，《国学研究》2016 年第 1 期。
② 罗宗强：《明代文学思想史》，中华书局，2013，第 84 页。
③ 左东岭：《中国诗歌通史·明代卷》，人民文学出版社，2012，第 4 页。
④ 崔铣：《胡氏集序》，《洹词》卷十，《景印文渊阁四库全书》第 1267 册，第 602 页。

此，他任职明廷的时间仅有十四年。当然，"元材"之论并非仅仅取决于时间长短，更取决于他们诗学思想的生成过程。宋濂、刘崧等洪武文臣，其诗文观念基本上形成于元末时期，入明后虽有所调整，但属微调而非剧变。因此，对明初文坛与文人群体的认识，离不开元明易代这一历史语境，并应在此基础上检视诗学思想的承续与新变。

实际上，检视明初"江右诗派"的生成过程，还具有另一方面的启发意义，即对此际文人群体诗学旨趣的把握，应建立在可靠的文献基础之上。元明之际别集缺失严重，因此应注意辨析不同文献的证据效用。此际文人因现实环境与个人际遇的剧变，不同时期的诗文创作往往具有较大差异。欲全面考察其诗文体貌与诗学思想的内涵及特征，考订编年是基础工作，由此亦可历时性探析其诗风与观念的流变。刘崧在元末不乏吟咏隐逸之乐的山林诗作，这些诗无关儒者的入世价值，而只谈山林之中的道德坚守，其体貌亦清新流丽，① 这与他在明初鸣开国气象的应制诸作差别显著。当然，元明之际复杂恶劣的现实环境常导致文人别集的缺失，使研究者无法直接提取诗学思想、概括诗歌风貌，而只能使用间接材料。对待此类材料，应持有审慎的态度，探析其生成的历史语境，分辨其证据效力。如元明之际的"江西十才子"，除刘崧、刘永之外，其大多数成员的诗文别集均未传世，导致研究者在探讨他们的诗风与诗学思想时，只能依据旁证。其中，梁潜为王佑所作行状是被征引最多，也是最重要的材料。梁潜谓："同游者皆当时名士，若襄城杨伯谦、秣陵周浈、豫章万石、大梁辛敬、清江彭镛、刘仲修，乡先生刘尚书、昆弟廖文学愚寄，陈海桑心吾，与先生之弟御史君子启，日赋咏往还，更唱迭和，以商榷雅道为己事。温厚和平，出于自然，而音调格律之严，必合于典则。"② 梁潜对这批文人诗风的概括颇为简单，"音调格律合于典则"是复古诗学的惯常话语，亦是永乐

———————————————

① 例如其作于元末的组诗《园居杂兴》，如"草木性已定，禽鱼狎互傍。所欣城郭遥，归哉此优游。""种菊春树下，树荫菊不荣。岂无雨露滋，蔽隔伤其生。嘉树自芬敷，蔚然谁与争"诸句，在主张以道德自持的儒者操守时，亦将田园之乐写得清新自然。详见刘崧《槎翁诗集》卷二，《景印文渊阁四库全书》第1227册，第235~236页。

② 梁潜：《竹亭王先生行状》，《泊庵集》卷八，《景印文渊阁四库全书》第1237册，第347页。

后台阁作家对理想诗歌形态的诉求，"温厚和平，出于自然"则比较符合江右诗学尚正统重雅正的特质。但依据如此简单的间接文献便推导出"江西十才子"以雅正标宗的诗学旨趣，确有粗糙之嫌。在别集缺失的情况下，此类旁证弥足珍贵，但即便如此，其证据效力也不应该被放大。不妨优先考察别集完整的个案，例如周霆震、刘彦昺与朱善。三人不仅别集较为完整，而且是元明之际颇具影响力的文人。周霆震在元末创作了大量具有诗史意味的丧乱诗，刘彦昺既有婉约清丽的山林诗，也有沉郁悲壮之作，朱善在应制诗外的私人化写作亦别具诗味。考察此三人别集，不仅可见雅正典则的主流观念，而且能看到主流之外的声音。概而言之，别集相对完整的文人个案，在研究价值与证据效力方面都优于别集缺失的文人。当别集缺失或不完整而不得不引入旁证时，须辨别不同证据的价值高低，这涉及对不同历史材料证据效力的辨析问题。例如，同样是对刘崧诗歌的评价，刘永之与宋濂的言说又有不同。刘氏评曰："古体如三代彝器，虽简质而极温润；律绝如春云映日，流丽可爱；乐府歌行如寒泉出谷，其音锵然，听之无穷。"① 宋濂评曰："凌厉顿迅，鼓行无前，所谓缓急丰约，隐显出没，皆中乎绳尺。至其所自得，则能随物赋形，高下洪纤，变化有不可测，置之古人篇章中，几无可辨者。"② 翻阅刘崧别集可知，刘永之的评价显然更为客观、准确。这不仅是因为二人过从甚密，知其人懂其诗，更因为刘氏的评价更为具体，出发点更纯粹，站在诗学审美的角度概括不同诗体的体貌特征。而宋濂评语的核心是复古，强调刘氏诗有古意，这在言必称复古的明初诗坛来看，的确稍显笼统而难以成为今人构建学术认知的可靠文献。

对明初"江右诗派"这一文学史概念的还原，以及对相关问题的检讨，有助于进一步了解元明之际这一特殊历史阶段诗学思想的复杂面目。但还原与检视并不意味着否定前人认知而另辟新说，文学史的层累构成固然会造成遮蔽与盲区，但其正面的价值也不应该被忽视。对历史范畴与概

---

① 刘永之：《刘子高诗集序》，《刘仲修先生诗文集》卷七，《续修四库全书》集部第 1326 册，第 43 页。
② 宋濂：《刘兵部诗集序》，宋濂著，黄灵庚点校《宋濂全集》卷二十四，第 497 页。

念的还原与检视，对原发性问题的开掘与考辨，均应持有客观的学术立场，而不应以今人学术准则苛责前人之失。庶几可更新文学史的学术认知与研究路径。

第二节　"鸣盛"与"抒怀"：两种诗学观念及其实践模式

洪、建两朝江右文人群体的诗学思想具有多元内涵，这种多元性来源于不同的创作模式。除诏、诰、表、笺等行政公文文体写作之外，另有两种诗文创作模式：公共性写作与私人性写作。所谓公共性写作，是指一种泛化的应制性创作，它既包括应制诗文，又包括文臣围绕政事的分韵叠唱、同僚之间的同题写作与交游性创作。从文体层面看，公共性写作包括应制诗、应制赋、同僚酬赠诗文等与朝廷文臣密不可分的实用性文体。私人性写作是指文人的唱和诗、抒发个人情志的状怀写物诗。此种创作模式与文人的政治身份较为疏远，是政治场域之外的诗文实践。张德建认为，明初政治理念与文学精神，在洪、建朝呈现为一种疏离的关系。以"文学饰政事"的理念尚未完全统辖此时文人的所有创作实践。① 考诸此时江右文人的创作实践可知，这一判断十分准确。从文学思想上看，公共性写作具有"鸣盛"的自觉与追求实用的理论主张。而私人性写作则具有非政治性的特征，强调抒情状怀。而永乐后，随着明代文治方案的逐渐成熟，政治理念与文学精神更加紧密地交融在一起，最终形成台阁文学，其诗学思想与体貌特征均具有显著的政治色彩。因此，欲考察洪、建两朝江右文人的文学思想，须先对此两种创作实践模式予以区分。同时，两种创作实践模式亦有文体之别，如公共性写作涵盖古体与近体诗，也涉及序、记类文章。

一　公共性写作与"鸣盛""实用"观念

由元入明，江右文人群体，尤其是以刘崧为代表的积极仕明的文人，

---

① 详见张德建《明代政治理念与文学精神之关系的嬗变——对"以文学饰政事"观念的考察》，《励耘学刊》（文学卷）2011 年第 1 期。

其诗文创作模式产生较大变化，由元末私人化为主转变为明初私人性与公共性并存的创作模式。这种转变对其诗文观念的影响是显而易见的，即他们不得不在文官身份、政治环境与皇帝偏好等新的维度中思考诗文的价值、功能及体貌等问题。江右文人群体在洪、建两朝的文学思想有两个来源：其一是元延祐以来虞集、揭傒斯、范梈等江右先贤所倡导的雅正诗文观；其二是立足于现实环境与个人境遇，对诗文的新思考。公共性写作模式与他们具有双向的关系：一方面，"鸣盛"的自觉与"倡导实用"的观念来源于他们公共性写作的需求；另一方面，这种观念又作用于他们的创作实践，指导他们创作鸣开国之盛、期辅世之用的诗文作品。

刘崧是一个十分典型的例子。其典型性在于，他对倡导"鸣盛"与"实用"诗文观多有理论阐释，但应制性诗文创作较少。这与他的仕宦履历有关。刘崧于洪武三年（1370）举经明行修，授兵部职方司郎中，迁北平按察司副使，后为胡惟庸所恶，坐事罢。洪武十三年（1380）胡惟庸被诛后刘崧拜礼部侍郎，擢吏部尚书。十四年二月复召为国子司业，六月上任，未旬日病卒。可以看到，刘崧的仕履生涯主要在北平度过，且其职位乃北平按察司副使，并无太多机会参与南京的应制性活动，故其文集中应制性诗文较少。但刘崧作为此时期江右文人群体的领袖性人物，在理论阐释方面却十分丰富。

在序其同僚林鸿诗集时，刘崧提出"鸣盛"观念。需要注意的是，按照本文对公共性写作与私人性写作模式的划分，为同僚诗集作序属于公共性写作。因为无论是别集的作者还是序文的作者，其身份均为朝廷文臣，而别集的辑录、刊刻亦具有公共性特征。因此，刘崧在为林鸿诗集作序时，便不得不考虑这一序文的公共性与政治性因素。他在序中称：

> 诗家者流，肇于康衢之《击壤》，虞廷之《赓歌》，继是者，沨沨乎三百篇之音，流而为离骚，派而为汉、魏，正音洋洋乎盈耳矣。六代以还，尚绮藻之习，失淳和之气。唐兴，陈子昂氏作，障颓狂澜，杜审言、宋之问、沈佺期、李峤又从而叹之。至开元天宝间，有若李白、杜甫、常建、储光羲、孟浩然、王维、李顾、岑参、高

适、薛据、崔颢诸君子各鸣其所长，于是气韵、声律粲然大备。及列而为大历，降而为晚唐，愈变而愈下，迨夫宋则不足征矣。元有范、虞、杨、揭、赵数家，颇踵唐人之辙，至于兴象则不逮焉。噫！文与时迁，气随运复，不有作者孰能与之？今观林员外子羽诗，始窥陈拾遗之阃奥，而骎骎乎开元之盛风。若殷璠所论神来、气来、情来者，莫不兼备。虽其天资卓绝，心会神融，然亦国家气运之盛驯致然也。①

此序作于洪武十三年（1380）。此时刘崧已经迁官南京，任礼部侍郎、吏部尚书。因此，该序较能反映他在入明以后，尤其是成为朝廷文臣后的诗文观念。此序有三点可堪注意。其一，刘崧鸣盛观念的来源之一是元代馆阁文臣的盛世文学观，尤其是虞集、范梈、揭傒斯等元代江西籍馆阁文臣。"文随时运"是雅正观念的理论基础，刘崧所谓"文与时迁，气随运复"，所指正在于此，强调文人躬逢盛世应发盛世之音。虽然洪、建两朝难言盛世，尤其是从文治的角度看，此时尚处于萌芽阶段。但入仕新朝，鸣盛应该是刘崧们的政治自觉与文学自觉。其二，刘崧论诗讲求气韵与声律，这体现为他对三百篇以来诗歌史的总结，认为诗至盛唐，气韵与声律臻于大盛。对于元诗的评价，则谓"踵唐人之辙，而兴象不逮"，既指出元代宗唐复古思潮，又指出元诗兴象的不足。此论有贬元而扬明的政治倾向，这当然是可以理解的，在他看来，本朝所具备的盛世气象超越前朝，明诗应以声律谐、气象盛的唐诗为圭臬。这是"鸣盛"观念渗透到诗歌气象与体貌层面的体现。其三，刘崧为林鸿集题名为"鸣盛集"，从侧面反映出其"鸣盛"倾向。概言之，林鸿之诗，从风格特征上看，并未像刘崧所评价的那样，有骎骎乎开元之盛，而更符合倪桓清丽婉转的评价，谓其"置于韦、柳、王、孟间未易区别"②。因此，刘崧对林鸿诗的评价，并不符合林鸿诗的原貌，而主要体现刘崧本人的"鸣盛"倾向。虞集、范梈对

---

① 刘崧：《鸣盛集原序》，见林鸿《鸣盛集》卷首，《景印文渊阁四库全书》第1231册，第3页。"若殷璠所论神来"，原文作"磻"，当为"璠"字之误，今改。

② 倪桓：《鸣盛集序》，见林鸿《鸣盛集》卷首，《景印文渊阁四库全书》第1231册，第3页。

刘崧的影响是极大的。一方面是因为二者乃是元中后期本地文坛的宗师，另一方面是因为二人"鸣盛""宗唐"的诗歌观念符合刘崧在明初所面临的现实境遇。亦因如此，虞、范二人的诗学观念，作为一种地域文学传统，便经由刘崧等仕明的江右文人的接受，在元明之际呈现为继承与新变的历史特征。刘崧评价自己的诗作，谓"可以观，可以咏，可以兴"①，单单不提一"怨"字，亦颇值得玩味。"兴观群怨"乃是儒家诗教观的重要命题，强调的是诗歌的实用功能。刘崧于此舍怨而不言，并非一时疏忽将其遗漏，而是刻意为之。舍弃怨刺上政的诗歌功能，从反面衬托出刘崧"鸣盛"的诗学观。

另一位活动于洪、建年间的江西籍文臣朱善，亦持有"以诗鸣盛"的诗学倾向。朱善（1314—1385），字备万，号一斋，丰城人，洪武初聘本州训导，继为南昌府学教授，八年召试第一，授翰林修撰，以奏对失旨，改辽东教授，赐还乡。十七年召为翰林待诏，十八年擢文渊阁大学士，引疾归。四库全书有其《朱一斋先生文集》与《诗经解颐》。清人陈田评价朱善曰："文章和平漫衍，名虽不及潜溪、华川之盛，在明初亦足名家。"②朱善在论述诗歌功能时，亦强调以诗鸣盛。洪武十八年（1385），礼部辑会试中榜者信息，成《会试录》，并请朱善作序。该序属于典型的公共性写作，因此，他在序文中一显其鸣盛的自觉："谓斯小录之成，岂徒以夸一时而已？一以见国家得人之盛，一以见有司取士之公，一以见多士积学之效。俾已得者益修其德业，而毋堕其成功；未得者益进于学问，而有望于将来，则其所助，岂曰小补之哉？"③而数量众多的应制之作，更体现朱善的鸣盛意识。如其应制赋与应制四言古诗：

> 圣皇抚运，战兢夕惕。崇俭戒盈，去华就实。法谦象以良多，征蒙训而育德。观《蹇》卦而取友身之义，玩《咸》辞而明虚受之益。托小山以垂训，宜万世之取则。……千里之行，起于跬步；九层之

---

① 刘崧：《自序诗集》，《槎翁文集》卷十，《明别集丛刊》第一辑第12册，第132~133页。
② 陈田辑撰《明诗纪事》卷十二，第253页。
③ 朱善：《会试小录序》，《朱一斋先生文集·前卷》卷四，《四库全书存目丛书》集部第25册，第200页。

台，起于寻尺。松柏参天之势，生于萌蘖；河海涨天之澜，生于涓滴。故臣因小山而陈词，以祝圣皇于万亿。①

猗欤圣皇，与天同德。游匪豫游，垂训作则。春日迟迟，春卉萋萋。睠言顾之，万物生辉。帝谓侍臣，尔其从我。游于果园，亦孔之伙。彼秾者何，有李有桃。匪华之玩，维实之殽。彼秀者何，有柑有橘。维祀之供，匪贡之锡。斯园之广，曾不数亩。周以崇墉，环以碧沼。果之熟矣，筐筥是承。于以慈幼，于以荐新。猗欤圣皇，既慈既孝。先德之承，后嗣之教。猗欤圣皇，既俭且勤。维勤与俭，大业已成。微臣从游，式观圣德。敬作颂言，祝皇万亿。②

以上一赋一诗，均为事明太祖朱元璋时的应制之作。朱善的“鸣盛”观念有两个层面，其一是对朱元璋的歌颂，这属于“颂圣”，如颂扬其“崇俭戒盈，去华就实”“既慈既孝”“既俭且勤”的品质。其二是对盛世的颂扬，如后一首借助对果园的评价，称颂明朝疆域广大与圣泽遍披之气。朱善曾任翰林修撰一职，因此较刘崧而言，其仕宦履历更加符合文臣的身份特征。亦因如此，朱善与明太祖接触的机会更多，应制之作也更多。这些应制诗文，无不体现出朱善身为明廷臣子“鸣盛”的自觉。如作于洪武十年（1377）五月的应制诗，对明廷之伟大、海宇之辽阔大唱赞歌：“圣皇抚干运，仲夏祭皇祇。明发不遑寐，扈从瞻龙旂。兹山钟神秀，千载逢此时。割据虽共日，混一良在兹。佳气恒郁郁，峻牡何巍巍。”③ 洪武十一年（1378）从游后苑的应制诗曰：“圣心益欢豫，驻彼钟山阿。”④ 作于洪武十五年（1382）的《吴江玩月图诗序》，颂扬明廷广纳贤才之盛：“国家之兴，必有祯祥，祯祥之发，在天为卿云景星，在物为麟凤龟龙，而皆不若

① 朱善：《应制小山赋》，《朱一斋先生文集·前卷》卷二，《四库全书存目丛书》集部第25册，第182页。

② 朱善：《应制从游果园诗》，《朱一斋先生文集·前卷》卷九，《四库全书存目丛书》集部第25册，第229页。

③ 朱善：《洪武丁巳五月祀与丘应制赋蒋山诗》，《朱一斋先生文集·前卷》卷九，《四库全书存目丛书》集部第25册，第230页。

④ 朱善：《戊午二月初四日从游后苑应制赋春望钟山》，《朱一斋先生文集·前卷》卷九，《四库全书存目丛书》集部第25册，第230页。

钟秀于人之为愈也。今观此图，则知天之所以佑我皇明者至矣。"① 与刘崧类似，朱善在评价其同僚诗作时，亦具有"以诗鸣盛"的倾向。如其评国学助教黄致告的诗云："蔼乎如埙篪之唱和也，蔚乎如虎凤之腾跃也，是足以鸣国家之盛矣。"② 朱善曾被朱元璋贬为辽东教授，贬谪途中之作，亦不忘对朝廷的歌颂："瓜洲今日地，两岸尽官仓。却忆东南富，来资百万强。自天成混一，率土总梯航。盛业今如此，何辞教异乡。"③

再如吴伯宗，其最为人熟知的有两点。其一，他是明代首位开科状元。其二是被四库馆臣视为明代台阁体的滥觞："诗文皆雍容典雅，有开国之规模。明一代台阁之体，胚胎于此。"④ 对于吴伯宗与明代台阁体的关系，后文将详细探讨，此处不再赘言。何宗美曾对吴伯宗《荣进集》加以考证，认为该集是极力突出吴伯宗状元身份的诗文选本，其主题是"荣进"。⑤ 因此，《荣进集》基本上以应制性诗文为主，具有明显的"鸣盛"倾向。此处试举两例：

> 南北京华一道通，圣皇幸寓大明宫。虎贲外卫威如虎，龙仗前驱队若龙。天语奉行安众庶，风声振布荡群凶。今逢盛世文明会，四海车书混一同。⑥

> 黄道天晴拥佩珂，金陵王气漠然多。江吞彭蠡来三蜀，地接昆仑带九河。凤阙晓霞红散绮，龙池春水绿生波。华夷正值升平运，端拱无为保太和。⑦

---

① 朱善：《吴江玩月图诗序》，《朱一斋先生文集·前卷》卷四，《四库全书存目丛书》集部第 25 册，第 188 页。
② 朱善：《送国学助教黄致告升礼部主事诗卷序》，《朱一斋先生文集·前卷》卷四，《四库全书存目丛书》集部第 25 册，第 196 页。
③ 朱善：《辛未至瓜州》，《朱一斋先生文集·后卷》卷五，《四库全书存目丛书》集部第 25 册，第 250 页。
④ 永瑢等：《荣进集提要》，《四库全书总目》卷一百六十九，第 1477 页。
⑤ 详见何宗美《〈四库全书总目〉明别集提要订误举隅》，《中国古代散文国际学术研讨会（北京）暨中国古代散文学会第十届年会论文集》，第 122~132 页，2014。
⑥ 吴伯宗：《咏大驾幸京》，《荣进集》卷三，《景印文渊阁四库全书》第 1233 册，第 250 页。
⑦ 吴伯宗：《南京诗应制》其二，《荣进集》卷二，《景印文渊阁四库全书》第 1233 册，第 239 页。

无论是"四海车书混一同"还是"华夷正值升平运",均体现出吴伯宗对盛世的赞美。吴伯宗赠送同僚的诗作,亦不乏对盛世的称赞,如:"圣主兴鸿业,高贤际盛时。"① "圣主应乾运,龙飞肇神京。声教四敷宏,万方尽来庭。"② 可以看到,吴伯宗虽未有对鸣盛观念的理论表述,但其诗文创作无不蕴含鸣盛的自觉。

较刘崧、朱善、吴伯宗稍晚的江右文人龚敩、周是修与练子宁,亦将鸣盛观念贯彻到诗文创作中。周是修(1354—1402),名德,字是修,以字行,吉安泰和人,洪武末举明经,为霍丘训导,擢周王府奉祀正,后留京,预翰墨篡修,有《刍荛集》传世。周是修在洪武末与建文年间有大量应制之作,如应制赋《紫骝马赋》《放凫赋》《抒情赋》《凯还赋》,无不歌颂明廷之盛。洪武二十九年(1396),周是修扈从出行,憩于东城,时有凫鸟戏水,明太祖命周是修赋之。他在赋中对盛世极力称颂:"善予皇之深慈兮,泽旁沾乎微物。念苍苍之生灵兮,曷非群而有忽。嗟群凫之何幸兮,脱万死于斯须。"③ 再如另一篇作于该年的《凯还赋》,曰:"建千秋之升平兮,沐九陛之恩隆。著英声与伟绩兮,共河流而泧泧。"④

龚敩(1324—1391),字文达,江西铅山人。洪武三年(1370)以明经任府学教授,九年四月被任为春官,兼太子宾客,十四年遭罢,后被召回,授国子博士,迁左司业,二十三年迁祭酒,有《鹅湖集》传世。龚敩的应制诗亦充满"鸣盛"意识。如其《桥门之南产芦菔如贯珠十七八内官以为瑞献之》一诗云:"皇明属休运,圣泽流无方。雨露所沾被,穹祇献嘉祥。"⑤ 龚敩所作文章亦不乏对朝廷的称颂:"大明既受天

---

① 吴伯宗:《赠藤州太守孙周伯原公诗》,《荣进集》卷三,《景印文渊阁四库全书》第1233册,第244页。
② 吴伯宗:《赠张参政纨之官云南》,《荣进集》卷三,《景印文渊阁四库全书》第1233册,第244页。
③ 周是修:《放凫赋》,《刍荛集》卷四,《景印文渊阁四库全书》第1236册,第43页。
④ 周是修:《凯还赋》,《刍荛集》卷四,《景印文渊阁四库全书》第1236册,第45页。
⑤ 龚敩:《桥门之南产芦菔如贯珠十七八内官以为瑞献之》,《鹅湖集》卷一,《景印文渊阁四库全书》第1233册,第630页。

命，奄有万方，薄海要荒罔不率服，上图籍修职贡以请吏于朝，声教所被，旷古未之有也。"① 再如其《观早朝》《秋丁璧记》，皆为龚敩颂盛观念的体现，此处不再详举。

练子宁（？—1402），名安，以字行，新淦人，练高之子。洪武十八年（1385）进士及第，授修撰，累迁至左副都御史、工部侍郎，建文初，改吏部。"燕王即位，缚子宁至。语不逊，磔死，族其家，姻戚俱戍边。"② 与周是修一样，练子宁也是建文朝的死节之臣，其诗文作品往往具有"颂盛"的倾向。如其所作《大一统诗》：

> 圣皇御极天眷隆，四海一统车书同。鸿图宝历协昌运，玉京金阙观成功。析津自昔称天府，千里邦畿莅中土。叠巘盘回海岳崇，重阙列峙森貔虎。宸居奕奕当天中，王气五色皆成龙。星辰北极共环绕，万方入贡梯航通。庶民欢呼工效职，天心昭格人欢怿。瑞光扬彩绚瞳眬，宝花呈祥分的历。满目光辉锦绮张，庆云焕发搞天章。咸传圣德致斯应，颂歌载道声洋洋。颂声洋洋中外溢，圣德如天重谦抑。屡宣明诏敕群臣，共答嘉祯期尽力。小臣日侍金阶前，华封三祝瞻尧天。永祈圣寿齐天地，圣子神孙万万年。③

从审美的角度看，这首诗的确没有太多可圈可点之处。实际上，此时期大多数的应制性诗文都是如此，因为追求审美性并非创作者的立场，颂扬盛世才是这些应制性创作的内在要求。

倡导诗歌的实用功能是此时期江右文人的另一理论自觉。诗歌应具干预现实的功能是儒家诗学观的传统，此时江右文人诗以用世的观点，其特征之一是尚未像永乐后的台阁诗人那样，完全将诗歌纳入政教的理论范畴中，而是承接传统儒家诗学观所包含的感发人心、有补道德的观点。朱善评价南昌府吏朱孔昭的诗作时称："其气清也，其神清也，蓄而为清思，

---

① 龚敩：《赠刘叔勉奉使西洋回序》，《鹅湖集》卷五，《景印文渊阁四库全书》第1233册，第669页。

② 《明史》卷一百四十一《练子宁传》，第4022页。

③ 练子宁：《大一统诗》，《中丞集》卷下，《景印文渊阁四库全书》第1235册，第36~37页。

发而为清声，其有不足以揄扬德美，而感发斯人之善心也耶？"① 朱善这一观点，尚属于对诗歌感发人心的传统诗歌功能的言说。刘崧对诗歌现实功能的观点，则与文人的人生价值结合在一起。元明之际的吉水文人萧伯舆，在元季乱世攻于诗文，入明以后亦拒绝入仕，以隐士自居，名其集曰"巢云"，并请刘崧作序。刘崧在序文中对萧氏诗文大加赞赏，但在后面笔锋一转，谈起士人的人生价值：

> 然伯舆以通敏华瞻之才，尝试于用而未达也，兆于行而未振也，故其收敛渟滀，日广而月深，则所以摅夫性情发于词章者，宜混混其未涣也。由是进而依日月乘风云，其光辉腾踔又可量乎。且志删述而陈《大雅》者，白之志也，岂徒连类引义，宏放高视，徒飘然有超世之心而已哉。昔太师氏论诗有六义，终之曰雅也，颂也，所以道王政而颂功德。伯舆其毋以《巢云》自晦也。他日太师有作，吾见子之诗可以奏《云和》而颂《清庙》矣。②

萧伯舆应为刘崧的晚辈，因此刘崧在序文中对萧氏将人生价值寄托于诗文的观念加以纠正。刘崧认为，萧氏尚未入仕便有了超世之心，将人生价值困于诗文之中，这显然是欠妥的。因此，刘崧坦言萧伯舆应树立积极进取之心，诗亦不应表达超世之逸，而是奏大雅之音，"道王政而颂功德"。可见，刘崧以为，诗歌有补世用的现实功能是建立在文人积极入仕并实现个人价值的基础之上。这就将诗歌的现实功能与文人的生命价值关联在一起。持相同观点的还有练子宁，他曾谓：

> 余以为，文者士之末事，未足以尽知君也。古之人得其志行其道，则无所事乎文。文者多愤世无聊而将以传诸其后者也。……虽然，古之公卿大夫，于化成俗美无以发其至治之盛，则往往作为声

---

① 朱善：《梅溪诗序》，《朱一斋先生文集·前卷》卷四，《四库全书存目丛书》集部第 25 册，第 186 页。
② 刘崧：《巢云诗集序》，《槎翁文集》卷十，《明别集丛刊》第一辑第 12 册，第 130 页。

诗，奏之朝廷，荐之郊庙，颂圣神之丕绩，扬礼乐之弘休，使圣君贤臣功德炳然照耀于千载之上，则文章者固可以少欤。又何必区区穷愁之余，而侈文字之工也。①

相较刘崧而言，练子宁在文人价值与诗歌价值的观点上走得更远，也更为极端。他认为，剥离掉文人价值而仅谈诗歌，其作用是微不足道的，因此此类诗文乃文人之末事。相较而言，最重要的是积极入仕，行其道而非事乎文。文人实现人生价值，才能创作出化成俗美、歌颂盛世的诗文。周是修在诗文创作中亦强调诗歌的实用功能。如其所作《感遇》诗云：

> 吟诗爱千章，靡益于世道。是则徒尔为，虽多胡足宝。譬入东风林，炫目多花草。容媚可人怡，饥至莫余饱。曷若事西畴，省彼粱与稻。实为卒岁凭，永焉天命保。②

周是修将有补世用的诗喻为可果腹的食物，而华而不实的诗文不过是炫目的花草。龚敩在为后辈文人石仲濂诗集作跋时，勉励他要作有补世用的诗歌：

> 风雅之不作久矣，沿汉魏而六朝而唐而宋而元，上下二千余年，世日降而道日替，求其复古还淳也，难矣哉。有识之士不能不为之深嗟而永叹也。……故其为诗也，一扫尘腐，动法古人，诚有关于世教者，苟能由此而沿流溯源，则三百篇之音不难到矣。此余所深望于仲濂也。③

龚敩以"诗三百"为诗学圭臬，倡导以复古为基础的诗歌功能观。江右文人对诗歌关乎世用的观点，尚有一具体化的理论阐释，即以诗观世。刘崧

---

① 练子宁：《李彦澄诗序》，《中丞集》卷下，《景印文渊阁四库全书》第 1235 册，第 8~9 页。
② 周是修：《感遇三首》其一，《刍荛集》卷一，《景印文渊阁四库全书》第 1236 册，第 9 页。
③ 龚敩：《跋石仲濂诗》，《鹅湖集》卷六，《景印文渊阁四库全书》第 1233 册，第 684 页。

曾谓："传曰：'声音之道与政通。'是道也，古今盛衰治乱之机，恒与之相乘于无穷而不息者也。或谓删后之无诗，岂诚然哉。"①"声与政通"不仅是儒家诗学观的老话头，亦为宋元以来的文人推崇有加，这亦是"以诗观世"的诗歌功能观的理论基础。泰和文人罗性亦持此论。罗性（1330—1397），字子理，泰和人。"洪武初举于乡，授德安同知"②，有《罗德安先生文集》传世。罗性谓："传曰：'声成文谓之音'，又曰：'发乎情，止乎礼义，先王之泽也。'夫和平怨怒之音，实关乎治乱兴衰之判。诗之为道，大矣哉。"③罗性以诗观世的观点，亦涉及诗歌体貌的问题，将和平怨怒之音与治乱兴衰之现实一一对应。考诸他们在明初的创作可知，其诗作或气势雄壮以鸣开国之盛，或辞气和平以颂太平之景。

在厘清明初江右文人倡"鸣盛""重实用"的诗文观念后，尚有两个问题需要补充。第一个问题是"鸣盛""实用"观念对诗文风格与体貌特征的影响。概言之，在"鸣盛世"与"重实用"诗文观念的指导下，他们倡导体貌雅正的诗文。所谓雅正，其内涵既包括典雅方正的诗文风格，又包括辞气阔大的诗文气度。如朱善所谓"舒其幽而道其和者，必大有制作"④，指的是典雅方正、辞气安闲的诗文作品。对于此两种诗文风貌，刘崧论述得比较清楚：

> 诗本诸人情，咏于物理。凡欢欣哀怨之节之发乎其中也，形气盛衰之变之接乎其外也，吾于是而得诗之本焉。知邪诞之不如雅正也，艰僻之不如和平也，委靡碌裂之不如雄浑而深厚也，于是而得诗之体焉。⑤

---

① 刘崧：《三衢徐叔名诗稿序》，《槎翁文集》卷十一，《明别集丛刊》第一辑第 12 册，第 140 页。
② 《明史》卷一百四十《罗性传》，第 4007 页。
③ 罗性：《征南诗集序》，《罗德安先生文集》卷二，《天津图书馆孤本秘籍丛书》第 10 册，中华全国图书馆文献缩微复制中心，1999，第 32 页。
④ 朱善：《纪行小稿序》，《朱一斋先生文集·后卷》卷三，《四库全书存目丛书》集部第 25 册，第 242 页。
⑤ 刘崧：《自序诗集》，《槎翁文集》卷十，《明别集丛刊》第一辑第 12 册，第 132 页。

所谓"诗之体",指的是诗歌的体貌问题。当然,刘崧对诗歌体貌风格的思考是与其诗歌本质论联系在一起的。"诗本性情"是从元中期到明初以来江右文人的普遍观点。虽然"欢欣哀怨"与"形气盛衰"均客观存在,但刘崧依然倡导"雅正和平"与"雄浑深厚"的诗风。实际上,从前文所举明初江右文人的诗文作品中也可看出,安闲之气与雄浑深厚之态是其主要特征。如周是修应制赋《紫骝马赋》与《凯还赋》,写得雄浑壮大,而《抒情赋》与《放凫赋》则安闲平和。两种风格当然与作者所咏叹的不同对象有关,更与他们的鸣盛观念密不可分。而到永乐后台阁体大盛之时,雄浑深厚便逐渐为辞气安闲的诗文体貌所替代,文人优游不迫的心境与雅致从容的生活状态成为"鸣盛"的另一展开角度。关于此点,将在本书的第四章详细论述。

第二个问题是洪、建两朝江右文人"鸣盛""用世"诗文观念与江右文学思想的关系。"鸣盛""实用"诗文观念的形成,离不开他们所面临的现实境遇,如明太祖尚简去繁、惟务实用的观念,也离不开此时期各地域诗文观念的交流与融合,如以宋濂为代表的浙东文人,在诗文功能上惟务实用。这些因素无疑都是塑造洪、建两朝江右文人诗文观念的重要因素。但有一点亦不应忽略,即本地域文学思想在元明之际的传承。简单来说,他们普遍接受了江右先贤们的诗文观念,尤其是受到元延祐江西籍馆阁文臣的影响。刘崧曾明言范梈、虞集对他诗学观念的引领之功:"会有传临川虞翰林、清江范太史诗者,诵之五昼夜不废。"① 练子宁亦以范梈之诗为元代鸣盛诗的代表:"元初惟有清江范德机,清修之节,超卓之见,发而为文,以鸣其一代之盛,亦往往有能蹈其轨辙者。"② 王世贞认为周是修诗受其同乡先贤虞集的影响较大,谓:"夫先生诗所谓清隽温厚者,与文贞皆得虞扬之逸响,固无论即一时诸公,或雄而博,或畅而裁,要皆雍雍治世之音。"③ 这些都体现出江右诗学思想在明洪武、建文朝的传续。

① 刘崧:《自序诗集》,《槎翁文集》卷十,《明别集丛刊》第一辑第 12 册,第 132 页。
② 练子宁:《黄体方诗序》,《中丞集》卷下,《景印文渊阁四库全书》第 1235 册,第 9~10 页。
③ 王世贞:《周是修先生集序》,《弇州续稿》卷五十四,《景印文渊阁四库全书》第 1282 册,第 705 页。

二　私人化写作与"抒怀状性"观念

洪、建两朝的江右文人亦从事私人化的诗文创作。其主要原因在于，他们在元末多为布衣隐士，较少在各割据政权中任职。因此，隐逸时期抒写性情的诗文创作，作为一种习惯，在入明后依然具有强大的惯性。例如刘崧，入明以后依然创作了大量吟咏山林之乐的诗文。与公共性写作所不同的是，私人性写作因与文人的政治身份及职守、朝廷文制、皇帝喜好与君臣关系等因素相对疏远，因而反映出另一种诗文观念，可用"抒怀状性"来概括。所谓"抒怀状性"，指的是以"性情论"指导私人性写作，将抒发个人性情与心志视为诗文的主要功能。"抒怀状性"的诗文功能观当然并非他们的理论创造，而是一直存在于传统的文学观念中。例如江右文人历来推重的陶渊明与李白，二者之诗不以观世、鸣盛为主要功能，而是抒写情志、寄托怀抱的载体。陈谟论李白曰：

> 为太白有道：涵养以昌其气，高明以广其识，汗漫以致其约，脱略以通其神。夫然，故其论超然，其趣渊然，其韵飘然，纵不踏其奥，亦不辱其门，鲁人善学柳下惠是矣。①

"昌其气"、"广其识"、"致其约"与"通其神"，无不落脚于文人个体的层面。陈谟的这种观点在元明之际的江右文坛颇具代表性。因为在元末乱世，诗文不仅是文人吟咏个人性情的载体，更承载了他们的生命方式，如刘崧所谓："或抱膝穷庐，经训以之哜嚅，或放情广座，醽醁以之畅酣。……抒怀遣兴，积日穷年。"② 因此，欲全面考察洪、建两朝江右文学思想的内涵，则须寓目他们的私人化写作。

"诗抒性情"远承儒家传统诗学"诗发性情"的文学发生论，近承元前期江右文人的性情诗学观。本书在第一章论述元中期江右诗学思想的转

---

① 陈谟：《书刘君子卿诗稿》，《海桑集》卷九，《景印文渊阁四库全书》第 1232 册，第688 页。
② 刘崧：《自序诗集》，《槎翁文集》卷十，《明别集丛刊》第一辑第 12 册，第 132 页。

型时曾指出，以刘辰翁为代表的庐陵文人群体，其诗学观念的主要内涵之一就是"尽抒性情"。这一观念虽经元延祐以来雅正观念的冲击而式微，但亦在元末的江右地域存在回响。另外，以虞集为代表的馆阁文臣，虽主张诗以鸣盛，但其理论基础亦是"诗发性情"的传统诗学发生论。因此，"性情诗学"虽在刘辰翁与虞集处有不同的内涵，但一直为本地域文人群体所接受。如朱善曾谓：

> 故云汉为天之文，诗律为人之文。方其得之于心而形之于言，言之不足而嗟叹之、永歌之，以至于不知手之舞、足之蹈。盖未得而思，既得而乐，相与循环于无穷，曾不知老之将至。信乎其难以语人也。①

豫章文人李用初隐于东湖之上，有《怡云诗集》并请朱善作序。朱善所论，是《诗经》以来"诗发性情"的老话头，但依然具有重要的参考意义。因为朱善作为明廷文臣，对隐逸山林这种人生模式并未持完全排斥的态度，实际上元明之际的江右文人普遍具有隐逸的倾向，这不仅与明初的政治环境有关，亦来源于怀道而隐的儒者心态。因此，在隐逸人生观的指导下，诗抒性情的诗歌功能观便自然有其意义。刘崧亦在"诗发性情"的文学发生论的基础上，阐述"诗抒性情"的功能："诗本诸人情，咏于物理。凡欢欣哀怨之节之发乎其中也，形气盛衰之变之接乎其外也，吾于是而得诗之本焉。"② 所谓"诗之本"，即诗歌的本质，刘崧的性情诗学正立足于此。他还称："窃尝以为，世变万万，情性一致，其于诗也，未尝无所法，而拘之则卑矣。"③ 这是从发生论的角度，讨论作诗应以性情为本，而不可拘泥于法度。

需要注意的是，虽然刘崧与朱善皆持有"诗抒性情"的观点，但二人在理论阐述上有所区别。刘崧主张以义理节制性情，使所发皆归于正：

---

① 朱善：《怡云诗集序》，《朱一斋先生文集·前卷》卷四，《四库全书存目丛书》集部第25册，第189页。
② 刘崧：《自序诗集》，《槎翁文集》卷十，《明别集丛刊》第一辑第12册，第132~133页。
③ 刘崧：《萧子所诗序》，《槎翁文集》卷九，《明别集丛刊》第一辑第12册，第113页。

> 诗本人情而成于声，情不能以自见，必因声以达，故曰言者心之
> 声也。声达而情见矣。夫喜怒哀乐，情也，而各有其节焉。清浊高
> 下，声也，而各有其文焉。情而无所节也，声而无所文也，则不得以
> 为言矣，而况于诗乎？[①]

刘崧以为，喜怒哀乐皆人之性情，但要有所节制。在内以义理节制性情，向外方可发为符合伦理教化的诗文。他赞赏江西文人萧九川的诗文创作，评曰："一于诗乎发之，而未尝有忧愤无聊之色。"[②] 萧氏之作虽然抒写性情，但由于其学养深厚、道德卓著，因而其诗无怨恨忧愁之情，所发皆中节。朱善则不同，他不主张以义理约束性情，认为无论喜怒哀乐皆应尽情倾泻于诗文，这与江右先贤刘辰翁"尽抒性情"的观点非常相似。朱善谓：

> 物生天地间，有气而后有形，有形而后有声。声之发也，有清
> 浊、高下、疾徐、疏数之节，而音出焉。凡音之起，由人心生也。心
> 有喜怒、好恶、忧乐之不同，而音有噍杀、慢易、粗厉、邪散、廉
> 直、肉好之或异。故声音之妙，至于动天地，感鬼神，岂直可以娱悦
> 心志而已哉？[③]

如果诗歌仅仅抒发喜与乐，则会沦为愉悦心志的工具。他认为应将诗人情志尽付于诗，"喜怒、好恶、忧乐"之情可发之为"噍杀、慢易、粗厉、邪散、廉直、肉好"之音。考诸朱善的诗文创作可知，他的确将这种尽抒性情的诗学观贯彻到创作之中。如其被贬辽东时，老妻病死途中，朱善感事而发，一腔悲痛尽付于诗：

> 万里携妻去，其如老病侵。呻吟常在耳，痛苦自伤心。狐死依先

---

① 刘崧：《陶德嘉诗序》，《槎翁文集》卷九，《明别集丛刊》第一辑第 12 册，第 110 页。
② 刘崧：《萧九川诗稿序》，《槎翁文集》卷十一，《明别集丛刊》第一辑第 12 册，第 148 页。
③ 朱善：《郑仲持摘阮诗序》，《朱一斋先生文集·前卷》卷四，《四库全书存目丛书》集部第 25 册，第 193 页。

垄，禽飞返故林。只愁中道折，空使泪沾襟。①

病妻中道陨，仓卒奈渠何。老眼泪虽少，中心痛已多。椒浆唯自奠，薤露竟谁歌。永作他乡鬼，孤魂寄薜萝。②

九日今朝是，孤魂何处归。无心同落帽，有泪且霑衣。风劲水声急，天清露气微。死生成契阔，直使夙心违。③

一朝成永诀，万里竟孤征。不敢高声哭，恐令同侣惊。故衣犹在箧，新坟孰为铭。何日家书达，招魂表孝诚。④

四首五律完整记录了朱善从妻子行将去世到去世以后的情感变化。老妻与其同赴辽东，遍尝旅途艰辛，这更让朱善感到羞愧。因此，亡妻之痛与自责之怨交织在一起，共同构成四首诗悲凉的情感色彩。可见，朱善"抒怀状性"的诗歌功能观，在理论表述与创作实践中是一致的。

刘崧"抒怀状性"的诗学观呈现为由元末到明初的流变性。元末祸乱时期，刘崧将个人的哀愁怒怨尽付于诗。他曾回忆至正二十二年（1362）与家人遇乱逃命时的情景：

七十六日之间，余兄弟相依为命，盖无顷刻违离者。凡睹物触事，伤时感旧，一于诗乎发之。或同或异，或倡或和，或赋或否，其多寡先后虽不尽同，而情之所至则有不能自殊者矣。……三人者或相与悲歌，或相视谐笑，兀然而坐，飘然而行，悠然而息，如是者率以为常，一不自知其词之苦而情之悲也。⑤

① 朱善：《老妻连年抱病是夜几亡》，《朱一斋先生文集·后卷》卷五，《四库全书存目丛书》集部第 25 册，第 250 页。
② 朱善：《八日丁丑至徐州城下，老妻刘氏病殁，时年已六十有八矣，仓卒治葬，具葬毕，日已暝，挥泪登舟而去》，《朱一斋先生文集·后卷》卷五，《四库全书存目丛书》集部第 25 册，第 250 页。
③ 朱善：《九日戊寅哭妻》，《朱一斋先生文集·后卷》卷五，《四库全书存目丛书》集部第 25 册，第 250 页。
④ 朱善：《妻亡已三朝》，《朱一斋先生文集·后卷》卷五，《四库全书存目丛书》集部第 25 册，第 251 页。
⑤ 刘崧：《东行倡和集序》，《槎翁文集》卷九，《明别集丛刊》第一辑第 12 册，第 113 页。

避难途中睹物伤事，其心中定然不快，而此种情感一付于诗，应无暇顾及所发是否流于妄诞。再如其作于元至正十二年（1352）的《壬辰感事六首》：

> 庐陵古名郡，繁盛何雄哉。井邑十万家，一炬同飞灰。寇来背南岑，豕突势莫摧。白昼呼市中，城门四边开。居民望南走，千步不一回。官马如流星，绝桥窜山隈。府中方缮兵，填委粟与财。我粮寇之资，我兵寇之媒。一蟊弗自谨，致此千丈颓。向来阛阓区，赤地生莓苔。慎勿东望之，茫然使心哀。①

城破而寇入，百姓呼号奔走，古郡化为焦墟，末世悲情一览无余。但入明以后，刘崧"尽抒性情"的观念发生变化。他在自序其诗集时谓："知邪诞之不如雅正也，艰僻之不如和平也，委靡磔裂之不如雄浑而深厚也，于是而得诗之体焉。"② 此处主要谈诗歌体貌，但按照"诗发性情"的诗学发生论，体貌如何来源于作者的性情状态。其中，"邪诞""艰僻""委靡磔裂"对应的是作者哀愁怒怨。因此，刘崧对诗歌体貌的阐释，实已隐含其性情诗学论的变化：将性情约之于义理、审之于道德，方能创作中正和平之音。考察刘崧此时的诗文创作亦可知，即使是抒写愁苦愤懑的诗作，依然将情感表达得非常含蓄，而无元末尽抒胸中不快的淋漓之感。试看以下一首诗：

> 夜梦归故里，见我平生亲。升堂具杯酌，恳款话所因。问我归何迟，怜我白发新。恍忽一室内，酬献相主宾。东邻粲新瞳，南舍俨旧邻。稚子笑相即，老翁言谆谆。似亦谢前倨，敬我今缙绅。我心本无滓，敢劳深意陈。喔喔鸡鸣曙，悠悠天向晨。苍茫枕席间，委曲所历真。怅然不可讯，恻怆徒伤神。③

---

① 刘崧：《壬辰感事六首》其六，《槎翁诗集》卷二，《景印文渊阁四库全书》第 1227 册，第 254 页。
② 刘崧：《自序诗集》，《槎翁文集》卷十，《明别集丛刊》第一辑第 12 册，第 132 页。
③ 刘崧：《纪梦》，《槎翁诗集》卷二，《景印文渊阁四库全书》第 1227 册，第 272~273 页。

刘崧于洪武三年（1370）举经明行修并授兵部职方司郎中，迁北平按察司副使，奉命征粮，这实在与其仕宦理想差别迥异。因此，仕履窘境让刘崧始终怀有才不适用的苦闷，这首诗正是对此种苦闷的描写。但可以看到，刘崧采用了一种特殊的书写方式，将向往的隐逸生活以梦的形式呈现，而与现实产生一种对比。这种处理方式让苦闷情感稍显婉转，正符合他在此时所主张的诗学观念。

陈谟是此时期持"诗抒性情"观念的又一江右文人。陈谟（1305—1400），江西泰和人，字一德，号心吾，学者称海桑先生，有《海桑集》。"洪武初，征诣京师，赐坐议学。学士宋濂、待制王祎请留为国学师，谟引疾辞归。屡应聘为江、浙考试官，著书教授以终。"[1] 陈谟为杨士奇外祖父，并在其幼时授学于家，因此，他通常被置于明代台阁体的视域中加以考察。实际上，陈谟虽然在洪武朝任职的时间较短，但依然是此时影响较大的布衣文人。陈谟论诗，亦持有性情论的观点，且有明确的理论阐述。他指出君子自然天性的可贵：

> 君子之为道，或出或处，或默或语，从吾天性之自然，安吾素履之坦然，如是而已。从吾天性之自然，则自耕桑渔钓，达之圭冕轩裳，各一其天，不必齐同，而各极其趣，皆有可悦。由妄者之见，则谓之真。安吾素履之坦然，则自素富贵贫贱达诸素患难夷狄，无入不自得，若履平地然，略不经意。由矫者之情，则谓之率。真与率，固君子之道也。真者其本，率者其用，真者去妄，率者所以行吾真也。[2]

所谓性之"真"，指的是文人的出处选择与人生价值，只有保持天性之真，方可不为富贵穷达等外部因素所侵扰，所谓"安吾素履之坦然"。而性之"率"，与性之"真"是体用关系，不矫饰性情，以行性之真。性之真率具体到诗学观念上，则体现为"诗道性情"：

---

① 《明史》卷二百八十二《陈谟传》，第 7227 页。
② 陈谟：《真率论》，《海桑集》卷三，《景印文渊阁四库全书》第 1232 册，第 570 页。

诗道如花果，谓其天葩纷敷，必贵乎有实也。诗兴如江山，谓其波涛动荡，冈峦起伏，毕陈乎吾前，然后肆而出之也。必贵乎有实，则绮丽奢靡者举不足矜。必肆而后出之，则搜抉肝肠者皆非自然也，此诗之至也。①

"诗道有实"应包含两个层面：其一是儒家传统诗学观中的文道论，强调诗以明道，因此他反对绮丽奢靡的华而不实之作；其二是道性之真，这和他在《真率论》中的观点是一致的。另外，"肆而后出"则强调对个体性情的尽力抒写，反对搜抉肝肠故作真情。这种观点不仅重视诗人的真实性情，亦反对诗法层面的雕琢之功。考诸陈谟的诗歌创作实践可知，其"诗道性情"的理论与其创作是一致的。试看以下两首诗：

耿耿茅檐下，明灯看飞雪。犯此太古寒，因之百情热。匡山有神人，路断梁亦绝。举目但凄恶，星霜变玄发。狂歌白石烂，往往达明发。②

蜡树一蝉吟，北风吹客襟。时添柏子火，坐拥木绵衾。伏枕身如蜕，观书力不任。清虚来渐远，于此识初心。③

前一首诗写雪夜所思，其情感所发既有凄恶又兼旷达，可谓尽写其情。后一首则写卧病时听蝉鸣而心有所感，将客游他乡之悲与卧病在床之苦写得淋漓尽致。可见陈谟作诗，对心底性情不加掩饰，所思所想尽付于诗。

周是修、龚敩、练子宁等其他江右文人，并无太多对"抒性状怀"诗歌功能观的理论阐释。但他们在私人性的创作实践中，却常常以诗明志抒怀。周是修是一个典型的例子，他的公共性写作与私人性写作存在巨大差别。《刍荛集》中有大量"抒性状怀"的诗作，如其五言古诗有"抒怀五

① 陈谟：《缙云应仲张西溪诗集序》，《海桑集》卷六，《景印文渊阁四库全书》第 1232 册，第 611 页。
② 陈谟：《夜雪》，《海桑集》卷一，《景印文渊阁四库全书》第 1232 册，第 532 页。
③ 陈谟：《病起闻蝉》，《海桑集》卷一，《景印文渊阁四库全书》第 1232 册，第 540 页。

十三首"，基本不涉政事与职守，专写所思所感。此处试举两例：

> 登高望八表，世道何悠悠。衰荣无定极，往复更相酬。谁为阳和春，及此肃杀秋。人生忽如寓，百岁苦不周。鹤发每先待，朱颜难久留。彭觞均绝逝，何庸咨短修。惟当饮美酒，乐从天者游。①
>
> 我有两龙剑，阅世三千秋。坚钢出百练，苔色古且幽。异哉欧冶子，功与造化侔。划水蛟鳄断，指空鬼神愁。精光不可掩，夜夜冲斗牛。所恨际休明，锋芒久潜收。愿持献天子，为斩佞臣头。②

第一首写光阴易逝，须及时行乐的人生态度，第二首写怀才不遇的苦闷，两首诗完全不像是出自擅长歌功颂德的朝廷文臣之手。除此之外，周是修亦常抒写对友人的怀念：

> 片云停西南，下与山翠接。窃言同心人，于此三岁别。道路阻且长，何时见颜色。我有枯桐琴，朱弦久徒设。欲为孤鸾操，中内增永结。思将持赠君，千里非易越。悠哉清秋夕，不忍对明月。③

"抒怀状性"文学功能观指导下的私人化写作，在诗文风格与体貌特征上呈现出较应制性写作而言完全不同的特征。应制性写作以"颂盛""用世"的观念为导向，气度恢弘、文辞雅驯。如四库馆臣评吴伯宗诗文"有开国之规模"④，所指正在于此。而私人性写作则呈现为清丽婉约的风格。且看刘崧的一首诗：

> 姑苏好山名昆丘，玉作芙蓉凌九秋。至今宝气伏光彩，白石磊磊

---

① 周是修：《抒怀五十三首》其一，《刍荛集》卷一，《景印文渊阁四库全书》第1326册，第2页。
② 周是修：《抒怀五十三首》其十一，《刍荛集》卷一，《景印文渊阁四库全书》第1326册，第3页。
③ 周是修：《秋夜有怀武陵旧友》，《刍荛集》卷一，《景印文渊阁四库全书》第1326册，第10页。
④ 永瑢等：《荣进集提要》，《四库全书总目》卷一百六十九，第1477页。

皆琳球。问君何年宅其下，桂馆茅堂极潇洒。篱月当窗烂不收，松风扫屋声如泻。山林真乐安可忘，时援绿绮歌清商。自来南京直大省，长对新图怀故乡。图中云壑更窈窕，双塔参差出林杪。花开何处望长洲，日落遥空送飞鸟。道逢两翁如松乔，我欲从之安可招。便当携酒上绝顶，与子共看沧江潮。①

刘崧在明初创作了大量的题画诗，这些诗固然需要根据画作的主题拟就，但显而易见的是，此类诗均呈现一种清丽婉约的特征。四库馆臣评价刘崧诗风曰："以清丽婉约之音提导后进。"②这种评价未失公允，只是需要明确，清丽婉约主要是其私人性创作的特征，而包括应制诗在内的公共性写作，雅正典则才是其主要风格。

婉约清丽的风格特征广泛存在于洪、建两朝江右文人的诗文创作当中。试看朱善的诗：

> 幽居淡无营，啸傲清溪曲。藏书岂必多，妙悟一言足。朝从溪上游，暮向窗前读。至理谅斯存，前修以自勖。③

此诗将隐居山林，以诗书自娱的风雅生活写得清丽婉转，让人很难相信出自长于歌功颂德的馆阁文臣之手。龚敩的《鹅湖集》中亦不乏清丽婉约之作。此处试举两例：

> 青云亭子有遗基，晓踏春阳信马蹄。十载干戈愁里见，百年歌舞梦中迷。雪消华盖三峰出，云卷金台五石齐。风物不因城市改，酒酣归路欲鸡栖。④

---

① 刘崧：《题昆丘山水图为李德昌赋》，《槎翁诗集》卷三，《景印文渊阁四库全书》第1227册，第277~278页。
② 永瑢等：《槎翁诗集提要》，《四库全书总目》卷一百六十九，第1467页。
③ 朱善：《题蟾溪书屋》，《朱一斋先生文集·前卷》卷九，《四库全书存目丛书》集部第25册，第229页。
④ 龚敩：《春日登临川青云亭故址》，《鹅湖集》卷二，《景印文渊阁四库全书》第1233册，第642页。

越水交流野径偏，短篷斜系竹林边。杨花乱逐波心落，鸥鸟不惊
沙上眠。春雨兼葭人唤切，晚烟洲渚客愁牵。溪东即是桃源路，却笑
渔郎不放船。①

前一首乃是登高怀古之作，但在时光交错的历史感中加入文人雅趣，以归
途醉酒结尾，从而使这首诗具有轻快之妙。后一首则写舟中所见，将江中
之景、渔家之乐写得跃然纸上，风格清新明快。龚敩此类诗还有很多，例
如："青山满郭游人醉，芳草迎车使者来。"②"寒意逼人归兴懒，市桥烟雨
立多时。"③"疏灯照水夜明灭，远树入云山有无。"④练子宁的私人性写
作，亦具有清丽婉约之态：

高人结宇修篁里，轩户玲珑瞰流水。庭皋月转翠阴生，溪上风回
青浪起。翠阴青浪映窗扉，曲径台深客到稀。林下移床挥麈坐，沙头
系艇钓鱼归。柴门无事临流敞，高卧支颐听清响。千山暮雨石泉通，
一夜春雷箨龙长。几席清幽俗事疏，波光尽日映图书。何年得遂辞尘
埃，杖策相从此卜居。⑤
玉笋诸峰翠接天，鹤汀凫渚近相连。老翁日暮不归去，钓得槎头
索项鳊。⑥

练子宁、周是修较刘崧、朱善等身历元明两朝的文人而言，其不同之处在
于，他们并无元末隐逸的人生经历，但其吟咏山林隐逸之乐的诗却并无模
仿痕迹，浑然天成、其趣自然。

此时期属于私人性写作的文章亦有清丽婉约的风格特征。此处节选朱
善的一篇记体文，以管窥此种文风：

---

① 龚敩：《余干舟中偶成》，《鹅湖集》卷二，《景印文渊阁四库全书》第 1233 册，第 646 页。
② 龚敩：《柬刘子缙省郎》，《鹅湖集》卷三，《景印文渊阁四库全书》第 1233 册，第 655 页。
③ 龚敩：《杂咏四首》其二，《鹅湖集》卷三，《景印文渊阁四库全书》第 1233 册，第 655 页。
④ 龚敩：《瑞洪夜泊》，《鹅湖集》卷二，《景印文渊阁四库全书》第 1233 册，第 642 页。
⑤ 练子宁：《水竹居诗》，《中丞集》卷下，《景印文渊阁四库全书》第 1235 册，第 26 页。
⑥ 练子宁：《山水小景》，《中丞集》卷下，《景印文渊阁四库全书》第 1235 册，第 34 页。

是时天气严寒，水脉微细，而斯泉涌出，犹高二尺许。则春夏之交，其高数尺，曾氏之言，信不诬也。泉外碧波澄澈，金沙明莹，柔荇漾青，密藻摇翠，长茎纤叶，绰约霍靡，宛在水中，可玩可爱。余三人临流俯观，久而忘倦。正言、复命二生挹泉煮茗以献，香味浮于牙颊，清风入于肺腑，使人名利之心都尽。饮讫，循流以观，则又知斯泉交灌乎城中，浚之而为井，潴之而为池，引之而为沟渠，涧之而为沼沚。缺者如玦，圆者如环，萦者如带，喷者如雾，激之而鸣者，如金石丝竹之声，① 随地赋形，不可殚记。至其为用，以煮茗则香以清，以酝酿则芳以冽，② 以烹饪则甘以腴，以浣濯则净以洁。其功利之及人又如此。美哉，泉乎！诚济南之奇观也。③

洪武十一年（1378）冬，朱善从辽东诏还南京，途经济南时在同僚的陪同下游览趵突泉，并作此文。文章将冬日趵突泉之景写得清丽明快，又将挹泉煮茗、文人畅谈之趣融汇其中，为趵突泉之游增添了风雅之趣。此文清丽之态，虽置晚明小品文中亦殊难分别。

刘崧《槎翁文集》中具有清丽婉约之风的文章主要是记体文，或记载其仕宦北游途中之所见，或描绘江西山川的秀丽。此处节选其作于洪武二年（1369）的一篇文章：

北岩在武山礼斗石下，最阴寒，中空洞如屋，有泉注焉。其东西南三面皆峭壁，惟北向可眺望。……将事既毕，始下岩，遂望见云气自西南稍稍来合，雨数点洒渐过。将抵庙山，山复有墨云如车盖起岩上，会疾风引而西，雨骤下如注。祷者咸俯伏山下，眉发沾浃，衣巾淋漉泥潦中，不敢去，自午达申不止。明日，山下田陇间水潦交流，

---

① "如金石丝竹之声"，"如"原本作"始"，据上下文意改。
② "以酝酿则芳以冽"，"冽"原本作"例"，据上下文意改。
③ 朱善：《观趵突泉记》，《朱一斋先生文集·后卷》卷四，《四库全书存目丛书》集部第25册，第244~245页。"水脉微细"，"细"原本作"维"，据清乾隆三十八年（1773）《历城县志》所收朱善《观趵突泉记》，改为"细"。

滕路漫不可辨，禾鲜翠挺挺起立。①

该文将祈雨前后北岩之景描写得颇为细致，云气、山雨、水潦与山禾相映成趣，有清丽之风。此类文章并非个例，其《游梅田洞记》《蓬轩记》《茅亭记》《挹翠堂记》《游武山记》等文，均抒写文人雅趣与隐逸情怀。练子宁、龚敩的记体类文章亦受到"抒性状怀"观念的影响，呈现为清幽婉转的风格特征。如练子宁《舒啸轩记》：

> 道新淦而南，水行八十里，曰"峡江"。大江中流，两山对峙如壁，舟上下萦折，崖石间幽阴惨淡之气动人毛发。南行又十里，豁然平旷，山高而水深，舒望庐陵诸峰如图画。滨江而上，有陂池林园之胜，则友人毛仲鼎兄弟之所居也。……逐逐而趋，昧昧而归，纷纭思虑，毫分缕析，铢称寸量而无顷刻之息者，贪夫权士之常也，岂暇于性情之适而旷达之寄邪？君子则不然。至浊也不为之污，至繁也不为之乱，至狭也不为之局，居卑处隘之隙，必有登临之观。治烦剸剧之余，必有游息之地。夫然，后可以脱烦嚣而远垢氛，独览万化之原，而深究三才之理。知以之而益明，学以之而益进，行以之而益充，天下岂有难为之事哉！此君子之所以超然而异于众人也。②

该文作于洪武二十三年（1390）。练子宁此处写舒啸轩之妙，非止陂池林园之美，更在于不泥于物的超然心境，体现的是"性情之适"的人生态度，恰反映出其私人性写作"抒怀状性"的诗学观念，并呈现出清幽闲适的体貌特征。练子宁《杏林书隐记》《东皋小隐记》《石友轩记》等记体文章皆具此种文风。龚敩的记体类文章亦有此特征，如其《兰竹轩记》云：

> 上饶傅梦野以兰竹名其轩，人皆以为取其才，吾独以为取其德。傅上饶故家，居于玉水之湄，旧宅毁于兵燹，更卜数椽，栖息其间，

---

① 刘崧：《北岩祷雨记》，《槎翁文集》卷六，《明别集丛刊》第一辑第 12 册，第 76 页。
② 练子宁：《舒啸轩记》，《中丞集》卷上，《景印文渊阁四库全书》第 1235 册，第 11 页。

艺兰盈阶，种竹绕舍，裴徊徜徉与之为徒亦久矣。兰则怪石嵌空，紫茎绿叶，幽香旖旎，可佩可纫，露花葳蕤，诚可以玩目而适情矣。竹则叶如翠羽，筠如琅玕，晓月婵娟，绿影满地，隆景昼赫，清风徐来，诚可以涮尘襟而祛流俗矣。①

此文乃龚敩为上饶文人傅梦野兰竹轩的题作，对轩内兰花、修竹的描写清幽恬淡，颇具雅丽婉约之风。此外，龚敩《南溪旧隐记》《墨池书屋记》《风木轩记》等记体文章亦具有此种文风，此处不再赘举。

创作模式的转换是元明之际文人创作履践的重要现象，主要来源于文人身份的变迁。简而言之，元季乱世，文人蛰伏山林，享有极高的创作自由，诗文以抒情纪事为主，即便是群体唱和，亦表达同道之志。此时的私人化写作由于较少受到现实约束，有助于文人释放思想活力。明初，文人响应朝廷征召由山野布衣转变为朝廷文臣，应制诗文、官僚唱和与公文草拟等公共性写作因此成为主要的创作内容。创作模式的转变对其诗学思想的影响是显而易见的，文人不得不在文官身份、政治环境与皇帝偏好等新的维度与场域中思考诗文的价值、体貌以及写作范式等问题。除上文所论江右文人外，其他地域文人群体也存在两种创作模式之别，并因此使诗学思想产生细部变化。如以宋濂、王祎、苏伯衡为代表的浙东文人，在入明后因身份与创作模式的转换而对诗学观念稍作调整。黄溍、柳贯在元代倡导宗唐复古，主张诗抒性情。但宋濂、王祎在入明后为浙东诗学中的性情诗论赋予礼的色彩。如宋濂谓："盖诗者，发乎情，止乎礼义者也。情之所触，随物而变迁，其所遭也恺以郁，则其辞幽；其所处也乐而艳，则其辞荒。推类而言，何莫不然，此其贵乎止于礼义也欤？止于礼义，则幽者能平而荒者知戒矣。"② 在其师黄溍处，情与礼则是并列的："发乎情，故千载殊时，而五方异感也。止乎礼义，以天地之心为本者也。"③ 侧重于诗歌体貌的共性与个性相谐。而宋濂认为止于礼义比发乎情更重要，此为入

---

① 龚敩：《兰竹轩记》，《鹅湖集》卷四，《景印文渊阁四库全书》第 1233 册，第 662 页。
② 宋濂：《霞川集序》，宋濂著，黄灵庚点校《宋濂全集》卷三十三，第 714 页。
③ 黄溍：《山南先生集后记》，黄溍著，王颋点校《黄溍集》第 2 册，第 485 页。

明后身份转换对其诗学观念的影响。私人化与公共性创作模式的转换，还影响文人对诗体与文体的选择。例如在应制创作与君臣唱和时，赋常被用以歌颂朝廷、感念圣恩。例如朱善、周是修诸人，不乏赋体创作①，但无论是抒情小赋还是应制大赋，均用以颂美朝廷。赋之所以成为应制创作的重要文体，盖因其体制宏大而便于铺陈情感。赋体创作在元末并不常见，而在明初渐为繁荣。此为创作模式的转换影响诗文创作的又一佐证。

第三节　洪、建两朝江右文人与台阁文学之关系

一般来说，洪、建两朝的江右文人多被视为明代台阁体的奠基性人物，此时期亦被视为明代台阁文学的肇始期。如清人钱谦益云："江西之派，中降而归东里，步趋台阁，其流也卑冗而不振。"② 四库馆臣对二者之关系的界定更具影响力，将刘崧、吴伯宗、陈谟、梁兰四位江右文人视为台阁体的创始与渊源。如评刘崧曰："然崧诗正平典雅，实不失为正声。固不能以末流放失，并咎创始之人矣。"③ 评陈谟云："至于文体简洁，诗格舂容，东里渊源实出于是。"④ 评吴伯宗称："明一代台阁之体，胚胎于此。"⑤ 评梁兰谓："士奇尝从之学诗。"⑥ 四库馆臣对洪、建两朝江右文人与明代台阁体之关系的界定，总体来说有三个维度：其一是诗风，认为二者皆舂容典雅；其二是籍贯与师承，例如陈谟、梁兰与杨士奇的师生关系；其三是文人身份，皆为朝廷文臣乃至馆阁文臣。

实际上，欲界定二者之关系，尚有一个十分重要的维度，即文学思想的维度。洪、建两朝江右文人在文学思想层面乃是承接元延祐以来江西籍馆阁文臣的绪余，以雅正论诗。永乐以后，以杨士奇为代表的江西籍馆阁文臣，并未完全延续这一地域诗学传统，而是融入理学与"诗教观"，形

---

① 如朱善《应制小山赋》，周是修《紫骝马赋》《放兔赋》《抒情赋》《凯还赋》，以繁不述。
② 钱谦益撰集，许逸民、林淑敏点校《列朝诗集》第3册，第1540页。
③ 永瑢等：《槎翁诗集提要》，《四库全书总目》卷一百六十九，第1467页。
④ 永瑢等：《海桑集提要》，《四库全书总目》卷一百六十九，第1476页。
⑤ 永瑢等：《荣进集提要》，《四库全书总目》卷一百六十九，第1477页。
⑥ 永瑢等：《畦乐诗集提要》，《四库全书总目》卷一百六十九，第1476页。

成以春容平淡为主要特征的官僚化文学。因此，洪、建两朝江右文人与永乐后江西籍馆阁文臣，在文学思想层面发生了较大的变化，二者之关系亦须超越风格、籍贯与身份而更加详细地予以审视。

一　江右雅正诗学观念之重振

全面考察洪、建两朝江右文人的诗文观念与创作可知，"雅正""典雅"是他们诗学观念的核心话语。如刘崧谓："邪诞之不如雅正也，艰僻之不如和平也。"① 陈谟曰："变陈言为雅辞，发新意于众见。"② 危素评刘彦昺诗："隆《雅》《颂》之音，鸣治平之盛。"③ 练子宁评新淦文人姜彦思诗曰："继诸贤大雅之后。"④ 还有一些未直接言"雅正""典雅"，却表达其意者。如周是修评诗曰："协乎音律，合乎体制，该乎物理而有补治化者，莫不传于世也。"⑤ 朱善"舒其幽而道其和"⑥ 之论。但"雅正""典雅"在各家处既有不同层面的内涵，又有诗与文的文体之别。如刘崧所谓"邪诞不如雅正"，指的是诗歌的体貌应以典雅平和为上。危素所谓《雅》《颂》之音，则既指体貌，又指功能，强调的是雅文学的风格特征与现实功能。练子宁所谓"继大雅者"，则兼顾诗与文，指的是与现实政治息息相关的庙堂文学。从地域文学思想的传承与流变来看，雅正观念形成于虞集、范梈、揭傒斯等元延祐以来的江右馆阁文臣，由元明之际的江右文人继承，而被带入到明初洪、建两朝的文学实践当中。总体来说，雅正观念起码具备以下几点内涵。

首先，从诗文与现实的关系来看，二者呈现为双向互动的关系。"雅"乃儒家诗教六义之一，强调诗与现实、政治的密切关系。"雅者，正也，

---

① 刘崧：《自序诗集》，《槎翁文集》卷十，《明别集丛刊》第一辑第 12 册，第 132 页。
② 陈谟：《秋云先生集序》，《海桑集》卷五，《景印文渊阁四库全书》第 1232 册，第 593 页。
③ 危素：《刘彦昺诗集序》，见刘彦昺《刘彦昺集》，《景印文渊阁四库全书》第 1229 册，第 715 页。
④ 练子宁：《杏林书隐记》，《中丞集》卷上，《景印文渊阁四库全书》第 1235 册，第 13 页。
⑤ 周是修：《郡王和本中峰梅花百咏诗后序》，《刍荛集》卷五，《景印文渊阁四库全书》第 1236 册，第 68 页。
⑥ 朱善：《纪行小稿序》，《朱一斋先生文集·后卷》卷三，《四库全书存目丛书》集部第 25 册，第 242 页。

言王政之所由兴废也"(《诗大序》),即是主张以文观政。"文随时运"侧重的是现实政治对诗文的影响,"以文观世"则强调诗文反映现实的功能。虞集曾谓:"某尝以为世道有升降,风气有盛衰,而文采随之。其辞平和而意深长者,大抵皆盛世之音也。"①"文随时运"与"以文观世"正是从理论基础上解决典雅平和的体貌特征与"鸣盛""观世"功能的来源问题。这一观点经虞集的推阐,在江右地域具有较大的影响,并一直为元明之际的本地文人所广泛接受。例如刘崧,他所谓"形气盛衰之变之接乎其外也"②,即强调诗文的气度与风格特征与现实政治气运紧密相关。刘崧在序他人诗文别集时时常表达此种观念:

> 文与时迁,气随运复,不有作者孰能与之?③

> 及观其崎岖兵戎,沦浮下邑,悼时运而幽怨之感生,慨事会而悲愤之气作,则又使余呜唈拂郁,黯然不自禁而止也。④

> 文章与世运相推移,而贤才为之纪纲,君子之泽远矣,尚世引之哉。⑤

> 因与论世之隆污,人之得失,皆极其所致所能与其所遇。⑥

> 传曰:"声音之道与政通。"是道也,古今盛衰治乱之机,恒与之相乘于无穷而不息者也。⑦

第一条引文出自刘崧的《鸣盛集序》,基本是虞集"文运随时"观点的复述。第二条为刘崧对万安文人刘以震诗的评价,谓其诗风紧随现实,是"文随时运"观点的侧面呈现。后三条引文亦强调世运之隆污对诗文的影响。实际

---

① 虞集:《李仲渊诗稿序》,虞集著,王颋点校《虞集全集》上册,第569页。
② 刘崧:《自序诗集》,《槎翁文集》卷十,《明别集丛刊》第一辑第12册,第132页。
③ 刘崧:《鸣盛集序》,见林鸿《鸣盛集》卷首,《景印文渊阁四库全书》第1231册,第3页。
④ 刘崧:《刘以震诗序》,《槎翁文集》卷十,《明别集丛刊》第一辑第12册,第128页。
⑤ 刘崧:《题龙氏书香世录后》,《槎翁文集》卷十二,《明别集丛刊》第一辑第12册,第163页。
⑥ 刘崧:《王以直文序》,《槎翁文集》卷八,《明别集丛刊》第一辑第12册,第100页。
⑦ 刘崧:《三衢徐叔名诗稿序》,《槎翁文集》卷十一,《明别集丛刊》第一辑第12册,第140页。

上，刘崧的诗文创作是履践"文随时运"观的最佳例证。他在元末的诗歌创作，多有感于乱世之悲，而明初则充满开国之气。试看以下二首：

> 庐陵古名郡，繁盛何雄哉。井邑十万家，一炬同飞灰。寇来背南岑，豕突势莫摧。白昼呼市中，城门四边开。居民望南走，千步不一回。官马如流星，绝桥窜山隈。府中方缮兵，填委粟与财。我粮寇之资，我兵寇之媒。一缚弗自谨，致此千丈颓。向来闤阓区，赤地生莓苔。慎勿东望之，茫然使心哀。①
>
> 晚朝左掖下鸾坡，急雪扬风满御河。纱帽纹深吹更有，锦衣光炫拂还多。飞入禁垣迷粉蝶，集来宫树遍琼柯。兵曹退食惭无补，聊逐群公散珮珂。②

前一首写至正末年的庐陵兵乱，将乱世之景写得跃然纸上，具有末世悲凉之感。第二首作于入明以后，意象阔大，诗意雍容，具有恢弘的开国气象。

陈谟在诗文与现实政治之关系上，亦持有"文随时运"的观点：

> 曰："谓中唐无盛唐之音，晚唐复无中唐之音，然乎？"曰："非然也。"朱子论《风》《雅》《颂》部分，盖曰："辞气不同，音节亦异。"论《风》《雅》《颂》正变，盖曰："其变也，事未必同，而各以其声附之。"盖变风，风之声，故附正风。变雅，雅之声，故附正雅。时异事异，故辞气亦异。③

他在论述中晚唐诗之别时，引朱子之论，认为"时异事异"，故"辞气亦异"，认为风雅正变受现实之影响。陈谟关于诗文实用功能的论述，较刘崧等人而言更加详细，具体到弘扬道德、感发人心的层面。如其论杜甫诗

---

① 刘崧：《壬辰感事六首》其六，《槎翁诗集》卷二，《景印文渊阁四库全书》第 1227 册，第 254 页。
② 刘崧：《晚朝左掖大雪》，见《刘槎翁先生诗选》卷八，《北京图书馆古籍珍本丛刊》第 99 册，书目文献出版社，1998，第 322 页。
③ 陈谟：《答或人》，《海桑集》卷十，《景印文渊阁四库全书》第 1232 册，第 706 页。

曰："其度越百家，卓卓以此道者何？仁义孝弟而已矣。"① 又以"读其诗，知其于孝友最隆也"② 的道德属性肯定他人诗作。概言之，发之道德、感于人心是陈谟诗文观念注重实用一面的体现。持此观点的还有危素，其"明体适用"之论最为人所熟知：

> 士有天地民物之责，故少而学，则必思有以致其用。有国家者设为庠序学校之教，亦曰他日取才于是而任使之，故有以成天下之务，而善天下之俗，其效莫著焉。后世之学几与古异，局于章句文词之末，究其归，不足以明体而适用，圣人之道微矣。古者乡射饮酒、秋冬合乐、养老劳农、尊贤使能、考艺选贤之政，至于受成、献馘、讯囚之事，皆在所当学。故人才之盛、风俗之厚，何可及也！③

危素此处实际上论述的是士人的生命价值问题，以经义之道为体，以成俗善务为用。在这个思维进路下，文章之事与养老务农、乡射饮酒均具实用功能。从现实政治与诗文之关系来看，此时江右文人普遍持有二者双向互动的观点。如泰和文人罗性谓："传曰：'声成文谓之音'，又曰：'发乎情，止乎礼义，先王之泽也。'夫和平怨怒之声，实关乎治乱兴衰之判。诗之为道，大矣哉。江表自兵兴以来，士卒之讴歌，童稚之谣唱，竞尚新声，尽变雅韵。"④ 罗性引《诗大序》之论，强调蕴含和平怨怒等不同性情的诗作，根植于现实之治乱，反过来又可观世道盛衰，这是对儒家传统诗学观的阐述。但罗性又非重拾旧言，而是将明初诗风由哀世之音向治世之音的转变，视为"文随时运""以文观世"的例证。又如危素"王泽久熄，世道日卑，于是代变新声，益趋于浮靡"⑤ 之论，将诗之变视为世道

---

① 陈谟：《哦松集序》《海桑集》卷六，《景印文渊阁四库全书》第1232册，第631页。
② 陈谟：《竹间集序》，《海桑集》卷五，《景印文渊阁四库全书》第1232册，第603页。
③ 危素：《送湖州吴教授诗叙》，《危学士全集》卷五，《四库全书存目丛书》集部第24册，第702页。
④ 罗性：《征南诗集序》，《罗德安先生文集》卷二，《天津图书馆孤本秘籍丛书》第10册，第32页。
⑤ 危素：《武伯威诗集叙》，《危学士全集》卷四，《四库全书存目丛书》集部第24册，第683页。

之变的结果，亦是"文随时运"观的呈露。

其次是审美风格论层面的"雅正"体貌，这方面的代表人物是刘崧。刘崧在《自序诗集》中曾指出他认为的理想的诗文体貌："知邪诞之不如雅正也，艰僻之不如和平也，委靡碎裂之不如雄浑而深厚也，于是而得诗之体焉。"① 刘崧此处将"雅正""和平""雄浑深厚"的体貌特征，与"邪诞""艰僻""委靡碎裂"对比立论，又牵涉诗文体貌的不同层面："雅正"主要指文辞层面的典雅方正，与之相对应的是怪诞；"和平"与"雄浑深厚"则主要指诗文之气，其反面则是文气的割裂、艰深。刘崧对"雅正"体貌的描述，亦有相似的阐发：

> 浑浑乎其情态之真，飘飘乎其志气之放，浏浏乎其声光之达。②
> 飘飘乎若风行而雾舒也，铿铿乎若玉鸣而金奏也，皦皦乎若日光而冰洁也。③

值得注意的是，刘崧所主张的"雅正"体貌，有两个来源。其一是上文所述诗文与现实政治的紧密关系，诗文具有导王政颂功德之用，因此其言要雅。其二是来源于性情诗论，由诗人内在平正中和的性情，发而为雅正之音。他评吉水萧伯舆的诗曰："摅夫性情发于词章者，宜混混其未涘也。"④ 之所以"混混其未涘"，正是因为萧氏忽略了对性情的节制与约束。刘崧在《王斯和遗稿序》中亦称："其词雅，其为人正而有则者欤。其音和，其为人温而不戾者欤。"⑤ 此论将诗歌的"雅正"之风与诗人的道德、性情结合在一起，二者是由内及外的因果关系。因此，雅正诗风来源于涵养德行，又来源于"道王政""颂功德"的现实功能。

与"雅正"一起用以描述诗文体貌特征的另一关键词是"春容"。对"春容"有明确理论阐述的是陈谟，他在《郭生诗序》中谓：

---

① 刘崧：《自序诗集》，《槎翁文集》卷十，《明别集丛刊》第一辑第 12 册，第 132 页。
② 刘崧：《刘以震诗序》，《槎翁文集》卷十，《明别集丛刊》第一辑第 12 册，第 128 页。
③ 刘崧：《巢云诗集序》，《槎翁文集》卷十，《明别集丛刊》第一辑第 12 册，第 130 页。
④ 刘崧：《巢云诗集序》，《槎翁文集》卷十，《明别集丛刊》第一辑第 12 册，第 130 页。
⑤ 刘崧：《王斯和遗稿序》，《槎翁文集》卷八，《明别集丛刊》第一辑第 12 册，第 97 页。

　　称诗之轨范者，盖曰寂寥乎短章，舂容乎大篇。短章贵清曼缠绵，涵思深远，故曰寂寥，造其极者陶、韦是也。大篇贵汪洋闳肆，开阖光焰，不激不蔓，反覆纡至，故曰舂容，其超然神动天放者则李、杜也。不及乎寂寥者，为柳子厚、王摩诘、储光羲、孟浩然，而六朝之靡靡以淫、促促以简者弗与焉。过乎舂容者，为韩退之、苏子瞻。韩公慷慨论列，如河出昆仑，极海而止，其忠愤激切，殆与少陵一饭不忘君者同机。苏公雄浑杰特，元气淋漓，引星辰而抉云汉，真可与太白神游八极之表。二公俱非绮章绘句之所比也，此诗之至也。……大篇如和杜《北征》，尤今时望洋以走者。如《水总管刀》《老妇叹》《通天岩》《归隐》诸篇，信乎其希踪于前轨，而非苟然而为之也。生由此其轨，益大肆力焉，成家名世不难。吾固以吾所见异为时人者相与勉之，其为舂容也，为寂寥也，有不各极其至矣乎。①

陈谟这段论述时常为研究者所引，以探究其"舂容"论的内涵。不过，此段仍有论说空间。"寂寥乎短章，舂容乎大篇"，语出韩愈《送权秀才序》一文。陈谟向来激赏韩愈，此处直引韩愈之语亦属正常。韩愈笔下的"舂容"，实际上并非仅指和平悠扬，亦有壮美之意。为便于理解，此处可将韩愈之论引于此："其文辞引物连类，穷情尽变，宫商相宣，金石谐和。寂寥乎短章，舂容乎大篇；如是者，阅之累日而无穷焉。"② "宫商相宣，金石谐和"尚指的是诗风的悠扬平和，"引物连类，穷情尽变"则是指诗风的阔大与情感的激昂。陈谟笔下的"舂容"，对韩愈的观点既有继承，也有发挥。其继承之处在于以诗体之别论"舂容"与"寂寥"，所谓大篇"舂容"，短章"寂寥"。"大篇"指的是乐府古诗，如其评郭生诗《北征》《水总管刀》《老妇叹》《通天岩》等乐府古题具有"舂容"之美。而所谓"短章"，应指律诗与绝句，以文字简短而含蕴深长为优。其发挥之处主要

---

①　陈谟：《郭生诗序》，《海桑集》卷六，《景印文渊阁四库全书》第 1232 册，第 619 页。
②　韩愈：《送权秀才序》，韩愈著，马其昶校注《韩昌黎文集校注》卷四，上海古籍出版社，1986，第 276 页。

在于，陈谟将"舂容"的内涵加以明确，用以形容阔大壮美的诗风。他以"慷慨""激切""雄浑""淋漓"等词解释"舂容"之貌，可见"舂容"主要具有壮美阔大的内涵。《礼记·学记》谓："待其从容，而后尽其声。"[1] 其下郑玄注曰："舂容，谓重撞击也。"[2] 可见，"舂容"本就具有宏大雄健之美的理论内涵，陈谟此处将其明确为古体诗的理想性风格特征。陈谟常以雄健壮大的"舂容"之风评价江右文人的诗作。如评萧养直的诗曰："体裁正而丰约适中，论议卓而波澜洋溢。"[3] "丰约适中"即评价其律绝，"波澜洋溢"则评价其古体长篇。评王竹间的诗云："其诗翛翛，其气飘飘，读之者又有沧洲紫霞之想。"[4] "其气飘飘"显然非指和平纡徐之气，而是壮阔雄健之美。

陈谟的古体诗创作，的确履践了其雄健壮美的"舂容"风格论。试看以下两首：

以我白石歌，壮君黄鹄游。笑骑将军马，踏遍西山秋。古之大哲人，于此怀民忧。铁柱系长蛟，斗门遏洪流。地轴安其常，水灵何所求。长笑蜀太守，空立三犀牛。繄此十万家，高柳连城楼。形胜自天开，攻守由人谋。彩笔为我题，宣城美才猷。宁知东湖水，可以藏渔舟。[5]

车马烂辉光，登临向上方。攒云众峰直，引路万松苍。涧底蒲茸白，篱根粟叶黄。爽犹宜羽扇，晴复丽罗裳。缥缈云关峻，岩峣石径长。杂花明乱草，好鸟隔幽篁。渐近精蓝域，俄闻洞水香。栋梁何崒崒，金碧极煌煌。崖裂狮初啸，峦回象欲狂。鲤鱼新上水，灵鼠旧依仓。石笋何年长，池莲此日荒。铁船归瀚海，方竹压潇湘。瀑散晴空雨，林含伏日霜。行云走神女，卧钵隐龙王。一纪长离乱，丛林半在亡。如何超劫劫，独此见堂堂。喜把清河彦，兼承入幕郎。风流同茂

---

① 《礼记·学记》，见李学勤主编《礼记正义》，北京大学出版社，1999，第1067页。
② 《礼记·学记》，见李学勤主编《礼记正义》，第1067页。
③ 陈谟：《贞固斋文集序》，《海桑集》卷五，《景印文渊阁四库全书》第1232册，第595页。
④ 陈谟：《竹间集序》，《海桑集》卷五，《景印文渊阁四库全书》第1232册，第603页。
⑤ 陈谟：《送友人之钟陵》，《海桑集》卷一，《景印文渊阁四库全书》第1232册，第528页。

宰，啸咏及重阳。杯紫浮萸烈，瓶虚插桂芳。高僧惯宾客，才子盛文章。壁怪前题漫，游疑后日忘。少陵多秀句，偏在赞公房。[①]

　　两首诗均为五古长篇，无论是意象还是诗中蕴含的气魄，都是雄健阔大的，符合其"春容"之美的理论主张。

　　之所以将"雅正"与"春容"两种诗风放在一起谈，是因为二者皆为雅正观念所倡导的理想体貌特征。如前文所述，"雅正"强调诗人内在的道德水平与诗歌外在的鸣盛功能，故"雅正"指向的是典雅正大的诗风，而"春容"则以钟声之壮喻诗歌的雄浑刚健，二者的共同点是"趋之于正"。如陈谟曾评王竹间的诗："其议论古今是是非非，笑言雅雅，无诎以随，故其诗善讽而婉。……如君之才，其有不鸣国家之盛乎？"[②] 强调的是春容阔大的诗可鸣国家之盛。梁寅评新淦文人邓雅的诗作亦称："观明堂郊庙之盛，发而为金钟大镛之音，又当不止于是。"[③] 所谓发而为金钟大镛之声，即是雄健壮美的"春容"诗风，而观"明堂郊庙之盛"，则是指这种春容雄壮之诗的鸣盛功能。

　　最后一点是文章的复古意识。前文已经就诗歌层面的宗唐复古思潮予以讨论，故此处主要讲文章的复古倾向。宋濂评价危素文章曰："公文之纯，大音玄酒。"[④] 所谓"大音"，即"太古遗音"之意，如宋人刘敞"太音从古竟希声"[⑤] 之语，强调古淡之美。而"玄酒"指祭祀中当酒而用的清水，与祀礼相关。"太音玄酒"的评价，不仅指文章水平高超，亦指文章具有古淡典雅之风。庐陵文人晏璧在《海桑集序》中曾记载，宋濂等人评陈谟文章曰："翰林承旨宋公、侍讲学士潘公、祭酒许公，南行道庐陵谒先生之庐，阅其文而评之曰：'汤盘禹鼎，器之古也。太羹玄酒，味之

① 陈谟：《甲辰九日游兴国灵山寺简同游》，《海桑集》卷一，《景印文渊阁四库全书》第1232册，第529页。
② 陈谟：《竹间集序》，《海桑集》卷五，《景印文渊阁四库全书》第1232册，第603页。
③ 梁寅：《玉笥集序》，见邓雅《玉笥集》卷首，《景印文渊阁四库全书》第1222册，第669页。
④ 宋濂：《故翰林侍讲学士中顺大夫知制诰同修国史危公新墓碑铭》，宋濂著，黄灵庚点校《宋濂全集》卷五十三，第1276页。
⑤ 刘敞：《酬送罗朝奉》，《彭城集》卷十三，《景印文渊阁四库全书》第1096册，第121页。

正也'。"① 这与对危素文章的评价类似，皆用玄酒喻文章之正，"汤盘禹鼎"则喻其文章具有的古淡之风。可以看出，崇尚古淡典雅之文，是此时期江右文人论文的一大特色。其中，尤以危素、龚敩为典型。

危素以古文辞为尚的文章复古理论，其核心是"文以明道"的正统文章观。复古乃是复古道，而非流连于古文的辞章层面。他在早年为苏天爵所写的书信中曾谓："盖闻文为载道之器尚矣，道弗明，何有于文哉？气有升降，时有污隆，而文随之。六经之文，其理明，其言约，其事核，弗可及已。自是离文与道而为二，斯道湮微，文遂为儒者之末艺。"② 危素认为六经之文之所以能成为文章楷模，正是因为其文与道一的本质属性。理明、言约、事核的特征，均统辖于文章对道的追索。在序朱伯贤文集时，危素又称：

　　余尝怪为古文者多用险语，以文义句读异于时为工，非有合于古道者也。古之人为言辞少文致，又时语不类，故为训诰等文，似难为解，大约使通上下之情而已，非故为其辞异于时也。然其宣布号令，君臣之等，天伦之重，性情之懿，义理所在，炳如日星，含蓄万变，无所不备。后之人虽剧于文辞，欲著论其说者不尔过，故其传久不衰，而人宗师之。下逮汉唐，以至今日，文之升降率与时等。即其简策之存而传者读之，岂故为其辞而为是异哉？又尝怪业进士者多自称为时文，言古文字异学，不知古文又何乖于今之人也？唐因隋法，有明经进士，自是取士者必设是科。其间达人志士用以自见者亦甚众，其为经义词赋果可尽传于人人耶？又其人间有为史官，秉笔为典策，载国家事盛衰传后世者，其叙彝典，明善恶，果外于天人性命、仁义道德之说耶？文古今诚不同，不外是理。理明辞达，今与古不异也。③

---

① 晏璧：《海桑集序》，见陈谟《海桑集》卷首，《景印文渊阁四库全书》第 1232 册，第 526 页。
② 危素：《与苏参议书》，《危学士全集》卷一，《四库全书存目丛书》集部第 24 册，第 643 页。
③ 危素：《白云稿原序》，见朱右《白云稿》卷首，《景印文渊阁四库全书》第 1228 册，第 3~4 页。

上文所引是危素"明体适用"论在文章方面的体现。他的文章复古理论概括起来有两点内涵。其一是复古道而非摹仿文辞。古文之模范意义在于它内蕴于理、外施于用的特征。其二是"文随时运"的观点。文章的创作风格与理论阐述具有时代性的特征,因而古今文章有别便十分正常,但其区别主要在于辞采的不同,相同处则是对义理或曰道的阐发。他以唐以来叙"天人性命、仁义道德"的文章为例,正是阐述这种古文与后世之文在义理与实用层面的共通。危素这种以道为文之本、以用为文之事的观点,频见于他对文章的论述。如其在序金陵文人杨文举文集时称:

> 昌黎韩氏有曰:"学古道必兼通其辞。"辞虽古而道不古,君子恒患之。于是物我之相形、胜负之相倾,其祸有不可胜言者,则文者徒流为一艺,反足以增吾之累,曾不若质野无哗之为愈。故学古词必先用力于古道,端其本原,去名就实,然后其文因其人而重,匪以文重其人也。[1]

危素评李祁文"卫道甚严,书事有法"[2],评洪炎祖文章"根柢理要,而忧深思远,超然游意于语言文字之表"[3],评澧阳文人杨梓人文章"盖其辞根极理要,精深冲远"[4],均为其"本道重用"复古文章观的体现。另一位论文本诸经史、重文道合一的江右文人是龚敩。龚敩对此观念无直接的理论表述,但其所作序、记类文章普遍具有根植经史、理明辞畅的特征。如其《白云茆屋记》,论述宋仲敏家学之传,结构严谨有序。《深造轩记》为张原哲"深造轩"所作,远引孟子深造之语,近引宋人穷理尽性之论,文理必有所出、事典必有所据,将文人内修道德、外接人情的日常追求写得理趣盎然。再如其《四德堂记》,颇有古淡之风:

---

① 危素:《丹崖集序》,见明天顺八年(1464)平湖沈琮刊本《丹崖集》卷首。
② 危素:《云阳集序》,见李修生编《全元文》第 48 册,卷一千四百七十一,第 258 页。
③ 危素:《洪杏庭集序》,见洪炎祖《杏庭摘稿》卷首,《景印文渊阁四库全书》第 1212 册,第 667 页。
④ 危素:《杨梓人待制文集序》,《危学士全集》卷四,《四库全书存目丛书》集部第 24 册,第 682 页。

元、亨、利、贞，乾之四德也。元者善之长，亨者嘉之会，利者义之和，贞者事之干。此四德之原于天而具于人者也。一见于《易》之文言，一见于《春秋》《左传》。孔子不日本之《春秋》，穆姜不云本之《易》，其古有是说邪？吾不得而知之矣。信之玉邑翁氏颜其居日"四德堂"，其有取乎《易》邪？抑有取乎《春秋》耶？吾亦不得而知之矣。……余曰：古者天子因生以赐姓，此得姓之所由始也。翁之得姓亦久矣。其散在天下者不知其几千万，指使其初，有能如士白因世系以统一之，何患昭穆之不序耶？呜呼！元以下固可得而言焉，元以上则无可考矣。余既有以庆其将来，而复发往古之一慨，以其有关于世教也甚大。[①]

上文从政治与文学的互动关系、"雅正"诗歌风格论与文章复古倾向三个方面梳理了洪、建两朝江右文人雅正观念的基本内涵。这三点实际上并非完全独立，而是交织在一起。如"以文鸣盛"的功能论自然会导出"醇雅典则"的诗文风格论，文章的复古意识所隐含的以文观世、文以明道的功能观，又离不开诗文与现实的互动关系。但总体来说，此三点可以涵盖"雅正"观念的内涵。本文之所以将洪、建两朝江右文人的文学思想视为雅正观念的重振，是因为他们普遍与虞集、揭傒斯、范梈等元代江右先贤具有或直接、或间接的传承关系。这种传承，或多或少可梳理出几条脉络。

首先是与虞集、揭傒斯、范梈、欧阳玄等元代馆阁文臣有直接接触的文人，其中以危素为代表。危素与范梈过从甚密，《明史》载其"少通五经，游吴澄、范梈门"[②]，可见范梈与危素有师生之谊。二人亦有诗唱和，如《九日和危太仆见贻》《九日简危太仆》《望瀛海一首送危太仆之四明兼简廉访邓使君翰林袁侍讲》《和柳提学赠危太仆》[③] 等诗，均为范梈与危素的唱和之作。危素与同乡文人欧阳玄亦有交往，并曾与之同修"三史"。欧阳玄去世后，危素为其作行状，坦言从学欧阳玄的经历："素宦学京师，

---

① 龚敩：《四德堂记》，《鹅湖集》卷四，《景印文渊阁四库全书》第 1233 册，第 664~665 页。

② 《明史》卷二百八十五《危素传》，第 7314 页。

③ 见范梈《范德机诗集》，《景印文渊阁四库全书》第 1208 册，卷三第 96 页、卷四第 109 页、卷七第 141 页。

尝从公于史馆。晚辱与进尤至，谓可以承斯文之遗绪。"① 此外，至元三年
（1337），隐居临川的虞集曾为危素《云林集》作序，可见二人亦有所交。
另外，清江文人刘永之早年亦从学于虞集、揭傒斯门下，"（刘永之）先生
尝亲炙二公"② 即为佐证。

其次是与元中期馆阁先贤无直接师承关系，但私淑他们的文人群体，
以刘崧为核心的"江西十才子"便是例证。在这个群体中，傅若金具有中
介性作用。他是元代江西籍馆阁文臣中的后辈，他既师承范梈，又与虞
集、揭傒斯为馆阁同僚。最重要的是，傅若金晚年与刘崧、练高、周浈等
"江西十才子"过从甚密，架起"十才子"与本地域馆阁先贤之间沟通与
传承的桥梁。杨士奇曾谓："而所与交游讲论诗学者，傅若金、辛敬、万
石、旷逴、练高、周浈、刘永之徒，皆有诗名。"③ 可见，傅若金在这个
文人群体中比较特殊，唯有他曾任职馆阁，其余皆布衣文人。"江西十才
子"中，刘崧可谓私淑元代馆阁前辈的代表。他曾在《自序诗集》中称：
"会有传临川虞翰林、清江范太史诗者，诵之五昼夜不废。"④ 可见虞集、
范梈诗对其影响之深。在《读范太史诗赋长歌一首以识感慕之私》一诗
中，刘崧表达了其对范梈的私慕之情："当时作者杨与虞，倡和往往谐笙
竽。……蹇予束发弄笔时，已解窃写中朝诗。独怜生晚堕荒僻，每诵制作
增涟洏。"⑤ 由刘崧而后，这种对虞、范诗风的追慕通过其弟子萧㑡而继续
传承。而练子宁则通过其父练高的家学教育继承了馆阁前辈的诗学观念。值
得注意的是，洪、建两朝的江右文人已经具有总结馆阁先贤诗文观念的自觉
意识。如梁寅于洪武十七年（1384）为重刻傅若金文集作序，其文称：

① 危素：《大元故翰林学士承旨光禄大夫知制诰兼修国史圭斋先生欧阳公行状》，见欧阳玄
著，魏崇武、刘建立点校《欧阳玄集》附录，第337页。
② 杨士奇：《题刘仲修书虞揭诗后》，杨士奇著，刘伯涵、朱海点校《东里文集》卷十，第
148页。
③ 杨士奇：《录杨伯谦乐府》，《东里续集》卷十九，《景印文渊阁四库全书》第1238册，
第617页。
④ 刘崧：《自序诗集》，《槎翁文集》卷十，《明别集丛刊》第一辑第12册，第132页。
⑤ 刘崧：《读范太史诗赋长歌一首以识感慕之私》，《槎翁诗集》卷三，《景印文渊阁四库全
书》第1227册，第297页。

　　文章之兴也，观之六经可概见。迨后之作者，或善于叙述，或优
于论议，往往以偏长见称，矧咏歌之辞，必声韵之叶，而音节之谐，
又非徒贵于辞达，宜兼之之难也。自昔巨儒，若唐之韩、柳，宋之
欧、苏、王、陈，元之虞、揭，于文与诗皆兼精焉，繇其学之富，才
之全，是以能人所不能，而名高于一世。吾郡之先辈傅君与砺，希古
之巨儒，而有合焉者也。……寅自弱冠游乡校，见君所为《观澜赋》，
固已知其名，敬其为杰士。且与君同邑，生又同岁月，而君之才名播
京师，结交海内士，寅屏迹岩谷，穷居以老，乃竟不识君，然所以知
君者亦深矣：其为文春容而雅畅，质不失之俚，赡不失之浮，固宜与
诗歌并传，无愧于古之兼美者。①

梁寅将虞集、揭傒斯视为可与唐之韩、柳，宋之欧、苏并列的作者，可见
评价之高。另外，梁寅将傅若金文章特征概括为"春容雅畅"，亦是对元
延祐以来馆阁文风的总结。

二　洪、建朝江右文人与台阁体之关系新探——以吴伯宗为例

　　明代台阁体作为一种文学现象和概念，离不开四库馆臣的建构。其中
有一点值得注意，即四库馆臣视吴伯宗为明代台阁体的滥觞和萌芽，而且
这一观点接受度比较高。且不论大量学位论文谈及台阁体之渊源则必论吴
伯宗，一些学术专著亦承此说。② 但是四库馆臣这一判断到底有没有问题，
实际上已有学者尝试考辨。何宗美认为："四库馆臣在衡量吴伯宗文学地
位和影响时实有主观夸大之嫌。"③ 至于主观夸大的原因，却未做进一步深
究。应该指出，何宗美对吴伯宗的相关问题做出一番十分有益的探索。如驳
斥四库馆臣对吴伯宗《荣进集》的判断。四库馆臣认为《荣进集》为诗文残

---

① 梁寅：《傅与砺文集原序》，见傅若金著，史杰鹏、赵彧点校《傅若金集》，第228页。
　　标点略改。
② 如宋佩韦指出：其实三杨之前，吴伯宗的诗文雍容典雅，有开国之规模，实为台阁体之
　　滥觞。详见宋佩韦《明文学史》，商务印书馆，1934，第60页。
③ 何宗美、刘敬：《明代文学还原研究——以〈四库总目〉明人别集提要为中心》，人民文
　　学出版社，2014，第170页。

编，谓："后人掇拾残剩，合为此编。"① 何宗美则认为，《荣进集》乃是极力突出吴伯宗状元身份的诗文选本，其主题是"荣进"。② 可见，四库馆臣将一本刻意突出作者政治身份的诗文选本，误认为可以全面反映创作状况的诗文合编，并在此基础上推断吴伯宗为明代台阁体之滥觞。这一从立论前提便出现问题的判断，其可靠程度值得怀疑。当然，现代学者普遍认为，四库馆臣的真实意思并非简单地将吴伯宗视为明代台阁体的开创者。③ 但问题在于，四库馆臣分别用"胚胎"和"滥觞"二词肯定吴伯宗对明代台阁体的重要意义。这种判断的真实内涵到底是什么？为何会做出这种判断？以及这种判断所反映的四库馆臣对明代台阁文学的文学史建构有没有问题？以上几点都使重估四库馆臣这一判断变得十分必要。

四库馆臣在《荣进集提要》中提出这一判断："（吴伯宗）诗文皆雍容典雅，有开国之规模。明一代台阁之体，胚胎于此。④"对此，需注意以下三点。第一，这一判断以诗文风格为出发点。他们认为，《荣进集》反映出吴伯宗诗文的主体风格为雍容典雅，而"明代台阁之体"的风格亦为雍容典雅。因此盛行于明代的台阁体，以明初之吴伯宗为"滥觞"。其逻辑以诗文风格的相似性为基础。第二，四库馆臣看重吴伯宗"有明首位开科状元"的政治身份，这可从两方面加以佐证。其一，明初文人中诗文写得雍容典雅的不止吴伯宗一人，汪广洋、蒋有立等人的诗文创作皆春容雅正，⑤ 陈谟、梁兰亦被四库馆臣视为诗文写得雍容典雅的文人。如果单从诗文风格上立论，这些人亦担得起明代台阁体"滥觞""萌芽"的评价。但四库馆臣之所以只将吴伯宗视为滥觞，正是因为吴伯宗有明首位开科状元的政治身份。这就涉及第二点，即"有开国之规模"的两层含义："开国之规模"首先指的是吴伯宗的诗文风格，意象宏大、气势豪迈；其次隐

---

① 永瑢等：《荣进集提要》，《四库全书总目》卷一百六十九，第 1477 页。
② 何宗美：《〈四库全书总目〉明别集提要订误二十三则》，《国学研究》2016 年第 1 期。
③ 如何宗美认为，说吴伯宗是明初台阁体作家，并不等于说他是明代台阁体的开创者。详见何宗美、刘敬《明代文学还原研究——以〈四库总目〉明人别集提要为中心》，第 171 页。
④ 永瑢等：《荣进集提要》，《四库全书总目》卷一百六十九，第 1477 页。
⑤ 如宋濂评价汪广洋诗"典雅尊严，类乔岳雄峙，而群峰左右如揖如趋"。详见宋濂《汪右丞诗集序》，宋濂著，黄灵庚点校《宋濂全集》卷二十三，第 460 页。

含对吴首位登科状元身份的看重。开科取士对于一个国家的政权运行以及相应的文官的政治、文学活动，意义不可谓不重大。而明朝廷通过科举考试遴选出的首位状元，可谓官方选拔、认定的新朝文人的最理想代表。四库馆臣正是看中吴伯宗新朝文人的代表性身份，站在风格论的角度，在吴氏与"有明台阁之体"之间，建立了一种历史必然性的联系——明代文官的文学品味，在首位登科状元身上体现得淋漓尽致绝非历史的偶然。这亦是四库馆臣没有将诗文同样雍容典雅的汪广洋等人视为明代台阁体滥觞的原因。第三，"明一代台阁之体"有其特定内涵，其所指并非四库馆臣通常意义上的"台阁体"，即以"三杨"为代表的馆阁文学。这牵涉到四库馆臣在不同语境下使用"台阁体"这一概念时的不同内涵。从整体上来说，四库馆臣所谓"台阁体"有广狭两种内涵。狭义的"台阁体"主要指以"三杨"为代表的馆阁文风，如所谓"三杨之体""三杨台阁之习""三杨倡台阁之体"等。广义的"台阁体"不限于"三杨"，甚至不限于明代，指的是一种美学类型。① 如四库馆臣评价清人李霨："其写一时交泰之盛，盖遭际盛时，故其诗有雍容太平之象，古人所谓台阁文章者，盖若是也。"② 评王泽宏诗："所作类皆和平安雅，不失台阁气象。"③ 这种广义的"台阁体"，指的是以朝廷文官为主要创作主体的政治文学或曰庙堂文学。④ 本文的观点是，四库馆臣在评价吴伯宗的文学地位与影响时，其所谓"明一代台阁之体"，指的正是宏观意义上的政治文学。但是四库馆臣为此添加了限定语——"明一代"，因此其所指应为明代的政治文学，它包括"三杨体"却不限于此。正是在这一层面上，四库馆臣做出"明一代台阁之体，胚胎于此（吴伯宗）"的论断。之所以将"明一代台阁之体"

---

① 郭万金认为，四库馆臣所谓"台阁体"有两种内涵，其一为美学类型，其二为明代的文学流派。四库馆臣经常将二者混淆使用，甚至在有些场合，二者是合一的。详见郭万金《台阁体新论》，《文学遗产》2008 年第 5 期。

② 永瑢等：《心远堂诗集提要》，《四库全书总目》卷一百八十一，第 1641 页。

③ 永瑢等：《鹤岭山人诗集提要》，《四库全书总目》卷一百八十一，第 1646 页。

④ 何宗美将"台阁体"之内涵概括为三种：一、命名之前实际存在的"台阁体"，是一种广义上的政治文学；二，拥有正式命名的"台阁体"，其具体所指较为多元，须一一分辨；三，现今约定俗成的台阁体，此为狭义之"台阁体"，为"三杨"之体的代称。详见何宗美、刘敬《明代文学还原研究——以〈四库总目〉明人别集提要为中心》，第 132~134 页。

做此种理解，主要有以下两点原因。

首先，如果将"明一代台阁之体"的具体内涵理解为狭义的以"三杨"为代表的馆阁体，则很难找到吴伯宗与"三杨"之间的关系。无论是文学内部的风格论、创作论还是文学外部的人格与心态，吴伯宗对"三杨"并不存在学理化的影响，其源流关系难以成立。其次，吴伯宗开科状元代表的文官身份，与"雍容典雅"的风格特征，二者共同构成了明代政治文学的两翼。由此可以推断四库馆臣提出这一判断的着眼点是有明一代的政治文学。关于四库馆臣看重吴伯宗"有明首位开科状元"身份这一点，前文已有详述。而"雍容典雅"足以代表明代的政治文学。在四库馆臣建构的明代政治文学的美学框架中，"雍容典雅"虽不能完全概括明代政治文学的风格特征，但它始终是最核心的关键词——明前期诗文以"雍容典雅"为优长，明中后期诗文以缺乏"雍容典雅"为弊病。因此，"雍容典雅"的美学风格论和"文官为作者"的创作主体论，共同构成明代政治文学的两翼。四库馆臣认为，吴伯宗的状元身份和"雍容典雅"的诗文风格，恰好与明代政治文学"文官创作""雍容典雅"的两翼相契合，并在此基础上提出吴为明一代台阁之体之滥觞的判断。

至此，可以推断出四库馆臣这一判断的真实内涵：以翰林文官为创作主体，以雍容典雅为主要风格的明代政治文学，早在明初第一位状元吴伯宗身上初现端倪，因此可将吴伯宗视为明代台阁体的萌芽和滥觞。对于四库馆臣这一判断的真实内涵，已有学者予以指出。郑礼炬认为："所谓'明一代之台阁体，胚胎于此'，其真实内涵指的是明朝开国以后通过科举培养的翰林院作家及其创作的馆阁文学作品，以吴伯宗及其作品为肇史者。"① 郑礼炬抓住语境中的两点要素，其概括是比较准确的。尤其是对吴伯宗开科状元身份的把握，应该说符合四库馆臣这一判断的真实内涵。更重要的是，郑礼炬对"明一代台阁之体"具体内涵的理解，已经超越狭义的"台阁体"，将之拓展为"明朝通过科举培养的翰林院作家及其创作的馆阁文学作品"。此种解释，强调的是"明朝本朝培养的翰林院作家"这一创作主体的身份。这种理解与本文所谓"以明代文官为主要创作主体的

---

① 郑礼炬：《明代洪武至正德年间的翰林院与文学》，中国社会科学出版社，2011，第146页。

政治文学"有一定相似性。

　　但是问题也随之而来。首先，即使"明一代台阁之体"的真实内涵指的是明代的政治文学，吴伯宗是否担得起"滥觞""萌芽"的评价？更为重要的是，在此基础上进一步反思，四库馆臣在断代史视野下的文学史建构是否存在问题？[1] 欲解决以上问题，有必要考察明初科举的具体状况，尤其是吴伯宗所参与的洪武四年（1371）的科考。另外，吴伯宗本人所受教育的来源以及内容、特点，吴伯宗在明代的职官履历状况，亦需详加审辨。而以上两个问题皆须置于元明易代之际的历史语境之中。

　　吴伯宗，名祐，[2] 元统二年（1334）生于江西金溪，洪武四年（1371）状元及第，官授礼部员外郎，洪武十七年（1384）死于任上。[3] 吴伯宗 50 年的生命历程有 34 年在元代度过，而只有 16 年在明代度过，是典型的元明易代之际的文人。一般来说，文、史学家将其归入明代，主要是因为吴伯宗在明代由科举入仕，其政治、文学活动亦主要发生在入明为官以后。但这并不意味着吴伯宗是一位典型的新朝文人。恰恰相反，他所接受的是典型的元代教育，其文学活动的积累期在元代。影响其文学才华、文学品味的诸多要素皆与元代关系密切。简而言之，他是一位典型的"元材"，只是政治与文学活动主要发生在明代而已。

　　这要从洪武四年（1371）的首次开科说起。此虽明初科举，但与前元科举有诸多联系，其考试方针、取士标准等内容既承袭元制又具己之特色。[4] 从明太祖对历代科举制度的评价便可看出端倪。"汉、唐及宋，科举

----

[1]　何宗美已经指出，四库馆臣对明初文学的断代问题，有着明显的思想意图，旨在表彰不忘故元而拒与明朝合作的遗民气节。详见何宗美、刘敬《明代文学还原研究——以〈四库总目〉明人别集提要为中心》，第 7 页。

[2]　一说名"柘"，应为"祐"字之讹写，今不取。

[3]　一说被明太祖朱元璋下令诏狱死，详见查继佐《启运诸臣列传中·吴伯宗》，《罪惟录》卷一百一十六，浙江古籍出版社，1986，第 1333 页。

[4]　明初科举既承元制又具己之特色，不仅为今人所共知，明人亦不讳言。《明太祖实录》载："考试之法，大略损益前代之制，初场《四书》疑问，本经义及《四书》义各一道。第二场论一道，第三场策一道。"详见《明太祖实录》卷五十五，台湾"中央研究院"历史语言研究所，1962，第 1084 页。丘濬亦云："皇明开国之二年，首诏天下开科取士，明年乡试，又明年会试，仍参用胜国程式，甫一科即罢之。"详见《皇明历科会试录序》，丘濬著，周伟民、王瑞明等点校《丘濬集》第八册，海南出版社，2006，第 4055 页。

取士各有定制，然但贵词章之学，而不求德艺之全。前元依古设科，待士
甚优，而豪权势要之官，每纳奔竞之人，夤缘阿附，辄窃仕禄，所得资品
或居贡士之上，其怀才抱道之贤，耻于并进，甘隐山林而不起……"① 在
朱元璋看来，汉、唐及宋代科举之弊在于过分看重士子的词章之学；元代
科举依循古制，但弊端在于取士流程不规范，常有豪权势要干涉取士，使
真正的贤者隐而不出。相较于对汉、唐及宋代科考内容的否定，朱元璋对
元代科举采取了相对肯定的态度，因此其主导的科举制度部分承袭元制便
实属正常。从实际操作的角度来看，明初科举部分承袭元制亦不失为一种
"妥协"。毕竟此时参加科考的士子皆为前朝旧民，其文化人格的形成受元
代的影响更重，其知识系统的建立更与元代举业密不可分。如果明初的科
举完全弃元制不顾的话，从现实层面来看，将为科考士子带来巨大困难。

实际上，作为《四库全书总目》总纂官的纪昀，已经注意到吴伯宗的
科举试文，恰好能反映出明初科举承袭元制的特点。"元延祐中定科举法，
经义与经疑并用。其传于今者，经疑有《四书疑节》，经义有《书义卓
越》，可以略见其大凡。明沿元制，小为变通。吴伯宗《荣进集》中，尚
全载其洪武辛亥会试卷，大抵皆阐明义理，未尝以矜才炫博相高。"② 既然
纪昀认为吴伯宗《荣进集》所收之文，是证明明初科举承袭元制的证据，
那么他也应当明白吴伯宗应为"元材"而非典型的新朝文人。但是四库馆
臣依然将吴伯宗视为明代台阁之体的滥觞，对于这个矛盾之处的最合理的
解释是，这个判断并非纪昀本人的观点。因为四库馆臣对吴伯宗的观点，
不止一处与纪昀之观点相龃龉。例如，四库馆臣谓："其（吴伯宗）乡试、
会试诸篇，可以考见当时取士之制，与文字之式……而集中所载试卷，乃
经义而非经疑，殊不可解。"③ 他们认为吴氏科场所作之文，属经义而非经
疑，这恰恰与纪昀之观点相矛盾。纪昀早已认识到明承元制，"经义与经
疑并用"，即使吴伯宗所作之文为经义亦实属正常，并无"殊不可解"之
处。更何况，吴伯宗科场之文，确为经疑而非经义，只是四库馆臣没有辨

① 解缙等：《明太祖实录》卷五十二，第 1020 页。
② 纪昀：《甲辰会试录序》，纪昀著，孙致中点校《纪晓岚文集》第一册，河北教育出版
　社，1995，第 147 页。
③ 永瑢等：《荣进集提要》，《四库全书总目》卷一百六十九，第 1477 页。

清而已。① 清人《钦定续通典》亦载："明太祖洪武四年、十七年开科，十八年会试，循元旧例，作经疑。至二十一年，始定三场之制。"② 作者将明初科举循元旧例的范围扩大到十七年开科、十八年会试，准确与否仍需商榷。但可以肯定的是，洪武四年的开科取士，大体上承袭了元朝旧例。而吴伯宗正是在这一年状元及第，开始了其在明代的政治、文学活动。从这一角度来看，吴伯宗并非典型的新朝文人，而是依前元旧例、按前元标准所选拔的士人。无怪乎崔铣曾指出："洪武文臣皆元材也，永乐而后乃可得而称数云。"③

考察吴伯宗个人求学与成长经历，亦可看出他确为"元材"。吴伯宗生于书香之家，具有一定的家学传统。其曾祖父吴可与兄弟热衷科举，且"兄弟并以文鸣"。④ 其父吴仪为元至正丙申乡贡进士。⑤"（吴仪）自幼以缵承家学为事，鸡初号辄起，秉火挟册而读之。时建昌江公存礼、谢公升孙皆前进士，先生负笈从之游，继登乡先达虞文靖公集之门，于是博极群书，而学绝出于四方。"⑥ 元季社会动荡，吴仪坚持在家讲学授徒，"遐迩学徒争奔走其门。先生随其资器，孳孳训迪，必使优柔厌饫而后已"⑦。在文学功能观上，吴仪倡导文应有补世教："作文不原于圣经，不关于世教，虽工无益也。"⑧

吴伯宗受其家族，尤其是其父吴仪的影响主要表现在以下几个方面。首先，他热衷参加科举，具有积极入仕的精神。吴伯宗在诗文中屡次谈及君子应积极入仕的价值取向："夫天之生贤所以为当世用也，明君在上，

---

① 何宗美：《〈四库全书总目〉明别集提要订误二十三则》，《国学研究》2016年第1期。
② 嵇璜等：《钦定续通典》卷二十二，《景印文渊阁四库全书》第639册，第326页。
③ 崔铣：《胡氏集序》，《洹词》卷十，《景印文渊阁四库全书》第1267册，第602页。
④ 吴可为北宋元祐辛未进士，可兄吴绕为乡贡进士，可弟吴名扬为南宋咸淳辛未进士，详见宋濂《故东吴先生吴公墓碣铭》，宋濂著，黄灵庚点校《宋濂全集》卷六十八，第1607页。
⑤ 《东乡县志》卷下，《仕进第二十二》，《天一阁藏明代方志选刊》，上海古籍书店，1963。
⑥ 宋濂：《故东吴先生吴公墓碣铭》，宋濂著，黄灵庚点校《宋濂全集》卷六十八，第1608页。
⑦ 宋濂：《故东吴先生吴公墓碣铭》，宋濂著，黄灵庚点校《宋濂全集》卷六十八，第1608页。
⑧ 宋濂：《故东吴先生吴公墓碣铭》，宋濂著，黄灵庚点校《宋濂全集》卷六十八，第1608页。

正群贤效用之时也……且既学矣，文矣，可以仕矣。"① "是故幼而学，壮而仕，老而休，天下之通义也。"② 其次，在文学功能观上，吴伯宗与其父亲一样，强调文学与文人的社会功能。"宜深究圣经贤传之旨而明其体，适其用，正其心，修其身……其大要在乎言忠信，行笃敬而毋自暴弃焉。……故夫学之术亦多矣，必欲体用之兼该，言行之两尽，然后可进于圣贤之域，可应乎国家之用，舍是虽有过人之才，朝夕孜孜犹恐学非有用之学。"③ "夫贤者之生世，或以忠贞奋，或以节行著，或以文章政事显，皆足以宏济于当时而垂范于后世，亦犹台莱之生，材美而有用也。夫岂夸耀荣显而已哉？"④ 总而言之，家学对吴伯宗的影响是巨大的。他有诗曰："共喜韦家经训在，惠连才大亦传芳。"⑤ 吴伯宗对家学肯定、自豪的态度，亦可看出其所受家学影响之深，而其家学则多具元代特质。

梳理完家学对吴伯宗的影响，再联系吴伯宗的生平，便可得出结论：吴伯宗在家庭，尤其是其父吴仪的影响下，接受的皆为元代的教育。"（吴伯宗）生而颖悟，十岁通举子业。"⑥ 吴伯宗十岁时为元至正四年（1344），他所通晓的举子业毫无疑问应为元代举业。因此，他所接受的教育，无论如何与明朝都没有丝毫关系。从这个角度来看，他是典型的"元材"，而非新朝文人的代表。

一般来说，明代的状元大多供职于翰林院，是典型的翰林文官，优者入阁，在政治、文学领域产生相当的影响。因而，明代的状元大多被视为准翰林文人，他们的仕途是一条由翰林院开始的文官之路，其文学创作亦可归入明代馆阁文学的范畴。但需要注意的是，此种情况却并不适用于吴

---

① 吴伯宗：《送徐大年序》，《荣进集》卷四，《景印文渊阁四库全书》第 1233 册，第 263 页。
② 吴伯宗：《送欧阳原春致仕序》，《荣进集》卷四，《景印文渊阁四库全书》第 1233 册，第 254 页。
③ 吴伯宗：《送太学生何端归省序》，《荣进集》卷四，《景印文渊阁四库全书》第 1233 册，第 258~259 页。
④ 吴伯宗：《题许氏台莱集后》，《荣进集》卷四，《景印文渊阁四库全书》第 1233 册，第 265 页。
⑤ 吴伯宗：《和伯寅弟菊花诗韵》，《荣进集》卷三，《景印文渊阁四库全书》第 1233 册，第 249 页。
⑥ 李贤等：《明一统志》卷五十四，《景印文渊阁四库全书》第 473 册，台湾商务印书馆，1986，第 116 页。

伯宗。在吴伯宗登科的洪武四年，明代的科举取士制度尚处于调整与准备期，具体来说，登第举子的授官制度尚未正式建立，朝廷没有明文规定状元要供职于翰林院。"洪武四年初开科，状元吴伯宗授礼部员外郎，第二、第三人郭翀、吴公达俱吏部主事。而会元俞友仁中三甲，为县丞。盖官制未定也。"① 可以说此时的科举制度在各个方面尚处于调整阶段，而登科士子授官非翰林只是一个细节而已。陆荣感慨"国初制度简略如此"，② 指的就是明初的科举制度。而洪武十八年（1385），登科举子授官翰林院始成明文规定："十八年廷试，擢一甲进士丁显等为翰林院修撰，二甲马京等为编修，吴文为检讨。进士之入翰林，自此始也。"③ "初，翰林院官皆由荐举，未有以进士人者，故四年开科，状元吴伯宗止授员外郎，榜眼、探花授主事而已。至是诏更定翰林品员……而翰林遂为科目进士清要之阶云。"④ 而"非进士不入翰林，非翰林不入内阁"则是天顺以后的政治惯例。从明代科举制度的完善过程来看，作为明代首位状元的吴伯宗，的确"无缘"由状元直接官授翰林而成为翰林文官。而从吴伯宗状元及第后的职官履历来看，他亦未做过几年翰林文官，并无机会履行太多翰林文官的文化职责。

不妨将吴伯宗的职官履历与其参与的主要文化活动简列于下：洪武四年（1371）状元及第，授礼部员外郎，与宋讷同修《日历》；洪武六年，与宋濂等同修《皇明宝训》；洪武八年（1375），谪居凤阳；洪武十年（1377），出使安南，归，任国子助教；洪武十二年，进讲东宫，陈诚意正心之学；洪武十三年，改翰林典籍，上制十题，命典籍吴伯宗赋之，援笔立就，上称"才子"；洪武十四年（1381），与编修吴沉、典籍刘仲质共进《千家姓》；以为太常寺丞，不拜；洪武十五年（1382）授国子司业，不拜，贬为金县教谕，未至，召回，授翰林检讨，不久授武英殿大学士，译《回回历》《经纬录》等天文诸书；洪武十六年，坐弟吴仲宴谬荐案，降为翰林检讨；洪武十七年卒。可以看出，在吴伯宗的政治生涯中，担任翰林

---

① 王世贞著，魏连科点校《弇山堂别集》卷八，中华书局，1985，第143页。
② 陆容著，佚之点校《菽园杂记》卷一，中华书局，1985，第2页。
③ 《明史》卷七十《选举·二》，第1696页。
④ 夏燮著，王日根等点校《明通鉴》，岳麓书社，1999，第317~318页。

文官的时间比较短暂：洪武十三年至十六年，其间还有一段时间赶赴谪所金县，如果将东宫讲学的经历计算在内，吴伯宗的翰林文官经历不过五年而已。再看他的主要文化活动：参与编修《大明日历》和《皇明宝训》；进《千家姓》；译《回回历》《经纬录》等天文诸书；应制十题获明太祖嘉奖。其中，《大明日历》的编修，吴伯宗以礼部员外郎的职官身份兼职参与，① 可见这并不属于其主要的职责范围。而进《千家姓》与译外文书籍，亦非翰林文官的主要职责。唯一值得圈点的是应制十题为朱元璋所嘉奖。需要注意的是，吴伯宗曾任武英殿大学士，这一职官履历似乎与后来所谓"三杨"内阁重臣的身份有相似性，但实则不然。吴伯宗之武英殿大学士，与后来杨士奇所任大学士不可同日而语。前者只具"顾问"的功能，并不具参与内阁机务的权力。对此，王世贞曾谓："官大学士而非入阁者，吴公伯宗也。"② 焦竑亦将吴伯宗划入"状元官学士"而非"入阁办事者"的行列。③ 因此，吴伯宗借阁臣身份以发挥文学影响力的论断便难以成立。总体而言，吴伯宗担任翰林文官的时间比较短暂，因此并不是一位典型的明代翰林文官；他参与的文化活动亦难言丰富，在此基础上而产生的文学层面的影响更是微乎其微。

通过上文的分析可知，吴伯宗并非明初新朝文人的典型代表。而仅以吴氏与明台阁体诗文风格的相似性为基础，将其视为后者之滥觞的学术判断，不过是对文学表象的归纳总结，缺乏立足史实的学理性辨析。四库馆臣对吴伯宗的受教育情况与职官履历、文学活动缺乏具体入微的了解，以及未考察明初科制与前元之关系，都导致其对吴伯宗文学地位与影响的夸大。但这都不是最重要的原因。深层原因在于，四库馆臣对明代台阁体的文学史构建具有方法上的缺陷。如何宗美曾指出，《四库全书总目》对明代文学史的建构具有明显的官学意识。④ 通过对吴伯宗的考察可发现，四

---

① 《翰林记》载："国初，纂修皆用山林隐逸之士。洪武《日历》纂修者皆儒士，职官独员外郎吴伯宗一人。"详见傅璇琮、施存德编《翰学三书·翰林记》，辽宁教育出版社，2003，第146页。

② 王世贞：《弇山堂别集》卷五，第93页。

③ 焦竑著，顾思点校《玉堂丛语》卷六，中华书局，1981，第221页。

④ 详见何宗美《〈四库全书总目〉：官学体系、特征及其缺失》，《首都师范大学学报》（社会科学版）2017第3期。

库馆臣过分看重文人的政治身份。吴氏开科状元所代表的新朝文人这一政治身份，影响了四库馆臣对其文学地位的认定。此处不妨考察四库馆臣以文人个案为节点构建起的明代台阁体的文学史脉络，管窥其构建的断代文学史所隐含的问题。

杨士奇是明代台阁体的代表人物，四库馆臣评价其地位："主持数十年之风气，非偶然也。"① 肯定杨士奇诗文创作对明代台阁之体的主导作用。再如评倪谦："谦当有明盛时，去前辈典型未远。故其文步骤谨严，朴而不俚，简而不陋，体近'三杨'而无其末流之失。"② 俨然将倪谦视为明代台阁体由雍容典雅走向肤廓冗沓之前的最后一位"经典"台阁体作家。四库馆臣对台阁文人与台阁体关系的建构，除"三杨"外，涉及的文人主要有刘崧、吴伯宗、袁华、陈谟、梁兰、金幼孜、周叙等人。不妨将四库馆臣对这些文人的评价摘录于下：

（刘崧）大抵以清和婉约之音，提导后进。迨杨士奇等嗣起，复变为台阁博大之体。……然崧诗正平典雅，实不失为正声。固不能以末流放失，并咎创始之人矣。③

今观其（袁华）诗，大都典雅有法，一扫元季纤秾之习，而开明初春容之派。④

（陈谟）至于文体简洁，诗格春容，则东里渊源实出于是。其在明初，固沨沨乎雅音也。⑤

（梁兰）于杨士奇为姻家，士奇尝从之学诗……而于繁声曼调之中，独翛然存陶、韦之致，抑亦不愧于作者矣。⑥

其（金幼孜）文章边幅稍狭，不及士奇诸人之博大，而雍容雅步，颇亦肩随。⑦

---

① 永瑢等：《东里全集提要》，《四库全书总目》卷一百六十九，第 1484 页。
② 永瑢等：《倪文喜集提要》，《四库全书总目》卷一百七十，第 1487 页。
③ 永瑢等：《槎翁诗集提要》，《四库全书总目》卷一百六十九，第 1467 页。
④ 永瑢等：《可传集提要》，《四库全书总目》卷一百六十九，第 1475 页。
⑤ 永瑢等：《海桑集提要》，《四库全书总目》卷一百六十九，第 1476 页。
⑥ 永瑢等：《畦乐诗集提要》，《四库全书总目》卷一百六十九，第 1476 页。
⑦ 永瑢等：《金文靖集提要》，《四库全书总目》卷一百七十，第 1484 页。

今观（周叙）所作，虽有春容宏敞之气，而不免失之肤廓。盖台阁一派，至是渐成矣。①

四库馆臣通过对这些明代文人与台阁体之关系的界定，建立起一个系统的明代台阁体发展脉络。但详加审视便可发现，这些判断仍具有很大的言说空间。② 从整体上来说，四库馆臣的这些判断可分为两类：第一类是有历史材料作为支撑的相对客观的判断；第二类则是缺乏史料支撑的模糊性言说。视陈谟、梁兰为杨士奇的学诗"渊源"，这些判断属于第一类，有相当的史料作为支撑。前者曾教授杨士奇，后者于诗文方面亦对东里有颇多教诲。因此，肯定陈谟、梁兰对杨士奇的影响，甚至对整个明代台阁体的影响皆言之成理。值得注意的是第二类判断，这些判断既缺乏足够的史料支撑，其内涵亦具有模糊性与多义性。不妨举例视之。四库馆臣称袁华开启明初"春容之派"，其依据是袁诗"典雅有法"，不具元季"纤秾"之弊。这一简洁的判断，实已隐含诸多问题。"春容之派"的真实内涵是什么？它和四库馆臣笔下的"台阁体"是什么关系？从现有的史料来看，"春容之派"指的应为明代的台阁体，它是对台阁体的另外一种表述。由此来看，四库馆臣认为袁华开启明初"春容之派"的判断，本意并非像判断陈谟与梁兰对杨士奇的影响那样，做一严密的学术判断，而是强调袁华在元明之际，其诗文既无前朝旧弊又具新朝风气的风格特征。但无论如何，"开明初春容之派"的评价的确存在夸大袁华文学地位与影响的嫌疑。同样的还有四库馆臣对周叙与明台阁体关系的判断，称"盖台阁一派至是渐成"，大有将周叙视为明代台阁派形成的标志性人物的意味。实则不然。四库馆臣主要强调的是，周叙的诗文创作既有台阁体前期春容典雅的优长，又具台阁后期冗沓肤廓的弊病，恰好完整地体现了明代台阁体的风格特征，故言"台阁一派至是渐成"。回到四库馆臣对吴伯宗的判断上来。他们视吴伯宗为明一代台阁之体之滥觞与萌芽的观点，同于其对袁华、周

---

① 永瑢等：《石溪文集提要》，《四库全书总目》卷一百七十五，第1554页。
② 如何宗美曾具体考察四库馆臣视刘崧为明台阁体之创始人这一观点，分别从刘崧的文学思想、诗歌风格等五个方面加以验证，认为四库馆臣这一观点并不合理。详见何宗美、刘敬《明代文学还原研究——以〈四库总目〉明人别集提要为中心》，第143~152页。

叙的判断，并非具有详实的史料加以支撑的学理性判断，而只是具有特定内涵的对文学表象的归纳总结。而从地域诗学思想流变的角度看，吴伯宗、刘崧等人继承元代以来江右地域诗学思想，因此，本文倾向于将他们归入雅正观念的统绪，并将其视为后者的重振。而永乐后的台阁文学，虽具有鸣盛的价值取向与春容平和的审美特征，但其生成源于新的现实语境，与江右诗学思想的关系，将在本书第四章中予以详细阐述。

第四章

永乐间江右诗学思想与台阁文学

永乐至成、弘年间是明代台阁文学主导文坛的时代。此时期台阁文学具有一个十分重要的特征，即其代表人物以江西籍馆阁、翰院文人为主。可以说永乐年间的江西文人，在数量上和文坛话语权上，都远远超出他们的同乡前辈——洪、建两朝的江西文人。但从诗文创作水平与诗学思想的多元内涵层面看，前者又不及后者。台阁诗学是政事与文事紧密结合的高度政治化的诗学形态，其形成与永乐间江右文人的政治际遇、士人心态与士人风气等因素密不可分。他们对宋元以来地域诗学思想加以整合，并最终形成一种学术上本诸经史、理学，功能上主张教化，风格上倡导平和雍容的台阁诗学思想。本章主要讨论江右文人群体，如何立足现实处境，汲取本地诗学资源，最终构建台阁诗学思想的历史过程。

第一节　江右文人政治际遇与士人心态

洪武到建文朝，各地文人的政治际遇呈现为此消彼长的状态。建国之初，浙东文人与淮西文人最受明太祖倚重，而江西文人很难与二者相提并论，即便是其中最为知名的刘崧，于洪武十四年（1381）授国子司业，但未及旬日即因病逝世。而吴伯宗不过官至翰林检讨，其声誉之广主要在于首位开科状元的身份。因此，以刘崧与吴伯宗为代表的江右文人，在洪、建两朝的政治际遇无法与宋濂、刘基、胡惟庸等浙东、淮西文人同日而语。随着胡惟庸案与蓝玉案的发生，浙东文人与淮西文人逐渐淡出明初政治中心。建文年间，江右文人的政治际遇始有起色，如新淦文人练子宁，"建文初，与方孝孺并见信用"①。再如分宜文人黄子澄，洪武间伴读东宫，颇得建文帝宠信。"靖难之变"是改变江右文人群体政治际遇的重大事件。解缙、胡广、金幼孜、杨士奇等人对燕王朱棣的拥护，开启了江西文人主导政坛与文坛的序幕。

一　政治际遇与文学话语权的提升

因在"靖难之变"中出城迎降，江西文臣解缙、杨士奇、胡俨、胡广、金幼孜得到成祖朱棣的褒奖，并迅速成其近侍。实际上，此五人在洪、建两朝已任职明廷，只是官秩较低。例如解缙，他在洪、建两朝的仕宦履历可谓历经起伏。解缙于洪武二十一年（1388）举进士，授中书庶吉士。太祖对其"甚见爱重"②，但后来由于性格的骄纵恣肆、与同僚矛盾等原因③而遭遣返。洪武三十一年（1398）太祖驾崩，解缙赴京奔丧，却遭朝臣弹劾而被贬河州。两年后，解缙在礼部侍郎董伦的帮助下重返京师，授翰林待诏，官秩九品。杨士奇在建文初被征至朝廷。太祖去世之后，朝廷命修《明太祖实录》，"征江西处士杨士奇"④，后"授杨士奇齐府审理副"⑤，官秩七品。胡俨"洪武中以举人授华亭教谕"⑥，"建文元年荐授桐城知县"⑦，四年因练子宁荐而被召至京师，官秩按桐城知县为正七品。胡广则在建文二年（1400）授翰林修撰，官秩七品。金幼孜为建文二年进士，"授户科给事中"⑧，官秩七品。可以看出，此五人或在建文间初入京师，或从贬所返还京师，仕途基本处于初始状态，而"靖难之变"成为其仕途转折点。

实际上，此五人在建文朝的仕宦履历，或可为理解在"靖难之变"时

---

① 《明史》卷一百四十一《练子宁传》，第4022页。
② 《明史》卷一百四十七《解缙传》，第4115页。
③ 如与时任都御史袁泰之间的矛盾。详见《明史》卷一百四十七《解缙传》，第4119页。
④ 谈迁著，张宗祥点校《国榷》卷十一，中华书局，1958，第790页。
⑤ 谈迁著，张宗祥点校《国榷》卷十一，第792页。
⑥ 《明史》卷一百四十七《胡俨传》，第4127~4128页。
⑦ 《明史》卷一百四十七《胡俨传》，第4128页。
⑧ 《明史》卷一百四十七《金幼孜传》，第4126页。

的出降之举提供一些现实层面的依据。据史料记载，在朱棣率师进入南京之前，解缙、胡广、胡俨、杨士奇曾与王艮等人约同赴死：

> 燕兵薄京城，艮与妻子诀曰："食人之禄者，死人之事，吾不可复生矣。"解缙、吴溥与艮、靖比舍居。城陷前一夕，皆集溥舍。缙陈说大义，靖亦奋激慷慨，艮独流涕不言。三人去，溥子与弼尚幼，叹曰："胡叔能死，是大佳事。"溥曰："不然，独王叔死耳。"语未毕，隔墙闻靖呼："外喧甚，谨视豚。"溥顾与弼曰："一豚尚不能舍，肯舍生乎？"须臾艮舍哭，饮鸩死矣。缙驰谒，成祖甚喜。明日荐靖，召至，叩头谢。①

据《王艮传》记载，此次密会者有解缙、吴溥、王艮与胡广（胡靖即为胡广）。《周是修传》中又记载有杨士奇、金幼孜与胡俨："初与士奇、缙、靖及金幼孜、黄淮、胡俨约同死。临难，惟是修竟行其志云。"② 又有明人祝允明谓："周纪善初与胡广、金幼孜、解缙、黄淮、杨士奇、胡俨约同死。比及难，周命其子邀诸人，皆不应。周乃独缢于应天府学礼殿东庑。"③ 通过以上几条史料可知，周是修、解缙、杨士奇、胡广、胡俨与金幼孜应有赴死之约，但后来只有周是修与练子宁慷慨赴义，其余人均出城迎降朱棣。有学者曾以陈谟所作《通塞论》一文为依据，认为江右文人具有革代之际不必死节的适从性思想，故能够在"靖难之变"时因势利导，及时倒戈燕王。④ 从家学传承的角度来看，杨士奇作为陈谟的外孙，的确可能受到陈氏影响而临时变节。但慷慨赴死的练子宁作为练高之子，没有理由不同受到陈谟《通塞论》的影响，因为练高与陈谟在元明之际曾交往密切。因此，这种赴死与出降的选择，除了关乎道与势、利与义等价值与思想层面的纠缠外，也与文人对个人命运的规划有关。练子宁与周是修在

① 《明史》卷一百四十三《王艮传》，第4047~4048页。
② 《明史》卷一百四十三《周是修传》，第4050页。
③ 祝允明：《野记》卷二，见邓士龙辑，许大龄、王天有等点校《国朝典故》卷三十二，北京大学出版社，1993，第530页。
④ 详见饶龙隼《元末明初大转变时期东南文坛格局及文学走向研究》，第304~305页。

建文朝已经成为建文帝的宠臣。周是修"留京师，预翰林纂修，好荐士，陈说国家大计"①。练子宁"建文初，与方孝孺并见信用，改吏部左侍郎，以贤否进退为己任，多所建白。未几，拜御史大夫"②。杨士奇、解缙、胡广等人在建文朝的政治际遇，实不可与周、练二人同日而语。且不论周、练二人与杨士奇、解缙们约定的是慷慨赴死，即使是拒仕成祖而解带还乡，对于这些刚刚踏入仕途的年轻人来说，也恐怕是难以接受的。

抛开道德层面的审判，单从个人际遇的角度来看，出降之举无疑成为此五人仕途大进的开端。建文四年（1402）七月，朱棣颁诏即位后，迅速将此前纳降的七位文人委以重任。是年七月，成祖擢杨士奇为翰林编修，金幼孜、胡俨为翰林检讨，解缙为翰林侍读，胡广为翰林侍讲。"八月壬子，侍读解缙、编修黄淮入直文渊阁。寻命侍读胡广，修撰杨荣，编修杨士奇，检讨金幼孜、胡俨同入直，并预机务。"③九月，成祖"赐翰林侍讲解缙等七员金织罗衣各一袭"④，以示恩宠。十月，又命解缙为总裁，胡广、黄淮、杨士奇、金幼孜、胡俨为纂修，与修《太祖实录》。十一月，成祖又擢解缙为翰林侍读学士，胡广、胡俨、黄淮为侍读，杨士奇、金幼孜为侍讲。永乐二年（1404），成祖擢解缙为翰林院学士兼右春坊学士，胡广为右庶子，胡俨为左谕德。自此，江右五人之中，唯解缙最受成祖器重，胡广、胡俨次之，三人皆官秩五品，杨士奇与金幼孜则官居六品。解缙之宠遇有加，可从为其悲剧命运埋下伏笔的东宫立储一事窥见一二："先是，储位未定，淇国公丘福言汉王有功，宜立。帝密问缙。缙称：'皇长子仁孝，天下归心。'帝不应。缙又顿首曰：'好圣孙。'谓宣宗也。帝颔之。"⑤成祖以立储之事密问解缙，对其信任可见一斑。永乐二年九月，成祖曾谓："朕即位以来，尔七人朝夕相与共事，鲜离左右。"⑥此语可见江西诸人所受恩宠。

---

① 《明史》卷一百四十三《周是修传》，第4050页。
② 《明史》卷一百四十一《练子宁传》，第4022页。
③ 《明史》卷五《成祖本纪》，第76页。
④ 《明太宗实录》卷十二下，台湾"中央研究院"历史语言研究所，1962，第214页。
⑤ 《明史》卷一百四十七《解缙传》，第4121页。
⑥ 《明太宗实录》卷三十四，第602页。

这五位江右文人，在永乐初的短短几年便成为成祖最受信任的近臣，亦为后来大批江西文人入仕明廷埋下伏笔。当然，五人之中，唯胡广、杨士奇与金幼孜在朝廷中稳居官位，尤其是杨士奇，历事四朝，成为明代江西文人中最为显赫之人。胡俨与解缙则没有那么幸运。解缙于永乐五年（1407）因廷试不公而被贬广西，八年（1410）又被捕入狱，并于十三年（1415）去世。胡俨则在永乐二年后"拜国子监祭酒，遂不预机务"①。即便有解缙与胡俨的此种遭遇，以他们为代表的江右文人，依然开启了此后江西士子入职明廷的大潮。仅永乐朝便产生了 4 位江西状元，且皆来自江西吉安。分别是永乐二年（1404）的曾棨，永乐九年（1411）的萧时中，十三年的陈循，以及十九年（1421）的曾鹤龄。有学者统计，永乐至正统年间，江西进士人数所占比例最高，占全国进士总数的 25%。永乐至成化间，阁臣共 39 人，其中有 12 人为江西人。② 之所以如此，固然与本地域举业盛行、书院繁盛等因素有关，但亦难否认，解缙、杨士奇、胡广等人所发挥的作用。如永乐二年（1404），成祖命解缙在新科进士中选拔 28 人入学文渊阁一事："复命学士解缙等选才资英敏者，就学文渊阁。缙等选修撰棨，编修述、孟简，庶吉士相等共二十八人，以应二十八宿之数。庶吉士周忱自陈少年愿学。帝喜而俞之，增忱为二十九人。"③ 29 人中有 16 人为江西士子，例如曾棨、周述、王英、王直、李时勉。可见解缙对本地后学提导之力。

随着个人政治际遇的荣达，江右文人的文学话语权亦越发提升。永乐以后的文坛与洪、建两朝相比，其重要区别在于文坛话柄回归庙堂。馆阁文臣不仅从事朝廷公文的书写，并且在非公文领域具有强大的话语权。此时期政事与文学的结合越发紧密，并催生出台阁文学。不过明代台阁文学的形成具有过程性，馆阁文臣因个人政治际遇的提升而逐渐掌握文坛话语，便是此种过程性的体现。例如解缙，在永乐年间便以才华天纵的"解学士"闻名，而且成祖曾肯定"解学士"天纵之才。明人郎瑛《七修类

---

① 《明史》卷一百四十七《胡俨传》，第 4128 页。
② 详见魏崇新《明代江西文人与台阁文学》，《中国典籍与文化》2004 年第 1 期。
③ 《明史》卷七十《选举二》，第 1700 页。

稿》中记载了一则逸事：

> 永乐中秋，上方开宴赏月，月为云掩，召学士解缙赋诗，遂口占《风落梅》一阕，其词云："嫦娥面，今夜圆，下云帘，不著臣见，拼今宵倚栏不去眠，看谁过广寒宫殿？"上览之欢甚，复命赋长篇。又成长短句以进。……上益喜，同缙饮。过夜半，月复明朗，上大笑曰："子才真可谓夺天手段也。"①

经成祖的肯定，"解学士"之名可谓冠绝南北，大量文人雅士慕名而至。如永新文人康以宁以其《西游集》嘱解缙作序，黄仲聚《同声集》求解缙作序。再如临川陆昂夫《柏台思亲诗》、筠阳萧世英《凤木图诗集》、罗孟昭《北斋诗集》、处士卓清约诗集……这些文集序文均为解缙所作。另有解缙为当时文人所作题轩台庙阁及题画序文若干，如新淦处士毛仲鼎兄弟所建"舒啸轩"求解缙序、进士朱文冕"博文斋"求解缙序。解缙在主持《永乐大典》后，声名益甚，其好友太史王偁以其《虚舟集》求解缙序。解缙在永乐年间所作序、记类文章不胜枚举。从身份上看，这些求序之人，既有朝廷文臣，也有布衣文人。从地域分布上看，江西文人数量较多，亦间亦有其他地域文人。可见，永乐时期的解缙，俨然被江右文人视为馆阁重臣与文学宗师。朝廷的公文典章之作，更为解缙所主导："时朝廷诏敕与凡大制作，咸出公手。"② 黄谏在序解缙《文毅集》时甚至将其视为明代江右文人之首："至国朝始混一，西江山川灵秀所钟，而吉水解先生大绅出焉，文章始复大振。故在当时，天下之广，人物之众，以及四夷之远，千百世之悠久，皆知有先生者。"③ 焦竑《玉堂丛语》载：

---

① 郎瑛：《中秋不见月》，见郎瑛著，安越点校《七修类稿》卷二十九，文化艺术出版社，1998，第361页。按，此条又见《文毅集》卷四，与此段文字稍有出入，但大旨相同。

② 杨士奇：《前朝列大夫交阯布政司右参议解公墓碣铭》，杨士奇著，刘伯涵、朱海点校《东里文集》卷十七，第255页。

③ 黄谏：《文毅集原序》，《文毅集》卷首，《景印文渊阁四库全书》第1236册，第594页。

> 吉水解学士缙，天资甚美，为文多不属草，顷刻数千言不难，一
> 时才名大噪。①

钱谦益对解缙之才亦有所述："才名煊赫，倾动海内。俗儒小夫，谰言长语，委巷流传，皆藉口解学士。"② 这些评价是否公允暂且不论，但足以看出永乐年间解缙在文坛之声望与地位。

由政治际遇的荣达拓展到文坛话语权的提升，杨士奇是更为典型的案例。杨士奇与解缙一样，本身就具备较高的文学素养。他长于文学，在永乐朝便为成祖所知。"靖难之变"后，杨士奇初入内阁，见成祖面有惧色，成祖谓："朕知尔文学，亲擢于此，尔但尽心，勿自疑畏！"③ 另有永乐五年（1407）成祖与胡广的一段对话，可知成祖对杨士奇的赞赏：

> 永乐五年冬，一日，胡广独于武英门进呈文字，上览之，称善再三，既从容问曰："杨士奇文学于今难得，而黄淮数不容之，何也？"对曰："淮有政事才，士奇文学胜，且简静，无势利心；盖因解缙重士奇及臣，而轻淮，故淮有憾。"上曰："朕知汝亦不容于淮，惟朕不为所惑。"④

可以看到，杨士奇以文学胜，非止成祖之见，乃是此时诸馆阁文臣的共识。当然，此"文学之胜"并非今人所谓"文学"，但即便如此，杨士奇长于文学的特质，在永乐朝已成君臣共识。杨士奇馆阁重臣与文坛领袖的确立，要到永乐末年乃至仁宗即位后方正式确立。永乐十九年（1421），杨士奇由左春坊左谕德迁左春坊大学士。永乐二十二年（1424），成祖驾崩，八月杨士奇为仁宗作《即位诏》，升礼部左侍郎兼华盖殿大学，又进少保，并赐"杨贞一"印。杨士奇在此时可谓宠极一时。

---

① 焦竑著，顾思点校《玉堂丛语》卷七，第 241 页。
② 钱谦益：《列朝诗集小传》乙集，上海古籍出版社，1983，第 161 页。
③ 黄佐：《召尉》，《翰学三书·翰林记》卷六，第 74 页。
④ 杨士奇：《圣谕录·卷上》，杨士奇著，刘伯涵、朱海点校《东里文集》，第 388 页。

　　此时期以杨士奇为核心的朝廷文臣的雅集活动，是其文坛地位日渐提高的明证。如永乐二十年（1422）的西城宴集：

　　　　京城之中，直长安门之西五六里，地幽而旷，居民鲜少，园池水木篱落萧散之趣，往往遇之，如游乎城之外者。……余之居于此也，凡翰林素所交游多在焉，然各有职务，而欲尊俎谭咏，以合群情于一日之乐者，盖未暇也。永乐壬寅闰十二月，诏京官并给前一岁之俸，而岁终公务亦简，于是相与为醵会，而治具于陈光世。是月二十有六日，晨雪初霁，天气融朗，光世折简以迓，昼而毕集，居城西者，余及曾子棨、王时彦、余学夔、桂宗儒、章尚文、陈光世、钱习礼、张宗琏、周恂如、陈德遵、彭显仁、周功叙、胡永斋、刘朝宗，凡十五人。余正安近东徙，其志所乐恒在西也。萧省身自外至，而侨于西，皆宾致之，皆翰林交游之旧也。列序以齿，笾豆洁丰，觞酌循环，酬酢并举，欢洽之至。清言不穷，间以善谑，礼度无愆，文采相发。于是举宾之初筵四章之末四句为韵赋诗，韵少则叠其一，而以道夫相乐之意，可谓盛哉！①

从杨士奇所作序文中可以抽取几条重要信息。首先是此次宴集活动的发起人为杨士奇，地点为其西城居所。其次是参与宴集的成员均为馆阁、翰林文臣与学于文渊阁的庶吉士。再次是这些成员中江西籍文臣占比较高，如曾棨、王英、钱习礼、周叙、萧镃等。因此，杨士奇的政治地位与文学话语权，首先在江西籍馆阁、翰院文臣中产生影响。如王直在永乐二十一年（1423）丁内艰，后返还京师，杨士奇助其移居西城。王直对此颇为感激，并赞赏杨士奇对江右同僚的提携帮助："先生重乡谊，笃世好，不欲弃予于远，思求近宅以处之，使熏炙为善。"② 另宣德八年（1433）四月，宣宗与群臣游观西苑，群臣赋诗，后命杨士奇作序于卷首。再如正统二年

---

① 杨士奇：《西城宴集诗序》，杨士奇著，刘伯涵、朱海点校《东里文集》卷五，第75页。
② 王直：《移居唱和诗序》，《抑庵文集》卷四，《景印文渊阁四库全书》第1241册，台湾商务印书馆，1986，第73页。

（1437）的杏园雅集。这些馆阁文臣的雅集活动无一不是以杨士奇为核心的文人集会。

永乐后期至仁、宣两朝，杨士奇具有重要的文坛话语权，大量文人视其为文学宗师。如黄淮称："洪惟我朝自太祖高皇帝肇开文运，儒雅彬彬辈出，以公述作征诸前烈，颉颃下上，能几人焉？方之当时，齐驱并驾，复几人焉？谓之间世之才，其信然哉。"[①] 王鏊曰："明兴，作者代起，独杨文贞公为第一，为其醇且则也。"[②] 彭时称："惟我皇明，混一区宇，右文兴治，超轶前代，至宣德、正统间，治教休明，民物康阜，可谓熙洽之时矣。当是时，以文学显用者，有三杨公焉。"[③] 李东阳谓："国朝洪武初，肇启文运，宋潜溪诸公，远不可见。永乐以后至于正统，杨文贞公实主文柄。乡群之彦，每以属诸先生。"[④] 陆深称："惟我皇朝一代之文，自太师杨文贞公士奇实始成家。一洗前人风沙浮靡之习，而以明润简洁为体，以通达政务为尚，以纪事辅经为贤。"[⑤] 可以确定的是，杨士奇的文坛地位是随着其仕宦履历的显耀而逐步提升的。

二　解缙之死对士风及诗风之影响

洪武、建文两朝与永乐初乃明代台阁文学的发轫期，但对其研究稍显不足，现有成果多关注宋濂、刘崧、吴伯宗、方孝孺等人，却忽略了一位重要的文人——解缙。之所以如此，其原因不外乎两点：其一是解缙主要活跃于永乐初，而对台阁文学的溯源性研究，一般追至洪武间影响性更大的宋濂、刘崧诸人；其二是解缙一般不被视为台阁文学代表作家，因其诗虽不乏应制之作，但整体呈现为阔大飘逸的体貌特征。正如杨士奇评其诗

① 黄淮：《少师东里杨公文集序》，见杨士奇《东里文集》卷首，《景印文渊阁四库全书》第 1238 册，第 2~3 页。

② 王鏊：《匏庵家藏集序》，《震泽集》卷十三，《景印文渊阁四库全书》第 1256 册，第272 页。

③ 彭时：《杨文定公诗集序》，见杨溥《杨文定公诗集》，《续修四库全书》集部第 1326 册，上海古籍出版社，2002，第 463 页。

④ 李东阳：《呆斋先生文集序》，李东阳著，周寅宾点校《李东阳集》第 2 册卷五，岳麓书社，1984，第 74 页。

⑤ 陆深：《北潭稿序》，《俨山集》卷四十，《景印文渊阁四库全书》第 1268 册，台湾商务印书馆，1986，第 246 页。

曰："诗豪宕丰赡似李、杜。"① 此论虽有夸赞之嫌，却颇为准确地道出解缙飘逸雄放之诗风。实际上，解缙对明代台阁诗风的生成具有重要的推动作用，其下狱惨死的结局促使当朝文人心态发生重要转变。当然，"靖难之变"中对士人心态影响最大的事件当数方孝孺被诛一事，但解缙之死亦不容忽视。方氏之死，是士人面临道与势的生死抉择时，舍生而取义，其惨死乃是对士人精神层面的阉割，而彻底沦为皇权的奴仆。解缙之死，则让士人对如何事君的问题加以反思，欲在皇权范围内恪尽职守，并保全自己的官职以及生命。另一方面，解缙之死在方孝孺被诛后依然能够对士人心态产生冲击，是因为如"靖难之变"面临道义与生死的抉择不常有，但如何事君却是需要时常面对的问题。因此，解缙之死让当时士人群体反思，以何种心态与方式事君方为正途。此外，无论是洪武朝的短暂出仕，还是永乐朝的一时荣达，解缙始终具有才子型文人的人格特征，其惨死，驱动着其时士人对个性与本色的放弃，在心态上逐渐官僚化和模式化，端庄谨厚、老成持重成为他们游刃于仕途的理想人格。

政治环境与君臣关系是塑造洪武至永乐间士人心态的核心要素，士人立足于现实环境与个人际遇，谨慎调整事君方式，以期与皇权保持和谐。对于此时皇帝权威与施政特征，明人李贽概括曰："唯我圣祖，起自濠城，……愤然于贪官污吏之虐民，欲得而甘心之矣。……建文继之用纯恩，而成祖二十有二年，则又恩威并著而不谬。"② 太祖尚罚，以酷刑治吏，故洪武间士人多具畏祸保身之心态，成祖善用赏罚、恩威并施，使士人个性渐趋萎缩，以谨慎持重的态度周旋于仕途。值得注意的是洪、永之际，尤其是建文年间的政治环境与士人心态。朱允炆年少即位，礼遇儒士并推行仁治，"专欲以仁义化民"③，故此时君臣关系融洽，并涌现出一批个性张扬、锐意进取的文人群体。解缙虽在洪武中期步入仕途，但其政坛与文坛地位的凸显则主要得益于永乐初的仕宦显荣。另一方面，解缙之仕宦横跨

---

① 杨士奇：《前朝列大夫交阯布政司右参议解公墓碣铭》，《东里文集》卷十七，《景印文渊阁四库全书》第 1238 册，第 207 页。
② 李贽撰，张建业编《李贽全集注》第 9 册，社会科学文献出版社，2010，第 1 页。
③ 《明史》卷九十四《刑罚志》，第 2320 页。

洪武、建文与永乐初三个阶段，以其为切入点，可见洪、永之际士人心态之特征。

解缙（1369—1415），字大绅，号春雨，江西吉安人，洪武二十一年（1388）进士，授庶吉士，步入仕途。此时的解缙可谓少年得志，作诗曰："一自登天府，声名举国传。凤池皆缩首，禁苑尽推贤。威凤青云上，祥麟白日边。上林人共喜，几度锦衣还。"[①] 其春风得意与恃才狂傲之态跃然纸上。再如其《大庖西封事》一文，直陈洪武政治之弊："臣闻令数改则民疑，刑太繁则民玩。国初至今，将二十载，无几时不变之法，无一日无过之人。尝闻陛下震怒，锄根剪蔓，诛其奸逆矣。未闻褒一大善，赏延于世，复及其乡，终始如一者也。"[②] 向太祖直言"无几时不变之法，无一日无过之人"之语，可见其狂放耿直的个性。《明史》中记有另外一件小事，可见解缙骄纵之态："缙尝入兵部索皂隶，语嫚。尚书沈溍以闻。帝曰：'缙以冗散自恣耶。'命改为御史。"[③] 可见，朱元璋此时已经对解缙骄纵恣肆的性格有所不满，而改为御史之命，或出于对其所抱有的希望，希望他能由一个年轻气盛的才子，逐渐成长为专业的、老成的官员："上虑公优闲怠逸，即除江西道监察御史，盖以繁剧玉成之也。"[④] 洪武十三年（1380），太祖以胡惟庸党案诛杀多位开国文臣，连坐受诛者更达三万余人，韩国公李善长便是其中之一。解缙作《代王国用论韩国公冤事状》一文为李善长申辩，他在文中直斥朱元璋滥用刑罚之过："不幸以失刑，而臣恳恻为明之，犹愿陛下作戒于将来也。天下孰不曰，功如李善长，今尚如此。臣恐四方之解体也，且臣至疏贱，非不知言出而祸必随之。"[⑤] 解缙"愿陛下作戒于将来"与"恐四方之解体"之语，不可谓不大胆。所幸，此事并未激怒太祖。后，解缙又上疏弹劾都御史袁泰，痛斥他为十恶不赦之徒："心毒口甘，阳助阴挤。伺察渊衷，转意簧舌。包藏众祸，倾巧百

① 解缙：《寄友》其一，《文毅集》卷五，《景印文渊阁四库全书》第1236册，第651页。
② 《明史》卷一百四十七《解缙传》，第4115页。
③ 《明史》卷一百四十七《解缙传》，第4119页。
④ 杨士奇：《前朝列大夫交阯布政司右参议解公墓碣铭》，《东里文集》卷十七，《景印文渊阁四库全书》第1238册，第255页。
⑤ 解缙：《代王国用论韩国公冤事状》，《文毅集》卷一，《景印文渊阁四库全书》第1236册，第608页。

端，专行己意，莫敢谁何。……而况数其鄙猥，尤可羞惭。"① 解缙并无太多具体罪状的指控，而是着力于从道德层面指斥袁泰为人神共怒的小人，足见其耿直狂放。太祖虽未因其狂纵而下令责罚，但对其父解开语："是子大才，其以归教训，十年而用之。"② 解缙以才华名世，这样一位人所共知的才子都需要返乡进学，实在于理难通。因此只能推断，归以进学不过借口，收敛任放之性情方可为朝廷所用。解缙恃才狂放之风另有一事可为佐证：

> 学士宋濂文章名世，蛮夷朝贡者，数问安否。日本得《潜溪集》，板刻国中；高句丽、安南使者至，购文集不啻拱璧。权要及有力者，苟非其人，虽置金满稿求一字不肯与，纵不得已与之，亦不受其馈谢。日本使奉敕请文，以百金为献，却不受。上以为问，濂对曰："天朝侍从之官，而受小夷金。非所以崇国体也。"上深然之。解缙为学士，求文与书者日辐凑，率与之无倦色。或言有不当与者，笑曰："雨露岂择地而施哉！且人孰不可与进者？"二人性度不同如此。③

宋濂与解缙皆以文章名世，但对待求文者的态度却截然不同。宋濂一般持拒绝态度，而对于实在无法拒绝的日本使节，为文而不受其馈，认为受馈则有辱国体。解缙则不同，对求文者来者不拒，且以雨露自喻，足以见其恃才狂纵之态。

从解缙的诗风及其效法对象上，也可见其狂放耿直的个性。解缙之诗才华横溢、豪迈奔放，实与倡导典雅诗风的江右文人颇为不同。如其《月中丹桂歌》一诗，不仅气度豪迈，而且具有强烈的自我意识：

> 高天桂树五千尺，广寒宫中遮月色。八月秋清桂吐花，天香散乱神仙宅。西湖吴叟乌角巾，帝遣伐桂三千春。终朝倚困倦无力，婵娟

---

① 解缙：《论袁泰奸黠状》，《文毅集》卷一，《景印文渊阁四库全书》第 1236 册，第 608～609 页。
② 解缙：《鉴湖阡表》，《文毅集》卷十二，《景印文渊阁四库全书》第 1236 册，第 783 页。
③ 黄佐：《应酬》，《翰学三书·翰林记》卷十九，第 277～278 页。

兔笑嫦娥嗔。我有开山新钺斧，手持直上清虚府。金桥银桥忽在前，笑观霓裳羽衣舞。一斫折枝柯，二斫折婆娑。三斫桂树月中倒，四海不觉清光多。太阴之君邀我见，封章直奏通明殿。玉皇亲赐天樵民，留我天庭十日宴。明日宴罢踏层云，思量唯有斧随身。袖中带得一枝出，天下方知第一人。①

"袖中带得一枝出，天下方知第一人"之语，将其狂放恣肆的性格表现得淋漓尽致。解缙追慕李白飘逸纵横的诗风与狂放不羁的人格特征，其《采石吊李太白》一诗曰：

> 吾闻学士真风流，豪气直与元气侔。金銮殿上拜天子，叱呼宠幸如苍头。贵妃捧砚恬不怪，力士脱靴惭复羞。平生落魄赢得虚名留，也曾椎碎黄鹤楼，也曾踢翻鹦鹉洲。也曾弃却五花马，也曾不惜千金裘。呼儿换取采石酒，花间满泛黄金瓯。醉来问明月，月映金波流。大呼阳侯出江海，骑鲸直向北极游。我来采石日已暮，潮生牛渚聊舣舟。白浪一江雪滚滚，黄芦两岸风飕飕。我欲起学士，相与更唱酬。恐惊水底鱼龙眠不得，上天星斗散乱难为收。草草留题吊学士，学士不须笑吾俦，磊落与尔同千秋。②

解缙仰慕李白不畏权贵、狂放不羁的性格。这种对李白人格上的追慕，频见于解缙的诗作，再如其《吊李太白》一诗，亦将李白视为立身楷模。这些诗作均为其狂放不羁人格的体现。

解缙在洪、永之际狂傲耿直的文人本色并非个例，尤其在君臣关系和谐的建文年间，文人多具欲有所为的儒者担当与忠直耿介的人格特征。为推文治，朱允炆于建文元年（1399）更定官制，"改六部尚书为正一品，设左、右侍中正二品，位侍郎上，除去诸司清吏字"③，文官权威与地位因

---

① 解缙：《月中丹桂歌》，《文毅集》卷四，《景印文渊阁四库全书》第 1236 册，第 630 页。
② 解缙：《采石吊李太白》，《文毅集》卷四，《景印文渊阁四库全书》第 1236 册，第 629 页。
③ 《明史》卷七十二《职官一》，第 1738 页。

此获得较大提升。又赐太学诸生袭衣束带，以励后学，一系列的措施使文人奋发鼓舞，"士林相矜，以为太平盛事"①。对于此时君臣相谐、以图文治境遇下士人之心态，可以周是修、练子宁、方孝孺诸人为例予以论说。周是修（1354—1402），名德，字是修，以字行，吉安泰和人，洪武末举明经，为霍丘训导，擢周王府奉祀正，燕兵渡淮，京城失守后，自缢辞世。周是修在建文间乃皇帝宠臣，"预翰林纂修，好荐士，陈说国家大计"②。他为人外和内刚，性颇耿直，诗文"风骨棱棱，溢于楮墨，望而知为忠臣义士之文"③。对此，解缙评曰："其人颜色整齐，如凛秋峻壁，语言真确，如利刃霜锷。考其平生所行，无一不酬其言者，非泛然矜名誉事，著述为文辞比也。"④ 周是修怀有进取之心，在未入仕时期待有所作为，云："天下万事如浮云，倏忽变化不可测。鸾凤终非枳棘栖，蛟龙曾是池中物。"⑤ 建文改元后，周是修迎来实现儒者理想的机会。他为人刚正不阿，曾自言："忠臣不计得失，故言无不直；烈女不虑生死，故行无不果。"⑥ 又指斥用事者谓："嗟彼赵高徒，擅国恣凶奸。下视蜂蚁性，何能无厚颜。"⑦ 从其诗中可以看到高远的理想和张扬的个性："我有两龙剑，阅世三千秋。……划水蛟鳄断，指空鬼神愁。精光不可掩，夜夜冲斗牛。所恨际休明，锋芒久潜收。愿持献天子，为斩佞臣头。"⑧ 展现出建文文人昂扬进取的精神状态。与周是修一样，练子宁也是建文朝的死节之臣。练子宁（？—1402），名安，字子宁，以字行，江西新淦人。洪武十八年（1385）进士及第，授修撰，累迁至左副都御史、工部侍郎，建文初，改吏部。"燕王

---

① 朱鹭：《建文书法拟·前编》，《四库全书存目丛书》史部第 53 册，齐鲁书社，1996，第 257 页。

② 《明史》卷一百四十三《周是修传》，第 4050 页。

③ 永瑢等：《刍荛集提要》，《四库全书总目》卷一百七十，第 4141 页。

④ 解缙：《周是修墓志铭》，周是修《刍荛集》卷六，《景印文渊阁四库全书》第 1236 册，第 133 页。

⑤ 周是修：《达怀歌》，《刍荛集》卷二，《景印文渊阁四库全书》第 1236 册，第 21 页。

⑥ 《明史》卷一百四十三《周是修传》，第 4050 页。

⑦ 周是修：《抒怀五十三首》其十六，《刍荛集》卷一，《景印文渊阁四库全书》第 1236 册，第 4 页。

⑧ 周是修：《抒怀五十三首》其十一，《刍荛集》卷一，《景印文渊阁四库全书》第 1236 册，第 3 页。

即位，缚子宁至。语不逊，磔死，族其家，姻戚俱戍边。"① 练子宁文集多被禁毁，所传不多，但从有限的诗文中依然可以看到其俊逸豪放、率性不羁的人格特征，如其《待月歌》云："人生何用嗟与叹，月本无心尚圆缺。……直上蓬莱第一峰，坐听霓裳奏仙乐。"② 又如其《泛湖》诗云："袖中亦有凌云赋，愿借长风到日边。"③ 这些自信从容、气度雄放的诗，无疑是其胸怀的真实抒写，展现的是建文间文人短暂而又独特的风采。当然还有以致太平为己任的方孝孺，及其"贤豪志大业，举措流俗惊"④ 的济世怀抱。方孝孺的两首七绝可生动诠释此时君臣关系与士人心态之面貌：

> 斧宸临轩几砚闲，春风和气满龙颜。细听天语挥毫久，携得香烟两袖还。⑤
>
> 风软彤庭尚薄寒，御炉香绕玉阑干。黄门忽报文渊阁，天子看书召讲官。⑥

两首诗的情感基调轻松明快，其来源当有两点：一为皇帝践行文治举措，极大调动起文臣进取之心；二为融洽的君臣关系使双方形成和谐的合作模式。在此，文人欲有所为的儒者担当与君臣互信的政治氛围结合在一起，塑造出理想高远而个性张扬，忠直耿介而勇于任事的士人心态。

洪、永之际之所以出现忠直狂傲的文人群体，实与建文改元有关。身历洪武朝皇权倾轧的文人，于仕途中小心翼翼、进退失据。而朱允炆仁爱宽厚，欲施仁政，让文人群体看到了转机，并产生君臣遇合、上下同欲的期待与想象。但燕王起兵则意味着这一期待化为梦幻泡影。性刚鲠者如周

---

① 《明史》卷一百四十一《练子宁传》，第 4022 页。
② 练子宁：《待月歌》，《中丞集》卷下，《景印文渊阁四库全书》第 1235 册，台湾商务印书馆，1986，第 27 页。
③ 练子宁：《泛湖》，《中丞集》卷下，《景印文渊阁四库全书》第 1235 册，第 30 页。
④ 方孝孺：《闲居感怀十七首》其三，方孝孺撰，徐光大点校《方孝孺集》下册，浙江古籍出版社，2013，第 874 页。
⑤ 方孝孺：《二月十四日书事二首》其一，方孝孺撰，徐光大点校《方孝孺集》下册，第 957 页。
⑥ 方孝孺：《二月十四日书事二首》其二，方孝孺撰，徐光大点校《方孝孺集》下册，第 957 页。

是修、练子宁，在京城围陷后从容殉难，或如方孝孺、黄子澄，被执入狱后慨然赴死。解缙、杨士奇、黄淮、胡广、金幼孜诸人则选择权变，出城纳降以迎朱棣，但等待他们的，是一个压抑文人个性与本色的时代。

　　"靖难之变"后，以解缙为首的纳降诸人迅速得到成祖信任。建文四年（1402）七月，成祖擢解缙为翰林侍读，杨士奇为翰林编修，金幼孜、胡俨为翰林检讨，胡广为翰林侍讲。"八月壬子，侍读解缙、编修黄淮入直文渊阁。寻命侍读胡广、修撰杨荣、编修杨士奇、检讨金幼孜、胡俨同入直，并预机务。"① 九月，成祖"赐翰林侍讲解缙等七员金织罗衣各一袭"②，以示恩宠。十月，又命解缙为总裁，胡广、黄淮、杨士奇、金幼孜、胡俨为纂修，与修《太祖实录》。十一月，成祖擢解缙为翰林侍读学士，胡广、胡俨、黄淮为侍读，杨士奇、金幼孜为侍讲。永乐二年（1404），成祖擢解缙为翰林院学士兼右春坊学士，胡广为右庶子，胡俨为左谕德，自此，纳降诸人中唯解缙最受器重。政治地位的显荣使解缙的文坛地位进一步提升，朝廷公文咸出其手，"应答敏捷，无所凝滞，一时诏敕号令，颁布四方，皆出公手"③。再如前文所称，解学士天才之名为成祖首肯。在主持编修《永乐大典》后，解缙声名益甚，俨然被视为文学宗师。如黄谏在序解缙文集时将其视为明代江右文人之首："至国朝始混一，西江山川灵秀所钟，而吉水解先生大绅出焉，文章始复大振。故在当时，天下之广，人物之众，以及四夷之远，千百世之悠久，皆知有先生者。"④这些评价虽有恭维之嫌，但依然可见解缙的政治地位与文坛声望。

　　如果说洪、建朝解缙的狂放耿直与其年轻气盛有关，那么永乐时解缙的狂放则离不开其仕途的显融。成祖曾让解缙评价当时文臣，解缙毫无顾忌，直言诸人长短：

---

① 《明史》卷五《成祖本纪》，第 76 页。
② 《明太宗实录》卷十二，第 214 页。
③ 曾棨：《内阁学士春雨解先生行状》，详见解缙《文毅集》附录，《景印文渊阁四库全书》第 1236 册，第 837 页。
④ 黄谏：《文毅集原序》，见解缙《文毅集》卷首，《景印文渊阁四库全书》第 1236 册，第 594 页。

　　缙言:"蹇义天资厚重,中无定见。夏原吉有德量,不远小人。刘儁有才干,不知顾义。郑赐可谓君子,颇短于才。李至刚诞而附势,虽才不端。黄福秉心易直,确有执守。陈瑛刻于用法,尚能持廉。宋礼戆直而苛,人怨不恤。陈洽疏通警敏,亦不失正。方宾簿书之才,驵侩之心。"帝以付太子,太子因问尹昌隆、王汝玉。缙对曰:"昌隆君子而量不弘。汝玉文翰不易得,惜有市心耳。"①

对于蹇义、夏原吉、李至刚等朝廷重臣,解缙尽评其优缺点,可谓耿直有加,以至引起李至刚的诸多不满,为后来解缙下狱惨死埋下伏笔。永乐年间,解缙时有言他人所不敢言之事。如永乐四年(1406),解缙谏成祖征讨安南事:"文庙初,甚宠爱解缙之才,置之翰林。缙豪杰敢直言,文庙欲征交阯,缙谓:'自古羁縻之国,通正朔,时宾贡而已。若得其地,不可以为郡县。不听,卒平之,为郡县。'"② 朱棣并未听取解缙的谏言,而且对解缙已有不满。

　　在永乐初年短暂的君臣和谐后,一系列政治事件改变了此时的士风。永乐二年(1404),与解缙同时入阁的胡俨被调离权力中心:"俨在阁,承顾问,尝不欲先人,然少戆。永乐二年九月拜国子监祭酒,遂不预机务。"③ 所谓"戆",即谓其性耿直莽撞。五年(1407),解缙被贬广西,任布政司右参议,后改任交阯。八年(1410),解缙入京,适逢成祖北征,私谒太子朱高炽,这为因立储之事而对其怀恨在心的汉王朱高煦提供了弹劾的借口,为其冠以"无人臣礼"的罪名:"汉王言缙伺上出,私觐太子,径归,无人臣礼。"④ 九年(1411)解缙下狱,其好友翰林检讨王偁与翰林典籍王璲受累,死狱中。十二年(1414),黄淮与杨溥亦因立储之事身陷囹圄。永乐十三年(1415),解缙惨死,才子解学士就此陨落。

　　对于解缙下狱惨死的前后经过,《明太宗实录》的记载较为详细:

---

①　《明史》卷一百四十七《解缙传》,第4122页。
②　宋端仪:《立斋闲录》卷一,《四库全书存目丛书》子部第239册,齐鲁书社,1997,第596页。
③　《明史》卷一百四十七《胡俨传》,第4128页。
④　《明史》卷一百四十七《解缙传》,第4121页。

是月，交阯布政司右参议解缙有罪，征下狱。缙先为翰林学士兼右春坊大学士，甚见宠任，坐廷试读卷不公，出为广西布政司右参议。会有言缙尝泄建储时密议者，遂改交阯布政司，命专督化州馈饷。时翰林检讨王偁有罪，谪随总兵官在交阯，教缙指言广东化州，二人遂共趋广东，娱嬉山水，忘返。缙又上言，请用数万人凿赣江，以便往来。上曰："为臣受事则引而避去，乃欲劳民如此？"并偁皆下狱。后数岁，皆瘐死。缙文学书札独步当时，其为人旷易无城府，喜荐引士，然少慎择，且所行多任情忽略，故及于罪。偁为文独为缙所喜，而傲诞不检，士论黜之。①

实录所列解缙被诛之原因，其事有四：廷试读卷不公；泄立储密议；娱嬉山水；上言凿江。将《明史·解缙传》中记载的永乐八年私觐太子而归的"无人臣礼"的罪名，一并计算在内，则致解缙下狱之事有五。

如前所述，王偁、王璲与解缙在相似的时间或入狱、或惨死。导致这一结果的原因，既有围绕立储产生的诸多事件，又与此时文人群体与成祖之间的矛盾与猜忌有关。因此以解缙之死为代表的文人之遭遇，对当时士人心态产生较大震动。实际上，永乐五年（1407）解缙被贬为广西参议②，其人其事已为士人敲响警钟，有一事可为佐证。是年杨荣族弟杨仲宜入京，并于该年八月返乡。③ 杨士奇、黄淮、胡广、王璲等人有诗相赠。其中，杨士奇在诗序中列有翰林职务且受礼遇者五人④，却对解缙

① 《明太宗实录》卷一百一十六，第1483~1484页。
② 《明史》载："二月庚寅，出翰林学士解缙为广西参议。"详见《明史》卷六，第84页。
③ 王璲《送杨仲宜归闽中》曰："闽中杨仲宜氏，不远数千里来京师，谒见其伯氏谕德公勉仁，盘桓月余告别。……永乐五年秋八月既望，承务郎右春坊赞善兼翰林检讨青城王汝玉。"可知杨仲宜京乃永乐五年八月事。详见王璲《青城山人集》卷四，《景印文渊阁四库全书》第1237册，台湾商务印书馆，1986，第741页。
④ 杨士奇称：皇上以文教治天下，特宠厚儒者，简德义文学之士置之教林，任以稽古纂述之事，而隆其礼遇。凡翰林职务任之五人者，礼遇尤隆。……五人者：左春坊左庶子兼翰林院侍读永嘉黄淮、右春坊右兼翰林院侍读吾郡胡广、右春坊右谕德兼翰林院侍讲建安杨荣、翰林侍讲清江金幼孜，士奇不肖亦辱与数焉。……盖以为勤于务者，必慎于身，慎于身者，必端于心，端于心而后发于思，唯言动常在乎善，不在乎不善。皆能胥视一愿，交相警发无所拂逆。详见杨士奇《送杨仲宜诗序》，《东里文集》卷三，《景印文渊阁四库全书》第1238册，第32页。

只字未提，这实在于理不通。须知解缙于永乐二年（1404）迁翰林学士兼右春坊大学士，① 翰林官职与所受恩宠皆超此五人。杨士奇对解缙的刻意回避，可见狂士解缙在其看来已然具有负面意义。另外，杨士奇认为为政在于修身养心，且诸同僚应"交相警发无所拂逆"，此种对端庄谨厚政治人格及相互警醒的强调，亦可看到士人心态由任情放纵到谨慎老成的转变。

解缙事件对士人心态的影响，尤其体现在下狱惨死后，同僚对其耿直狂放人格之态度，此种态度隐藏于解缙传记文本之中，作者运用一定的书写策略，对狂放这一负面性人格特征予以遮蔽。例如杨士奇为解缙所作墓碣铭，对解缙耿直狂放之举多有描写，结尾却借仁宗之口，否认解缙为狂士："后十余年，仁宗出其所奏十人者示士奇，且谕之曰：'人率谓缙狂士，缙非狂士，向所论皆定见也。'"② 杨士奇对解缙洪武及永乐间诸多狂士之举悉有记录，如上《大庖西封事》、弹劾袁泰、怒斥承运库官张兴、与成祖言李至刚等十人之短长，但最后之所以谓缙非狂士，其原因当有两点：其一是掩盖狂士解缙与成祖之间的矛盾，将后者解脱出来；③ 其二为消弭解缙人格的负面特征，将其耿直敢言视为明辨忠奸的正义之举。再如解缙门生曾棨，则采用另外一种书写策略，对解缙侍才放纵的人格特征予以美化："苟有益于国家，虽违众而行，无所顾忌。……公退一室，萧然惟留心翰墨，挥洒忘倦，言笑竟日，不为崖岸。"④ 视解缙耿直敢言为尽忠之举，结合挥洒翰墨之论，曾棨将解缙塑造为在朝尽职谏言、居家醉心于诗书的忠臣才子形象。无论是杨士奇还是曾棨，对解缙狂士本色的遮蔽与美化，皆体现出士人对狷狂人格的反思与警醒。

---

① 《明太宗实录》载，永乐二年四月壬申，"升翰林院侍读学士解缙为本院学士兼右春坊大学士。"详见《明太宗实录》卷三十，第535页。

② 杨士奇：《前朝列大夫交阯布政司右参议解公墓碣铭》，《东里文集》卷十七，《景印文渊阁四库全书》第1238册，第206页。

③ 张德建认为，杨士奇墓碣铭的写作策略在于将解缙之死描述为忠奸冲突，从而回避解缙与成祖矛盾。详见张德建《历史文本中的文学因素——以"解缙之死"书写差异为例的考察》，《四川大学学报》（哲学社会科学版）2018年第2期。

④ 曾棨：《内阁学士春雨解先生行状》，见解缙《文毅集》附录，《景印文渊阁四库全书》第1236册，第838页。

解缙死后，士人认识到耿直狂傲并非事君之正途，而谨慎老成的态度或可免于触犯皇帝权威。与解缙同入内阁的杨荣曾总结谏言之道，谓：

> 吾见人臣以伉直受祸者，每深惜之。事人主自有体，进谏贵有方。譬若侍上读《千文》，上云"天地玄红"，未可遽言也，安知不以尝我？安知上主意所自云何？安知"玄黄"不可为"玄红"？遽言之，无益也。俟其至再至三，或有所询问，则应之曰："臣自幼读《千文》，见书本是'天地玄黄'，未知是否。"①

杨荣虽未明言，但所谓"伉直受祸者"，应包括狂士解缙惨死一事。而对"天地玄黄"这一常识性问题，杨荣却反复揣度上意，足见其事君之小心。杨荣以"清慎"概括此种心态："清如之何？清匪为人。以洁吾心，以持吾身。慎如之何？慎匪为彼。以审于几，以饬于己。……曰清曰慎，勿肆以污。日笃不忘，绰有余裕。"②其对清慎的总结应为事君、保身之重要经验。与解缙同入内阁的金幼孜对此说得更为明白，认为臣子应谨言慎行，免遭祸患："是以君子不易于言，守口如瓶，惧致尤愆，匪恶于言而尚以默，发必当理，以寡为德，我观佞夫利口，喋喋招怨，贾祸曾不自慑。君子存诚，克念克敬，谨言慎行，表里交正。"③颇受解缙关照的江西后学王直，④于永乐二年（1404）进士登科，次年遴选至文渊阁读书，与诸人合称"翰林二十八学士"，可谓意气风发，但论及为官事君之道，王直却以谨慎为本。他屡屡强调己之所言难于见用，以至被时人目为迂阔。他倒也乐于接受此种评价，并自谓迂者："予性素迂，言不适于用，豪杰者之所

① 叶盛：《杨文敏论进谏有方》，叶盛撰，魏中平点校《水东日记》卷五，中华书局，1980，第56~57页。
② 杨荣：《清慎堂箴》，《文敏集》卷十六，《景印文渊阁四库全书》第1240册，台湾商务印书馆，1986，第247页。
③ 金幼孜：《默斋铭》，《金文靖集》卷十，《景印文渊阁四库全书》第1240册，台湾商务印书馆，1986，第886~887页。
④ 王直《赠解祯期诗序》记载了其与解缙师生之谊："及窃第入翰林为庶吉士，读书于禁中，而学士公笃念世好，所以示教者尤厚。"详见王直《抑庵文后集》卷九，《景印文渊阁四库全书》第1241册，台湾商务印书馆，1986，第538页。

弃也。"① 此论当有自谦之意，但王直却言之凿凿地将此种迂阔谨慎视为立身准则："予迁者也，虽有意于古人，而才不适宜。其赠人以言多矣，然率以为迂而不见用，故往往自悔其言。……洪武之初，予叔祖启翁先生出为御史，其言论侃侃，而所行比由乎道，是以受知于上而宠禄加焉。……后有陈仲述先生者为御史，□年廉介之操，忠谨之行，始终如一日。"② 王直认为，无论是其叔祖还是仲述先生，二者皆具备言之由道、忠谨行事的操守，并将其提炼为身居官场、受知于上的重要经验。此种观点，可见其对事君之道的谨慎态度。对此，解缙好友及内阁同僚胡广③曾批评"竹林七贤"，以申明君子以任放为戒、持重守礼的重要性：

> 尝观晋竹林七子，放形骸于物外，舍仁义而不由于圣贤治心修身之道。……大抵晋有天下，士大夫以清虚为宗，以旷达为尚，故当时竞以任放，为贤之数子，其盖当时之所称，遂流而至于今日者欤。……观其放情自姿，纵弃礼法，其在当时，犹可想见。而舜举乃谓诸贤各有心，流俗毋轻议。其有取于数子者，吾不得知其意也。"④

所谓治心修身，无非克诚守正，乃儒者修养工夫。对于"竹林七贤"的批评，胡广秉持知人论世的态度，将其放任之弊视为魏晋士风的产物，但反对时移世易后依然将此七人视为贤者。此种对放任性情的反思以及对修养身心、遵守礼法的强调，可见解缙之死对士人心态之影响。

实际上，检视解缙之死前后士人心态，可明显看出已经由洪、永之际的忠直耿介、个性张扬转变为谨慎持重、温顺平和。对于后者，左东岭先

---

① 王直：《赠柯知州归吉水诗序》，《抑庵文后集》卷七，《景印文渊阁四库全书》第 1241 册，第 470 页。

② 王直：《赠张御史任南京诗序》，《抑庵文后集》卷六，《景印文渊阁四库全书》第 1241 册，第 462~463 页。

③ 胡广与解缙交往颇深，如解缙曾写诗向胡广祖露心迹，云："闲若陶元亮，狂为祢正平。"详见解缙《寄胡光大》其三，《文毅集》卷五，《景印文渊阁四库全书》第 1236 册，第 651 页。

④ 胡广：《书竹林七贤图后》，《胡文穆公文集》卷十七，《四库全书存目丛书》集部第 29 册，齐鲁书社，1997，第 131 页。

生将其概括为"妾妇心态"①，文人之所以隐藏个性而转向温和谨慎，解缙之死对士人的冲击是重要的原因。② 他作为朝廷文臣，却具有独特的文人本色与狷狂个性，这在君臣关系紧张的永乐中后期尤为危险，正如黄景昉所感慨："解大绅有社稷功，仁宗立，实定于好皇孙一言，非独题虎寓规已也，竟以是杀身。洪、宣之际，恩恤亦稍靳云。"③ 解缙惨死后，其同僚认识到，文臣需要在人格与心态上更具官僚化特征，老成持重、端庄谨厚较耿直狂放而言，是为人臣子更为理想的人格。

　　从仁宣年间的君臣关系来看，老成持重、端庄忠厚的士人心态确使君臣关系日趋和谐，进而为优游不迫、春容和平台阁文学之产生提供了外部环境。左东岭先生曾指出，仁宣两朝士人忠于朝廷、勇于任事而又不流于放纵不羁的特征，是此时期君臣关系和谐的重要原因，并成为台阁文学生成的重要因素。④ 所谓不流于放纵不羁，即指在解缙死后，士人普遍认识到为人臣子的理想人格，绝非解缙式的耿直狂放，而是老成持重、端庄谨厚。另外，士人心态朝老成持重的整体转向，亦是台阁诗风生成的内部动因，此种心态外化为形式工稳、情感平和的诗风。解缙门人曾棨为永乐二年（1404）状元，当时即具才名⑤，解缙曾赞赏他不为物累的文人气象。⑥ 解缙去世前后，曾棨之心态与诗风产生变化，不妨举例视之：

　　　　庐烟乍起敞金扉，行在千官拜琐帏。日照龙光通御气，云门雉扇近天威。春旗簇仗宫车过，夜火连山猎骑归。总为从臣文物盛，相如

① 详见左东岭《王学与中晚明士人心态》，商务印书馆，2014，第 11~12 页。
② 永乐九年二月，成祖曾对臣子说过一段意味深长的话："天下虽安，不可忘危。故小事必谨，小不谨而积之将至大患。小过必改，小不改而积之将至大坏。皆致危之道也。"详见《明太宗实录》卷一百十三，第 1440 页。是年六月，解缙下狱。两件事虽无直接关联，但亦可看出，为政老成谨慎在此时逐渐成为自上而下的君臣共识。
③ 黄景昉：《国史唯疑》卷二，《续修四库全书》史部第 432 册，上海古籍出版社，2002，第 22 页。
④ 详见左东岭《论台阁体与仁、宣士风之关系》，《湖南社会科学》2002 年第 2 期。
⑤ 杨士奇称："上时召试，子棨迅笔千百言立就，不费思索，而理致文采皆到，其苦思力索者有不能及。"详见杨士奇《西墅曾公神道碑》，曾棨《刻曾西墅先生集》卷首，《四库全书存目丛书》集部第 30 册，齐鲁书社，1997，第 76 页。
⑥ 解缙赞赏曾棨云："深为物之所累者，吾知子棨之无是也。"详见解缙《莲竹轩记》，《文毅集》卷十，《景印文渊阁四库全书》第 1236 册，第 746 页。

辞赋未应稀。①

　　三殿炉香叠彩烟，紫微瑞雪庆丰年。渐看积素连驰道，转觉飞花
　　近御筵。清响暗随迁佩集，曙光偏促禁钟传。朝元预喜占丰岁，愿叶
　　赓歌播管弦。②

前一首作于永乐六年（1408）曾棨随成祖扈从途中，诗中不仅体现出阔大
的胸襟和恢宏的气度，他以司马相如为楷模，愿为朝廷制作更多歌功颂德
之作。实际上，曾棨早期的作品多具恃才狂放之风，如其"遥想两京文物
盛，只今惟羡子云才"③"谩陈椒朴陪多士，能赋长杨属近臣"④"愧乏三
长膺黼黻，远惭班马擅才雄"⑤ 等诗。清人徐子元评价曾棨诗"如天马行
空，不可控御"⑥，正指出此一特征。曾棨后期的诗作则与前期差异显著，
上引第二首诗作于永乐十七年（1419），此时其座师解缙已经去世，心态
产生了较大变化，早年恢宏的气度与才华已不复存在，以班、马为楷模的
豪迈气度亦日渐淡薄，而只是平和地抒发对明朝盛世的歌颂，体现的是一
个久居官场的官僚形象。

　　考察解缙之死与台阁诗风之关系，另需对此时台阁诗歌文本进行整体
的观照与细致的剖析，文人宴集活动中的联句唱和诗是理想的样本，较能
体现台阁诗歌的整体特征。以解缙被诛前后台阁文人的宴集诗为例，可探
察士人心态的转向及其对台阁诗风之影响。永乐初，成规模的文人宴集较
少，可考见的有永乐七年（1409）的中秋宴集与同年九月九日宴集，与会

---

　① 曾棨：《驾次池河驿》，《刻曾西墅先生集》卷四，《四库全书存目丛书》集部第 30 册，
　　 第 128 页。
　② 曾棨：《己亥元日雪》，《刻曾西墅先生集》卷四，《四库全书存目丛书》集部第 30 册，
　　 第 138 页。
　③ 曾棨：《出黄河东岸驿同金谕德幼孜诸公山下折取梅花吟弄候驾至》，《刻曾西墅先生集》
　　 卷四，《四库全书存目丛书》集部第 30 册，第 129 页。
　④ 曾棨：《扈从校猎武冈和胡学士韵》，《刻曾西墅先生集》卷四，《四库全书存目丛书》集
　　 部第 30 册，第 132 页。
　⑤ 曾棨：《五月朔进实录罢呈同事诸公》，《刻曾西墅先生集》卷四，《四库全书存目丛书》
　　 集部第 30 册，第 134 页。
　⑥ 见朱彝尊《明诗综》卷十八，第 849 页。

者有胡广、梁潜、曾棨、金幼孜、李时勉、陈敬宗诸人①。两次集会不乏唱和诗作，特检录几首于下：

> 直舍西头俯禁城，卷帘坐待月华明。诗题彩笔夸先就，酒注银瓶劝满倾。蟾桂风清微有影，金茎露下不闻声。北来此会应难得，且共酣歌咏太平。②
>
> 几年玩月在都城，今岁燕台看月明。□□谁同良夜赏，一尊喜共故人倾。西山爽气来清籁，别□繁弦度曲声。自是玉堂多乐事，况逢四海颂生平。③
>
> 秉月归来散玉珂，又经佳节客中过。清光初上金銮殿，素影先澄太液波。万里关河秋气迥，九霄风露夜凉多。广寒有路知天近，曾听霓裳第一歌。④
>
> 圆门逢九日，清坐得相陪。正而论文际，纷然送酒来。狂风吹破帽，黄菊泛深杯。尽饮斜阳里，题诗愧薄才。⑤

前三首诗为中秋宴集唱和之作，第四首为重阳日宴集诗，四首诗可管窥解缙惨死之前台阁宴集诗之特征。这可从两个方面予以论说：其一是具有文人才气与洒脱胸怀，官僚气淡薄，如"诗题彩笔夸先就，酒注银瓶劝满倾""正而论文际，纷然送酒来"诸句，描绘宴集诸人觥筹交错、挥洒翰墨的快乐图景。再如诗歌意象的选取，"万里关河""九霄风露"，一方

---

① 关于诸人与解缙之关系，简述如下。胡广、金幼孜与解缙俱为江西文人，且同入内阁，故此交好。梁潜与解缙同修《太祖实录》；李时勉、陈敬宗与曾棨皆于永乐三年（1405）为解缙所选，入文渊阁进学者。详见黄佐《翰林记》卷四，《景印文渊阁四库全书》第596 册，台湾商务印书馆，1986，第 890 页。

② 金幼孜：《中秋宴集和答胡学士》，《金文靖集》卷四，《景印文渊阁四库全书》第 1240 册，第 650 页。

③ 胡广：《己丑中秋邹侍讲诸公招饮》，《胡文穆公文集》卷七，《四库全书存目丛书》集部第 28 册，第 579~580 页。

④ 曾棨：《中秋分韵得多字》，《刻曾西墅先生集》卷八，《四库全书存目丛书》集部第 30 册，第 203 页。

⑤ 李时勉：《九日醉后呈同饮诸公》，《古廉文集》卷十一，《景印文渊阁四库全书》第 1242 册，台湾商务印书馆，1986，第 876 页。

面秉承洪武以来鸣唱开国气象的阔大胸怀，一方面亦来源于气度豪迈的文人姿态，曾棨"广寒有路知天近，曾听霓裳第一歌"一句可谓典型。其二是审美趣味与鸣盛意识相结合，呈现为情景描写与鸣盛结尾的文本结构，因而具有文人化与官僚性的双重特征，这与明中期台阁诗存在显著差异。典型的台阁诗作，能够较好地将鸣盛感恩意识融入诗歌文本，其意象、用典与情感抒写皆可围绕鸣盛展开，如章纶宴饮诗云："三月皇都春满园，上林荣宴集群仙。杯倾御酒恩衔海，冠戴宫花色染烟。柱国大臣陪上列，教坊雅乐戏华筵。日斜醉罢曲江会，稽首扬休拜九天。"① 此诗为上赐宴饮之作，有媚上之态虽实属正常，但可代表成熟台阁诗的文本结构，即将鸣盛感恩心态圆融地贯穿始终，明代台阁诗屡屡遭致批评，正是出于此种心态的泛滥，以及文学审美属性的缺失。对于文人气度与官僚属性兼而有之的特征，梁潜诗序予以总结："凡若干首，讽其和平要妙之音，有以知夫遭逢至治之乐，谂其劲正高迈之气，有以明夫培植养育之功。"② 梁潜视宴集诗之功能有二，既可观治世之乐，又可见文人德行，而"培植养育之功"非仅指理学守正致中的内省工夫，亦体现士人谨小慎微地调整事君心态之过程。

解缙惨死之后的永乐中晚期以至宣德、正统间，台阁文人的宴集诗则稍有不同，老成谨厚、端庄敬敏的官僚心态逐渐凸显，并见诸诗歌创作履践，形成情感平和、形式工稳的台阁诗风。如永乐二十年（1422）西城宴集，与会者有杨士奇、曾棨、王英、钱习礼、周叙、萧镃等人③。杨士奇于诗序中评与会诸人曰："居之而乐者，非其人澹泊简远足乎中，而无所

---

① 章纶：《琼林赐宴》，《章恭毅公集》卷十一，《明别集丛刊》第一辑第 42 册，黄山书社，2013，第 249 页。

② 梁潜：《中秋宴集诗序》，《泊庵集》卷七，《景印文渊阁四库全书》第 1237 册，第 339 页。

③ 杨士奇、曾棨与解缙之关系前文已述。王英与曾棨于永乐三年（1405）为解缙所选，入文渊阁进学者。萧镃父萧用道与解缙有同乡之好，且同修《太祖实录》。周叙与解缙同出江西吉水，且为世交。详见解缙《周以立传赞》，《文毅集》卷十一，《景印文渊阁四库全书》第 1236 册，第 762~764 页。钱习礼为永乐九年进士，解缙曾为其赋贺诗《寄钱习礼》二首。详见解缙《解学士文集》卷三，《明别集丛刊》第一辑第 27 册，黄山书社，2013，第 506 页。

累乎外者欤?"① 赞赏诸同僚内修德行、外无所争的操守。再看其诗:

　　置酒清轩下,衣冠聿来萃。皆我同朝士,各有禄与位。昧爽趋在公,日夕还未至。属兹岁除暇,一觞聊共醉。匪徒展间阔,亦复解勌瘁。平生所相好,岂不在名义。中和诚可则,贪鄙诚可戒。亀勉以自强,前修庶足践。②

　　冉冉岁云暮,融融气已和。良辰不可负,况乃逢亨嘉。尊酒会朋俦,欢宴谅靡他。户庭无尘俗,野簌良亦佳。觞酌心所谐,言笑亦何多。豪采发清咏,兴适浩无涯。幸兹圣明世,不乐将奈何。报称须及早,毋言日来赊。③

　　从内容上看,杨诗重在强调宴会人员的官僚身份,并一再申明诸公恪尽职守之忠诚,后又掺入说理内容,告诫同僚须致中和、戒贪鄙,此种理趣虽受到永乐以来理学盛行的影响,亦为台阁文人赋诗之常见手法,但多限于此种对官员谨慎行事的强调。因此此时台阁诗多平正工稳,颇具老儒之态。后一首为陈循之作,可见馆阁文人清慎之习,及由其催生的辞气安闲之诗风。"户庭无尘俗"化用陶潜诗,可谓杨士奇诗序所云"澹泊简远"的诗性表达,而对适逢盛世的书写,则描绘出治世之下文臣优渥安闲的生活状态。实际上,此种安闲之气时常见诸宴集之作,如正统初的东郭草亭宴集,杨溥有诗曰:"芝兰本同气,桃李自成蹊。感彼岁云迈,肯与心赏违。迢迢禁城东,桑麻连重畦。联辔纵遐览,我怀浩无涯。惠风休澄景,微雨浥芳姿,人生有志乐,举觞歌浴沂。"④ 该诗用事用典颇具代表性,以"曾点之乐"喻阁臣安闲之态。"曾点之乐"在宋儒看来乃圣贤气象之体

---

① 杨士奇:《西城宴集诗序》,杨士奇著,刘伯涵、朱海点校《东里文集》卷五,第75页。
② 杨士奇:《西城宴集得醉字》,《东里诗集》卷一,《景印文渊阁四库全书》第1238册,第311页。
③ 陈循:《西城宴集分韵得嘉字》,《芳洲诗集》卷二,《续修四库全书》集部第1327册,上海古籍出版社,2002,第657页。
④ 杨溥:《草堂宴集》,《杨文定公诗集》卷二,《续修四库全书》集部第1326册,上海古籍出版社,2002,第474页。

现，尤其经朱子疏解，使其具有天理流行、万物相通的内涵。但杨溥将其稍变为世道昌明、上下同乐之意，"浴乎沂，咏而归"因此成为盛世之下文人悠闲从容的现实描写。此种化用在明代台阁诗中颇为常见，徐有贞"聊将浴沂兴，遂和风雩歌"① 亦为此意。此类歌颂盛世的写作模式亦可见于对其他典故的化用，如杨荣同为东郭草亭宴集所作诗云："岁岁有期寻胜赏，载歌既醉答皇仁。"② 《既醉》叙醉酒饱德，人皆有君子之行的太平时局，而杨荣对其化用应承此意。总体而言，此时士人老成谨厚之心态，外发为辞气安闲、平正工稳的台阁诗风，可用杨士奇诗作以概括："合欢情所洽，辅仁道攸赞。"③ 君臣相谐、上下同乐，台阁诗学平和雅正的审美形态，在士人心态不断调整、君臣关系渐趋融洽的过程中日益生成。

　　洪、永之际，尤其是建文改元后，士人普遍具有忠直耿介、个性张扬之特征，而永乐中后期文人之遭遇，尤其是解缙被诛一事，对文人群体产生较大震动，士人心态逐渐转向谨慎老成。此种心态之变迁进而塑造台阁诗风，使其由阔大昂扬、气度雄放向中正平和、形式工稳这一审美形态的转变。以解缙之死为切入点探察台阁诗风的生成，这一研究路径表明士人心态在台阁文学研究中具有两方面的价值：其一，士人心态是研究政治环境、仕宦际遇、君臣关系等外部历史要素影响诗文观念与创作的中介，借此可将外部视角落到文学研究的实处；其二，台阁作家强调中正平和的修养工夫，外发为春容平淡、典雅正则的诗风，故台阁诗并非机械地歌功颂德，而有其学理性的发生机制，心态研究正符合台阁诗学的这一特征。明代台阁文学的生成具有复杂的历史背景，欲全面且深入地探析其生成机制，元明之际地域诗学思想的流变与融合，诗文传统的接受与重构，理学对文学观念的浸染均为重要的切入角度，综合把握以上诸历史要素，庶几可对明代台阁文学产生更进一步的认识。

---

① 徐有贞：《早春登海子桥闲眺》，《武功集》卷一，《景印文渊阁四库全书》第 1245 册，台湾商务印书馆，1986，第 33 页。
② 杨荣：《东郭草亭宴集》，《文敏集》卷六，《景印文渊阁四库全书》第 1240 册，台湾商务印书馆，1986，第 94 页。
③ 杨士奇：《杏园雅集》，《东里续集》卷五十六，《景印文渊阁四库全书》第 1239 册，台湾商务印书馆，1986，第 428 页。

第二节 现实与传统之间
——江右学术与家族文学

  台阁文学作为一种高度政治化的文学形态，其思想基础的生成离不开士人所面对的现实前提。所谓现实前提，主要指政治话语对诗文的主导与浸染。自"靖难之变"及方孝孺被诛以后，以皇权为主导的政治话语超越以文人为主导的道统话语，后者亦在前者的主导下与之进一步融合，形成一种"既包含了政治，也涵盖了学术"① 的政治文化。张德建认为，"以文学饰政事"是此时期的主流话语。② 这种观点正是指出政治对文学的统摄。当然，政治尚属于一个宏观性的概念，此处可以确定其两点具体内涵：其一是皇权所主导的意识形态领域的建设，即政统与道统的融合；其二是政治制度层面的建设，如馆阁制度、科举制度及其相应的文臣职分等因素。对于政治制度、文官制度对台阁文学的影响，目前已经有了比较深入的研究，并揭示出前者如何塑造了台阁文学的价值导向与诗文风格等问题。③ 对于官方主导的意识形态对台阁诗文影响的研究亦数量众多，且能够从地域学术传统的角度探讨理学如何成为官方主导的学术思想，并进一步塑造台阁文学。④ 可以确定的是，在台阁诗学思想生成的过程中，江右文人群体起到了重要作用。这种作用主要体现为以下两个方面：首先是参与官方意识形态的建设，充分挖掘江西地域的理学学术传统，并在这个过程中，将理学融入诗文领域；其次是对本地域家族学术与文学的整理与回顾，并将本地学术与文学的特质，融入台阁诗学思想的构建之中。

---

① 余英时：《朱熹的历史世界》，生活·读书·新知三联书店，2004，第 7 页。
② 详见张德建《明代政治理念与文学精神之关系的嬗变——对"以文学饰政事"观念的考察》，《励耘学刊》（文学卷）2011 年第 1 期，第 40~90 页。
③ 如叶晔《明代中央文官制度与文学》，浙江大学出版社，2011；黄卓越《明永乐至嘉靖初诗文观研究》，北京师范大学出版社，2001。此类研究专著与论文数量众多，不再赘举。
④ 如廖可斌《论台阁体》，钱伯城主编《中华文史论丛》第四十六辑，上海古籍出版社，1990，第 149~184 页。

一　以理学、经学为核心的江右学术

永乐后台阁诗学思想的重要特征之一，便是理学对诗文的渗透，这来源于明初自上而下的以理学为尊的意识形态建设工作。解缙、胡广、金幼孜、杨士奇等江右文人在其中起到了主导作用，其诗文观念亦具理学色彩。这意味着江右诗学思想在永乐后的转型，即他们立足现实，调整由元延祐以来虞集等馆阁文臣所倡导的雅正观念，融入更多的理学色彩，最终形成一种无论是思想观念层面还是审美风格层面都独具理学特征的台阁文学。

考察永乐后江右诗学思想的内涵，理学与经学可谓两个核心关键词。二者对江右文人诗文观念的渗透，有两个必要条件。其一是政治因素对理学的推崇。这又包含两个要点：首先是永乐后官方主导的，以理学为核心的意识形态建设，其标志乃是《四书大全》、《五经大全》以及《性理大全》的编纂；其次是永乐后江右文人大量入职馆阁，因馆阁职守而不得不向帝王讲授理学。第二个必要条件是永乐后的江右文人，普遍接受了系统的理学教育，他们虽未有学术理论之发明，却大多是研读性命道德之学的专家。政治力量推动理学成为官学，以及文人所接受的系统的理学教育，两个条件缺一不可。典型的例子如活跃于洪、建两朝的江右文人朱善与周是修。二人不仅具有深厚的理学学术背景，甚至不乏理学著作。朱善"通五经四书大义……及壮，以经学授徒……以圣贤道学为己任……所著有《诗经解颐》《诗经辑释》《史辑》诸书"①。周是修"其学自经史百氏，下至阴阳医卜之说，靡所不通。……所著有《诗小序》《诗集义》《诗谱》《论语类编》《广衍太极图》《观感录》《纲常彭范》"②。二人可谓深究于理学，但诗文观念的理学色彩却不明显。究其原因，乃是因为在洪、建两朝，理学尚未通过政治成为官方学术。而永乐后此两个必要条件均已具备，因此性命道德之学成为此时塑造江右文人诗学思想的最重要因素。

先看第一点。理学借助政治力量成为官方学术思想，主要通过两个路

---

① 廖道南：《文渊阁大学士朱善》，《殿阁词林记》卷三，《景印文渊阁四库全书》第452册，第164~165页。

② 杨士奇：《周是修传》，杨士奇著，刘伯涵、朱海点校《东里文集》卷二十二，第331页。

径完成，而江右文人是其中的主要参与者。其一是经学由帝王之学而被日渐重视。馆阁文臣因其职守之故，常与皇帝探讨帝王之学，这种探讨，实自洪武间便已开始。洪武中，太祖与文臣讨论诗法，桂彦良谓："治道具在六经典谟训诰，愿留圣意，诗非所急也。"① 这是文臣从帝王之学的角度向上进言，尊六经而卑诗文。解缙在《大庖西封事》中亦向太祖谏言帝王之学应以六经为准：

> 臣见陛下好观《说苑》《韵府》杂书与所谓《道德经》《心经》者，臣窃谓甚非所宜也。《说苑》出于刘向，多战国纵横之论。《韵府》出元之阴氏，抄辑秽芜，略无可采。陛下若喜其便于检阅，则愿集一二志士儒英，臣请得执笔随其后，上溯唐、虞、夏、商、周、孔，下及关、闽、濂、洛，根实精明，随事类别，勒成一经，上接经史，岂非太平制作之一端欤？又今《六经》残缺。《礼记》出于汉儒，踳驳尤甚，宜及时删改。访求审乐之儒，大备百王之典，作乐书一经以惠万世。②

朱元璋喜读《道德经》及《心经》，固然与其起事前的布衣身份有关，但从中亦可看出明初帝王之学尚未有成熟完整的参考文献与理论体系。解缙所言"上溯唐、虞、夏、商、周、孔，下及关、闽、濂、洛"，实已包含六经与宋儒之学，这是经学与理学由帝王之学的角度被推到文化建设内容的开端。永乐年间，江右文人多任翰林侍读与翰林侍讲，因而与皇帝探讨帝王之学便是其分内之事。永乐二年（1404），解缙与杨士奇皆上呈经学讲义，引导皇帝在经学中取资帝王之术：

> 永乐二年八月，学士解缙等进呈《大学·正心》章讲义，上览之至再，谕缙等曰："人君诚不可有此好乐，一有好乐，泥而不返，则欲必胜理。若心能静虚，事来则应，事去如明镜止水，自然纯是天理。朕每

---

① 廖道南：《殿阁词林记》卷十四，"评文"，《景印文渊阁四库全书》第 452 册，第 321 页。
② 《明史》卷一百四十七《解缙传》，第 4115~4116 页。

退朝默坐，未尝不思管束此心为切要也。"杨士奇等先于六月亦进呈文
华殿《大学讲义》，上览毕称善。因曰："先儒谓《尧典》'克明峻德'
一章，一部《大学》皆具。"士奇对曰："诚如圣谕。尧、舜、禹、汤、
文、武数圣人，凡修诸躬，施于家国天下者，皆《大学》之理。"上曰：
"孟子道性善，必举尧、舜，尔等于讲说道理处，必举前古为证，庶几
明白易入。"又曰："帝王之学，贵切己实用。讲说之际，一切浮泛无益
之语勿用。盖留神融会，必妙悟至理而后已。"①

此段君臣之间的对话有几点信息值得注意。首先，翰林学士解缙与杨士奇
皆呈《大学讲义》，可见他们认为以《大学》为代表的六经是帝王所必须
学习的经典。其次，成祖的观点亦指出经学对帝王之学所具备的价值：以
天理约束本心，这显然是宋学的观点。再次，由帝王之学而倡导经学所推
导出两个观点：其一是"切己实用"，其二是"明白易入"。前者谓经学的
价值，后者谓讲说的方式。这两点尤其需要注意，因为它们有力地影响了
此时江右文人的诗学思想。关于这点，后文将会详述。杨士奇在永乐初与
时为太子的仁宗之间，亦有一段值得玩味的对话：

> 永乐七年，仁宗东宫赞善王汝玉，每日于文华后殿道说赋诗之
> 法。一日顾杨士奇，又曰："古人善为诗者，其高下优劣何如？"士奇
> 对曰："诗以言志，'明良'、'喜起'之歌，'南熏'之诗，唐虞之君
> 之志最为尚矣。如汉高祖《大风歌》，唐太宗雪耻除凶之作，所尚者
> 霸力，皆非王道。若武帝《秋风辞》，志气已衰，如隋炀帝、陈后主
> 所为，万世之鉴戒也。"仁宗曰："太祖高皇帝有诗集甚多，何谓诗不
> 足为？"士奇对曰："帝王之学，所重者不在诗。太祖皇帝圣学之大
> 者，在《尚书》及诸书注，作诗特其余事。今当致力于重且大者，其
> 余事可姑缓。"仁宗曰："世之儒者亦作诗否？"士奇对曰："儒者鲜不
> 作诗。然有道德之儒，若记诵词章，谓之俗儒。人主尤当致辨于此。"

---

① 廖道南：《殿阁词林记》卷十三，"呈讲"，《景印文渊阁四库全书》第 452 册，第 329～
330 页。

时仁宗监国视朝之暇，专意文事，因览《文章正宗》。一日谕士奇曰："真德秀学识甚正，选辑此书，有益学者。"对曰："德秀是道学之儒，所以志识端正，所著《大学衍义》一书，有益学者，为君不可不知，为臣不可不知。君臣不观《衍义》，为治皆苟而已。"①

　　杨士奇此论，是台阁文人尊道德、重实用而卑文学的直观体现。而且这种价值倾向已经超越了帝王之学的范畴，成为君臣共持的价值标准。尤其是杨士奇对道德之儒与俗儒的界定，更是将诗文贬为余事。以"诗文为余事"是此时台阁文人普遍持有的态度。就文体而言，特指有别于公文的不具实用功能的文章与诗歌。虽然不可完全将文学与学术视为一体，但在台阁文臣看来，政事、学术在价值层面是高于文辞的。因此，在探讨此时期台阁诗学思想时，之所以需要首先关注理学与政治制度，正是出于馆阁文臣以政事、学术统领诗文的价值观念。

　　经学与理学成为官方所主导的学术思想的主体，其途径之二是永乐年间意识形态领域的建设活动，主要指"三大全"的编纂。永乐十二年（1414）十一月，成祖为使"国不异政，家不殊俗"②，命翰林学士胡广、杨荣、金幼孜编辑"三大全"。除胡、金二人外，负责具体编纂工作的庶吉士亦不乏江西人。因此，这项意识形态的建设工作，亦可反映此时期江右文人学术思想的特征。

　　"三大全"的编纂，其理学意义实大于经学意义，乃是冠经学编纂之名，行理学推广之实，正因如此，清人对三书多有批评，如顾炎武谓："大全出，而经说亡。"③ 顾氏之所以持批评意见，乃至出于其经学的立场，这从反面亦可看出三书的理学意味更浓。今人侯外庐将三书的编纂视为明初朱学占思想统治地位的标志。④ 因此，永乐间意识形态领域的建设，是

---

① 廖道南：《殿阁词林记》卷十四，"评文"，《景印文渊阁四库全书》第 452 册，第 321～322 页。

② 朱棣：《御制性理大全书序》，见陈文新主编《四书大全校注》上册，武汉大学出版社，2009，第 8 页。

③ 顾炎武：《书传会选》，顾炎武著，陈垣点校《日知录校注》卷十八，安徽大学出版社，2007，第 1010 页。

④ 详见侯外庐《宋明理学史》下册，人民出版社，1997，第 33～54 页。

官方所主导的理学权威化的过程。实际上，无论是帝王之学还是"三大全"的编纂，其理学意义均大于经学意义。但之所以不将经学归于理学，主要是因为经学乃此时重要的话语。另外，"宗经"乃是传统儒学的重要价值取向，即使宋儒对义理的发明，亦离不开对传统经书的注疏。明人在意识形态的建设之中，亦无剔除经学而只言理学的道理。

再看第二点，江右文人的理学学术背景。活跃于永乐以后的江右文人，大多出生于立国前后，他们没有像前辈刘崧、王沂那样经历过元季战乱，并在少年时期受到良好的教育，其中既有科举之学，又有性命道德之学。不妨将此时期江右文人的理学学术背景简列于下。

解缙的学术传承主要来自其父解开，属于家学传承。解开，人称筠涧先生，通五经。解缙在《鉴湖阡表》中称："公治五经，皆有师授。《书》《易》得之家传，讲于竹坪刘先生。始授《春秋》于如愚黄先生。至正初入太学，讲于吾素王先生、元庆毛先生。学《礼》于太古熊先生。少时学《诗》于申斋、桂隐二刘先生。后益为古文辞，诗歌师事黄文献公、揭文安公，卒业于楚国大司徒欧阳文公之门。"① 可以看出，解开转益多师，其经学与理学渊源既有家传，又从学于黄如愚、王如素、毛元庆、熊太古等人。需要注意的是，其文学师承乃是黄溍、揭傒斯、欧阳玄等人，承接元代馆阁文学的文脉。又，解缙在《送刘孝章归庐陵序》中指出其家学的师承渊源："及进而语诸道德，辄举所闻于大父竹梧公，而溯其源于刘静春、杨伯子，以达于关、闽、濂、洛，又未尝为之臆说也。"② 刘清之，字子澄，学者称静春先生，得朱子真传，与其兄刘靖之创清江儒学。杨伯子指的是吉水杨长孺。解开之所以以杨长孺、刘清之为理学正宗，乃是因为其祖解谷曾从学于二人，因此，解氏家学从学术传承上看属于清江儒学一脉。

杨士奇的理学师承主要有四人：其外祖父陈谟、养父罗性、泰和文人萧岐与梁兰。洪武十年（1377），杨士奇"从海桑先生学"③，洪武十一年

---

① 解缙：《鉴湖阡表》，《文毅集》卷十二，《景印文渊阁四库全书》第 1236 册，第 782~783 页。
② 解缙：《送刘孝章归庐陵序》，《文毅集》卷八，《景印文渊阁四库全书》第 1236 册，第 700 页。
③ 杨思尧：《太师杨文贞公年谱》，《北京图书馆藏珍本年谱丛刊》第 37 册，第 467 页。

（1378），"公年十四岁，从海桑先生学朱子语类"①。杨思尧所作年谱中有一段记载，可见陈谟对杨士奇学术影响之深：

> 是年，海桑先生主考江西乡试，归，召公及其孙孟洁闭户三试之第，三场策问，将相事，实田赋、用兵，公皆详悉以对。又喜公判五条，其一条斛斗秤尺不如法，公起云："斛斗秤尺判，既颁于朝廷律，度量衡法宜遵于臣庶。"海桑公曰："杨某肯学问，事事不苟且，只律度量衡四字甚出人意，外可望。"②

可以看到，杨士奇少年时不仅接受了陈谟的理学观念，而且在举业上亦受到陈谟的指导。除陈谟外，杨士奇亦尝从泰和大儒萧岐学《四书》。萧岐，字尚仁，泰和人，长于经学与性命之学，"尝辑《五经要义》，又取《刑统八韵赋》，引律令为之解，合为一集。尝曰：'天下之理本一，出乎道必入乎刑。吾合二书，使观者有所省也。'学者称正固先生"③。萧岐精通《四书》，"《四书》习更精熟，每卧诵以勉诸生，终卷不失一字，士林推之"④。对于杨士奇从学萧岐的经历，其年谱有载："公年十六，馆邑之山东萧尚仁家塾，从游益众，有人之姻，有母老而贫无以资养，往告公。公视其仪状庄重，问能读四书否。曰能。即辍从游之。"⑤杨士奇养父罗性亦给予其理学指导。罗性，字子理，泰和人，学问渊博，长于经史，尝于西安授诸生经学："郡诸生从之受经，后多举进士去。是时四方老师硕儒在西安者数十人……士奇少孤，五岁，先生取而教育之，有父道焉。明年，官德安，又挈以行。又三年，先生有陕西之役，屡遗书督其学。又廿年而捐馆。当是时所以诲不肖者，虽不能尽记，而为道之大要，不敢忘也。"⑥

---

① 杨思尧：《太师杨文贞公年谱》，《北京图书馆藏珍本年谱丛刊》第 37 册，第 468 页。
② 杨思尧：《太师杨文贞公年谱》，《北京图书馆藏珍本年谱丛刊》第 37 册，第 468~469 页。
③ 《明史》卷一百三十九《萧岐传》，第 3984 页。
④ 周是修：《正固萧先生行述》，《刍荛集》卷四，《景印文渊阁四库全书》第 1236 册，第 52 页。
⑤ 杨思尧：《太师杨文贞公年谱》，《北京图书馆藏珍本年谱丛刊》第 37 册，第 470 页。
⑥ 杨士奇：《罗先生传》，杨士奇著，刘伯涵、朱海点校《东里文集》卷二十二，第 329~330 页。

又，杨士奇尝从学于梁兰："士奇于先生有世好，且少尝从受诗法。"① 梁兰乃泰和名儒，尤擅经史之学，杨士奇随梁兰的从学经历，亦有经学与理学的色彩。从年谱所载杨士奇的读书情况可知，朱子与二程之学乃是其研读重点，如："十六年癸亥，公年十九岁，录程氏遗书，遂慨然以圣贤履践之学自任。"② "公年二十四岁，录二程全书，内明道语别为一编，朝夕敬诵。"③ "公年三十三岁，居武昌，考正伊洛渊源。"④ 可见杨士奇的理学学术渊源。

胡广的理学师承主要有三人，分别是胡子贞、黄鼎与解开。胡子贞乃胡广从祖，其详细信息已不可考。胡广年幼时曾有从学经历："内浸渍其母训，外则日受从祖子贞先生之教，故德器不凡。"⑤ 黄伯器，名鼎，一字孟铉，吉水名儒，"一志于性命道德之旨，自圣人之经，至于濂、洛、关、闽之说，研精核微，涵泳渟潴，久益沛然"⑥。胡广曾 "归而从黄伯器先生讲论，得所归宿之地，而日进焉。其学博究经史百氏，下逮医卜老释之说，亦皆旁通，而用志性命道德之旨，晚益有造诣"⑦。对于黄鼎与胡广的师徒关系，杨士奇称："所从学者众矣，其显者故大学士胡广、左庶子邹缉。"⑧ 解缙之父解开乃是胡广的另一位业师。胡广曾作挽诗怀念解开，其中有对随其治学的记载：

> 忆从帐下坐春风，倾矿曾承铸冶功。离别怆情生死隔，音容入梦有无中。鉴湖绿水明阡外，筠涧青山绕郭东。南望乡园频洒泪，心丧

---

① 杨士奇：《梁先生墓志铭》，《东里文集·续集》卷三十九，《景印文渊阁四库全书》第1239册，第181页。

② 杨思尧：《太师杨文贞公年谱》，《北京图书馆藏珍本年谱丛刊》第37册，第471页。

③ 杨思尧：《太师杨文贞公年谱》，《北京图书馆藏珍本年谱丛刊》第37册，第473页。

④ 杨思尧：《太师杨文贞公年谱》，《北京图书馆藏珍本年谱丛刊》第37册，第476页。

⑤ 杨士奇：《故文渊阁大学士兼左春坊大学士赠荣禄大夫少师礼部尚书谥文穆胡公神道碑铭》，杨士奇著，刘伯涵、朱海点校《东里文集》卷十二，第177页。

⑥ 杨士奇：《黄伯器传》，杨士奇著，刘伯涵、朱海点校《东里文集》卷二十二，第327页。

⑦ 杨士奇：《故文渊阁大学士兼左春坊大学士赠荣禄大夫少师礼部尚书谥文穆胡公神道碑铭》，杨士奇著，刘伯涵、朱海点校《东里文集》卷十二，第177页。

⑧ 杨士奇：《黄伯器传》，杨士奇著，刘伯涵、朱海点校《东里文集》卷二十二，第328页。

未展恨无穷。①

　　怅望荒原惨客情，一尊何处拜先生。江南道学无前辈，海内衣冠失老成。散帙欲编床上稿，伤心忍写墓间铭。不堪肠断相思处，况是西风急雨声。②

　　金幼孜通《春秋》学，其师承主要有二人，分别是其父金守正与聂铉。对于金幼孜的从学经历，杨荣在为其所作墓志铭中有所记载：

　　　　曾祖德明，祖仲卿，皆以儒传。家父讳守正，学问该博，洪武初辟为郡学训导，严毅刚方，人称为雪崖先生。公生而秀拔不群，幼克励志于学，雪崖奇而教之。及长，遣从前进士聂铉受《春秋》，业成，为邑庠生，领乡荐，登洪武庚辰进士第，擢户科给事中。③

金守正通经学，人称雪崖先生。聂铉，字器之，清江名儒，通《春秋》学，与贝琼、张美和并称"成均三助"④。《殿阁词林记》载金幼孜随聂铉学《春秋》事："幼孜初学《春秋》于聂铉，超悟不群。……永乐初，改翰林检讨，简入文渊阁，转侍讲，时皇太子立，幼孜纂集春秋十二，公事名曰《春秋要旨》以进。"⑤ 可见，金幼孜之所能在明初以《春秋》学事东宫，与其从学聂铉的经历密不可分。

　　胡俨师从豫章硕儒熊钊，其学术系谱属于饶鲁双峰之学。熊钊，"字伯几，姓熊氏。……考元诚，笃志双峰饶氏之学。……既长，父命从庐陵王先生充耘受《书经》、陈先生植受《春秋》、萧先生彝翁受《诗经》。元

①　胡广：《哭笃涧先生二首》其一，《胡文穆公文集》，《四库全书存目丛书》集部第28册，第576页。
②　胡广：《哭笃涧先生二首》其二，《胡文穆公文集》，《四库全书存目丛书》集部第28册，第576页。
③　杨荣：《故资善大夫太子少保礼部尚书兼武英殿大学士赠荣禄大夫少保谥文靖金公神道碑铭》，《文敏集》卷十七，《景印文渊阁四库全书》第1240册，第275页。
④　夏燮撰，沈仲九点校《明通鉴》卷六，中华书局，2009，第330页。
⑤　廖道南：《武英殿大学士金幼孜》，《殿阁词林记》卷一，《景印文渊阁四库全书》第452册，第24页。

至正甲申，遂以《春秋》领乡荐，为崇仁学官"①。从胡俨所作墓志铭可知，熊钊师承多人，但自认为勉斋后学。胡俨对师从熊钊的从学经历亦有记载："尝与俨论学及敬斋哉，曰：'其要在动静弗违，表里交正。此二句反复推论，乃一篇之关键。……其所著述有《学庸私录》、《论孟类编》、《春秋启钥》、《杜子美诗注》及《虞亭文集》若干卷。俨皆得而读之，宏博精切，各极其底里。"②

梁潜学术思想的主要来源是家学传承。梁潜（1366—1418），字用之，号泊庵，江西吉安泰和人，梁兰子。洪武二十九年（1396）举于乡，授四川苍溪县儒学训导，永乐元年（1403），召修《太祖实录》，书成，擢翰林修撰，五年，兼右春坊右赞善，与修《永乐大典》。梁兰家学以经学与理学为主。梁潜母曾谓："士不明经，不足为士。"③ 可见其家学特征。实际上，梁氏家族学术渊源有自，非自梁兰始。梁潜祖父钟彦卿，④"学者称心易先生。先生于书无所不读，而尤邃于《易》"⑤。而梁兰为其次子，"心易先生授以《易经》，益勤于业，探求玩索，隆寒盛暑不少懈"⑥。可见，梁氏家学乃是由钟彦卿到梁兰，再由梁兰传其二子。除梁氏的家学传承外，梁潜曾外出求学，于王佑处学《诗经》，陈公述处学古文："尝从直之叔祖金宪子启受《诗经》，而其伯舅陈公仲述亦以古文有盛名，先生皆获承教。凡经史百氏之书无不究，而于《左氏传》、司马《史记》、班固《汉书》每注意焉。性命道德之奥，文章著述之妙，多其所自得而充之。"⑦

① 胡俨：《熊先生墓志铭》，《颐庵文选》卷上，《景印文渊阁四库全书》第 1237 册，第598 页。
② 胡俨：《熊先生墓志铭》，《颐庵文选》卷上，《景印文渊阁四库全书》第 1237 册，第599 页。
③ 王直：《梁孺人墓表》，《抑庵文后集》卷二十五，《景印文渊阁四库全书》第 1242 册，第 39 页。
④ 时同里钟谨独先生，梁氏之甥也，无子，以先生为之子，故遂姓钟氏。详见梁潜《先君畦乐先生行实》，《泊庵集》卷八，《景印文渊阁四库全书》第 1237 册，第 352 页。
⑤ 梁潜：《先君畦乐先生行实》，《泊庵集》卷八，《景印文渊阁四库全书》第 1237 册，第352 页。
⑥ 梁潜：《先君畦乐先生行实》，《泊庵集》卷八，《景印文渊阁四库全书》第 1237 册，第352 页。
⑦ 王直：《泊庵集序》，见梁潜《泊庵集》卷首，《景印文渊阁四库全书》第 1237 册，第178 页。

可见，梁潜转益多师，深究性命道德之学。梁混，梁兰次子，梁潜弟。曾任瑞州府学训导、纳溪县学，后改鲁府纪善。与梁潜一样，梁混受其父梁兰之家学教育，"力求诸古人，不畅不止，遂贯通四书及诗、书二经，乡之号前辈者，或不及也。"①

陈循，字德遵，泰和人。永乐十三年（1415）进士第一，授翰林修撰，洪熙元年（1425）进侍讲。正统元年（1436）兼经筵官，后擢翰林院学士，九年入文渊阁，典机务。陈循的学术渊源师承泰和陈氏，曾受学于陈谟与陈一敬："公之从叔一敬公久罢官，始自江外来归，……公即往从受业。"② 后又从学于陈谟："先后学于海桑陈心吾先生之门。"③

另有一批永乐时以庶吉士之选步入仕途，并参与《永乐大典》、"三大全"或《明太祖实录》修撰工作的江西文人。如王直、李时勉、陈廉，欧阳俊、萧省身、余学夔、钱习礼、周忱、周叙等人。王直，字行俭，号抑庵，吉安泰和人。永乐元年（1403）举人，二年选翰林院庶吉士，授修撰。仁宗即位，迁侍读，进侍读学士、右春坊右庶子。宣德初，进少詹事，正统三年（1438）修《宣宗实录》成，进礼部侍郎。八年，拜吏部尚书，后加太子少保，进少傅，进太子太师。王直的学术来源，据其自述，乃是承袭泰和欧阳氏之学："始予四岁已失怙，年才八岁，则父以事去，所倚赖者，祖母耳。当时非无内外亲，其教育我，使不失诗书故业。则舅氏欧阳先生之德，予不敢忘也。"④ 泰和欧阳氏以欧阳某为代表，其学术被时人号为"三峰之学"，王直学术源出于此。

李时勉，名懋，字时勉，以字行，号古廉，江西吉安府安福人。永乐元年举乡荐，次年选翰林院庶吉士，授刑部主事。与修《永乐大典》《高庙实录》，进侍读。宣德五年（1430）进侍讲学士，再迁翰林学士。李时勉自幼沉潜理学，又得乡先生教导。彭琉为其所作行状对此有所

① 杨士奇：《梁纪善墓志铭》，杨士奇著，刘伯涵、朱海点校《东里文集》卷二十，第293页。
② 王翔：《芳洲先生年谱》，《四库全书存目丛书》集部第31册，齐鲁书社，1997，第316页。
③ 王翔：《芳洲先生年谱》，《四库全书存目丛书》集部第31册，第316页。
④ 王直：《示秬子文》，《抑庵文后集》卷三十四，《景印文渊阁四库全书》第1242册，第306页。

记述：

> 七岁，《孝经》、小学、四书皆已成诵，十二三，诗词歌赋语皆惊
> 人。十四五言动不苟，即以圣贤自励。……十六入县庠，大肆力于群
> 书，攻习举业之外，益究道德性命之学。……训导城门持真尹先生、
> 理安胡先生皆笃行儒者，一见先生奇之，尝曰："李时勉用心理学，
> 岂词章之儒可比？"①

王直亦称李时勉擅长性命之学："先生少负大志，勤于学问，穷性命道德
之奥，于书无所不读。"②

陈廉，字孟洁，永乐四年（1406）中礼部会试，授翰林庶吉士，与修
《永乐大典》。陈廉自小便从其祖陈谟习经学："孟洁幼时，亲承海桑先生
与处士之教，又颖敏过人，读书日千余言，通其大义。十二治《诗经》，
下笔为文章粲然，有声誉于先生长者。"③ 欧阳俊，字允后，泰和硕儒欧阳
某之孙，永乐二年（1404）以《诗经》中进士，并选为翰林庶吉士，会修
《永乐大典》。欧阳俊的经学与理学承其欧阳氏家学："君以祖命为之子，
而善承其教，日夜自励于学。"④ 余学夔（1372—1444），字一夔，号北轩，
江西吉安府泰和人，永乐二年进士，选为翰林院庶吉士，后授翰林检讨，
任《永乐大典》副总裁之一，又与修《四书五经大全》《性理大全》诸
书，二十二年升侍讲兼经筵官，与修国史。余学夔的学术来源主要是家学
传承："父斯延，亦以经术为人师，因公贵赠翰林侍讲。公自幼喜学，笃
行孝弟忠信，读书以穷理为务，隆寒盛暑手不释卷。"⑤

---

① 彭琉：《朝列大夫翰林学士国子祭酒兼修国史知经筵官致仕谥忠文安成李懋时勉行状》，
见李时勉《古廉文集》卷十二，《景印文渊阁四库全书》第 1242 册，第 890 页。

② 王直：《故祭酒李先生墓表》，见李时勉《古廉文集》卷十二，《景印文渊阁四库全书》
第 1242 册，第 895 页。

③ 杨士奇：《翰林庶吉士陈孟洁墓志铭》，杨士奇著，刘伯涵、朱海点校《东里文集》卷十
八，第 268 页。

④ 王直：《主事欧阳君墓表》，《抑庵文集》卷二十五，《景印文渊阁四库全书》第 1242 册，
第 37 页。

⑤ 王直：《侍讲余公墓志铭》，《抑庵文后集》卷三十三，《景印文渊阁四库全书》第 1242
册，第 265 页。

总体来看，江右文人的学术传承呈现为以下两点特征。第一，学术思想具有较强的地域色彩。如刘清之、刘靖之兄弟开创的清江儒学，其学术思想一直传续至明初。① 上文在追溯永乐后江右文人的学术来源时，亦已接触到清江学脉的传承谱系。具体来说，清江学脉由吉水解氏，尤其是解开的教学活动而传入明初。《宋元学案补遗》将解氏家学归入清江学案，足以见其属清江学脉之裔。② 再如西昌欧阳某的"三峰之学"，亦是江右学术思想的代表。欧阳某，字以忠，号三峰，人称"三峰先生"。杨士奇曾指出欧阳某在本地学术声望之高："盖欧阳氏之族有三峰先生而后益敦于德义文学，乡人有三峰先生而后益劝于善。邑大夫岁举乡饮谋宾，必曰'三峰先生'。"③ "三峰之学"在明初的传承，主要通过欧阳某之孙——欧阳俊、欧阳坚、欧阳清、欧阳贤与欧阳宣等人。另有王直亦承"三峰之学"。第二，学术思想传承呈现为家族化的特征。除上文所述欧阳家族外，还有泰和以梁兰、梁潜父子为代表的梁氏家族，吉水解开、解缙为代表的解氏家族，泰和萧岐、萧用道为代表的萧氏家族，以及以陈谟、陈廉为代表的泰和陈氏家族。这些家族均用力于理学与经学，并将其代代相传。如欧阳某不仅以"三峰之学"传承后人，而且在家族中排斥异说，强化家学传承意识："三峰持身治家悉以礼，丧祭不用浮屠、老子法，遗戒子孙世世勿变。修宗谱以示族人曰：'毋忘本也。'"④ 概言之，永乐后的江右文人普遍受到系统的理学与经学教育，并将其融入诗文观念之中。

二　根植学术的家族文学形态

考察地域诗学思想的内涵及特征，家族文学是重要的切入点。而江西多故家旧族，家族学术与家族文学不仅渊源有自，而且颇成规模。例如以

---

① 关于清江学脉的传承，饶龙隼已有较为深入详细的论述。详见饶龙隼《元末明初大转变时期东南文坛格局及文学走向研究》，第275~307页。
② 解开亦被归到北山四先生学案，欧阳门人之下。因解开卒业于欧阳玄之门，因此将其视为欧阳门人亦无问题。详见王梓材、冯云濠《宋元学案补遗》卷八十二，第4955页。
③ 杨士奇：《齐寿堂记》，杨士奇著，刘伯涵、朱海点校《东里文集》卷二，第24页。
④ 杨士奇：《欧阳三峰墓志铭》，杨士奇著，刘伯涵、朱海点校《东里文集》卷十八，第260页。

欧阳某为代表的泰和欧阳氏，以解开、解缙为代表的吉安解氏，以蔡月窗、蔡震亨为代表的西昌蔡氏，以王沂、王佑、王直为代表的泰和王氏等等。饶龙隼曾对元明之际西昌故家旧族的数量及其文化特质做出考察，梳理出 28 家比较重要的家族，① 足以见元明之际江西家族学术与文学之盛。但对家族文学的研究亦存在诸多难点，其中之一便是家族文学文本的缺失。尤其在易代之际，文人别集多因战乱而毁坏不传。如以胡延平、胡广、胡穜为代表的吉安胡氏，便是本地知名的故家大族："其先自金陵徙庐陵，宋忠简公铨其十二世祖也。曾祖鼎亨，祖弥高，父子祺累官延平知府。"② 胡延平为胡广父，曾任延平知府、广西按察佥事，胡穜则为胡广子，曾任翰林学士。祖孙三人均从事诗文创作。如胡延平诗，具有"明白正大之言，宽裕和平之气"③ 的特征，但其诗文别集不传。再如以周岐凤、周叙父子为代表的吉安周氏，亦为故家旧族。周岐凤诗"浩博宏放，渊乎无际"④，但其文集亦未传世。因此，诗文别集的亡佚导致很难考察这些故家旧族的家族文学特征。本部分主要以泰和梁氏家族、萧氏家族与陈氏家族为中心，考察明初江西家族文学的基本特征。之所以选此三家，主要有以下两点原因：首先是其家族文学文本保存比较完整，可全面考见其实；其次是梁氏、萧氏与陈氏在泰和乃至整个江西的影响较大，这种影响不仅是指学术性的影响，也指政治性的影响。如泰和梁氏，主要代表人物是梁兰、梁潜与梁混。梁兰在泰和以硕儒著称，而梁潜则是永乐朝影响较大的江西籍文臣。再如萧氏家族，以萧岐、萧用道与萧旵为代表。萧岐乃是元明之际江西学术大家，人称正固先生，杨士奇等江西文人多有随其治学的经历。萧用道乃萧岐之子，建文时诏入翰林，永乐朝预修《太祖实录》，是此时期比较具有代表性的江西籍文臣。泰和陈氏则主要以陈谟与杨士奇

① 详见饶龙隼《元末明初大转变时期东南文坛格局及文学走向研究》，第 257~275 页。
② 杨士奇：《故文渊阁大学士兼左春坊大学士赠荣禄大夫少师礼部尚书谥文穆胡公神道碑铭》，杨士奇著，刘伯涵、朱海点校《东里文集》卷十二，第 177~178 页。
③ 杨士奇：《胡延平诗序》，杨士奇著，刘伯涵、朱海点校《东里文集》卷四，第 46~47 页。
④ 金幼孜：《周职方诗集序》，《金文靖集》卷七，《景印文渊阁四库全书》第 1240 册，第 732 页。

为代表，① 杨士奇作为明代台阁体的核心人物，其影响之大不言而喻。因此，从以上两点可以看出，泰和梁氏、萧氏与陈氏是研究此时期家族文学形态与特征的典型案例。

泰和梁氏，其先由长沙迁至江陵，又由江陵迁至泰和。对于梁氏家族的具体信息，杨士奇曾作族谱序，其中多有记录：

> 西昌梁氏，其先自长沙徙江陵，至南唐征仕郎胜用又徙西昌，世袭儒行，至宋赠知吉州逢吉二子：君崇累官起居舍人、兵部员外郎直史馆，知凤翔、池州、安庆三郡；君杰累官黄州同知，翰林编修。君崇子子华太原府通判。又四世至蕃举进士，自太常博士历知宣抚二郡，皆官不过郡守，家不至甚富，而文学治行有闻于时者未尝乏也。其肇于先如此。蕃四世至不移，二子：用之，永乐中累官至翰林侍读、兼春坊赞善；本之，累官至鲁府纪善，皆以文学行义致声誉当世。其绍于后又如此。君子所尚故家，如梁氏者非耶？②

可以看到，梁氏可谓仕宦之家。其祖梁君崇、梁君杰皆就职宋廷，梁番任太常博士，至梁兰辈方为布衣。梁兰（1342—1409），字庭秀，一字不移，幼读书，能究文义，亦能诗，后教授于乡里，有《畦乐诗集》传世。梁兰子梁潜、梁混。梁潜（1366—1418），字用之，"洪武末，举乡试。授四川苍溪训导。以荐除知四会县，改阳江、阳春，皆以廉平称。永乐元年召修《太祖实录》。书成，擢修撰。寻兼右春坊右赞善，代郑赐总裁《永乐大典》"③，有《泊庵集》传世。梁混（1370—1434），字本之，以字行，晚号坦庵。洪武中为瑞州府学训导，迁溧阳教谕，改纳溪。蜀献王奏请

---

① 杨士奇一岁丧父，早年与陈谟孙陈廉、陈鉴一同受学于陈谟。杨士奇年谱有载："是年海桑先生主考江西乡试，归召公及其孙孟洁闭户三试之第，三场策问，将相事，实田赋、用兵，公皆详悉以对。"详见杨思尧《太师杨文贞公年谱》，《北京图书馆藏珍本年谱丛刊》第 37 册，第 468~469 页。四库馆臣亦认为杨士奇在诗文方面受陈谟影响最大，谓："东里渊源实出于此。"详见永瑢等《海桑集提要》，《四库全书总目》卷一百六十九，第 1476 页。因此，本书将杨士奇视为陈氏家族成员加以考察。
② 杨士奇：《西昌梁氏续谱序》，杨士奇著、刘伯涵、朱海点校《东里文集》卷五，第 73 页。
③ 《明史》卷一百五十二《梁潜传》，第 4191~4192 页。

其为王府纪善，后补鲁府纪善，有《坦庵集》传世。泰和萧氏，则主要以萧岐、萧尊与萧晅三代人为主要代表。对于萧氏的家族信息，王直有文记载：

> 泰和萧氏，文献故家也。盖齐宗室西昌侯叔谋之后代。有显者，宋盛时景纯为殿中侍御史森，擢进士第，为言官，忤权贵左迁衡山丞。至公之高祖静安，遂不仕。曾祖方平仕宋典书记，没于崖山。祖正固先生，国初以贤良征，上书言十便，授潭王府长史，恳辞，为平凉府学训导，老于家。又以考校经书召，事毕而归。公之尊府用道，继起为靖江王府长史，以公聪悟绝人，最钟爱之。遣入邑庠，受学于任御史敬敏、曾学士鹤龄。读书求道，明体以致用，朋辈皆推让之。①

与梁氏仕宦之家所不同的是，萧氏家族的仕履状况并不显耀，但家族学术却传承有自。如萧岐之高祖、曾祖，虽隐却不废儒业。到萧岐辈，家族学术愈加兴盛。萧岐（1325—1396），字尚仁，号正固，学者称正固先生，以孝闻，有司累举不赴。洪武十七年（1384）诏征贤良，上《十便书》万余言。诏授潭王府左长史，力辞。后谪云南楚雄府儒学教授，改陕西平凉训导。萧岐长于经学，尝辑《五经要义》，亦作诗文，有《正固》《金华》《归来》《鄂渚》等稿，皆不传。萧岐子萧用道，字坦行，《明史》有传曰："建文中，举怀才抱德，诣阙试文章。擢靖江王府长史，召入翰林，修《类要》。……永乐时，预修《太祖实录》，改右长史，从王之藩桂林。"② 萧用道有《仕学斋集》，不传。萧用道子萧晅，字仰善，号雪厓。永乐二十一年（1423）举人，宣德二年（1427）进士，授南吏部文选司主事。九年秩满，迁吏部稽勋司郎中，寻改山西司郎中，迁云南按察副使。景泰初入觐，升右布政使，以忧去，服阕，进湖广左布政使。天顺四年（1460）以礼部尚书召入京，五年卒于官。关于萧氏家族的诗文别集，有

---

① 王直：《礼部尚书萧公神道碑》，《抑庵文后集》卷二十四，《景印文渊阁四库全书》第1242册，第11页。
② 《明史》卷一百三十七《萧用道传》，第3951页。

清初萧氏族人萧伯生辑刻其先世诗文，成《萧氏世集》，其中有萧岐《正固先生集》，萧用道文数篇及萧昺《雪厓先生诗集》。《萧氏世集》虽非全集，但依然是考察其家族文学的重要样本。陈氏家族以陈谟、陈廉、陈鉴及杨士奇为代表。陈氏其先由金陵徙泰和，世以学术与科第持家，"诗书科第连续之盛甲他族"①。陈谟，字一德，号心吾，学者称海桑先生，"洪武初，征诣京师，赐坐议学。学士宋濂、待制王祎请留为国学师，谟引疾辞归。屡应聘为江、浙考试官，著书教授以终"②。有《海桑集》传世。陈鉴，字孟省，陈谟孙，深于性命之学，用志举业，但始终未得入仕，年三十五便英年早逝。陈鉴未有诗文别集传世，杨士奇评其诗文"一本实理，而深斥浮靡之习"③，可略见其特征。陈廉，字孟洁，永乐四年（1406）中礼部会试，擢翰林修庶吉士，与修《永乐大典》，卒于永乐八年（1410），年仅四十五岁。陈廉亦未有别集传世。因此，陈氏家族文学的具体特征，主要以陈谟与杨士奇的诗文为考察样本。

江右家族文学的核心特征是理学化的诗文观念与创作。由于理学、经学是家族学术的主要内容，故诗文观念颇具道学气息。这种理学化的家族文学，主要体现为以下两点内涵。

首先，从价值观念上看，理学与诗文是体与用的关系，理学为体，文学为用。"以文学为余事"是他们论及诗文时的常用话语。梁潜曾转述其父梁兰将理学视为儒业之根本的观点："为学有格物之功者，于人情物理是是非非自然明白。"④ 梁兰此语虽未涉诗文，但显然将理学视为学术的核心。对于这种观点，梁潜与梁混皆有继承。梁混在为同邑文人张日孜诗作序时称："人利其生者，恒患疾病之不治，利人之生者，恒患学术之不精。疾病不治，不知医者也，学术不精，不知书者也。"⑤ 此论将学术，即性命

① 杨士奇：《翰林庶吉士陈孟洁墓志铭》，杨士奇著，刘伯涵、朱海点校《东里文集》卷十八，第 268 页。
② 《明史》卷二百八十二《陈谟传》，第 7227 页。
③ 杨士奇：《陈孟省传》，杨士奇著，刘伯涵、朱海点校《东里文集》卷二十二，第 334 页。
④ 梁潜：《先君畦乐先生行实》，《泊庵集》卷八，《景印文渊阁四库全书》第 1237 册，第 353 页。
⑤ 梁混：《赠张日孜诗叙》，《坦庵先生文集》卷三，《北京图书馆古籍珍本丛刊》第 100 册，书目文献出版社，2000，第 584 页。

道德之学置于文人治学的首要地位，所谓"理明而不窒于用"①，即强调理学之尊。在为其从弟所作书信中，梁混曾阐明"以文学为余事"的观点：

> 闻吾弟作文学书，骎骎乎不类旧常，混甚喜而愧弗及也。使吾弟携此以步武文场，延誉缙绅即未尝不可矣。然此特今人事，非古人之先务也。盖古人之学，修行为本，文艺事次之，若违本而事末，虽缀班马之文辞，亦何足美哉？……苟能申矩彠戴□□以检身，寡嗜欲以养心，则有不为君子之归者，盖鲜矣，又何古人之不可追哉？②

梁混此处以古人为例，讲古人之先务在学，所谓学，指的是修行之学，也即性命道德之学。相较而言，文艺事次之，这就将理学置于文学之上，二者在价值层面呈现为本与末、体与用之关系。梁混在序其舅陈仲亨的诗集时，亦指出修行之学为本、文辞为末的观点：

> 夫人心游于物之内者，未有不为物所役，游于物之外，则欢愉悲伤是非美恶，万变日代乎吾前，视之无异鸟兽好音之过耳。曾何役于彼而交移其胞臆哉？故其见于辞也，简远闲散，冲淡雍容，皆和平之气发焉。余得先生《止斋稿》而读之，初无意于句与字之工，而绳尺浑然不见圭角，诚朱子所谓"佳处在用事造语外，惟虚心讽咏乃见之"。③

所谓心游于物外，看似是道家的话语，实则是宋人格物修身的观点。修养工夫乃是文辞之本，用功在此，外发于诗文则呈现为和平雍容的特征。此外，梁混亦引用朱子在《跋集注杜诗》中的话，所谓"佳处在用事造语

---

① 梁混：《赠张日孜诗叙》，《坦庵先生文集》卷三，《北京图书馆古籍珍本丛刊》第 100 册，第 584 页。
② 梁混：《与洞弟书》，《坦庵先生文集》卷七，《北京图书馆古籍珍本丛刊》第 100 册，第 629 页。
③ 梁混：《止斋诗集序》，《坦庵先生文集》卷四，《北京图书馆古籍珍本丛刊》第 100 册，第 598 页。

外，惟虚心讽咏乃见之"，这一观点显然已经将文辞置于理学之下，二者呈现为体用之关系。梁潜亦持这种理学为体、诗文为用的观点。他在评丰城文人胡直时曾谓：

> 锐意于六经、孔孟之书，已而致力于濂、洛、周、程之说，穷阴阳之化以极夫性命之原，探道德之旨以明夫周孔之绪。……其所谓明体适用如古之人者未之有也。因以谓今之学者欲从事于圣贤之事，功当必先明乎圣贤之道，而后可闻者莫不叹服。……其为文词，善论议，意所欲言辄浩博宏放而必本之于道。远近知慕其文，而独不知其于义理之学尤深也。①

梁潜点出世人对胡直的误解：知其文辞之工而不知其义理之深。梁潜认为，胡直的文章之所以能够超迈常人，是因为以道为本，而道正是前文所谓六经、孔孟之书与濂、洛、周、程之说。胡氏之学术，可约之于义理之学。因此，在梁潜看来，义理之学乃是文人学术的核心。而文辞则依附于此，属于用的层面。在评价陈子威诗时，梁潜指出文人不应拘泥于文辞，而应注重内心的修养，涵养出和平雍容之气："夫人之心有溺焉者，见于其辞亦然。或沉酣于富贵、感于声利，或穷愁悲怨憔悴，而可怜及其至也。犹能使人感慨而羡慕，盖亦略其心之溺而爱其词之胜焉耳。要之，得其气之和平，惟夫杰然豪达之士，举天下之物不足以累其中者能之也，而求之古今盖少矣。"② 人心之溺即反映出理学修养工夫的重要性，而未有虚心养精的文人所作诗文，之所以依然能够感动人心，是因为读者也具有溺其心爱其词的不足。解决之道是注重天理对人心的约束，使之不累于物。唯其如此，平和之内心方能发为辞气和平的诗文。梁潜对诗歌的评价标准，在于诗歌是否能以学为本。他曾谓："夫古人之诗，不徒模状物态，在寓意深远，非深于学者未易工，非博物多识，不能赋也。"③ 所谓寓意深

① 梁潜：《胡敬方传》，《泊庵集》卷十二，《景印文渊阁四库全书》第1237册，第394页。
② 梁潜：《陈子威诗集序》，《泊庵集》卷七，《景印文渊阁四库全书》第1237册，第333页。
③ 梁潜：《诗意楼记》，《泊庵集》卷三，《景印文渊阁四库全书》第1237册，第222页。

远，是指诗歌能否发乎道理，而深于学者，指的是性命之学。梁潜在论杜甫诗时，亦强调若想摹拟杜甫诗风，首先要有学问之富："岂以其学问之富，周览涉历穷极夫人情物理变化之由，有以奋发其志意，其言之工，自足以垂不朽。"① 梁潜所谓学问与人情物理变化之由，均为宋学话头。这种诗文之工在诗文之外的观点，无疑具有明显的理学化倾向。

以陈谟、杨士奇为代表的陈氏家族文学，亦持有以理学为诗文之本的观点。如陈谟曾评价一位秋云先生的诗，谓其根植经史："学贯经史，而尤邃于《春秋》，文肆天葩，而尤丽于诗苑。余不及见其著述，而获其诗词读之，大概律诗有廷筠、义山之风流，宫词得仲初、文昌之格调，变陈言为雅辞，发新意于众见，第之作者，允为名宗。"② 将经史之学视为诗文的根基，可见其理学为本、文学为用的观点。在为郑君和诗集作序时，陈谟亦有相似的论述：

> 郑君早志道，六岁习诗书，十五富文史。及其以贤良征，固辞，愿终养，再四弗获。读诸诗，自乙巳九月就征，迄丁未曲江，累百十章，而思亲恳恳，一食不置，其于仁义孝弟隆矣哉！其本厚植如是，其诗何患乎不追古也！③

经史之学与仁义孝悌之义，皆可纳入理学的学术体系。因此，陈谟此处所谓诗之"本"，所指正是理学。理学为本、诗文为用的观点，时见于陈谟与他人的论诗话语中。如其与周渊论诗曰："学甚劭足以有成，其取高科也必矣，其文章当水涌而山出矣。"④ 陈谟此处将学术、学问视为仕宦与文章的本源。杨士奇的诗文观念深受陈谟的影响，他为胡延平诗集作序时曾谓："昔朱子论诗必本于性情言行，以极乎修齐治平之道，诗道其大矣哉！"⑤ 杨士奇此处引朱子观点，其所谓"诗道之大"，既指诗歌的教化功

---

① 梁潜：《送许鸣时诗序》，《泊庵集》卷五，《景印文渊阁四库全书》第 1237 册，第 280 页。
② 陈谟：《秋云先生集序》，《海桑集》卷五，《景印文渊阁四库全书》第 1232 册，第 593 页。
③ 陈谟：《哦松集序》，《海桑集》卷六，《景印文渊阁四库全书》第 1232 册，第 631 页。
④ 陈谟：《赠进士周渊序》，《海桑集》卷五，《景印文渊阁四库全书》第 1232 册，第 585 页。
⑤ 杨士奇：《胡延平诗序》，杨士奇著，刘伯涵、朱海点校《东里文集》卷四，第 46 页。

能，又指诗缘情性的发生论。诗本人情，理学所倡导的约束人情的修养工夫便显得尤其重要。因此，理学便在发生论的层面成为主导诗歌的核心要素。

其次，理学所倡导的道德涵养于诗而言具有方法论的意义，此为家族文学观念受理学浸染的第二点体现。这种道德涵养论，梁兰谓之"养性"。他曾作诗谓：

> 晨兴命良俦，驾言翔泮池。泛览君陈篇，载歌斯干诗。于时日将夕，回风生绛帷。振衣抱孤桐，上堂理朱丝。一倡三叹息，操雅音更迟。充然各有适，夷愉良自怡。但兹养厥性，外诱焉能移。[1]

"养性"指导诗歌创作的方法意义在于，只要心性不与物移，那么作诗自然会平和。梁潜继承其父之观点，主张心性不随物迁：

> 然人之有心，所以神明万化，惟学问可以致知，惟无欲可以主静，而非幽隐闲逸以少绝夫外物之累，则亦未易以察识夫圣贤天地之量也。李愿中先生谓常存此心，勿为事物所胜，终日危坐而神彩精明。康节先生谓养得至静之极，自能包括宇宙终始。今古之人，所以存其本体而致其功用之妙者如此。[2]

相较于梁兰，梁潜的论述更具理学色彩。其观点涵盖格物致知与修身养性两个层面，前者属于道问学，后者属于修养身。所谓无欲以主静，即强调儒者的道德涵养。梁潜亦引用理学宗师李侗与邵雍的观点，将养性修身置于创作本体论的层面，其言下之意即在于，当儒者的道德涵养达到不为外物所胜的境界，包括诗文创作在内的用的层面便翕然自解。对于内心修养与诗文风格的关系，梁潜则谓："讽其和平要妙之音，有以知夫遭逢至治之乐，谂其劲正高迈之气，有以明夫培植养育之功，是皆平时蓄之于中，

---

① 梁兰：《泮池弦诵》，《畦乐诗集》，《景印文渊阁四库全书》第 1232 册，第 723 页。
② 梁潜：《水天清意轩诗序》，《泊庵集》卷六，《景印文渊阁四库全书》第 1237 册，第 314 页。

随所感而发之于此也，岂非盛哉？"① 他将和平诗风的来源归纳为两点：其
外在于盛世之乐，其内在于涵养之功。所谓"平时蓄之于中"，即是强调
日常道德涵养会导出辞气和平的诗作。他在评董养性之遗作时，将诗歌之
妙归之于道德涵养："先儒以谓人养得至情之极，则百虑自然精明，先生
盖养之以情者也。"② 梁兰、梁潜、梁混父子在"养性论"的基础上，常创
作心态和平、超逸闲放的诗歌。试看梁兰两首诗：

> 退休息微躯，生平历忧患。世事不愿闻，相知勿复言。数橼林下
> 居，容膝亦已宽。芳草被前除，青松荫檐间。放歌畅幽怀，遐眺怡我
> 颜。朋旧来相过，浊醪聊共欢。逍遥任余日，心神良自安。③

> 贵富如浮云，枕肱乐疏食。追从鲁大夫，轩车驾良驹。居夷孰云
> 陋，止匡复奚畏。行之时其中，圣人素乎位。所以君子心，悠然以居
> 易。北窗晨而兴，东皋夕还憩。临流玩水物，凉飙拂轻袂。往来无尘杂，
> 逍遥有余地。终身恒若斯，亦足肆志意。自得诚独难，兹言在深味。④

此类诗歌与普通的山林之作所不同处在于，他超越闲适的心境源于深厚的
理学素养，主张儒者应"养其性而无物累"，便是理学思维的体现。正是
在这种注重涵养德性的理论指导下，其诗歌方呈现为闲逸超越的境界。以
涵养德性为主体的学术主张与人生价值观，生发为和平闲适的诗风，在梁
潜、梁混二人处亦十分明显。试看二人之作：

> 忘却儒官冷，谁为蜀道吟。一身犹长物，万事岂关心。水鸟窥鱼
> 立，山云带雨沉。人生聊适意，莫受旅愁侵。⑤

---

① 梁潜：《中秋宴集诗序》，《泊庵集》卷七，《景印文渊阁四库全书》第 1237 册，第 339 页。
② 梁潜：《题高闲云集后》，《泊庵集》卷十六，《景印文渊阁四库全书》第 1237 册，第 426 页。
③ 梁兰：《退庵诗》，《畦乐诗集》，《景印文渊阁四库全书》第 1232 册，第 730~731 页。
④ 梁兰：《索行诗》，《畦乐诗集》，《景印文渊阁四库全书》第 1232 册，第 721 页。
⑤ 梁潜：《合州写怀》其一，见钱谦益撰集，许逸民、林淑敏点校《列朝诗集》第 4 册，第 2215 页。

水合交层浪，峰回出翠鬟。云随村艇去，鸥趁潋波还。斗酒相忘甚，寸心如此闲。不应篷底醉，过却钓鱼山。①

石径云深长绿苔，仙家楼观绝纤埃。空庭尽日无人到，山鸟窥檐时下来。②

碧树生寒早，虚窗贮月深。鸣蛩先近枕，惊鸟数移林。茵接怀双璧，囊空耻一金。不眠清夜永，劳想为知心。③

前两首为梁潜所作，后两首为其弟梁混所作。二人诗作具有一个明显的特征，即其闲逸诗风通常伴有宋诗理趣之妙。如梁潜"寸心如此闲"与梁混"劳想为知心"之语，在闲适的背后亦蕴含涵养而来的超越性境界。

陈谟将儒者的道德涵养称为"养气"，并通过文气将道德涵养与诗文风格联系在一起。他在论太白诗风时，便指出养气与诗风的关系：

> 余惟诗各一悟解，各从其天分。审慕是也，即天分已近，充以问学，斯成名家。朱子尝言："太白诗非无法度，乃从容于法度之中，圣于诗者也。"慕之者徒狂嬉怒攫，颠倒参差。无天分固不可，无学力尤未易。郭功甫尚未自然，刻李赤辈哉！为太白有道，涵养以昌其气，高明以广其识，汗漫以致其约，脱略以通其神。夫然，故其论超然，其趣渊然，其韵飘然。④

陈谟将何以成为名家的途径分为两个部分，一为天分，二为问学。前者乃由天生，而后者则在于主观努力。具体而言，所谓"问学"，既包含致知的层面，又包含修身的层面："涵养以昌其气"即是指日用修养工夫；"高

---

① 梁潜：《合州写怀》其二，见钱谦益撰集，许逸民、林淑敏点校《列朝诗集》第 4 册，第 2215 页。

② 梁混：《迎祥观》，见曾燠《江西诗征》卷四十五，《续修四库全书》集部第 1689 册，上海古籍出版社，2002，第 64 页。

③ 梁混：《秋夜有怀》，见曾燠《江西诗征》卷四十五，《续修四库全书》集部第 1689 册，第 63 页。

④ 陈谟：《书刘子卿诗稿》，《海桑集》卷九，《景印文渊阁四库全书》第 1232 册，第 688 页。

明以广其识"则属于致知的层面。陈谟在评论他人诗文时也称:"文以气为主,以意为辅,以辞为卫。"① 他将文学分为文气、文意与文辞三个层面。其中,气由道德涵养层面的文人之气,进而转换为诗文之气。可见,"以气论文"是沟通主体涵养与诗文体貌的桥梁。

萧氏家族亦如此。他们认为,不为物累的超越心境,可生发出轻松明快、辞气悠闲的诗风。萧岐曾谓:"世之所谓是非荣辱者,举无累于吾心,若是者,方之南阳莘野,虽不足以拟其万一。然由此脱去外累,不为物役,优哉悠哉,聊以卒岁。"② 萧岐的诗的确如此,试看其《快阁》一诗:"几度乘闲登快阁,摩挲老眼看阴晴。西江诗派今谁在?南极文星彻夜明。往事已随流水去,白云长共远山横。鱼龙寂寞秋江冷,吾道何人执耳盟。"③ 这首诗虽是登高怀古之作,但写得轻松明快。之所以如此,是因为萧岐具有纵论古今、笑看往事的超越心态。再看萧岐孙萧晅的两首诗:

> 世徒尚荣华,桃李纷相逐。若人志不群,开轩依林麓。右桥通清泉,小槛列松竹。寒梅吐奇葩,香气满幽谷。眷兹清景胜,凌寒抱贞独。物理自相契,对之殊可掬。④
>
> 临川佳境最清奇,构得华轩足自怡。独对春山晴雨后,闲看秋水晚凉时。鸟啼暗踏窗间竹,客至频题卷里诗。只恐明时征诏下,林泉未许久栖迟。⑤

前一首写不慕荣华,在山中隐居之悠闲。后一首写隐居时徜徉山林、吟咏诗文的清幽生活。二诗均体现出萧晅超越荣辱、甘于自守的超越性心态。

泰和陈氏、萧氏与梁氏是本地影响较大、文集保存较为完整的三个家

① 陈谟:《鲍参军集序》,《海桑集》卷五,《景印文渊阁四库全书》第 1232 册,第 583 页。
② 萧岐:《赠郭庆守归耕序》,《萧氏世集》卷一,《四库全书存目丛书·补编》第 99 册,齐鲁书社,2001,第 669 页。
③ 萧岐:《快阁》,《萧氏世集》卷一,《四库全书存目丛书·补编》第 99 册,第 663 页。
④ 萧晅:《友清轩》,《萧氏世集》卷三,《四库全书存目丛书·补编》第 99 册,第 706 页。
⑤ 萧晅:《抱清轩为王昌问赋》,《萧氏世集》卷三,《四库全书存目丛书·补编》第 99 册,第 709~710 页。

族，以他们为考察样本概括出的家族文学的核心特征，具有代表性与典型性。另一方面，以萧氏、陈氏与梁氏为核心，形成一个故家旧族的交游网络。如陈氏与萧氏，陈谟曾与萧岐父有同学情谊："其先君子方平先生于予为同志，同学《易》，同考业，余齿差长一，而颖异聪敏，余固兄事之。"[①] 杨士奇与萧氏不仅有姻亲关系，亦曾与萧用道共事朝廷。陈氏与梁氏的交往，主要源于两家的姻亲关系。梁兰之妻陈顺止乃元末处士陈友庆之女，[②] 而陈友庆与陈谟乃同族。陈氏与江右其他家族亦关系密切。如以王佑、王沂及王直为代表的泰和王氏，胡延平、胡广为代表的胡氏，蔡性传、蔡震亨为代表的蔡氏，皆交往密切。萧岐家族亦如此，与王氏、胡氏均有交往。如王直曾为萧暅作神道碑，为萧用道作哀辞，胡广亦有《正固先生挽诗序》，这些文章皆是萧氏家族与本地故家旧族交游的明证。前文在论及江右地域学术师承时，曾阐述萧岐、陈谟、梁兰、解开等地域名儒对杨士奇、胡广、金幼孜、胡俨、解缙等人的学术指引，这些亦可反映故家旧族的交游情况。总而言之，江西故家旧族众多且交往密切，泰和萧氏、陈氏与梁氏乃是其中影响较大、家族学术与文学代际传承较好的案例。以此三家为样本，可考见家族文学受理学浸染的状况。其一是以理学为体、以诗文为用，重道轻文的价值取向；其二是将个人道德与精神境界的涵养视为诗文创作的重要方法。此两点代表了江西故家旧族诗文观念的基本特征。

第三节 继承与新变：江右诗文观念的台阁化转向

上文着重讨论了江右文人的政治际遇及士人心态的转变、本地家族文学的理学化特征这两个问题。二者是塑造永乐后江西籍馆阁文臣诗学思想的两大因素。前者可概括为政治性影响，后者可概括为学术性影响。政治际遇、士人心态与地域理学传统是塑造台阁诗学思想的重要来源。下文则

---

① 陈谟：《贞固斋文集序》，《海桑集》卷五，《景印文渊阁四库全书》第 1232 册，第 595 页。
② 详见王直《梁孺人墓表》，《抑庵文集·后集》卷二十五，《景印文渊阁四库全书》第 1242 册，第 39 页。

主要从文章与诗歌两个角度入手，分析江西馆阁文臣如何汲取本地域文学与学术传统，构建符合现实需要的诗学观念。

一　江西文风与台阁文章观

永乐后的江西籍馆阁文臣在建构台阁文学思想时，虞集、揭傒斯等元代先贤的雅正观念是可资取的重要资源。事实也的确如此，例如虞集的诗文观念，通过一系列的师承关系，影响到永乐时的江西文臣。胡俨受其业师熊钊的指引，对虞集的诗文观念多有接纳："钊幼承父师之训，及登虞文靖公之门，得公指喻……其所著述，有《学庸私录》、《论孟类编》、《春秋启钥》、《杜子美诗注》及《虞亭文集》若干卷。俨皆得而读之，宏博精切，各极其底里。"[①] 具体到文章方面，以宋文，尤其是以欧文为圭臬，是元代馆阁文臣论文的一大特征。这一论文取向亦为明代江西文臣所接受，将宋文视为构建明代馆阁文风的重要资源。当然，对于元代先贤的雅正观念，他们并非完全照搬，而是在继承中有所新变。

元代江西籍馆阁文臣对欧阳修、曾巩与王安石文章的推重，主要着眼于两个维度：其一是鸣盛之文的圭臬，其二是文道合一的典范。虞集在阐述欧阳修、曾巩文章时，实已涉及此两点：

> 昔者，庐陵欧阳公，秉粹美之质，生熙洽之朝，涵淳茹和，作为文章，上接孟、韩，发挥一代之盛，英华浓郁，前后千百年，人与世相期，未有如此者也。苏子瞻以不世之才，起于西蜀，英迈雄伟，亦前世之所未有。南丰曾子固，博考经传，知道修己，伊洛之学未显于世，而道说古今，反复世变，已不失其正，亦孰能及之哉？……然予窃观之，朱子继先圣之绝学，成诸儒之遗言，固不以一艺而成名。而义精理明，德盛仁熟，出诸其口者，无所择而无不当，本治而末修，领挈而裔委，所谓立德立言者，其此之谓乎？学者出乎其后，知所从事而有得焉。则苏、曾二子，望欧公而不可见者，岂不安然有拱足之地，超然有造极之时乎？而宋之末年，说理者鄙薄文词之丧志，而经

---

① 胡俨：《熊先生墓志铭》，《颐庵文选》卷上，《景印文渊阁四库全书》第 1237 册，第 599 页。

学、文艺判为专门，士风颓弊于科举之业，岂无豪杰之出，能不浸淫
汩没于其间？而驰骋凌厉以自表者，已为难得。①

虞集认为，将文艺与经学（理学）判为两门显然是一种历史的倒退，他倡
导的是文道合一的观点，道借文以显，文明道之微，二者在价值上是等同
的。朱子虽不以文学盛，但由于对义理的发明而成为立德立言的典范。曾
巩起于理学兴盛之前，其文亦因明经修己而成为圭臬。欧阳修之所以为虞
集所推重，一方面是因为他的文章"鸣一代之盛"，是盛世文学的楷模，
另一方面亦是因为欧文乃是"文道合一"文学观的最佳代表。较虞集稍后
的欧阳玄说得更加明白，他将欧阳修"文道合一"之学概括为欧阳公之
学，这应该是启发明人"欧学"的先声：

> 　　欧阳氏经学，我六一公《易》有《童子问》，《诗》有《本义》，
> 凡宋儒以通经学古为高，实公倡之。②
> 　　吾江右文章名四方也久矣，以吾六一公倡为古也。窃怪近年江右
> 士为文，间使四方学者读之，辄愕然相视曰：欧乡之文，乃险劲峭厉如
> 此！何不舒徐和易，以宗吾六一公乎？盖尝究其源焉。吾乡山水奇
> 崛，士多负英气，然不免尚人之心，足为累焉耳。夫文，上者载道，
> 其次记事，其次达焉，乌以尚人为哉？欧阳公生平于"平心"两字用
> 力甚多，晚始有得。前辈论读书之法，亦曰"平心定气"。人能平其
> 心，文有不近道者乎？兄文廉则不夸，静则不躁，深则不肤，醇则不
> 靡。尚愿羽翼吾欧阳公之学，以模楷后进之士，将见江右之文章，粹
> 然为四方师表矣！③

第一则材料体现的是圭斋对欧阳修通经学古观念的认可。可以看出，欧文
之所以被元代馆阁文臣所推崇，并非只是简单的鸣盛之典范，也是因为其

---

① 虞集：《庐陵刘桂隐存稿序》，虞集著，王颋点校《虞集全集》上册，第 499~500 页。标
　点略改。
② 欧阳玄：《易问辩序》，欧阳玄著，魏崇武、刘建立点校《欧阳玄集》，第 79 页。
③ 欧阳玄：《族兄南翁文集序》，欧阳玄著，魏崇武、刘建立点校《欧阳玄集》，第 86 页。

文通经学古，可见道之精微。第二则材料乃是欧阳玄为其族兄文集所作文集序言。他认为，欧文之所以成为四方之师表，因其是载道之文。所谓"道"，并不是泛泛而谈，而是具体到修己之学，即所谓"平心"，指的是个体道德修养。因此，欧阳玄所谓"欧阳公之学"，指的是立足于个体修养、达于经史之微的文道合一的观点。欧阳玄对欧阳修的评价非止一处。他又称："文在两间，与世推移。道之将兴，文必先知。八代萎薾，韩欧继作。读者瞻之，实启濂洛。"① 揭傒斯认为欧阳修文章之妙在于发明道理："自秦、汉之后有天下，卓然有三代之风者，宋而已。方其盛时，欧阳文忠以古文正天下之宗，明王道之本。"② 揭傒斯的观点较欧阳玄来看，稍显浮泛，因其未将道具体化，而只言说"王道"。总而言之，在元代馆阁文臣看来，欧阳修文章的价值体现在两个方面：其一是鸣盛之文的圭臬；其二是文道合一的典范。

明人对欧阳修文章的经典化并非始于江西文臣。如宋濂对欧文的认可，既着眼于文辞层面，又着眼于文道合一的层面。他曾谓："班、马之雄深，韩、柳之古健，欧、苏之峻雅，何莫不得乎此也。"③ 这主要是指欧文文辞层面的美感。他又称："六籍之外，当以孟子为宗，韩子次之，欧阳子又次之。此则国之通衢，无榛荆之塞，无蛇虎之祸，可以直驱圣贤之大道。"④ 将孟子、韩愈与欧阳修视为儒学正宗，这种观点显然已经超出了文章学的范畴，而颇具道统的意味。贝琼则着眼于欧阳修一代名臣的政治身份，认为仅以文章之妙评欧阳修显然并不能尽欧公之伟：

> 宋兴五季之后，文章视唐益下，其能振而复古，以继昌黎韩子者，则有一人焉，曰欧阳文忠公。故当时苏文公极推尊之，以孟子、韩子并言。文公非私于公也，盖公天下之言也。天下之人亦不以文公

---

① 欧阳玄：《为防里族侄题兖文忠公像》，欧阳玄著，魏崇武、刘建立点校《欧阳玄集》，第 190 页。
② 揭傒斯：《杨氏忠节祠记》，揭傒斯著，李梦生点校《揭傒斯全集》，第 363 页。
③ 宋濂：《王君子与文集序》，宋濂著，黄灵庚点校《宋濂全集》卷二十五，第 511 页。
④ 宋濂：《文原》，宋濂著，黄灵庚点校《宋濂全集》卷八十三，第 2004 页。

之言为过。……顾以文章称之者，未足尽其大也。①

贝琼的观点亦已超越文章学的层面，将欧阳修视为一代忠臣的楷模。但无论是宋濂还是贝琼、刘基，他们虽然认同欧文，却未能在洪武年间形成席卷馆阁的宗欧潮流。直到永乐年间，江西文臣成为馆阁中坚并主导文坛后，他们因欧乡之士的身份，及在此基础上所形成的地域认同感，而对欧文的经典化出力尤甚。如周叙曾谓："吾吉自欧阳公以古文风节倡天下，后之君子相继而起者，至今愈盛。则吉郡之文学岂非有源流哉？"② 杨士奇亦称："吉之士自欧阳公而下，有杨忠襄、胡忠简、周文忠、杨文节诸君子，累累而出，伸大义于天下。宋亡，又有文丞相挺孤忠死国，盛哉！吉之为学也。"③ 在这种地域认同感的推动下，江右文人所主导的宗欧之风，逐渐成为塑造台阁文章观念的重要话语。

欧文经典化的路径之一，是欧阳修被视为忠臣贤相的典范，进而其文章顺理成章地成为朝廷文臣的师法对象。杨士奇曾记载仁宗对欧阳修其人其文的评价：

> 上在东宫，稍暇即留意文事，间与臣士奇言欧阳文忠文雍容醇厚，气象近三代，有生不同时之叹，且爱其谏疏明白切直，数举以励群臣。遂命臣及赞善陈济校雠欧文，正其误，补其阙，厘为一百五十三卷，遂刻以传，廷臣之知文者各赐一部，时不过三四人。而上恒谕臣曰："为文而不本正道，斯无用之文。为臣而不能正言，斯不忠之臣。欧阳真无忝庐陵有君子，士奇勉之。"臣叩首受教。④

① 贝琼：《欧阳先生文衡序》，《清江文集》卷十九，《景印文渊阁四库全书》第 1228 册，台湾商务印书馆，1986，第 410 页。
② 周叙：《送国子监祭酒李先生致事序》，《石溪周先生文集》卷六，《四库全书存目丛书》集部第 31 册，第 682 页。
③ 杨士奇：《送李伯高训导诗序》，杨士奇著，刘伯涵、朱海点校《东里文集》卷六，第 79 页。
④ 杨士奇：《圣谕录·卷中》，杨士奇著，刘伯涵、朱海点校《东里文集》，第 394 页。

此处所指乃是永乐三年（1405）时为太子的仁宗命人刻《欧阳修文集》一事。仁宗对欧阳修的评价主要侧重于其人其文两个方面：其人正直敢言，是忠臣典范；其文本于正道，有补世用。这一评价具有指导性意义，因为此时江右文人对其乡贤欧阳修的评价，多着眼对于其忠臣贤相之典范的鼓吹。以"欧乡"著称的庐陵，在明初已有供奉欧阳修的忠节祠。馆阁文臣周忱曾谓："庐陵郡城南旧有忠节祠，以祀欧阳文忠公、杨忠襄公、胡忠简公、周文忠公、杨文节公、文信国公诸位先达。……伏以忠节名儒，实千古人臣之典则。"① 胡广将欧阳修视为庐陵文臣为政之典范："（欧阳修）公曰：'人材性各有所长短，舍其所长，强其所短，以徇人求誉，我不能也。'既而大治君子，于此孰不称道而叹慕之。谓公之善为政也。呜呼！以欧阳公之所为，当时之言者尚如此，矧夫今之为政者哉？庐陵，江右文献之郡也，凡为政于是者，苟非其人，未有不即得毁，而能有誉者鲜矣。"② 胡广此处将欧阳修之言视为士人为政之指南。陈循将欧阳修与杨万里视为江右忠节之典范："若欧阳文忠、杨文节诸公者，固无所待于人，而自昭昭于天地之间矣。"③ 再如杨士奇，他认为："近数百年来，士多喜读韩文公、欧阳文忠公、苏文忠公之文，要皆本其立朝大节，炳炳焉有以振发人心者也。"④ "宋三百年，其民安于仁厚之治者，莫逾昭陵之世，当时君臣一德，若韩、范、富、欧，号称人杰，皆以国家生民为心，以太平为己任，盖至于今，天下士大夫想其时，论其功，景仰歆慕之无已也。……欧阳文忠公以古文奥学，直言正行，卓卓当时，其懔然忠义之气，知有君而已，知有道而已，身不暇恤，其暇恤小人哉？"⑤ 杨士奇不仅将欧阳修视为忠臣贤相的典范，亦将宋仁宗时期视为君臣一德的治世，这种定位，可以说

---

① 周忱：《重修忠节祠疏》，见《江西通志》卷一百四十一，《景印文渊阁四库全书》第518册，第186~187页。

② 胡广：《赠周贰守复任序》，《胡文穆公文集》卷十一，《四库全书存目丛书》集部第29册，第18页。

③ 陈循：《贞节堂记》，《芳洲文集》卷六，《续修四库全书》集部第1327册，第528页。

④ 杨士奇：《王忠文公文集序》，《东里续集》卷十四，《景印文渊阁四库全书》第1238册，第545页。

⑤ 杨士奇：《滁州重建醉翁亭记》，杨士奇著，刘伯涵、朱海点校《东里文集》卷二，第18页。

是对其所处时代的一种隐晦的赞许。周叙亦称："至今称宋贤辅相，必曰韩、范、富、欧，此其人之不可及也。呜呼，后之士大夫以文名遭遇，付托隆重，固有逾于公者矣，而诚心直节，视公殆若薰莸玉石，不可同日语。"① 可见，忠臣贤相之典范这一身份定位，是江西文臣推崇欧阳修的重要原因。

江西文臣推重欧文的另一条路径，是沿袭元代馆阁先贤的轨辙，将欧文视为文道合一的典范。但他们也有新的发明，其一是将"道"具体化为理学与道德；其二是强调"文道合一"的目的在于有补世用。杨士奇在序胡俨文集时曾谓：

> 文非深于道不行，道非深于经不明。古之圣人以道为体，故出言为经，而经者，载道以植教也。周衰，圣人之教不行，文学之士各离经立说以为高。汉兴，文辞如司马子长、相如、班孟坚之徒，虽其雄才宏议，驰骋变化，往往不当于经。当是时，独董仲舒治经术，其言庶几发明圣人之道。至唐韩退之、宋欧阳永叔、曾子固，力于文词，能反求诸经，概得圣人之旨，遂为学者所宗。周子、二程子以及朱子，笃志圣人之道，沉潜六经，超然有得于千载之上，故见诸其文，精粹醇深，皆有以羽翼夫经，而文莫盛于斯矣。元之时，以经学发为文词，源本深厚，论议高明者，盖有虞伯生焉。②

杨士奇从以经为体、以文为用的观点出发，梳理出一条根植经史的文统脉络。在这条脉络中，不仅欧阳修值得肯定，元代先贤虞集亦被纳入其中。杨士奇所论，实际上具有轻文辞而重经术的价值取向。例如他所举周、程与朱子等理学宗师，虽非文士，但由于沉潜理学，其文因而具有典范性意义。欧阳修、虞集等人，与理学宗师所不同处在于，他们是因道而成文，前者是因文而达道，二者虽方向不同，但道始终处于核心位置。因此，在文道合一的视野下，欧阳修、虞集均被视为文章正宗。除杨士奇外，解

---

① 周叙：《滁州重修醉翁亭记》，《石溪周先生文集》卷七，《四库全书存目丛书》集部第31册，第719页。

② 杨士奇：《颐庵文选序》，见胡俨《颐庵文选》卷首，《景印文渊阁四库全书》第1237册，第550页。

缙、周叙等江右文人亦在文道合一的统绪中称赞欧文。如解缙谓："予阙后稍喜观欧、曾之文，得其优游峻洁，其原固出于六经，于予心溉乎其有合也。"① 除欧阳修外，江右文臣所推崇的地域先贤还包括曾巩与程钜夫。如杨士奇曾称赞曾巩文章："先生之文，所为可贵，非独文之工。言于濂洛之学未著之先，而往往相合，亦由学之正也。古之君子为文皆本于学，学博矣又必贵乎正。故先生之文，与苏氏虽皆传于世，而学则不可以概论也。"② "旴，江右文献郡，三四百年名公显人，其文学功行如李泰伯、曾子固、程钜夫诸君子，其所表见于世，炜炜不可泯没。"③ 可见，曾巩、程钜夫等江右先贤，因其显耀仕宦与文学成就，是明初江右文人构建台阁文章观时绕不开的人物。

"文以载道"自周敦颐首倡后，成为持有正统文章观的文人论文时的重要话语。江右先贤欧阳修、虞集皆如此。但明代江西文臣在汲取本地域学术传统与文学传统时，其新发明在于将"道"的内涵进一步具体化，使之具有更多的道德意味，进而形成先道德而后文辞的文章观。另一方面，"道"所具备的宏观性内涵因与经学密不可分，进而形成以经论文的文章批评话语。

先看第一点，先道德而后文辞的文章观。胡广在序胡俨别集时称："窃惟文者，言之成章，而可诵之谓也。古之立言，君子修辞以著其德业，故曰：'有德者必有言。'然徒能言而不本于道德之实，是亦艺焉而已。"④ 胡广认为，文章与道德乃是体用关系，立足于作者道德的文章方具有价值。杨士奇亦认为，士人应效法古人，将德行置于文艺之先："古者论士，先德行而后文艺，后世重文艺，故士有敦行寡文者，或屏弃不录。"⑤ 他还对作为文章之本的道德的内涵具体化：

---

① 解缙：《廖自勤文集序》，《文毅集》卷七，《景印文渊阁四库全书》第 1236 册，第 679 页。

② 杨士奇：《曾南丰文》，《东里续集》卷十八，《景印文渊阁四库全书》第 1238 册，第 605 页。

③ 杨士奇：《送郑郎中归省诗序》，《东里续集》卷十，《景印文渊阁四库全书》第 1238 册，第 493 页。

④ 胡广：《颐庵文选原序》，胡俨《颐庵文选》卷首，《景印文渊阁四库全书》第 1237 册，第 548 页。

⑤ 杨士奇：《赠曾士荣序》，杨士奇著，刘伯涵、朱海点校《东里文集》卷三，第 33 页。

　　古之为士者，文行皆备，而必行为之本。故三代以上文最高古，
而无以文名者，其所本不系于文也。秦汉以来，士始有专以文名，如
或违道叛义，君子不道也，扬子云《剧秦美新》是已；若断断焉发于
忠君爱亲之诚，读之使人感激奋发，希慕之不置，虽去之千载，犹目
前然者，诸葛武侯之《出师》、李令伯之《陈情》是已。①

所谓行，乃是在道德涵养之下而形成的君子之行。因此，文与行指的正是
文章与道德。他以诸葛亮《出师表》、李密《陈情表》为例，认为根植于
深厚道德的文章具有独一无二的价值。陈循对先道德而后文辞的观点阐释
得更加明白：

　　是故文者，圣贤往行所由著也，徒诵圣贤之文，而不以体于身，
则文自文，行自行，天下之人举如是焉，其何以为善哉。是以三代之
学，皆所以明人伦也，人伦既明，而躬行以先之将见，人才辈出，化
行而俗美矣，故德行为本，文艺为末。②

他从文章的本源出发，认为文章乃是记录圣贤道德与操守的载体。因此，
对圣贤之文的阅读一定要落脚于道德涵养的层面，并将其贯彻到日用常行
之中。陈循虽未明言，但从其逻辑可以看出，作文应以道德为本，彰显人
伦日用。正统十三年（1448）授翰林修撰的吉安文人彭时，亦将道德视为
文章之本："自昔学圣贤之学者，先道德而后文辞也，盖文辞艺也，道德
实也。笃其实而艺者附之，必有以辅世明教，然后为文之至。实不足而工
于言，言虽工非至文也。"③ 彭时将道德与文章视为体与用的关系，脱离道

---

①　杨士奇：《王忠文公文集序》，《东里续集》卷十四，《景印文渊阁四库全书》第 1238 册，
　　第 544~545 页。
②　陈循：《送箫训导孟震赴当涂序》，《芳洲文集·续编》卷二，《续修四库全书》集部第
　　1328 册，第 41 页。
③　彭时：《刘忠愍公文集序》，《彭文宪公文集》卷三，《四库全书存目丛书》集部第 35 册，
　　第 672 页。

德的文章因不具辅世明教的功能而不能称为合格的文章。这一观点，显然是先道德而后文章价值观的体现。

再看第二点，道所具备的宏观性内涵，因与经密不可分，而形成以经论文的文章批评范式。文—经—道三者的关系，是传统儒家文论观老生常谈的话题。对三者最经典的论述莫过于《文心雕龙》，刘勰以《原道》《征圣》《宗经》诸篇构建起一个以道为本源、以经为圭臬的理论体系。永乐后江右文人在构建台阁文章观时，通过对本地域经学传统、文学传统的回溯，将经与文紧密联系在一起，形成以经论文的批评话语。杨士奇谓："文非深于道不行，道非深于经不明。古之圣人以道为体，故出言为经，而经者，载道以植教也。……故见诸其文，精粹醇深，皆有以羽翼夫经，而文莫盛于斯矣。"① 他提出一个文章批评的重要标准：即文章是否能羽翼六经，以达圣人之道。这一观点乃是着眼于宗经明道这一文章的根本属性。李时勉亦在此价值体系中定位文章："夫六经之所载者，皆圣人之言。未尝有心于为文，而文从之者，其道在焉耳。"② 所谓未尝有心于文，是指六经之妙在于明道而非文辞，因此，道明则文成。周叙亦持此观点，他认为：

> 自有书契，求圣贤载道之文，寓诸六经。皆经纬天地，纪理纲常，邈不可尚。邹孟氏以后，正学丝靡，至道榛塞，奋起而振之者，昌黎韩氏而已，庐陵欧阳氏而已。史称挽百川之颓波，息千古之邪说，实两人之力，此其文之所由传也。③

这段论述是江右文人在本地域诗学传统的基础上，构建台阁文学观念的重要材料。他以欧阳修为案例，阐释其以经论文的观点。韩、欧之文之所以成为文章典范，是因为能够依经作文，以明道为旨归。因此，六经作为至文典范，而成为文章批评的重要标准。

---

① 杨士奇：《颐庵文选原序》，见胡俨《颐庵文选》卷首，《景印文渊阁四库全书》第 1237 册，第 550 页。
② 李时勉：《文说》，《古廉文集》卷七，《景印文渊阁四库全书》第 1242 册，第 775 页。
③ 周叙：《滁州重修醉翁亭记》，《石溪周先生文集》卷七，《四库全书存目丛书》集部第 31 册，第 719 页。

以经论文的文章学批评话语，对文章的体貌特征做出规定。概言之，
理想的文章应像六经一样，具有平正简易、辞约理明的特征。对于六经之
文的体貌，胡广曾作一总结："盖尝求之六经之文，平易简淡，而理致微
密，大而无所不包，小而无所不备。"①"平易简淡"指的是文章的文辞层
面，理致微密指的是文章的义理层面，二者合一即为文章的理想特征。以
经论文可以说是此时江右文臣评价文章的主流话语。如杨士奇评胡俨文
章："至为文章，严于矩矱而雍容温裕，词洁义正，于经旨必融会众说而
推明之，弗极弗已。"②"词洁义正"即是指辞约理明的经学化的文章体貌。
再如胡广评江右文人李鼎的文章："其学根据于六经，其文章温厚和平，
气充而理畅。"③ 李时勉以六经为文章之圭臬："尧舜三代，辞简而理备，
浑然深以厚。"④ 梁潜评永丰文人曾敬胜文章："为文词不事华靡，而论议
考索，必出入乎六经之奥。"⑤ 王英评新淦文人金守正文章："淹贯六经，
旁及子史百氏之书，昼夜讲诵不辍，所造诣益深。故作为文章典赡有
法。"⑥ 所谓典赡有法是指文章因取法六经而呈现为典雅古则的文风。对于
根植六经、辞约理明的理想文章体貌，陈循有具体阐述：

> 文者，达其意所欲言者也。本之于理，充之以气，足以达其意
> 焉。则文不可尚矣。士之学古通经，其见诸言者，盖莫非文也，充之
> 以气，足以达其意矣。而不本之于理，则言之病，孟子所谓诐淫邪遁
> 是也。虽有雕琢之工，何足谓之文哉？⑦

---

① 胡广：《颐庵文选原序》，见胡俨《颐庵文选》卷首，《景印文渊阁四库全书》第 1237
   册，第 548 页。
② 杨士奇：《颐庵文选原序》，见胡俨《颐庵文选》卷首，《景印文渊阁四库全书》第 1237
   册，第 551 页。
③ 胡广：《草堂李先生挽诗序》，《胡文穆公文集》卷十二，《四库全书存目丛书》集部第
   29 册，第 32 页。
④ 李时勉：《文说》，《古廉文集》卷七，《景印文渊阁四库全书》第 1242 册，第 776 页。
⑤ 梁潜：《曾处士墓志铭》，《泊庵集》卷十一，《景印文渊阁四库全书》第 1237 册，第
   375 页。
⑥ 王英：《雪崖先生哀诔》，《王文安公诗文集》卷六，《续修四库全书》集部第 1327 册，
   第 386 页。
⑦ 陈循：《乐庵集序》，《芳洲文集·续编》卷二，《续修四库全书》集部第 1328 册，第
   38 页。

陈循此论有几点值得注意。其一，他将理视为文章之本，而理则寓诸六经，故文人须学古通经。其二，他强调文气。陈循虽未明言，但文气显然与文人的道德涵养密不可分，强调的是雍容平和之气。其三，他反对文章的雕琢，讲求文章以明理为尚。这一点正符合以经论文的辞约理明的标准。总而言之，以经论文，强调文章平正简易、辞约理明的体貌特征，是此时期江右文人在阐述、评价文章时的重要话语。暂且不论他们所评之文是否能够达到这一标准，但显而易见的是，平正简易的经学化特征是他们普遍所认为的理想的文章体貌。

先道德而后文辞的文章价值观，与平正简易、辞约理明的经学化文章特征，是永乐后江西文臣在文章观层面的两点理论建构。但考诸他们的文章创作实践可知，这种文章价值观，尤其是平正简易、辞约理明的经学化文章体貌，并未完全落实到他们的创作履践之中。以杨士奇为例，由于他是一时文坛巨擘，登门求文者繁不胜数，其所作序记、碑铭、题跋类应酬文章更是数量繁多。因此，他的文章创作实践与其理论主张具有一定的差距，而呈现为一种套路化与模式化的特征。在江西文人群体中，胡广的文章创作与其理论主张较为一致，尤其是序记类文章，具有明显的经学化特征：既长于考据所述主题的经史来源，又具有文辞简洁、文理畅达的特征。胡广为人作族谱序，则必考据族谱之本源。如其所作《彭氏族谱序》：

> 族谱之作其来尚矣。古者圣人吹律定姓以记其族，后之命氏其义有九，盖号、谥、爵、国、官、字、居、事、职之谓也。自锡土之制著于夏书，司商所掌表于周典，世本起于汉氏昭穆，著于晋家，于是谱学之传厥有所由，而属籍之辨得以不紊矣。唐初，谱录既废，公靡常产之拘，士无旧德之传，言李者悉出陇西，言刘者悉出彭城。悠悠世祚，讫无可按，冠冕皂隶，混为一区。然山东士人颇尚阀阅，后虽衰微，子孙犹负世望，故有纳资旧门买昏为荣者，太宗惧其流弊，特甚乃诏责天下，谱牒参考史传，合二百九十三姓，千六百五十一家，为九等，号曰《氏族志》，高宗又改为《姓氏录》。自时厥后有《姓

族系录编》、《古命氏衣冠谱》、《开元谱姓》、《源韵谱》、《百家类例》及《古今人表》、《元和姓纂》等编。氏族之学，于是为盛。循至于宋，有《姓解》《姓纂》《姓氏书》《辨证春秋谱》《百氏谱》诸作，推源流，疏派别，又班班可考。是以轩裳缀轨，弥久而弥彰，簪组盈朝，愈远而愈盛。由是见氏族之学，世既不可以少，而衣冠之家又岂可以无谱哉？①

此序将编纂族谱的体例源流做一梳理，可谓内容精当明白、文辞简洁流畅。其记体文亦如此，长于考辨文章主题的源流脉络，具有较强的学理性特征。如其为金幼孜弟子萧迪哲"敏学斋"所作记：

> 学者固贵乎无所不通也。自六经百氏之旨，礼乐射御书数之文，皆欲其通而无所滞，然亦岂能卒穷而遽至哉？盖由心知之明，用力之敏，积习之久，然后能有所成也。苟志气之昏惰，因循而不进，乃有望其门，若登天之难者夫。岂他人之过哉？亦由乎己而已。六经者圣道之所存也，凡其传授心法，微言奥义具载其中，而诸子百氏之言，所以羽翼乎六经者也，学欲至乎圣人之道不博，极乎六经之趣，其克臻乎圣人之闳奥者，吾未信也。②

此文以君子所学开篇，强调通经史、极百家之学的重要性。在阐述博学广览的重要性之后，方才引出文章所作之由，进而介绍萧迪哲及其"敏学斋"的具体状况。概言之，胡广的记序文章大多具有此种根植经史、长于考据的学理化特征，与他们所倡导的辞约理明的文章观较为一致。同样是记、序类文章，杨士奇的作品则较多地具有模式化之弊，如其所作族谱序，先言家族谱系、家学渊源，再言所作缘由，基本呈现为这种套路化的叙事模式。但杨士奇的文章普遍具有文辞简淡、不事浮靡的特征。因此，

---

① 胡广：《彭氏族谱序》，《胡文穆公文集》卷十一，《四库全书存目丛书》集部第 29 册，第 4~5 页。
② 胡广：《敏学斋记》，《胡文穆公文集》卷十，《四库全书存目丛书》集部第 28 册，第 641 页。

杨士奇文章创作与其文章观念的差别，主要在于义理层面的缺失，而流于应酬性与模式化。另外，台阁文臣在文章创作上普遍具有歌功颂德的鸣盛倾向，这一点与他们的政治身份与文臣职守密不可分，此处不再详述。

二　雅正旨趣与台阁诗学观

洪、建两朝江右文人的诗学观念，从文学思想流变的角度看，乃是雅正观念的重振。而永乐后，江右诗学思想的转型，主要体现为江西馆阁文臣对雅正观念的重塑。具体体现为，更强调正统性与官方化，表现君臣、同僚之间关系融洽与内心和谐，外化为辞气安闲的诗风与文风。当然，二者并非完全割裂，其间亦有一致性。如粉饰太平的鸣盛倾向，是贯穿元延祐时期到洪、建两朝乃至永乐年间，江右诗学思想的重要内涵。但永乐后江西文人的诗学观念，主要呈现为地域诗学思想转型的历史特征。下文将从两个方面论述这一转型。

首先，理学观念的强化，是永乐后江右诗学思想转型的第一点特征。前文已经指出，性命道德之学是家族学术的主要内容，进而使家族文学具有显著的理学色彩。永乐年间的江右文人，将此种理学化的倾向融入台阁诗学的构建中。如"性情之正"诗学观是贯穿元明两代江西诗学思想的核心内涵。虞集、揭傒斯所代表的元代江西馆阁文臣，言诗则必称"性情之正"。入明后的江西文人如刘崧，所谓"摅夫性情发于词章"[①]，也是性情诗学的体现。但是，他们"性情之正"的观点，更多地具有传统儒家诗学观的痕迹，虽有涵养道德的因素，但理论导向体现为强调正统性与典雅性的诗文观念。永乐后江西文人在建构台阁诗学时，为"性情之正"注入更多的理学色彩，进而形成一种以涵养道德为核心的诗歌创作论。同时，在理学思想的浸染下，诗歌的教化功能被进一步强化，形成主教化的诗歌功能观。

理学主导的"性情之正"诗学观，强调涵养道德对于诗歌创作的方法论意义。杨士奇曾谓："夫君子之刚，以直乎内，盖本于道义之正，所谓浩然之气是也。而发于外者，固雍容不迫，无所乖戾而适乎大中，所谓性

---

① 　刘崧：《巢云诗集序》，《槎翁文集》卷十，《明别集丛刊》第一辑第 12 册，第 130 页。

情之正也。"① "直乎内"指的是道德的涵养，引孟子"浩然之气"说，是强调涵养的目的在于形成正直的君子品格。而这种内化的修养，在情则雍容不迫、适乎大中。杨士奇的这一表述，尚未涉及诗学的层面。他评价自己的诗："余何足以言诗也，古之善诗者，粹然一出于正。"② 此论将"性情之正"置于诗学思想之本的地位。他在序胡广父亲胡延平的诗集时，明言其"性情之正"的诗学观乃是承朱子之说："昔朱子论诗必本于性情言行，以极乎修齐治平之道，诗道其大矣哉。"③ 可见，在杨士奇看来，具有理学色彩的修养工夫论是作诗之本。对于"本"的内涵，可做两种理解：其一是诗歌的本源如此，这属于"诗发性情"的诗学发生论；其二是创作的源泉，即修身养性、以道德约束人情，是诗歌创作的主要方法。很显然，杨士奇的观点，更侧重于第二点。他在评杜甫诗时曾谓：

> 太白天才绝出，而少陵卓然上继三百十一篇之后，盖其所存者，唐虞三代大臣君子之心，而爱君忧国伤时闵物之意，往往出于变风变雅者，所遭之时然也。其学博而识高，才大而思远，雄深闳伟，浑涵精诣，天机妙用，而一由于性情之正。④

杨士奇将李白与杜甫对比立论。他认为李白诗歌之妙，在于其"天才"，而杜甫诗歌的成就，虽有时代、学识与才情的因素，但根本原因在于"性情之正"。此论将道德涵养阐释为诗歌创作的方法。他在为李昌祺之父的诗集作序时亦称："盖先生学富而志笃，意广而才高，一芥尘俗不得入其灵台丹府间，是以其诗之昌也。"⑤ 此论虽有恭维李伯葵之意，但在论其诗歌来源时，将才能、学识、志气等因素都罗列开来，最后归结于不染俗尘

---

① 杨士奇：《赠萧照磨序》，杨士奇著，刘伯涵、朱海点校《东里文集》卷四，第54~55页。
② 杨士奇：《题东里诗集序》，《东里续集》卷十五，《景印文渊阁四库全书》第1238册，第570页。
③ 杨士奇：《胡延平诗序》，杨士奇著，刘伯涵、朱海点校《东里文集》卷四，第46页。
④ 杨士奇：《读杜愚得序》，《东里续集》卷十四，《景印文渊阁四库全书》第1238册，第541页。
⑤ 杨士奇：《庐陵李伯葵先生诗集序》，《东里续集》卷十四，《景印文渊阁四库全书》第1238册，第542~543页。

的道德涵养之妙，这显然是将"性情之正"视为诗歌创作方法的体现。再如杨士奇评韩经诗："先生生平吟咏甚富，五七言律，长短歌行，字字句句悉中矩矱，缘情序事，温厚清邃，所谓发乎性情，止乎礼义之作也欤？"① 俨然将涵养性情视为韩经诗歌创作的主要方法。主张涵养性情创作论的杨士奇，甚至通过"性情之正"打通古体诗与近体诗在律法层面的区别，认为只要涵养性情，即使创作律诗亦无须斤斤固守于律法：

> 律诗始盛于开元、天宝之际，当时如王、孟、岑、韦诸作者，犹皆雍容萧散有余味，可讽咏也。若雄深浑厚，有行云流水之势，冠冕佩玉之风，流出胸次，从容自然，而皆由夫性情之正，不局于法律，亦不越乎法律之外，所谓从心所欲不逾矩。为诗之圣者，其杜少陵乎？厥后作者代出，雕镂锻炼，力愈勤而格愈卑，志愈笃而气愈弱，盖局于法律之累也。不然，则叫呼叱咤以为豪，皆无复性情之正矣。②

律诗相较古诗而言，其重要特征之一在于诗法。但他引入涵养性情的诗歌创作论，认为只要性情平和，那么创作律诗便可以"从心所欲不逾矩"。而杜甫之后，律诗之所以格卑而气弱，乃是出于舍本逐末，即不关注道德涵养而只局限于诗歌法度。在这个层面上，涵养性情便较之诗歌格律而更具创作论层面的指导意义。

"性情之正"的诗歌创作论是此时期江右文人的普遍主张。例如王直，他曾指出："夫言者心之声，而诗则声之成文者也。心所感有邪正，则言之发者有是非，非涵养之正、学问之充、才识之超卓，有未易能也。"③ 王直的观点亦立足于传统儒家"诗发性情"的诗歌发生论，并在此基础上强调涵养性情的重要性。涵养性情、去邪归正，是从诗歌的本源上讨论诗歌

---

① 杨士奇：《恒轩韩先生诗集序》，《东里续集》卷十四，《景印文渊阁四库全书》第 1238 册，第 548 页。

② 杨士奇：《杜律虞注序》，《东里续集》卷十四，《景印文渊阁四库全书》第 1238 册，第 541~542 页。

③ 王直：《萧宗鲁和三体诗序》，《抑庵文后集》卷十六，《景印文渊阁四库全书》第 1241 册，第 714 页。

创作。涵养与学问皆属于理学家的观点，因为在朱子处，强调知识性的格物致知与强调道德性的修身工夫，皆是约束性情、归之于正的方式。而王直所谓"才识"者，亦非普通诗学意义上的天赋之才，而是指文人学识与才气的阔大，具有浓厚的理学色彩。因此，"以理约情"成为创作诗歌的主要方式。再如梁潜，他认为古人诗歌之妙正在于学与识："夫古人之诗，不徒模状物态，在寓意深远，非深于学者未易工，非博物多识不能赋也。"① "深于学"与"博于物"，指的是理学家所倡导的格物致知之功，它最终指向以理约情的观点。对此，李时勉说得更为明白具体：

> 夫诗本性情，学问以实之，仁义以达之，笃静以足之。学问，其力也；仁义，其气也；笃静，其诚也。学问不足则其力不固，仁义不至则其气不充，笃静或间则其神不清。三者不备，不可以言诗。②

李时勉将性情诗学创作论具体化为"学问"、"仁义"与"笃静"三点。"学问"影响的是诗歌的内容层面，使之言而有物，不堕空洞；"仁义"与"笃静"则通过对道德、性情与气质的涵养，进而影响诗歌的风貌。李时勉与王直、梁潜观点的不同之处在于，他将学问与诗歌所表达的义理联系起来，而王、梁二人所谓"学问"，指的是通过扩充学识涵养儒者性情。但即便如此，三人的观点依然属于"性情诗学创作论"的范畴。金幼孜则认为，涵养性情是比文辞层面的诗法更为重要的创作方法，只要诗人性情平和，合乎仁义，发而为诗则自然工整："大抵诗发乎情，止乎礼义，古之人于吟咏必皆本于性情之正，沛然出乎肺腑，故其哀乐悲愤之形于辞者，不求其工而自然天真呈露，意趣深到，虽千载而下，犹能使人感发而兴起。"③ 需要注意的是，金幼孜所谓天真流露，是指经过儒者的内心涵养，符合仁义道德的性情，其最大特征是"中和"，即无论哀伤悲愤皆有节制，如此发诸诗歌，方可谓天真流露。可见，在金幼孜看来，仁义道德

---

① 梁潜：《诗意楼记》，《泊庵集》卷三，《景印文渊阁四库全书》第 1237 册，第 222 页。
② 李时勉：《李方伯诗集序》，《古廉文集》卷四，《景印文渊阁四库全书》第 1242 册，第 733 页。
③ 金幼孜：《吟室集》，《金文靖集》卷八，《景印文渊阁四库全书》第 1240 册，第 775 页。

的涵养已经足以影响诗歌文辞的工拙与否，而具体的创作方法则因此而退居其次。王英则从反面立论，认为情感放逸、不加节制的靡丽之词，源于诗人没有涵养性情："言约而明、肆而深，悲而不怨，可以观感兴起，诗之谓乎？后世不然，亡风雅之音，失性情之正，肆靡丽之辞。忧思之至则噍杀，愤怨喜乐之至则放逸淫辟，于风何助焉？"① 所谓靡丽之词，非仅指文辞层面，更指诗歌情志，因缺乏道德的约束而无所节制。因此，从诗歌创作论的角度看，涵养性情而使情感中正和平，方能写出好诗。实际上，台阁诗历来为人所诟病的艺术水平不高的弊病，正是源于以涵养道德为主的性情诗学创作论。他们的诗，大体呈现为一种道德老儒的平和醇厚的风格，而缺乏对诗歌艺术层面的探索。在性情诗学创作论的观点下，诗歌创作沦为一种道德修养行为，而脱离了它本应属于的文学语境。因此，台阁诗大多老成有余而审美不足。这种缺陷在元代甚至明洪、建两朝的江右文人处则并不明显。而到了永乐以后方具此种特征。

理学观念强化的另一点体现为，江西文人在诗歌功能观上主张诗教说。诗教说是传统儒家诗学的重要观点，它强调以上化下，是统治者通过诗歌对下层百姓施以道德性教育，以强化君臣父子之伦，其本质是一种思想统治的方式。明代江右文人所主张的诗教说，乃是根植于理学，异于传统儒家以上化下的观点。台阁文人的诗教说，其基本内涵是通过诗歌对义理的发明，或对诗人深厚道德与良好人格的体现，进而通过"观感兴起"的感化过程，最后达到敦彝伦之目的。对此，王英曾谓：

> 诗本于性情，发为声音，而形于咨嗟叹咏焉。有美恶邪正，以示劝戒、敦彝伦、兴孝敬、厚风俗、莫先乎诗。是故孝子之于亲也，《南陔》《白华》其辞虽亡，而《蓼莪》《屺岵》之章，犹可讽咏。言约而明、肆而深，悲而不怨，可以观感兴起，诗之谓乎？②

---

① 王英：《涂先生遗诗序》，《王文安公诗文集》卷二，《续修四库全书》集部第 1327 册，上海古籍出版社，2003，第 312 页。
② 王英：《涂先生遗诗序》，《王文安公诗文集》卷二，《续修四库全书》集部第 1327 册，第 312 页。

以诗化俗、成人之德的观点，尚具有传统儒家诗教说的影子，后面对诗歌情感"悲而不怨"的规定，则显然是理学家所主张的以天理约束人情的观点。对此，周叙则说得更加直白。他在梳理诗歌发展源流时，独将朱子《斋居感兴二十首》摘出，并视之为宋诗高峰："故宋之声诗卒复不振，独得朱子《感兴》二十章，幸有以纲维诗道主鸣唱。"① 从诗歌史的角度看，宋诗乃诗之低谷，但独有朱子《斋居感兴》二十章为最优，可见周叙对朱子性理诗的推重。朱熹《斋居感兴二十首》乃是宋代性理诗的典范，融义理于诗歌，"皆切于日用之实"②，其目的正是借诗以论述成己、成人之日用修养工夫。这是典型的理学化诗教观。在具体论述作诗之法时，周叙又称：

> 今之学者，立志既不如古人，读书又不若古人，所见闻又不逮乎古人，率然成咏，辄欲过于古人，难矣哉！然则，如之何而可？曰，必求古人之所以用心，然后可。曰，古之人用心曷从而求之？曰精，曰一，可以求之。求之于鲁莽灭裂而至有成者，吾未之见也；精一以求而不至于成，吾亦未之见也。③

精一之说经由宋儒的推阐而成为理学的十六字箴言。周叙论作诗之法，亦以此说为法门，足见他的诗论具有明显的理学化色彩。无论是对《斋居感兴十二首》的推重，还是将精一之说视为诗学法门，周叙无疑将诗视为明义理、化人心的工具，而这种观点恰是理学视野下的诗教说的体现。杨士奇的诗教观，强调根植于道德的诗歌，可以感发读者，进而使其注重日常"积习之善"。如他评《诗经》，谓："古诗《三百篇》，皆出乎情，而和平微婉，可歌可咏，以感发人心。"④ 以诗人之情感读者之心，这是杨士奇理

---

① 周叙：《诗学梯航·叙诗》，见周维德集校《全明诗话》第 1 册，第 89 页。

② 朱熹：《斋居感兴二十首序》，朱杰人、严佐之、刘永翔主编《朱子全书》第 20 册，上海古籍出版社、安徽教育出版社，2002，第 360 页。

③ 周叙：《诗学梯航·通论》，见周维德集校《全明诗话》第 1 册，第 107 页。

④ 杨士奇：《杜律虞注序》，《东里续集》卷十四，《景印文渊阁四库全书》第 1238 册，第 541 页。

学化诗教观的主要内涵。他在评宋高宗手诏时曾谓："夫以公平生爱君忧国之切，而此诏词旨深厚，诚要义激，庶几可为上下交，而其志同者也。"① 手诏虽非诗，却与诗一样，因蕴含爱君忧国的情感，因而可以感发人心。他评价吴澄曾孙吴彦直诗，曰："其所言切而婉，整而不乱，如此尤足以见平生之所养。"② 他评价胡广父亲胡延平的诗亦表现出这种由道德涵养而感发人心的诗教观："诗虽先生余事，而明白正大之言，宽裕和平之气，忠厚恻怛之心，蹈乎仁义而辅乎世教，皆其所存所由者之发也。"③ "蹈乎仁义而辅乎世教"正体现出理学思维下的诗教观，诗由于深植道德，因而可以感发人心，提升道德涵养。

其次，诗歌风格和审美形态的窄化，是永乐后江右诗学思想转型的第二点特征。洪、建两朝江西文臣对诗歌审美形态的论述，其核心话语是"雅正""和平"，强调的是庙堂文学的正统性与典雅性。永乐后江西籍馆阁文臣，在论述诗歌的理想审美形态时，春容④、冲澹、平正纡徐是其核心话语，倡导的是平易简淡、有富贵福泽之气的诗风，反映出台阁诗学思想的贵族化与官僚化倾向。由"雅正和平"到"春容纡徐"审美形态的转向，主要有两个路径。其一是突破诗体的区别，古体诗与近体诗皆以春容纡徐为美；其二是突破创作模式的区别，公共化写作与私人化写作均以春容纡徐、安闲平和为理想风格。

先看第一点，春容平淡、平和简易的审美取向突破诗体的区别。前文在论述洪、建两朝江右文人的诗歌审美取向时曾指出，春容与简易乃是江右文人针对不同诗体的审美追求。例如陈谟曾谓：

> 称诗之轨范者，盖曰寂寥乎短章，春容乎大篇。短章贵清曼缠绵，涵思深远，故曰寂寥，造其极者陶、韦是也。大篇贵汪洋闳肆，

---

① 杨士奇：《书宋高宗手诏后》，杨士奇著，刘伯涵、朱海点校《东里文集》卷九，第122页。

② 杨士奇：《吴彦直诗后》，《东里续集》卷十八，《景印文渊阁四库全书》第1238册，第612页。

③ 杨士奇：《胡延平诗序》，杨士奇著，刘伯涵、朱海点校《东里文集》卷四，第46页。

④ 或曰雍容、冲容。

开阖光焰，不激不蔓，反覆纡至，故曰春容，其超然神动天放者则李、杜也。①

此所谓春容，与永乐后江西馆阁文臣的春容论的内涵有较大差别。其一，它指的是宏大壮阔之美；其二，它是对古体诗理想审美特征的规定，所谓大篇，所指正是乐府古诗。实际上，陈谟、刘崧等人创作的乐府古诗的确很好地贯彻了春容这一审美理想，大多写得雄壮恣肆，颇具壮阔之美。永乐后江西馆阁文臣对诗歌审美形态的理论阐述，则突破了诗体的区别，将春容视为内心优游不迫、举止安闲的文人气象，进而成为涵盖古体诗与近体诗的一种强调平和简易的审美形态。如杨士奇评王沂："色庄气温，雍容怡如，语简理尽，无不乐就之焉。"②"色庄气温，雍容怡如"乃是形容王沂的儒者气象，发而为诗歌，其特征则是"语简理尽"，强调诗歌辞约理明的特征，其中实已包含平正简淡的审美特征。再如杨士奇评翰林侍讲王进的诗"辞气雍容，简而适当"③，此处雍容的内涵与陈谟之论已有较大的差别：杨氏强调的是平易简淡之美，而陈谟的春容指的是宏大壮阔之美。杨士奇创作的古体诗与近体诗，皆以春容纡徐为美。试看以下两首：

> 汉皇靖宇内，六合承统御。万乘还沛中，龙旗翼銮辂。兴情恻微日，张筵会亲故。酒酣歌大风，气势排云雾。往绩示殊伟，丕图怀永固。众起称万寿，弘哉帝王度。宽仁运乾刚，四百隆鸿祚。至今千载余，光华垂竹素。崇台面河曲，穹碑倚烟树。我来属秋杪，维舟久瞻顾。矫首芒砀云，澹澹青空曙。④
>
> 四郊茫茫沙草白，青山迢遥亘西北。涿州百里近都门，北来南去无晨昏。道边邮亭连古堠，时平不置官军守。土墙苑屋尽耕屯，半插

---

① 陈谟：《郭生诗序》，《海桑集》卷六，《景印文渊阁四库全书》第 1232 册，第 619 页。
② 杨士奇：《王竹亭先生墓志铭》，杨士奇著，刘伯涵、朱海点校《东里文集》卷十八，第 258 页。
③ 杨士奇：《故翰林侍讲承直郎王君墓志铭》，杨士奇著，刘伯涵、朱海点校《东里文集》卷十八，第 269 页。
④ 杨士奇：《歌风台》，《东里诗集》卷一，《景印文渊阁四库全书》第 1238 册，第 307 页。

青帘卖新酒。牛车辚辚冲早寒,争先稿秸输县官。少年家家便骑射,
雉兔如林不论价。由来意气倾山冈,邂逅相逢肯相借。伐石为碑记古
人,凄凉遗刻百年存。摩挲三叹忆盛德,路人为指楼桑村。①

此诗前半部分具有宏阔之气,但后半部分则具有平易简淡的特征,尤其是
最后两句诗,写出馆阁文臣面对风台时的平和心理,"矫首芒砀云,澹澹
青空曙"一句具有和平简淡、余味悠长的特征。第二首乃是乐府古题,涿
州作为一座具有历史气息的古城,在杨士奇笔下则具有恬淡平和的特征。
"土墙苑屋尽耕屯,半插青帘卖新酒"一语写出百姓悠然平静的生活景象。
概言之,杨士奇的古体诗,多具有此种安闲平易、简淡自然的风格。胡俨
的古体诗作亦具有富贵福泽之气。如其《长歌行》:

> 东海隐蓬莱,西昆泛瑶池。中有仙人宅,楼观玉参差。彤霞影绚
> 烂,翠旌光陆离。丹灶闲灵药,紫房饶瑞芝。日出扶桑树,月挂珊瑚
> 枝。阿母腾彩凤,青童骖黄螭。亭亭金作节,冉冉云为衣。飞佩降神
> 女,献枣来安期。相去万亿里,欢会不移时。琴高清调鼓,王子玉笙
> 吹。食我以麟脯,酌我以琼卮。暂憩方诸苑,还过阆风涯。但觉颜色
> 好,那知岁年驰。不见蟠桃花,空歌白云辞。②

此诗以仙境之景喻文臣在盛世之下的悠闲之气与富贵之态,与洪、建两朝
江右文人的古诗风格差别迥异。春容和平的治世之音成为不同诗体的理想
审美形态,可用永乐二年(1404)授翰林编修的吉安文人周孟简之论做一
总结,他在评安福文人刘夏诗文时称:"凡诗赋诸体,泛泛乎有治世和平
之音,可谓正而不易,奇而不艰,浅而不近,深而不晦,非枉非萎非俚而
非靡也。"③ 周氏的观点,其核心是体现盛世文治的"中和"论,而诸诗体

---

① 杨士奇:《涿州行》,《东里诗集》卷一,《景印文渊阁四库全书》第 1238 册,第 315~
　　316 页。
② 胡俨:《长歌行》,《颐庵文选》卷上,《景印文渊阁四库全书》第 1237 册,第 568 页。
③ 周孟简:《刘尚宾文集序》,见刘夏《刘尚宾文集》卷首,《续修四库全书》集部第 1326
　　册,第 65 页。

皆应统辖其中，并以安闲平易、春容简淡为理想特征。

再看第二点，春容平淡、平和简易的审美形态，打破公共性写作与私人性写作的界限。洪、建两朝江右文人的创作，可分为公共性写作与私人性写作两种创作模式。其中，公共性写作以"鸣盛"为指导思想，诗歌风格与审美形态典雅庄重，有开国气象。私人性写作则以抒写个人性情为主，在诗歌的审美形态上，既有典雅庄重之风，也有情感恣肆、诗风跌宕起伏的特征，如朱善纪念其亡妻的诗作。但永乐以后，春容纤徐、和平老成的审美取向，打破公共性写作与私人性写作的间隔，成为诗歌创作的主要特征。无论是应制酬唱，还是抒写怀抱，诗歌的审美特征一致体现为春容和平之貌。应制、酬唱诗因具有公共性特征，以富贵安闲之气，鸣盛世文治之景实属正常，但私人性写作亦呈现为雍容恬淡、平和简易的特征。此处试举几例：

> 人生在衣食，营营无时休。江湖多风波，垄亩幸有秋。稚子杂欢笑，老翁亦醉讴。日暮载禾去，紫车绕道周。我独困沉绵，块然何所求。田野绝追呼，卒岁聊优游。①
>
> 岜岜下邳城，浩浩河流骛。伫立思徘徊，古人今何处。船头见青山，山下连烟树。白鸟自幽间，双飞背人去。②
>
> 古岸轻烟外，深林夕照边。疏篱孤径窈，茅屋数家连。花暝流莺歇，莎平乳犊眠。桑麻青满眼，幽思颇相牵。③
>
> 闲居慕恬旷，雅趣在南园。山水留遗韵，烟霞隔世喧。幽兰宜独操，大雅共谁论。我亦知音者，何时一过门。④

此四首诗皆均于抒写个人情志的私人化写作。第一首为胡俨《村居秋兴》，

---

① 胡俨：《村居秋兴》其二，《颐庵文选》卷下，《景印文渊阁四库全书》第 1237 册，第 627 页。

② 杨士奇：《邳州》，《东里诗集》卷一，《景印文渊阁四库全书》第 1238 册，第 307 页。

③ 王直：《村居》，见钱谦益撰集，许逸民、林淑敏点校《列朝诗集》第 4 册，第 2239 页。

④ 金幼孜：《题南园琴趣》，《金文靖集》卷三，《景印文渊阁四库全书》第 1240 册，第 617 页。

写村居生活的悠闲趣味。同时，诗中表达出对仕途的厌倦，及对乡村优游生活的向往。从整体上来看，该诗具有平易简淡、韵味悠长的特征。第二首诗为杨士奇《邳州》，诗人写邳州景象，诗风恬淡，文辞简易。第三首诗为王直所作，与胡俨诗类似，亦写闲适的村居生活，尤其是对茅屋、乳犊、桑麻等意象的描写，让人难以相信出自馆阁文臣的手笔。最后一首诗是金幼孜写闲居时的雅趣，不仅体现出诗人雍容不迫的心境，亦呈现为简易平淡的风格特征。

概言之，永乐后江右诗学思想在审美形态上，较洪、建两朝而言，呈现为一种窄化的趋势。洪、建两朝，私人化写作与公共化写作呈现为不同的体貌特征。而在永乐后，他们无论是应制酬唱还是抒写情志，冲澹平易、辞气安闲是统一的体貌特征。

结　语

"文变染乎世情，兴废系乎时序"①。江右雅正观念作为正统性与政治性的诗学形态，与世道升降关系密切。正如《礼记·乐记》云："治世之音安以乐，其政和；乱世之音怨以怒，其政乖；亡国之音哀以思，其民困。声音之道与政通矣。"② 强调文随世运的江右雅正诗学观，肇始于元代台阁文学，在元延祐至明永乐年间不断传续，又流入明代台阁文学之中。钩沉其在百余年间因革通变的历史过程，尚有两方面的启发意义。其一，江右诗学思想融入明初台阁文学的过程，是观念层面的微调而非整体性转变。其二，以江右诗学为切入点，可管窥元明两代台阁文学之差异。

一　明前期江右诗学思想的台阁化转变

台阁文学在明永乐至成、弘年间主导文坛，其重要特征之一是此时台阁作家以江右文人为主。解缙、杨士奇、胡广、胡俨、金幼孜诸人在"靖难之变"后获得成祖信任，入职馆阁并预机务，成为江西士子进入馆阁、翰院的重要开端。江右文人成为台阁文学之中坚，实意味着本地诗学由地域到庙堂这一文坛地位的转变。具体而言，江右诗学思想有两点重要内涵经本地文人的承续与诠释，成为台阁诗学的重要组成部分。

其一是对雅正雍容诗学审美形态的继承与新诠。杨士奇等明初馆阁文人对江右雅正审美旨趣的承续，实际上隐含三个理论侧面。首先是文辞的

---

① 刘勰著，范文澜注《文心雕龙注·时序》，人民文学出版社，1958，第 675 页。
② 王文锦译解《礼记译解》，中华书局，2001，第 526 页。

质朴简省、不事雕琢。以雅正雍容论诗，具有显著的复古意识，因台阁诗人所倡导的诗学统绪，是自《诗经》到汉魏及盛唐的历史脉络。在此一谱系中，诗作为抒写情志之载体，在拥有"粹然一出于正"这一特质的同时，实际上隐含着对浮艳文辞与雕琢之功的反对。杨士奇在强调《诗经》的经典性时称："三代公卿大夫，下至闺门女子皆有作，以言其志，而其言皆有可传。"①《诗经》因其言志传统的优长而打破作者身份的区隔，虽文辞质朴、工巧不足，但依然被视为诗学典范。而囿于格律诗法，反而会导致格卑气弱："厥后作者代出，雕镂锻炼，力愈勤而格愈卑，志愈笃而气愈弱，盖局于法律之累也。"② 胡俨亦称："险怪雕镂固验人，何如平淡见天真。"③ 平淡天真的审美趣味，指向质朴简淡的文辞之美。对此，金幼孜说得更为明白："后世之为诗者，率皆雕镂藻绘以求其华，洗磨漱涤以求其清，粉饰涂抹以求其艳。……而有愧于古作者多矣。"④ 在此种观念的引导下，"援笔立就""倚马可成"成为台阁诗人评判诗作的常用话语，它一方面蕴含对作者才情的称赞，另一方面则是尚质朴、去雕饰的审美趣味的呈露。此种审美倾向确乎为江右台阁诗人付诸实践，他们的诗作普遍具有文辞简淡的特征，如胡广"去程一何遥，离别在旦夕"⑤ "我爱南山好，幽偏称隐心"⑥ 诸诗。杨士奇"愿得常携手，终岁不相忘"⑦ "白鸟自幽间，双飞背人去"⑧ 等诗句，质朴平易、辞句流畅。钱谦益评杨士奇诗"不

---

① 杨士奇：《题东里诗集序》，《东里续集》卷十五，《景印文渊阁四库全书》第1238册，第570页。

② 杨士奇：《杜律虞注序》，《东里续集》卷十四，《景印文渊阁四库全书》第1238册，第542页。

③ 胡俨：《阅古作寄简子棨八首》其四，《颐庵文选》卷下，《景印文渊阁四库全书》第1237册，第678页。

④ 金幼孜：《吟室记》，《金文靖集》卷八，《景印文渊阁四库全书》第1240册，第775页。

⑤ 胡广：《别太仆寺丞吴鉴》，《胡文穆公文集》卷二，《四库全书存目丛书》集部第28册，第526页。

⑥ 胡广：《南山耕读诗与刘仲镡赋三首》其一，《胡文穆公文集》卷五，《四库全书存目丛书》集部第28册，第557页。

⑦ 杨士奇：《杂诗三首赠陆伯阳》其三，《东里诗集》卷一，《景印文渊阁四库全书》第1238册，第304页。

⑧ 杨士奇：《邳州》，《东里诗集》卷一，《景印文渊阁四库全书》第1238册，第307页。

尚藻辞，不矜丽句"①，可谓确论。但不可否认的是，此种审美取向导致台
阁诗作流于直白浅显、诗味寡淡。雅正雍容审美形态的第二个理论侧面是
注重诗歌情感的含蓄庄重，这来源于江右台阁文人对情志的界定，它主要
指忠君体国之情。因此，将情志付诸诗歌时，强调约束人情、含蓄隽永，
避免"忧思之至，则噍杀愤怨；喜乐之至，则放逸淫辟"② 的情感放纵。
因此可以看到，台阁诗作所蕴含的乐是悠然安闲之乐，忧是深沉含蓄之
忧，而绝少出现真情实感的肆意喷薄。雅正审美形态的第三个理论侧面是
"春容"审美取向的窄化，此为江右诗学思想在此际流变性的体现。元明
之际江右诗学的"春容"论，所谓"寂寥乎短章，春容乎大篇"③，具有
显著的辨体意识，指向乐府古体的宏大壮阔之美。陈谟、刘崧等活跃于元
明之际的文人，其古体创作很好地贯彻了这一审美趣味，大多雄壮恣肆。
永乐后江西馆阁文臣对春容审美形态的理论阐述，突破了诗体的限制，将
其阐释为涵盖诸体的平和简易之美。如杨士奇评王沂诗云："色庄气温，
雍容恰如，语简理尽，无不乐就之焉。"④ 语简理尽、辞约理明的评价，实
已遮蔽"春容"本来具有的阔大审美意涵。再如其评翰林侍讲王进的诗
"辞气雍容，简而适当"⑤，亦为此意。春容和平的治世之音成为涵盖不同
诗体的理想审美形态，可用永乐二年（1404）授翰林编修的吉安文人周孟
简之论作为总结："凡诗赋诸体，泛泛乎有治世和平之音，可谓正而不易，
奇而不艰，浅而不近，深而不晦，非枉非萎非俚而非靡者也。"⑥ 在鸣治世
之音的文人自觉中，"春容"所具备的阔大之美随之消解。

其二是对江右学术所强调的内修德行的沿袭，并由此生发出两点诗学

---

① 钱谦益：《列朝诗集小传》乙集，第 162 页。
② 王英：《涂先生遗诗序》，《王文安公诗文集》卷二，《续修四库全书》第 1327 册，第
312 页。
③ 陈谟：《郭生诗序》，《海桑集》卷六，《景印文渊阁四库全书》第 1232 册，第 619 页。
④ 杨士奇：《王竹亭先生墓志铭》，杨士奇著，刘伯涵、朱海点校《东里文集》卷十八，第
258 页。
⑤ 杨士奇：《故翰林侍讲承直郎王君墓志铭》，杨士奇著，刘伯涵、朱海点校《东里文集》
卷十八，第 269 页。
⑥ 周孟简：《刘尚实文集序》，见刘夏《刘尚实文集》卷首，《续修四库全书》第 1326 册，
第 65 页。

内涵，并进入台阁诗学思想的建构：首先是将元明之际江右文人所倡导的自适之乐改为盛世之乐，并沿此形成平和典雅、辞气安闲的诗风；其次是将个人修养向外拓展，强调诗歌润泽人心之用，形成重实用的诗教观。本书前文曾谈及元末江右家族内修德行、外求物理的学术旨趣，永乐后的江右馆阁文人将其继承。但他们的修养目的，在于养成一种盛世安闲之乐，而非元明之际的适性自足之乐。对此种修养目的之转换，杨士奇以际遇之不同予以疏解："盖惟中之所守，确乎不可拔；而以之遇，则可以建功，不遇，亦可以自乐，非志于道者不足语此。"① 江右馆阁文人在事功方面称得上成功，因此他们理诸情性的结果在于养成内涵丰富的盛世之乐。② 梁潜将盛世之乐的形成归结为时代气运与个人修养，云："有以知夫遭逢至治之乐，谂其劲正高迈之气，有以明夫培植养育之功，是皆平时蓄之于中，随所感而发之于此也，岂非盛哉？"③ 感于外而蓄于中，治世安闲之乐因以养成。盛世之乐对台阁诗学的影响有二。一是导出安闲平和的诗风。以往的研究认为杨士奇、梁潜等馆阁文人的平淡诗风是受陈谟、梁兰诸人的影响，这当然没有问题，但深层原因在于他们对本地学术宗旨的接受，即通过内修德行而养成盛世文人之乐。二是盛世之乐取代自适之乐，意味着对倡导超然意趣的山林诗的否定，进而形成台阁诗一统诗坛的局面。因此，他们的山林诗普遍抒写从容之乐与事上之忠，如杨士奇"为报明朝着双屐，及时清赏莫相违"④ 的自我鞭策，陈循"聊怡物外情，且醉尊中醑。为乐亦何多，况乃富荣禄"⑤ 的富贵安闲，周叙"漠无外物萦，幽居足盘桓。……愿子慎终始，勉旃力希颜"⑥ 的自我勉励。这些诗表面上抒写怡然自适的情怀，实则包含勤于政事、媚上尽忠的官僚自觉，有山林诗之形而无其实。之所以如此，因其将山林之乐视为调节仕宦困顿的方式，正如

---

① 杨士奇：《石田茅屋记》，杨士奇著，刘伯涵、朱海点校《东里文集》卷二，第15页。
② 张德建认为，台阁文人的"盛世快乐"有三点内涵：后乐精神、与民同乐、清乐自处。详见张德建《明代台阁文学中的快乐图景与抒情文化》，《文学遗产》2018年第1期。
③ 梁潜：《中秋宴集诗序》，《泊庵集》卷七，《景印文渊阁四库全书》第1237册，第339页。
④ 杨士奇：《约蔡尚远朱存礼蔡用严尤文度杨仲举游东山》，《东里诗集》卷二，《景印文渊阁四库全书》第1238册，第333页。
⑤ 陈循：《菊逸》，《芳洲诗集》卷二，《续修四库全书》第1327册，第656页。
⑥ 周叙：《澹然》，《石溪周先生文集》卷一，《四库全书存目丛书》集部第31册，第532页。

胡广坦言:"安逸非所尚,习隐恒自娱。谢兹尘网羁,爱此泉石居。"① 本应具有超然意趣的山林诗成为台阁官僚玩弄光景的文字游戏,而彻底失其神韵。

江右文人将内修德行的学术旨趣向外拓展,强调诗歌润泽人心之用,形成重实用的诗教观。明初江右文人的诗教说,乃根植于理学的修养论,其基本内涵是通过诗歌发明义理,或灌注作者醇厚道德,进而通过"观感兴起"的感化过程,最后达到规范彝伦之目的。对此,王英称:"《南陔》《白华》其辞虽亡,而《蓼莪》《屺岵》之章,犹可讽咏。言约而明、肆而深,悲而不怨,可以观感兴起,诗之谓乎?"② 对"悲而不怨"的规定,属于理学以天理约束人情的观点,杨士奇"蹈乎仁义而辅乎世教"③ 之语可为概括。

二 江右诗学思想与元明两代台阁文学

元明两代台阁文学具有一定的同质性与异质性,对于二者的比较研究,江右诗学思想是重要的历史线索。一方面,江右诗学在元明之际的传续是两代台阁文学具有相似性的重要原因;另一方面,不同的历史语境又造成两代台阁文学具有重要差异。

江右诗学思想在元至明初的传承与流变,是导致两代台阁文学具有相似性的重要原因。元明两代台阁文学在诗学观念与审美形态等方面具有很强的相似性,例如鸣盛理念与典雅诗风。此种相似性固然来源于二者同为政治性文学的属性,亦来源于江右诗学思想的深度参与与代际传续。其中,家族与师友是重要的传承方式。先看师友传承。危素是一个典型的例子。他与虞集、范梈、欧阳玄等元代馆阁文臣过从甚密。《明史》载其"少通五经,游吴澄、范梈门"④,可见其与范梈有师生之谊。危素与欧阳

---

① 胡广:《题仙石书隐》,《胡文穆公文集》卷一,《四库全书存目丛书》集部第 28 册,第 521 页。
② 王英:《涂先生遗诗序》,《王文安公诗文集》卷二,《续修四库全书》集部第 1327 册,第 312 页。
③ 杨士奇:《胡延平诗序》,杨士奇著,刘伯涵、朱海点校《东里文集》卷四,第 46 页。
④ 《明史》卷二百八十五《危素传》,第 7314 页。

玄亦有交往，他坦言自己从学欧阳玄的经历，云："素宦学京师，尝从公于史馆。晚辱与进尤至，谓可以承斯文之遗绪。"① 此外，至元三年（1337），隐居临川的虞集曾为危素《云林集》作序，可见二人亦有所交。再如刘崧，他曾在《自序诗集》中称："会有传临川虞翰林、清江范太史诗者，诵之五昼夜不废。"② 可见虞集、范梈对其影响之深。由刘崧而后，这种对虞、范诗风的追慕通过其弟子萧翀而继续传承。练子宁通过其父练高的家学教育继承了馆阁先贤的诗学观念。再看家族传承。例如以陈谟为代表的陈氏家族，梁兰、梁潜父子的梁氏家族与以萧岐、萧用道为代表的萧氏家族，其核心特征是将理学的学术精神与文人的用世取向紧密结合。杨士奇在少年时期便受到陈谟的学术指导，潜心训练既关乎治道又具现实操作性的实用性诗文的写作。此种训练为他后来从事台阁文学的创作打下坚实基础。概言之，家族与师友传承，使元代台阁文学崇尚典雅、追求平和的诗文观念延续至明代台阁文学。

　　元明两代台阁文学亦有重要区别，这来源于两代江右文人不同的政治境遇与群体心态。元代江右文人具有志不获伸的苦恼，他们虽然位列馆阁，却始终处于权力外围。③ 此种政治边缘化造成的尴尬境遇，虞集亦不例外。他作为仕宦最为显赫的南人，其人生追求是发挥文人的经国治世之用。但在现实中，奎章阁却远离现实政务，而只是品评文物、观览书画的场所。对于奎章阁的功能，元文宗曾谓："立奎章阁，置学士员，以祖宗明训、古昔治乱得失，日陈于前，卿等其悉所学，以辅朕志。若军国机务，自有省院台任之，非卿等责也。其勿复辞。"④ 事实的确如此。虞集任职时期的奎章阁，主要职能便是讲说经史、鉴赏文物典籍、研讨诗文绘画。而明初的江西籍馆阁文臣则不同，他们可以切实参与当时的文治建设

---

①　危素：《大元故翰林学士承旨光禄大夫知制诰兼修国史圭斋先生欧阳公行状》，见欧阳玄著，魏崇武、刘建立点校《欧阳玄集》附录，第 337 页。

②　刘崧：《自序诗集》，《槎翁文集》卷十，《明别集丛刊》第一辑第 12 册，第 132 页。

③　左东岭师认为，元代南人与元廷统治者始终具有民族隔阂，并催生出旁观者心态。详见左东岭《元明之际的种族观念与文人心态及相关的文学问题》，《文学评论》2008 年第 5 期。虽然延祐复科对南人政治边缘化的境遇稍有缓解，但并未从根本上改变他们文学侍从的身份。

④　《元史》卷一百八十一《虞集传》，第 4178 页。

与具体政务。与虞集、揭傒斯等同乡前辈相比，此时的江右文人并非兴文艺事的文学侍从，更多具有朝廷官员的属性。因此，其诗学思想并非只是鸣盛，而具显著的政治色彩，如理学化的诗歌观念与创作形态，与倡导文风简洁、功能实用的文章观念。概言之，这是一种与政事高度融合的诗学思想。至于文人心态，亦可看出元明两代江右文人的差别。无论是虞集还是揭傒斯、范梈、欧阳玄，他们虽都食俸元廷，却具有典型的文人化的人格特征。这种特征，在元明之际的刘崧、明初的解缙身上依然存在。而永乐年间，尤其是解缙惨死之后，江西文人的心态则具有官僚化与模式化的群体特征，端庄敬敏、老成持重是此时期馆阁文臣的理想人格。此种人格特征投射在诗文创作上，呈现为倡导内心优游不迫、风格工稳平正的体貌特征。文学性与审美性的欠缺使元明两代台阁文学历来不被研究者所重视，就此一点而言，本书对元至明初江右诗学思想流变的考察，或可为认识两代台阁文学提供一种新的视角。

参考文献

经部

杨伯峻：《孟子译注》，中华书局，1960。

李学勤主编《礼记正义》，北京大学出版社，1999。

王文锦译解《礼记译解》，中华书局，2001。

陈文新主编《四书大全校注》，武汉大学出版社，2009。

史部

陈邦瞻：《元史纪事本末》，中华书局，1955。

谈迁著，张宗祥点校《国榷》，中华书局，1958。

《隆庆临江府志》，《天一阁藏明代地方志选刊》第 35 册，上海古籍出版
　　社，1962。

《明实录》，台湾"中央研究院"历史语言研究所，1962。

《东乡县志》，《天一阁藏明代方志选刊》，上海古籍书店，1963。

张廷玉等：《明史》，中华书局，1974。

宋濂等：《元史》，中华书局，1976。

叶盛撰，魏中平点校《水东日记》，中华书局，1980。

焦竑著，顾思点校《玉堂丛语》，中华书局，1981。

谭其骧：《中国历史地图集》，中国地图出版社，1982。

陆容著，佚之点校《菽园杂记》，中华书局，1985。

黄宗羲撰，全祖望补修，陈金生、梁运华点校《宋元学案》，中华书局，
　　1986。

李贤等：《明一统志》，《景印文渊阁四库全书》第 473 册，台湾商务印书馆，1986。

高其倬等：《江西通志》，《景印文渊阁四库全书》第 518 册，台湾商务印书馆，1986。

嵇璜等：《钦定续通典》，《景印文渊阁四库全书》第 639 册，台湾商务印书馆，1986。

陈梓中：《元史续编》，景印文渊阁《四库全书》第 334 册，台湾商务印书馆，1986。

李东阳等：《明会典》，景印文渊阁《四库全书》第 617 册，台湾商务印书馆，1986。

廖道南：《殿阁词林记》，《景印文渊阁四库全书》第 452 册，台湾商务印书馆，1986。

黄佐：《翰林记》，《景印文渊阁四库全书》第 596 册，台湾商务印书馆，1986。

查继佐：《罪惟录》，浙江古籍出版社，1986。

夏燮：《明通鉴》，上海古籍出版社，1990。

邓士龙辑，许大龄、王天有点校《国朝典故》，北京大学出版社，1993。

谷应泰：《明史纪事本末》，上海古籍出版社，1994。

苏天爵：《元朝名臣事略》，中华书局，1996。

王翔：《芳洲先生年谱》，《四库全书存目丛书》集部第 31 册，齐鲁书社，1997。

郎瑛著，安越点校《七修类稿》，文化艺术出版社，1998。

杨思尧：《太师杨文贞公年谱》，《北京图书馆藏珍本年谱丛刊》第 37 册，北京图书馆出版社，1999。

夏燮著，王日根等点校《明通鉴》，岳麓书社，1999。

黄景昉：《国史唯疑》，《续修四库全书》史部第 432 册，上海古籍出版社，2002。

翁方纲：《虞文靖公年谱》，北京图书馆出版社，2005。

吴小红、钟起煌：《江西通史·元代卷》，江西人民出版社，2008。

夏燮撰，沈仲九点校《明通鉴》，中华书局，2009。

罗鹭：《虞集年谱》，凤凰出版社，2010。

王梓材、冯云濠编撰，沈芝盈、梁运华点校《宋元学案补遗》，中华书局，2012。

集部

古籍类

虞集：《道园学古录》，《四部丛刊》初编第 1446 册，商务印书馆，1919。

傅习、孙存吾：《皇元风雅》，《四部丛刊》初编第 2036 册，商务印书馆，1919。

刘敞：《彭城集》，《景印文渊阁四库全书》第 1096 册，台湾商务印书馆，1986。

王炎午：《吾汶稿》，《景印文渊阁四库全书》第 1189 册，台湾商务印书馆，1986。

方回：《桐江续集》，《景印文渊阁四库全书》第 1193 册，台湾商务印书馆，1986。

刘壎：《水云村稿》，《景印文渊阁四库全书》第 1195 册，台湾商务印书馆，1986。

刘诜：《桂隐文集》，《景印文渊阁四库全书》第 1195 册，台湾商务印书馆，1986。

赵文：《青山集》，《景印文渊阁四库全书》第 1195 册，台湾商务印书馆，1986。

任士林：《松乡集》，《景印文渊阁四库全书》第 1196 册，台湾商务印书馆，1986。

吴澄：《吴文正集》，《景印文渊阁四库全书》第 1197 册，台湾商务印书馆，1986。

戴表元：《剡源集》，《景印文渊阁四库全书》第 1194 册，台湾商务印书馆，1986。

程钜夫：《雪楼集》，《景印文渊阁四库全书》第 1202 册，台湾商务印书馆，1986。

徐明善：《芳谷集》，《景印文渊阁四库全书》第 1202 册，台湾商务印书馆，1986。

张之翰：《西岩集》，《景印文渊阁四库全书》第 1204 册，台湾商务印书馆，1986。

刘岳申：《申斋集》，《景印文渊阁四库全书》第 1204 册，台湾商务印书馆，1986。

杨载：《杨仲弘集》，《景印文渊阁四库全书》第 1208 册，台湾商务印书馆，1986。

范梈：《范德机诗集》，《景印文渊阁四库全书》第 1208 册，台湾商务印书馆，1986。

黄溍：《文献集》，《景印文渊阁四库全书》第 1209 册，台湾商务印书馆，1986。

柳贯：《待制集》，《景印文渊阁四库全书》1210 册，台湾商务印书馆，1986。

萨都剌：《雁门集》，《景印文渊阁四库全书》第 1212 册，台湾商务印书馆，1986。

李存：《俟庵集》，《景印文渊阁四库全书》第 1213 册，台湾商务印书馆，1986。

傅若金：《傅与砺诗文集》，《景印文渊阁四库全书》第 1213 册，台湾商务印书馆，1986。

陈旅：《安雅堂集》，《景印文渊阁四库全书》第 1213 册，台湾商务印书馆，1986。

胡助：《纯白斋类稿》，《景印文渊阁四库全书》第 1214 册，台湾商务印书馆，1986。

周伯琦：《扈从集》，《景印文渊阁四库全书》第 1214 册，台湾商务印书馆，1986。

周伯琦：《近光集》，《景印文渊阁四库全书》第 1214 册，台湾商务印书馆，1986。

郭钰：《静思集》，《景印文渊阁四库全书》第 1219 册，台湾商务印书馆，

1986。

王礼:《麟原文集》,《景印文渊阁四库全书》第 1220 册,台湾商务印书馆,1986。

胡行简:《樗隐集》,《景印文渊阁四库全书》第 1221 册,台湾商务印书馆,1986。

梁寅:《石门集》,《景印文渊阁四库全书》第 1222 册,台湾商务印书馆,1986。

张昱:《可闲老人集》,《景印文渊阁四库全书》第 1222 册,台湾商务印书馆,1986。

陈基:《夷白斋稿》,《景印文渊阁四库全书》第 1222 册,台湾商务印书馆,1986。

邓雅:《玉笥集》,《景印文渊阁四库全书》第 1222 册,台湾商务印书馆,1986。

危素:《云林集》,《景印文渊阁四库全书》第 1226 册,台湾商务印书馆,1986。

危素:《说学斋稿》,《景印文渊阁四库全书》第 1226 册,台湾商务印书馆,1986。

王祎:《王忠文集》,《景印文渊阁四库全书》第 1226 册,台湾商务印书馆,1986。

刘崧:《槎翁诗集》,《景印文渊阁四库全书》第 1227 册,台湾商务印书馆,1986。

贝琼:《清江文集》,《景印文渊阁四库全书》第 1228 册,台湾商务印书馆,1986。

刘彦昺:《刘彦昺集》,《景印文渊阁四库全书》第 1229 册,台湾商务印书馆,1986。

林鸿:《鸣盛集》,《景印文渊阁四库全书》1231 册,台湾商务印书馆,1986。

梁兰:《畦乐诗集》,《景印文渊阁四库全书》第 1232 册,台湾商务印书馆,1986。

陈谟:《海桑集》,《景印文渊阁四库全书》第 1232 册,台湾商务印书馆,

1986。

龚敩：《鹅湖集》，《景印文渊阁四库全书》第 1233 册，台湾商务印书馆，1986。

吴伯宗：《荣进集》，《景印文渊阁四库全书》第 1233 册，台湾商务印书馆，1986。

练子宁：《中丞集》，《景印文渊阁四库全书》第 1235 册，台湾商务印书馆，1986。

张宇初：《岘泉集》，《景印文渊阁四库全书》第 1236 册，台湾商务印书馆，1986。

解缙：《文毅集》，《景印文渊阁四库全书》第 1236 册，台湾商务印书馆，1986。

周是修：《刍荛集》，《景印文渊阁四库全书》第 1236 册，台湾商务印书馆，1986。

梁潜：《泊庵集》，《景印文渊阁四库全书》第 1237 册，台湾商务印书馆，1986。

王璲：《青城山人集》，《景印文渊阁四库全书》第 1237 册，台湾商务印书馆，1986。

胡俨：《颐庵文选》，《景印文渊阁四库全书》第 1237 册，台湾商务印书馆，1986。

杨士奇：《东里文集》，《景印文渊阁四库全书》第 1238 册，台湾商务印书馆，1986。

杨士奇：《东里续集》，《景印文渊阁四库全书》第 1238 册，台湾商务印书馆，1986。

金幼孜：《金文靖集》，《景印文渊阁四库全书》第 1240 册，台湾商务印书馆，1986。

杨荣：《文敏集》，《景印文渊阁四库全书》第 1240 册，台湾商务印书馆，1986。

王直：《抑庵文集》，《景印文渊阁四库全书》第 1241 册，台湾商务印书馆，1986。

李时勉：《古廉文集》，《景印文渊阁四库全书》第 1242 册，台湾商务印书馆，1986。

刘球：《两溪文集》，《景印文渊阁四库全书》第 1243 册，台湾商务印书馆，1986。

徐有贞：《武功集》，《景印文渊阁四库全书》第 1245 册，台湾商务印书馆，1986。

王鏊：《震泽集》，《景印文渊阁四库全书》第 1256 册，台湾商务印书馆，1986。

崔铣：《洹词》，《景印文渊阁四库全书》第 1267 册，台湾商务印书馆，1986。

陆深：《俨山集》，《景印文渊阁四库全书》第 1268 册，台湾商务印书馆，1986。

王世贞：《弇州续稿》，《景印文渊阁四库全书》第 1282 册，台湾商务印书馆，1986。

钱穀：《吴都文粹续集》，《景印文渊阁四库全书》第 1386 册，台湾商务印书馆，1986。

史简：《鄱阳五家集》，《景印文渊阁四库全书》第 1476 册，台湾商务印书馆，1986。

罗公升：《宋贞士罗沧洲先生集》，《四库全书存目丛书》集部第 21 册，齐鲁书社，1997。

杜本：《清江碧嶂集》，《四库全书存目丛书》集部第 21 册，齐鲁书社，1997。

危素：《危学士全集》，《四库全书存目丛书》集部第 24 册，齐鲁书社，1997。

朱善《朱一斋先生文集》，《四库全书存目丛书》集部第 25 册，齐鲁书社，1997。

胡广：《胡文穆公文集》，《四库全书存目丛书》集部第 29 册，齐鲁书社，1997。

曾棨：《刻曾西墅先生集》，《四库全书存目丛书》集部第 30 册，齐鲁书社，1997。

周叙：《石溪周先生文集》，《四库全书存目丛书》集部第 31 册，齐鲁书
　　社，1997。

彭时：《彭文宪公文集》，《四库全书存目丛书》集部第 35 册，齐鲁书社，
　　1997。

罗性：《罗德安先生文集》，《天津图书馆孤本秘籍丛书》第 10 册，中华全
　　国图书馆文献缩微复制中心，1999。

李存：《鄱阳仲公李先生文集》，《北京图书馆古籍珍本丛刊》第 92 册，书
　　目文献出版社，2000。

梁寅：《新喻梁石门先生集》，《北京图书馆古籍珍本丛刊》第 96 册，书目
　　文献出版社，2000。

梁混：《坦庵先生文集》，《北京图书馆古籍珍本丛刊》第 100 册，书目文
　　献出版社，2000。

萧伯生：《萧氏世集》，《四库全书存目丛书·补编》集部第 99 册，齐鲁书
　　社，2001。

刘永之：《刘仲修先生诗文集》，《续修四库全书》集部第 1326 册，上海古
　　籍出版社，2002。

杨溥：《杨文定公集》，《续修四库全书》集部第 1326 册，上海古籍出版
　　社，2002。

刘夏：《刘尚宾文集》，《续修四库全书》集部第 1326 册，上海古籍出版
　　社，2002。

陈循：《芳洲文集》，《续修四库全书》集部第 1327 册，上海古籍出版社，
　　2002。

陈循：《芳洲诗集》，《续修四库全书》集部第 1327 册，上海古籍出版社，
　　2002。

王英：《王文安公诗文集》，《续修四库全书》集部第 1327 册，上海古籍出
　　版社，2002。

陈循：《芳洲文集续编》，《续修四库全书》集部第 1328 册，上海古籍出版
　　社，2002。

曾燠：《江西诗征》，《续修四库全书》集部第 1689 册，上海古籍出版社，2002。

刘崧：《槎翁文集》，《明别集丛刊》第一辑第 12 册，黄山书社，2013。

章纶：《章恭毅公集》，《明别集丛刊》第一辑第 42 册，黄山书社，2013。

整理本

刘勰著，范文澜注《文心雕龙注》，人民文学出版社，1958。

胡应麟：《诗薮》，中华书局，1958。

永瑢等：《四库全书总目》，中华书局，1965。

丁福保：《清诗话》，上海古籍出版社，1978。

翁方纲：《石洲诗话》，人民文学出版社，1981。

顾嗣立：《元诗选》，中华书局，1982。

钱谦益：《列朝诗集小传》，上海古籍出版社，1983。

李东阳著，周寅宾点校《李东阳集》，岳麓书社，1984。

王世贞著，魏连科点校《弇山堂别集》，中华书局，1985。

韩愈著，马其昶校注《韩昌黎文集校注》，上海古籍出版社，1986。

刘辰翁著，段大林点校《刘辰翁集》，江西人民出版社，1987。

钱大昕著，吴友仁校点《潜研堂集》，上海古籍出版社，1989。

陈田辑撰《明诗纪事》，上海古籍出版社，1993。

纪昀著，孙致中点校《纪晓岚文集》，河北教育出版社，1995。

苏天爵著，陈高华、孟繁清点校《滋溪文稿》，中华书局，1997。

杨士奇著，刘伯涵、朱海点校《东里文集》，中华书局，1998。

李修生：《全元文》，江苏古籍出版社，1999。

邓绍基、周绚隆：《历代文选·元文》，河北教育出版社，2001。

张健：《元代诗法校考》，北京大学出版社，2001。

傅璇琮、施存德编《翰学三书》，辽宁教育出版社，2003。

程敏政集撰，何庆善、于石点校《新安文献志》，黄山书社，2004。

周维德集校《全明诗话》，齐鲁书社，2005。

吴文治：《辽金元诗话全编》，凤凰出版社，2006。

丘濬著，周伟民、王瑞明等点校《丘濬集》，海南出版社，2006。

杨士弘著，陶文鹏、魏祖钦点校《唐音评注》，河北大学出版社，2006。

顾炎武著，陈垣点校《日知录校注》，安徽大学出版社，2007。

钱谦益撰集，许逸民、林淑敏点校《列朝诗集》，中华书局，2007。

朱彝尊：《明诗综》，中华书局，2007。

虞集著，王颋校注《虞集全集》，天津古籍出版社，2007。

欧阳玄著，魏崇武、刘建立点校《欧阳玄集》，吉林文史出版社，2009。

刘将孙著，李鸣、沈静点校《刘将孙集》，吉林文史出版社，2009。

傅若金著，史杰鹏、赵彧点校《傅若金集》，吉林文史出版社，2010。

李贽撰，张建业编《李贽全集注》，社会科学文献出版社，2010。

揭傒斯著，李梦生点校《揭傒斯全集》，上海古籍出版社，2012。

袁桷著，杨亮校注《袁桷集校注》，中华书局，2012。

赵孟頫著，钱伟疆点校《赵孟頫集》，浙江古籍出版社，2012。

吴师道著，邱居里、刑新欣点校《吴师道集》，浙江古籍出版社，2012。

黄溍著，王颋点校《黄溍集》，浙江古籍出版社，2013。

方孝孺撰，徐光大点校《方孝孺集》，浙江古籍出版社，2013。

宋濂著，黄灵庚点校《宋濂全集》，人民文学出版社，2014。

周霆震著，施贤明、张欣点校《石初集》，北京师范大学出版社，2016。

杨维祯著，孙小力校笺《杨维祯全集校笺》，上海古籍出版社，2019。

研究专著

钱基博：《明代文学》，商务印书馆，1934。

宋佩韦：《明文学史》，商务印书馆，1934。

莫砺锋：《江西诗派研究》，齐鲁书社，1986。

台湾"中央图书馆"编《明人传记资料索引》，中华书局，1987。

王德毅、李荣村、潘柏澄：《元人传记资料索引》，中华书局，1987。

牟复礼、崔瑞德：《剑桥中国明代史》，中国社会科学出版社，1992。

么书仪：《元代文人心态》，文化艺术出版社，1993。

曾大兴：《中国历代文学家之地理分布》，湖北教育出版社，1995。

陈书录：《明代诗文的演变》，江苏教育出版社，1996。

侯外庐：《宋明理学史》，人民出版社，1997。

周振甫：《中国文学史》，中国青年出版社，1999。

许总：《宋明理学与中国文学》，百花洲文艺出版社，1999。

黄卓越：《明永乐至嘉靖初诗文观研究》，北京大学出版社，2001。

桂栖鹏：《元代进士研究》，兰州大学出版社，2001。

杨镰：《元诗史》，人民文学出版社，2003。

余英时：《朱熹的历史世界》，生活·读书·新知三联书店，2004。

王素美：《吴澄的理学思想与文学》，人民出版社，2005。

查洪德：《理学背景下的元代文论与诗文》，中华书局，2005。

吴海、曾子鲁：《江西文学史》，江西人民出版社，2005。

邓绍基：《元代文学史》，人民文学出版社，2006。

梅新林：《中国古代文学地理形态与演变》，复旦大学出版社，2006。

张红：《元代唐诗学研究》，岳麓书社，2006。

萧启庆：《内北国而外中国——蒙元史研究》，中华书局，2007。

郭红、靳润成：《中国行政区划通史·明代卷》，复旦大学出版社，2007。

邓新跃：《明代前中期诗学辨体理论研究》，上海古籍出版社，2007。

萧启庆：《元代的族群文化与科举》，台北联经出版事业股份有限公司，
  2008。

吴小红：《江西通史·元代卷》，江西人民出版社，2008。

方志远、谢宏维：《江西通史·明代卷》，江西人民出版社，2008。

陈文新：《明代科举与文学编年》，武汉大学出版社，2009。

李治安、薛磊：《中国行政区划通史·元代卷》，复旦大学出版社，2009。

李精耕：《明代江西作家小传附考及文集叙录》，中国广播出版社，2010。

焦印亭：《刘辰翁文学研究》，中国社会科学出版社，2011。

叶晔：《明代中央文官制度与文学》，浙江大学出版社，2011。

郑礼炬：《明代洪武至正德年间的翰林院与文学》，中国社会科学出版社，
  2011。

李圣华：《初明诗歌研究》，中华书局，2012。

史伟：《宋元诗学论稿》，上海远东出版社，2012。

左东岭：《中国诗歌通史·明代卷》，人民文学出版社，2012。

罗宗强：《明代文学思想史》，中华书局，2013。

贾继用：《元明之际江南诗人研究》，齐鲁书社，2013。

余来明：《元代科举与文学》，武汉大学出版社，2013。

邱江宁：《奎章阁文人群体与元代中期文学研究》，人民出版社，2013。

黎清：《宋代江西文学家族研究》，中山大学出版社，2013。

何宗美、刘敬：《明代文学还原研究——以〈四库总目〉明人别集提要为中心》，人民出版社，2014。

查洪德：《元代诗学通论》，北京大学出版社，2014。

左东岭：《王学与中晚明士人心态》，商务印书馆，2014。

李超：《元代江西文人群体研究》，中国社会科学出版社，2015。

邱进春：《明代江西进士考证》，中国社会科学出版社，2015。

廖可斌：《明代文学思潮史》，人民文学出版社，2016。

汤志波：《明永乐至成化间台阁诗学思想研究》，上海古籍出版社，2016。

饶龙隼：《元末明初大转变时期东南文坛格局及文学走向研究》，国家图书馆出版社，2017。

陈广宏：《闽诗传统的生成——明代福建地域文学的一种历史省察》，上海古籍出版社，2018。

查洪德：《元代文学通论》，东方出版中心，2019。

郑利华：《明代诗学思想史》，上海古籍出版社，2022。

郭皓政：《明代诗学：历史碎片的拼接与阐释》，东方出版中心，2024。

研究论文

廖可斌：《论台阁体》，《中华文史论丛》1990年第1期。

廖可斌：《地域文人集团的兴替与元末明初文学思潮的变迁》，《社会科学战线》1993年4期。

张寅彭：《略论明清乡邦诗学中的"泛江西诗派观"》，《文学遗产》1996年第4期。

饶龙隼：《刘崧与西江派》，《西南师范大学学报》（社会科学版）1997年第 4 期。

魏崇新：《明代江西文学的演进》，复旦大学博士学位论文，1997。

查洪德：《虞集的学术渊源与文学主张》，《殷都学刊》1999 年第 4 期。

张晶：《元代正统文学思想与理学的因缘》，《文学遗产》1999 年第 6 期。

查洪德：《文道离合与元代文学思潮》，《晋阳学刊》2000 年第 5 期。

饶龙隼：《明初诗文的走向》，《江西师范大学学报》（哲学社会科学版）
　　2001 年第 2 期。

左东岭：《论台阁体与仁、宣士风之关系》，《湖南社会科学》2002 年第
　　2 期。

魏崇新：《明代江西文人与台阁文学》，《中国典籍与文化》2004 年第 1 期。

刘明今、杜鹃：《刘辰翁父子与宋元之际江西诗坛》，《文学遗产》2005 年
　　第 4 期。

冯小禄：《论台阁作家宋文观和宋诗观的错位》，《中南大学学报》（社会
　　科学版）2005 年第 6 期。

唐朝辉、欧阳光：《江西文人群与明初诗文格局》，《明代文学研究国际学
　　术研讨会论文集》，南开大学出版社，2006。

罗小东：《论元代末年的士风与诗风》，《华中师范大学学报》（人文社会
　　科学版）2007 年第 1 期。

李精耕：《明代江西作家研究》，上海大学博士学位论文，2008。

张德建：《"欧学"与明初台阁文学》，《天津师范大学学报》（社会科学
　　版）2008 第 1 期。

郑礼炬：《明初翰林院江西籍作者传承研究》，《泉州师范学院学报》2008
　　年第 3 期。

查洪德：《元诗四大家》，《文史知识》2008 年第 4 期。

郭万金：《台阁体新论》，《文学遗产》2008 年第 5 期。

夏汉宁：《地理环境视域下的江西文学》，《文史知识》2008 年第 11 期。

吴志坚：《元代科举与士人文风研究》，南京大学博士学位论文，2009。

李舜臣、何云丽：《论江右文化对虞集的影响》，《江西师范大学学报》
　　（哲学社会科学版）2009 年第 5 期。

陈广宏：《元明之际唐诗系谱建构的观念及背景》，《中华文史论丛》2010年第 4 期。

张德建：《明代政治理念与文学精神之关系的嬗变——对"以文学饰政事"观念的考察》，《励耘学刊》（文学卷）2011 年第 1 期。

李舜臣、敖思芬：《虞集与元中后期江右诗文风气的变迁》，《江西师范大学学报》（哲学社会科学版）2011 年第 4 期。

刘嘉伟：《元大都多族士人圈的互动与元代清和诗风》，《文学评论》2011年第 4 期。

饶龙隼：《明初台阁体的生成与泛衍》，《苏州大学学报》（哲学社会科学版）2012 第 1 期。

邱江宁：《"一代斗山"虞集论》，《文学评论》2012 年第 3 期。

宋荟彧：《派称江西的文学文化考察》，《南昌航空大学学报》（社会科学版）2014 年第 2 期。

陈青松：《游子·寓贤：元末明初流寓江南的江西文人研究》，南开大学博士学位论文，2014。

温世亮：《危素文学思想与创作实践平议》，《山西师大学报》（社会科学版）2015 年第 1 期。

温世亮、金建锋：《明初江右诗人的地理分布及其文化背景》，《北方论丛》2015 年第 3 期。

温世亮：《元明易代与明初江西诗坛生态》，《五邑大学学报》（社会科学版）2015 年第 3 期。

吴琦、龚世豪：《明初江西士大夫仕宦、交游与乡邦团体——以胡广为中心的研究》，《江西社会科学》2016 年第 1 期。

张德建：《台阁文学中的同题写作与文学权力场域》，《斯文》2017 年第 1 期。

邱江宁：《浙东文人群与明前期文坛走向—从"元正统论"视角观照》，《苏州大学学报》（哲学社会科学版）2017 年第 5 期。

张德建：《明代台阁文学中的快乐图景与抒情文化》，《文学遗产》2018 年第 1 期。

左东岭：《闲逸与沉郁：元明之际两种诗学形态的生成及原因》，《文艺研究》2019 年第 9 期。

左东岭：《台阁与山林：元明之际文坛的主流话语》，《首都师范大学学报》（社会科学版）2019 年第 5 期。

左东岭：《"台阁"与"山林"文坛地位的升降浮沉——元明之际文学思潮的流变》，《文学评论》2019 年第 6 期。

张德建：《台阁文人的自我约束与审美贫乏》，《文学评论》2020 年第 6 期。

左东岭：《行道与守道：元至明初文人人生模式的生成与转换》，《文史哲》2020 第 2 期。

邱江宁：《论元朝的社会特征与文学格局》，《文学评论》2021 年第 3 期。

马昕：《明前期台阁诗学与〈诗经〉传统》，《清华大学学报》（哲学社会科学版）2021 年第 4 期。

李晗：《明代台阁体研究十年（2010—2020）：回顾与展望》，《辽宁大学学报》（哲学社会科学版）2022 年第 1 期。

邱江宁：《元代草庐文人与他们的文学时代》，《武汉大学学报》（哲学社会科学版）2022 年第 6 期。

余来明：《"狂歌"与"鸣盛"：明初诗人身份转换与台阁书写意识的勃兴》，《文史哲》2024 年第 2 期。

余来明：《地方性诗学建构与明代诗学叙述的多重面相——以江西诗学为考察对象》，《文学遗产》2024 年第 2 期。

余来明、李轶男：《交往的情趣：元末明初江南诗人的风雅之好》，《长江学术》2024 年第 3 期。

左东岭：《京师文会：明初文学场域的生成与诗文观念的交融》，《江海学刊》2024 年第 4 期。

后　记

　　我首次接触易代之际的文学现象并对其产生浓厚兴趣，是在 2014 年我的导师左东岭先生主持的国家社科基金重大项目"易代之际文学思想研究"的开题论证会上。后来在撰写硕士学位论文时，左老师认为我学力尚浅，并不具备从事易代之际文学思想研究的能力，建议我选择某位文人做文学思想的个案考察，因此有了《曾棨台阁文学研究》这篇硕士学位论文。2018 年，在准备博士学位论文时，我暗下决心，争取在元明之际文学思想研究这一领域内选定题目。左老师同意了这一设想，建议我在硕士学位论文的基础上继续研究。曾棨是明初江西籍馆阁文臣，可以之为基础，将考察视野扩展至元明之际的江西文学思想。于是，"元明之际江右文学思想研究"这一选题便顺理成章地敲定下来。但随着写作的推进，问题也随之而来。如果仅以元明鼎革之际为考察时限，很难廓清江右文学思想的形成及流变过程，而起码应将目光上溯至元延祐年间。因此，论题相应地调整为"元至明初江右文学思想的流变"。这便是我的博士学位论文，也是本书选题的由来。

　　在此次出版之前，我对论文书稿主要做了两方面的修订与调整。其一是吸收 2021 年以来与本书论题有关的研究成果，并以之为基础，调整了部分学术观点。其二是对文词稍加润色，力求简当得体。尽管如此，本书依然存在很多问题，敬请读者不吝批评指正。

　　自 2013 年进入首都师范大学文学院学习算起，我跟随左老师读书已有 11 年，这几乎占据了我现有人生的三分之一。跟随左老师读书，已经成为我的生活方式和生活内容，因此想要提笔感谢师恩，一时千头万绪竟不知从何说起。就本书而言，无论是选题还是撰写、修改，每一个环节都离不开左老师的指导。尤其是在出版之际，左老师百忙之中慷慨赐序并有所肯定，实属对后学的鞭策与鼓励。我想，唯有用志于学，发现并解决一些学术问题，或可不辜负左老师的教导。当然还要感谢刘尊举老师，无论是待人接物还是读书作文，我的每一点成长，都离不开刘老师的指导与帮助。另外，必须感谢赵敏俐、韩经太、詹福瑞、马自力、张剑、王秀臣与韩宁诸位先生，他们在论文的开题与答辩等环节提出的宝贵建议，均使本书增色不少。另须感谢的是首都师范大学中国诗歌研究中心的雍繁星师叔和马富丽师姐以及社会科学文献出版社的王霄蛟师兄，没有他们的帮助和支持，本书难以如此顺利地出版面世。还有汪冬贺、黄昌宇、吴铭慧与白雪莹诸位同门，他们在本书的写作与修订等环节均提供了无私帮助。

还要感谢我的家人。父母的支持让我可以多年来心无旁骛地读书。在我小时候，爸爸经常将学校阅览室的各类书籍借回家。从《格列佛游记》到《隋唐演义》，从希腊神话到唐诗宋词，古今中外的文学读物及由此而来的诗性想象是构成我童年的重要内容。现在之所以从事文学研究，或许与此段阅读经历存在某种奇妙的关系。还要感谢我的岳父岳母。女儿的笑声与哭声是我撰写与修改书稿时的背景音。如果没有岳父岳母的帮助，我很难像现在这样从容工作。最后要感谢的是我的爱人。她对家庭的付出是我安心写作的重要前提，也用行动教会我如何爱人。记得去年11月初，她需要到上海出差，但由于担心女儿，遂决定当日往返。谁知北京连日大雾，返程航班因此而一再延误。她从晚上七点一直等到凌晨两点，最终被告知航班取消。一向坚强的她终于难掩情绪，在凌晨的虹桥机场默默流泪。眼泪来源于一位母亲对孩子最炽热的爱意，它令人痛苦，更令人感到幸福。

如果将本书视为我11年来问学于左老师门下的成绩单，结果显然难以令人满意。但"往者不可谏，来者犹可追"，好在还有时间，我将继续以严肃、审慎的态度从事中国文学思想史的研究。

陈光

2025 年 1 月 1 日于北京

图书在版编目（CIP）数据

元至明初江右诗学思想的流变／陈光著．--北京：
社会科学文献出版社，2025.2. --ISBN 978-7-5228
-5065-8

Ⅰ.I207.209

中国国家版本馆 CIP 数据核字第 2025SK7683 号

元至明初江右诗学思想的流变

著　　者／陈　光

出 版 人／冀祥德
责任编辑／王霄蛟
责任印制／王京美

出　　版／社会科学文献出版社·人文分社（010）59367215
　　　　　地址：北京市北三环中路甲 29 号院华龙大厦　邮编：100029
　　　　　网址：www.ssap.com.cn
发　　行／社会科学文献出版社（010）59367028
印　　装／三河市龙林印务有限公司

规　　格／开　本：787mm×1092mm　1/16
　　　　　印　张：20　字　数：305 千字
版　　次／2025 年 2 月第 1 版　2025 年 2 月第 1 次印刷
书　　号／ISBN 978-7-5228-5065-8
定　　价／128.00 元

读者服务电话：4008918866